KB150581

SALTY

SALTY

SALTY

솔티
솔티
솔티

SALTY

솔티
솔티
솔티

SALTY

하얀어둠 장편 소설
SCARLET ROMANCE STORY

SALTY

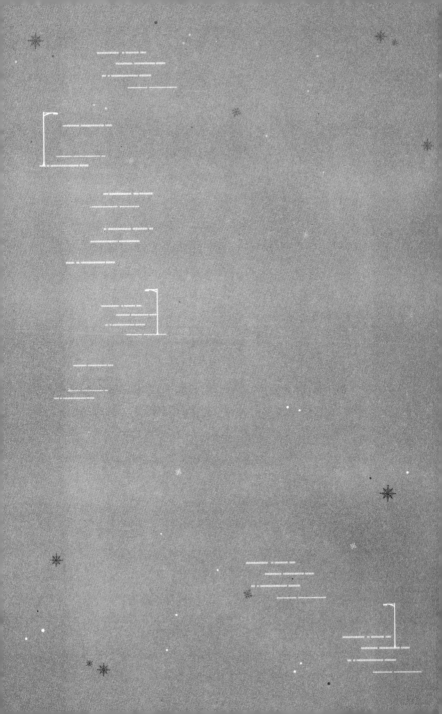

C·o·n·t·e·n·t·s

프롤로그

SALTY
SALTY
SALTY

SALTY

SALTY

SALTY

몸을 실은 버스는 시원스럽게 고속도로 위를 질주했다. 차창 밖의 풍경이라 해 봤자 산과 논이 전부인데도 시선을 뗄 수 없었다. 쏟아지는 햇살을 얼굴로 받아 내다 불쑥 스친 생각에 건너편을 돌아보았다. 무릎 위에 책을 펼쳐 놓고 잠든 남자의 미간에 주름이 어려 있었다. 커튼을 바싹 여민 채 좁아진 틈으로 얼굴을 내밀었다.

「피고인 정지안에게 징역 6년을 선고한다.」

냉엄한 판사의 목소리가 귓가에 아른거렸다. 오늘부로 꼬박 육 년의 수감 생활을 마쳤다. 이제는 교도관의 지시하에 움직이거나 정해진 시간표대로 생활할 필요가 없었다. 어디든 원하는 곳에 갈 수 있었고, 원하는 음식을 먹을 수 있었고, 원하는 대로 볕을 쬐고, 심지어 원하는 만큼 낮잠을 잘 수도 있었다.

오래도록 꿈꾸었던 일이 현실이 되었지만 즐겁지만은 않았다. 아니, 정확히는 실감이 안 났다. 긴 세월을 안에서 보내다 몇 시간 전에 나왔으니 당연한 일인지도 모르지만⋯⋯.

차츰 나아지겠지.

의자에 몸을 기대자 금세 졸음이 밀려왔다. 버스 안의 가벼운 흔들림이 수마를 재촉했다. 좀 더 보고 싶은데, 아직 잠들고 싶지 않은데. 깨어났을 때 그곳으로 돌아가 있을 것 같아 겁이 났다. 필사적으로 내려앉는 눈꺼풀을 막으려 애썼지만 소용없었다.

햇살이 비치는 방이 보였다. 하늘색 벽지. 문학 전집과 참고서가 꽂힌 책장. 침대 위에 놓인 낡은 토끼 인형. 방 안의 풍경에선 정겹고 그리운 냄새가 났다. 액자 속엔 꼬꼬마 시절의 내가 브이 자를 그리며 웃고 있었다. 아련한 기분으로 사진을 어루만지는데 벌컥, 문이 열렸다.

'누나 뭐 해? 빨리 나와. 엄마가 찌개 식는다고 뭐라 하잖아.'

영우였다.

'학교 안 갈 거야?'

학교? 그제야 거울 속에 비친 내가 교복을 입고 있다는 걸 알았다. 그렇구나. 학교에 가야 했어. 손짓하는 영우를 따라 방을 나섰다.

'천천히 먹어, 체할라.'

시간에 쫓겨 숫제 음식을 흡입하는 영우와 나를 지켜보던 아버지가 말했다.

'애들보다 당신이 더 늦었으니까 빨리 먹고 가요.'

머쓱해진 아버지의 헛기침이 들렸지만 듣는 둥 마는 둥 하며 젓가락질을 했다. 부랴부랴 신발을 신는데 다급한 어머니의 목소리가 따라붙었다. 정영우, 실내화 살 돈 챙겼어? 책상 위에 올려놨다니까 또 안 챙겼지. 내가 이럴 줄 알았어. 엄마 없으면 어떻게 살래? 어머니의 잔소리에 부루퉁해진 영우를 보며 속으로 웃음을 삼켰다. 맨날 나만 갖고 그래. 불만스레 중얼거리는 영우의 손을 잡아끌며 현관문을 열었다.

'다녀오겠습니다.'

열린 문틈으로 하늘이 보였다. 무엇이든 이룰 수 있을 것만 같은, 이루게 해 줄 것만 같은 새파란 하늘이었다. 문을 활짝 열어젖혔다. 순간, 거짓말처럼 손안에 감겨 있던 온기가 사라졌다.

텅 비어 버린 공간에 우두커니 서서 아이처럼 울었다. 슬퍼서도 외로워서도 아니었다. 믿기지, 않아서였다. 교복을 입고 등교를 하던 그날의 나는, 내가 꿈꾸던 미래는, 내가 사랑하는 사람들은, 어디로 사라져 버린 걸까. 어째서 지금의 나는 이토록 초라한 모습인 걸까.

삶이 뜻대로 흘러가지 않는다는 건 알고 있었다. 멀리서 근거를 찾을 필요는 없었다. 그저 주변 사람들을 돌아보는 것만으로 충분했다. 살아가는 누구나 형태는 달라도 자의로, 타의로, 혹은 자의 반 타의 반으로 불행을 떠안고 살아갔다. 알고 있었다. 삶은 온전히 나의 것이 아니며, 나의 통제 범위를 넘은 변수로 가득 차 있다는 걸.

부유하진 않지만 다정한 가족 사이에서 자라난 나의 삶은 평탄했다. 고등학교에 입학할 무렵의 삶을 토대로 미래를 점쳤을 때, 나의 미래는 화려하게 빛나지는 않아도 딱히 암울할 것도 없었다. 그래서, 착각했다. 살아간다는 것이 그리 녹록지 않다는 걸 알면서도 나는 다를지 모른다는 믿음을 품었다.

바보처럼 순진했었다. 나 역시 주변 사람들과 다를 바 없는 보통의 인간이었을 뿐인데. 생의 진리에서 나만 홀로 예외일 순 없었는데.

평온한 일상이 부서진 건 고등학교 2학년 겨울이었다.

내게는 두 살 터울의 남동생이 있었다. 당시 중학교 3학년이던 동생은 친구를 좋아하고 운동장에서 뛰노는 걸 좋아하는 평범한 남자아이였다. 공부에는 관심이 없었지만 낙천적이고 활달한 성격으로 부모님을 비롯한 주변 사람들에게 사랑받았다.

나이 차가 적으면 형제간의 싸움이 잦다고 하지만 우리는 그 흔한 말싸움 한번 제대로 한 적이 없었다. 외탁을 해서 중학교에 입학할 무렵 거의 170센티에 달해 있었던 나와 달리 동생은 중3이 되어서도 160을 갓 넘겼을 따름이었다. 작은 체구 탓일까. 내게 있어 두 살 아래 동생은 항상 보듬고 지켜 줘야 할 어린 존재로 보였고 동생 역시 순한 강아지처럼 나를 잘 따랐다.

겨울 방학을 며칠 앞둔 어느 날 담임 선생님이 나를 불렀다. 지안아, 어서 가 보렴. 어서 집에 가 봐. 영문도 모른 채 선생님의 재촉을 받고 집으로 갔다. 아파트 입구엔 사람들이 벌 떼처럼 몰려 있었다.

동생은 열여섯 그해 겨울, 아파트 베란다에서 뛰어내려 자살했다.

동생의 시신을 발견한 건 당시 순찰을 돌고 있던 경비원이었다. 발견 당시 동생은 말간 얼굴로 꽁꽁 얼어붙어 있었다고 했다. 전날 눈이 많이 내린 탓에 아파트 단지 내의 누구도 동생의 죽음을 듣지 못했다. 새하얀 눈으로 뒤덮인 화단 위엔 동생이 흘렸을 핏물이 붉게 녹아 있었다.

[부모님 죄송해요. 누나 미안해.]

책상 서랍 안쪽에서 유서가 발견되었다. 열여섯 동생이 세상에 남긴 마지막 흔적을 보며 어머니는 오열했다. 아버지는 자리를 뛰쳐나갔고 나는 멀뚱히 그 자리에 서 있었다. 동생을 잃었다는 슬픔보단 죽음의 연유에 대한 의문만이 머리를 메웠다.

따뜻하고 상냥한 아이였다. 당연하다는 듯 파지를 줍는 할머니의 리어카를 밀어 주던 아이였고, 사촌 동생이 놀러 오면 귀찮은 기색 없이 세 시간이고 네 시간이고 놀아 주던 아이였다. 그뿐인가, 친구가 많긴 또 얼마나 많은지. 평일 주말 가릴 것 없이 친구들을 집으로 데려오는 통에 어머니가 하소연을 할 정도였다.

이해할 수 없었다. 나보다도 더 긍정적이고 낙천적인 성격을 갖고 있던 동생은 무엇 때문에 스스로를 죽음으로 내몰았던 걸까. 2학기가 시작되며 성적이 심하게 바닥을 치긴 했지만 애초에 시험에 크게 연연하던 아이는 아니었다.

동생의 몸이 한 줌의 가루가 되어 납골당에 안치되었을 즈음 경찰은 죽음의 연유를 성적 비관으로 인한 자살로 결론지었다. 조금이라도 동생을 아는 사람이라면 납득할 수 없는 수사 결과였다.

부모님은 동생의 친구들을 찾아다니며 죽음에 대한 실마리를 캐고자 했다. 암묵적인 논의가 있었던지 아이들은 쉽사리 부모님의 요청에 응하지 않았다. 어머니는 공인 중개사 일을 그만두고 아침부터 밤까지 뛰어다니며 진술서를 받아 냈다.

동생, 아니 영우는 성적 비관으로 자살한 게 아니었다. 영우는 2학기가 시작되며 반 아이들로부터 따돌림을 당하기 시작했다. 반에 있던, 소위 말하는 일진들의 눈에 찍힌 것이 원흉이었다. 녀석들은 반 아이들을 협박해 영우를 고립시켰고 철저하게 자신들의 노리개로 삼았다.

[김진태가 영우에게 빵 심부름을 시켰어요. 초코 빵을 사 오라고 했는데 다 팔려서 멜론 빵을 사다 주었더니 뺨을 때렸어요.]

[영우는 매일 김진태 패거리의 준비물을 챙겨 주어야 했어요. 미술 시간에 조각칼을 챙겨 와야 했는데 영우가 걔네들 몫까지 모두 사 왔습니다. 수업이 끝나면 김진태 패거리들은 놀러 나가고 영우가 뒷정리까지 해야 했어요.]

[김진태 옆에 있던 이형신이 영우한테서 돈을 빼앗았어요. 영우가 어머니 생일 선물을 살 돈이라고 말했지만 배를 걷어차고 자기 다리 사이로 기어가라며 협박했어요. 영우가 거부하자 바닥에 침을 뱉고 그 침을 핥아 먹으라고 했어요. 저는 말리고 싶었지만 영우를 도와주면 저도 당할 것 같아 말을 할 수가 없었습니다. 죄송합니다.]

[영우가 죽고 난 뒤에 김진태가 쓸데없이 입을 놀리면 죽여 버리겠다고 했어요. 너무 무섭고 영우한테도 미안하고, 또 나도 죄를 지은 것 같아 아줌마가 찾아와도 말을 하지 못했습니다.]

100장이 넘는 진술서에는 넉 달간의 악질적인 괴롭힘이 고스란히 담겨 있었다. 반 아이들의 집 문턱이 닳도록 찾아가 애원하고 빌며 알아낸 진실은 참혹하고, 남루했다. 삐뚤빼뚤 서툰 글씨들은 칼날이 되어 남은 가족들의 가슴을 후벼 팠다.

영우가 홀로 길고 힘겨운 싸움을 하고 있었을 때 가족들은 모두 저마다의 일로 바빴다. 아버지는 회사 내부의 심사 문제로 정신이 없었고 어머니도 외할머니의 간병을 위해 친정집을 오가느라 동생을 돌볼 여력이 없었다. 나 역시 대입 준비로 아침 일찍 나가 밤늦게 돌아오는 생활을 했다.

그래, 그날도 마찬가지였다. 열두 시가 다 되어 집에 돌아와 잘 준비를 하고 있을 때 영우가 방문을 두드렸다.

'누나, 오늘 같이 자자.'

'이제 고등학생인데 다 큰 동생이 누나랑 자고 싶어 해도 되는 거야?'

'싫어?'

여느 때와 달리 주눅 든 모습이 생경했다. 평소라면 뭐 어떠냐며 아무렇지 않게 받아쳤을 녀석인데. 의아함을 숨긴 채 곁을 내어 주자 영우가 들고 온 베개를 내려놓고 품속으로 파고들었다.

'누나.'

'왜.'

'좀 더 안아 주라.'

'이미 안고 있는데.'

'응. 근데, 좀 더 안아 줬으면 좋겠어.'

장난을 친다 생각했다. 마른 몸을 힘주어 끌어안으며 '우리 영우, 애기 다 됐네.' 짓궂게 농을 걸었다.

'그래서, 싫어?'

'싫기는. 나는 네가 계속 자라지 않았음 좋겠다.'

'내가 언제까지 꼬맹이로 있을 줄 알고? 조금만 더 기다려 봐. 금세 따라잡아 줄 테니까.' 하며 의기양양하게 대답할 줄 알았던 영우는 잠잠했다. 잠들었나 싶었던 영우가 한참 후 작게 웅얼거렸다.

'아침이 오지 않아서, 계속 누나랑 이렇게 있으면 좋겠다.'

학교에서 무슨 일이 있구나, 생각했지만 그뿐이었다. 졸음이 쏟아졌다. 무슨 일이 있는지 물어야 한다 생각하면서도 빨리 잠들고 싶었다. 지금은 자고 나중에 얘기를 들어 봐야겠다, 스스로를 합리화했지만 그땐 몰랐다. 나중 따윈 없다는 걸.

어째서 놓치고 말았을까. 그게 영우를 살릴 수 있는 마지막 기회였는데.

'어떻게 엄마로서 모를 수 있었지? 우리 애가 이렇게 힘들어했는
데, 사는 게 아무리 바빠도 그렇지, 어떻게, 대체 어떻게…… 이대로
있을 수는 없어. 우리 영우가 불쌍해서라도 이렇게 흐지부지 넘길 순
없어.'

어머니가 결연하게 의지를 다지고 있을 때, 고백하고 싶었다.

저, 알고 있었어요. 영우가 힘들어하는 거, 알고 있었어요. 영우가
도움을 청하러 찾아왔는데 피곤하다는 이유로 무시했어요. 제가 그때
무슨 일이 있냐고 물어봤다면, 늦게라도 물어봤으면, 영우는 살 수 있
었을지도 몰라요. 그렇게 허망하게 가 버리지 않았을지도 몰라요.

내가 그 일을 말한다면 부모님은 망연해하겠지만 이내 그건 네 탓
이 아니라고 말해 줄 터였다. 함께 소리 내어 울면 마음의 빚을 조금
이나마 덜 수 있을 게 분명했다. 하지만 그건 단지 죄책감에서 벗어나
기 위한, 나를 위한 참회에 불과했다. 그런 식으로 동생의 구조 신호
를 외면한 나를 용서하고 싶지 않았다.

부모님은 확보한 진술서를 바탕으로 경찰에 재수사를 의뢰했다.
동생의 따돌림을 조장하던 패거리 중 세 명은 보호 관찰과 사회봉사
판결을 받았고 우두머리 격이었던 김진태는 단기 3월에 장기 6월의
처분을 받았다. 그러나 그도 잠시, 김진태의 부모는 변호사를 고용해
항소했고 녀석은 2심에서 집행 유예를 받고 풀려났다. 가해자들의 학
부모에게 손해 배상 청구 소송을 걸어 이천만 원의 배상금을 받아 내
긴 했지만 소송은 우리의 패배나 다름없었다.

놈들은 제대로 처벌받지 않았고 배상금은 어머니가 직장을 그만두
며 벌지 못한 생활비, 진술서를 받아 내기 위해 지출한 돈, 바쁜 어머

니를 대신할 외할머니의 간병인 고용비, 변호사 선임비 등을 제외하면 남는 것이 없었다.

무엇도 해결되지 않고 그저 지워지지 않는 피멍만을 남긴 채 시간은 흘러갔다. 그사이 수능을 치렀다. 서울의 대학에 진학하고 싶었지만 동생이 죽고 쓸쓸해진 집을 나마저 떠날 순 없었다. 결국 집 근처 국립대의 국어 교육과에 입학했다.

어머니는 다시 공인 중개사 일을 시작했다. 아버지도 변함없이 묵묵히 회사와 집을 오갔다. 전처럼 가족끼리 외식을 하거나 연극을 보러 가기도 했고 거실에 둘러앉아 쇼 프로를 보며 깔깔 웃기도 했다. 겉으로는 모든 것이 예전으로 돌아간 듯 보였지만, 아니었다. 어머니는 이따금 영우의 방에 들어가 울음을 삼켰고 아버지는 주말마다 낚싯대 하나만을 들고 바다를 배회했다.

스물한 살, 아버지는 급성 심근 경색으로 숨을 거두었다. 인적 드문 바닷가에서 낚시를 하고 있던 터라 달리 손을 쓸 수가 없었다. 아버지의 점퍼 안쪽에선 끝이 닳아 없어진, 동생의 중학교 입학식 날 함께 찍은 가족사진이 나왔다. 갑작스러운 이별로 흘린 눈물이 채 마르기도 전, 또다시 외할머니의 장례식을 치렀다.

스물두 살, 시험 준비를 위해 친구들과 같이 도서관에 있을 때 어머니로부터 전화가 왔다. 직장 때문에 저녁에나 아파트를 볼 시간이 난다던 손님을 만나러 가는 길이라고 했다. 오늘 계약을 성사시키면 둘이서 치맥을 하자던 어머니의 목소리엔 소녀 같은 명랑함이 가득했다.

그리고 그날 밤, 어머니와 같은 공인 중개사 사무실에서 일하는 동료로부터 사고 소식을 들었다. 어머니의 차가 갑작스레 도로로 뛰어

든 새끼 고양이를 피하려다 가로수를 들이받았다고 했다. 두 달 넘게 중환자실에서 필사적으로 삶의 끈을 붙들던 어머니는 끝내 눈을 감았다.

스물세 살. 4학년이 되어 본격적인 임용 준비로 아침부터 밤까지 도서관에서 생활했다. 많지는 않지만 부모님이 남겨 준 재산이 있어 생활비 걱정은 없었다. 가끔씩 이모가 찾아와 반찬을 챙겨 주었다.

날이 무더워지기 시작할 때쯤 불면증이 생겼다. 잠들지 못하는 밤은 그 자체로 악몽이었다. 수면제를 먹기도 했지만 매번 약에 의지할 순 없었다.

몸이라도 혹사시키면 잠이 올까 주말엔 새벽 늦게까지 동네 술집에서 아르바이트를 했다. 아르바이트를 끝내고 나면 몇 시간이나마 기절하듯 잠이 들었다. 아슬아슬 위태로운 순간들은 많았지만 시간은 어느덧 흘러가고 또다시 피부 속으로 찬 바람이 스미는 계절이 찾아왔다.

여느 날과 다름없이 테이블 위에 흐트러진 술병들을 정리하고 있을 때였다. 네 명의 남자 손님들이 들어왔다. 이미 술을 한잔 걸치고 온 듯 그들은 거나하게 취한 상태로 맥주와 소주를 주문했다. 주방 구석에서 피로한 눈에 인공 눈물을 흘려 넣은 후 안줏거리를 내어 들고 테이블로 갔다.

'야, 너 그 새끼 기억나냐?'

'그 새끼? 어떤 새끼?'

'왜 있잖아. 중학생 때 병신같이 지집 베란다에서 뛰어내려 죽은 새끼.'

'아아, 네가 괴롭혔다는 개?'

'괴롭히긴 씨발. 매점에 심부름 보내고 몇 번 발로 걷어찬 게 괴롭힌 거냐?'

'미친놈. 경찰은 대체 뭐 했대? 이런 자식 안 데려가고.'

'씹새, 내가 뭘 잘못했는데 콩밥을 처먹어?'

조명 아래 드러난 놈의 얼굴이 익숙했다. 김진태. 놈은 따돌림을 지시한 패거리의 우두머리로 가장 악질적인 방법으로 영우를 괴롭힌 인물이었다.

[김진태가 영우에게 빵 심부름을 시켰어요. 초코 빵을 사 오라고 했는데 다 팔려서 멜론 빵을 사다 주었더니 뺨을 때렸어요.]

'웃기네. 까딱하면 콩밥 먹을 뻔했으면서.'

'닥쳐, 이 새끼야.'

진술서를 바탕으로 재수사를 시작한 직후 가해자로 지목된 학생들과 부모들이 집으로 찾아왔었다. 아직도 생생했다. 제 아버지의 손에 눌려 고개를 숙이던 놈의 입술엔 조소가 가득했다. 그 상황이 엿같아 견딜 수 없다는 듯 입가를 씰룩이던 놈은 나와 시선이 마주치는 순간 표정을 지우고 고개를 숙였다.

'하여간에 예전부터 재수 없던 새끼였어. 지가 뭐라고 존나 착한 척하는데……'

안주를 내려놓고 돌아섰다. 이미 끝난 일이었다. 영우는 죽었고, 놈은 솜방망이 처분을 받고 풀려났다. 억울하고 분해도 어쩔 수 없는 일이었다.

'그 새끼 졸라 시스터 보이였는데. 말끝마다 우리 누나는 공부도 잘하고, 착하고 어쩌구저쩌구…… 거시기에 털 난 새끼가 매번 우리 누나, 우리 누나! 존나 웃긴 게 뭔지 아냐? 평소엔 뭔 짓을 해도 죽은 듯 있던 새끼가, 너 누나 자지는 예쁘냐 물으니까 회까닥해서 지랄발광을 떠는 거야. 더러운 입으로 지 누나를 모욕하지 말래나 뭐래나…… 참 나. 자랑을 졸라 해 대길래 얼마나 대단한 년인가 했는데, 야, 말도 마. 키만 멀대같이 큰 게 딱 사내놈이야. 뭐? 어디서 봤냐고? 씹새 부모가 고손지 뭔지 하겠다고 지랄발광을 해서 끈대랑 같이 그 새끼 집에 갔는데…… 처웃지 마, 새끼야. 썅. 그 새끼 때문에 고생한 걸 생각하면 아직도 울화가 치밀어. 뒤질려면 곱게 뒤질 것이지 왜 베란다에서 뛰어내리고 지랄이야? 그 뒤로 끈대가 용돈을 팍 줄여서 내가 얼마나…… 뭐야, 넌?

술잔을 기울이다 나를 발견한 놈의 미간이 구겨졌다. 술기운이 돌아 붉어진 놈의 얼굴을 바라보자 심장이 펄떡펄떡 뛰었다. 술집 안의 소음이 멎고 주변의 인물들이 사라졌다. 오로지 놈의 모습만이 선명했다. 더운 피가 몸 안에서 거세게 휘몰아쳤다. 태어나 한 번도 느껴본 적 없는 그 강렬한 충동의 이름은, 살의(殺意)였다.

'뭐냐고 묻잖아.'

불쾌한 듯 놈이 눈가를 찡그리는 순간 단숨에 멱살을 잡아 끌어당겼다. 쌍꺼풀진 두 눈이 경악을 담아 일그러졌다. 놈의 시선이 천천히 아래로 떨어졌다. 칼이 박힌 뱃가죽에서 꿀렁꿀렁 붉은 피가 흘러내렸다. 뭐, 뭐. 간신히 이어지던 말이 끊기고 정적이 일었다.

놈의 입술 사이로 마침내 악몽 같은 비명이 터져 나왔다. 등 뒤에서 덮치듯 달려든 누군가로 인해 칼을 놓치고 바닥에 나뒹굴었다. 얼마나 힘을 주고 있었는지 손잡이에 쓸린 손바닥이 찢겨 나가 있었다. 검은 구두코가 눈앞을 스치더니 머리에 둔탁한 통증이 일었다.

'진태야, 괜찮아? 정신 차려!'

놈의 일행이 외치는 울음 섞인 목소리를 끝으로 의식을 잃었다.

만 하루가 지나 병원에서 깨어나자마자 형사들에게 이끌려 유치장에 갇혔다. 나는 그들의 물음에 성실히 응했다. 살의를 참지 못하고 주방 아주머니에게 칼을 빌려 그것으로 놈을 찌른 경위를 남김없이 설명했다.

김진태가 척추에 손상을 입어 하반신 불구가 되었다는 소식을 들었다. 언젠가 집에 찾아와 얼마나 마음이 아프시겠냐 애도의 말을 표하던 놈의 부모는 죗값을 치르게 하겠다며 길길이 날뛰었다. 기묘한 복수극에 흥미를 가진 기자들이 나와 접촉하려 애썼지만 감흥은 없었다. 수많은 사람들이 주변을 어슬렁거렸지만 마비가 된 것처럼 모든 것이 무감각했다.

'무조건 잘못했다고 빌어. 무조건, 무조건 잘못했다고 말해.'

조카를 구명하기 위해 사방팔방 뛰어다니던 이모는 공판 직전까지 나를 설득하려 애썼다.

'잘못했다고, 후회하고 있다고, 반성하고 있다 말해야 참작이 돼. 응? 이모 말 들을 거지? 제발, 그렇게 고집부리지 말고. 너 이러다간 큰일 나. 합의도 못 했는데 반성까지 안 한다 하면……'

김진태와는 어떤 합의도 이루어지지 않은 상태였다. 합의를 청한다 해서 순순히 받아 주지도 않겠지만 나 역시 선처를 바라며 그들 앞에 머리를 조아릴 마음은 없었다.

'이것아, 이 독한 것아. 미안하지 않아도 미안하다고 해야, 죽을죄를 지었다 사과해야, 그래야 니가 살 수 있어. 왜 자꾸 고집을 피워, 왜. 니 인생이 달린 문제야. 자존심 부린다고 될 게 아니란 말야.'

눈물 섞인 애원에도, 나는 끝내 그녀의 바람을 들어주지 않았다.

「사람의 생명은 가장 존귀한 가치이므로 이를 침해하는 행위는 어떠한 이유로도 용납할 수 없다. 피해자가 입은 상해의 정도가 중하고 피고인 스스로 반성의 기미가 없다는 점, 피해자와 합의가 이루어지지 않았고 피해자 측에서 엄중한 처벌을 원하는 점 등에 비추어…….」

마침내 모두가 숨죽인 가운데 최종 판결을 내리는 젊은 판사의 입술이 벌어졌다.

「피고인 정지안에게 징역 6년을 선고한다.」

버스에서 내렸지만 멍했다. 바삐 움직이는 사람들 속에 멀뚱히 서 있다 매점에서 사이다 한 캔을 샀다.

"천삼백 원입니다."

무심한 목소리에 멈칫했다. 떨리는 손을 눈치채지 않길 바라며 돈을 지불하고 돌아섰다. 금덩어리 사이다로 목을 축인 후 택시를 탔다. 예상대로 기본요금도 상당히 올라 있었다. 놀란 가슴을 달래며 오늘만, 하고 변명했다. 십 분을 달려 동생이 잠들어 있는 납골당에 도착했다.

사진 속 동생은 오래전 보았던 그대로 환하게 웃고 있었다. 안녕, 잘 지냈어? 상투적인 인사말을 건네고 나자 더는 할 말이 없었다. 동생의 사진 옆에 놓인 국화꽃 한 송이에 눈길이 갔다. 놓아둔 지 얼마 되지 않은 듯 하얀 꽃잎이 생생하게 살아 있었다.

올 사람이 없을 텐데.

주변을 둘러보았지만 인기척은 느껴지지 않았다. 다시 사진 속 동생에게 말을 걸었다.

거긴 어때, 살 만해? 부모님이랑 같이 있으니까 외롭진 않지?

스물한 살 겨울, 급성 심근 경색으로 숨을 거둔 아버지의 유골과 다음 해 여름, 교통사고로 숨을 거둔 어머니의 유골은 납골당이 아닌 뒷산에 뿌려졌다. 찰진 밥과 뒤섞인 유골은 새와 들짐승들의 먹이가 되어 다시 자연으로 돌아갔다. 살아생전 두 사람이 바라던 그대로.

죽은 자의 세상이란 것이 있을까. 정말 세 사람은 하늘 너머에서 나를 지켜보고 있을까. 산 자의 부질없는 바람이란 걸 알지만, 기왕이면 그들이 어딘가에서 행복하게 웃고 있다 믿고 싶었다. 소중한 사람들의 영혼이 차가운 눈 더미 속을, 파도가 들이치는 바위 위를, 병원의 빛바랜 침대 위를 헤매고 있다 생각하면, 슬퍼서 견딜 수가 없으니까.

다음에 또 오겠노라 인사한 후 색색의 조화들로 어지러운 건물을 빠져나왔다. 느린 걸음으로 주변을 둘러보다 벤치에 앉았다. 피곤하거나 지쳐서가 아니었다. 단지 소기의 목적을 달성하고 나자 어디로 가야 할지, 무엇을 해야 할지 막막했다.

다시 혼자구나.

처음에 마뜩잖은 걸음으로 면회를 오던 친척들은 싸늘한 내 태도에 질려 발길을 끊었다. 끝까지 나를 포기하지 않았던 이모 역시 육 개월 전 딸이 살고 있는 일본으로 건너간 상태였다. 일본으로 가기 전 나를 면회 왔던 이모가 생각났다.

'혼자 내버려 둬서 미안하다, 지안아.'

이모부의 사업 실패로 집과 땅을 팔아 빚을 갚고 일본에 사는 딸의 집에 의탁하게 된 그녀의 얼굴엔 삶의 고단함이 짙게 묻어 있었다.

'육 년이라니, 말도 안 돼. 변호사한테 물어보니까 항손가 뭔가 하면 된다더라. 우리 그거 하자, 지안아. 육 년이라니, 그게 말이나 돼. 포기하지 말자, 응?'

하나뿐인 이모의 애원마저 외면한 못된 조카였다. 한데 그런 조카에게, 그녀는 네게 면목이 없다며 고개를 조아렸다.

'미안하다. 정말 미안해.'

섧게 울던 그녀의 등을 다독이고 싶었지만 앞에 놓인 반투명한 유리가 나를 가로막고 있었다. 결국 아무런 보답 없이 오랫동안 나를 돌보아 준 그녀를, 그렇게 떠나보내고 말았다.

하늘을 향해 손을 뻗어 보았다. 비로소 자유의 몸이 되었지만 보듬고 위로해 주고 싶었던 사람은 곁에 없었다.

"이제부터 뭘 해야 되나."

사지가 멀쩡한 이상 스스로 밥벌이를 하고 살아야 할 텐데 무엇을 해야 할지 막막했다. 수감 생활을 마치고 나니 어느덧 스물아홉이었다. 학력은 대학교 중퇴. 경력이라곤 대학 시절의 과외와 술집에서의 아르바이트 경험, 그리고 살인 미수죄로 육 년을 복역한 것이 전부. 부모님이 남긴 재산은 김진태에 대한 손해 배상 명목으로 넘어가 가진 것이라곤 얇은 옷가지 몇 벌, 영치금과 수감 생활 동안 작업을 하며 벌어들인 것을 합한 돈 팔십여 만 원, 빛바랜 크로스 백 하나뿐이었다.

"어떻게 해야 하지."

누구든 만날 수 있는데, 만날 사람이 없었다. 어디든 갈 수 있는데,

24

어디에도 갈 곳이 없었다. 철창 밖을 나와 얻은 자유는 시리고 차갑기만 했다.

1

SALTY
SALTY
SALTY

첫날, 정처 없이 거리를 헤매다 여관에 들어갔다. 베개에 머리가 닿자마자 금세 곯아떨어졌다. 다음 날, 때수건과 오백 원짜리 일회용 샴푸, 일회용 칫솔을 구입하고 들어선 목욕탕은 평일이라 비교적 한산했다. 굴러다니는 비누 하나를 주워 몸을 헹구고 온탕에 몸을 담그자 절로 탄식이 새어 나왔다. 서너 차례 묵은 때를 벗겨 내고 피부가 벌겋게 달아올랐을 즈음에야 긴 목욕을 끝마쳤다.

분식집에서 김밥 두 줄을 사 들고 오는 길에 미리 봐 둔 공원으로 갔다. 벤치에 앉아 김밥을 먹는데 금세 목이 막혔다. 물을 찾아 주변을 두리번거렸지만 공원 한가운데에 정수기가 있을 리 만무했다. 간신히 마지막 김밥 꽁다리를 삼킨 후 자판기에서 콜라 하나를 뽑아 마셨다. 톡 쏘는 탄산이 넘어가자 막힌 목이 시원하게 뚫렸다.

천천히 생각하자.

수중에 남은 돈과 앞으로의 일을 생각하면 답이 보이지 않았다. 사람 많은 곳이 거북스럽다곤 해도 당장의 주머니 사정으로 여관방에 머무는 건 사치였다. 하지만 지금은 아무것도 생각하고 싶지 않았다. 아니, 정확히는 할 수 없다는 게 맞았다.

"너무 낯설어."

그래, 너무 낯설었다. 철창 안에 갇혀 있던 시간 동안 세상은 무서우리만치 변해 있었다. 사람들의 차림새도, 거리의 풍경도, 내가 알고 있던 것과는 많이 달랐다. 예상하지 못했던 건 아니지만 막상 변해 버린 세상을 마주하자 당혹스러웠다. 아니, 어쩌면 쇼윈도에 비친, 거리를 오가는 수많은 사람들 속에 섞이지 못하고 외따로 선 스스로를 보고 기가 죽은 건지도 몰랐다.

시차 적응에 잠시 시간이 필요할 뿐이야.

갇혀 있을 땐 매일같이 그곳을 벗어나는 순간을 꿈꾸었다. 대학 입학이 인생의 마지막 관문이 아닌 걸 알면서도 그 순간을 이겨 내기 위해 암시를 걸었던 고3 시절처럼, 필사적으로 주문을 걸었다.

여기만 나가면.

여기만, 나가면.

출소 전날엔 설레는 마음에 한숨도 잠을 이루지 못했지만 정작 밖을 나온 순간부터는 이상하리만큼 감각이 무뎠다. 자유라는 추상적인 단어보다는 현실이라는 구체적인 단어가 더 무겁게 가슴을 짓눌렀기 때문에.

막막했다. 색색으로 곱게 물든 나뭇잎들은 생명의 노래를 부르짖고 있는데 홀로 물기 하나 없는 모래사막에 던져진 것 같았다. 앞을 봐도, 뒤를 봐도 보이는 건 모래 언덕뿐. 살기 위해선 앞으로 나아가야 하는데 어디가 앞인지 알 수 없어 걸음조차 내디딜 수 없었다.

부슬부슬 비가 내리기 시작했다. 솜털처럼 가벼운 비였지만 지금은 여름이 아니라 가을이었다. 비를 맞자 몸이 차갑게 식었다. 반팔 위에 걸친 얇은 남방은 떨어지는 체온을 막기엔 역부족이었다.

무릎 위에 올려놓은 신문지에 하나둘 진회색 얼룩이 생겨났다. 구인란을 메운 작은 글씨가 빗물에 번지기 시작했지만 비를 피할 의지도, 기력도 남아 있지 않았다. 손아귀에 짓눌린 신문지가 버서거리며 구겨졌다.

여관을 나와 찜질방을 전전하며 일자리를 알아보기 시작한 지 나흘째였다. 번듯한 곳은 무리라도 단기 아르바이트 같은 건 쉽게 구할 수 있을 줄 알았는데 착각이었다. 일자리를 구하는 게 이렇게 어려운 일일 줄 미처 몰랐다.

일단 구인란에 적힌 번호로 연락을 하는 것부터가 문제였다. 별생각 없이 공중전화를 찾았지만 어디에도 공중전화 따윈 보이지 않았다. 한참이나 거리를 헤맨 뒤에야 공중전화가 필요 없는 세상이 왔다는 걸 알았다. 휴대폰을 빌려 구인란에 적힌 가게에 연락을 할 자신도 없어 직접 찾아가기로 마음먹었지만 그것마저 쉽지 않았다.

납골당을 빠져나온 직후 무작정 다른 도시로 가는 버스를 잡아탔다. 태어나고 자란 곳에서 새로이 시작할 수도 있었지만 혹여 아는 사람을 마주할까 겁이 났다. 처음 밟아 보는 낯선 도시에서, 별 특징도 없는 작은 가게를 찾아내는 일은 쉽지 않았다.

사람들에게 물어물어 간신히 원하던 장소에 찾아가도 난관에 봉착하긴 마찬가지였다. 대개는 무덤덤하게, 드물지만 호의적으로 면접을 마치고 나면 당연한 듯 연락처를 물어 왔다. 개인적인 사정이 있다 말했지만 휴대폰도, 구체적인 거주지가 정해지지 않아 집 전화도 가지고 있지 않다는 말엔 노골적으로 의심의 눈초리를 보내왔다.

　어쩌면 문제는 내게 있었는지 몰랐다. 좀 더 당당하게 행동하면 좋았겠지만 스스로도 느낄 수 있을 만큼 심리적으로 위축되어 있었다.

　교도소에 들어가면 호적에 빨간 줄이 생긴다는 건 낭설이었다. 큰 회사라면 모를까 말하지 않는 이상 전과 사실을 들킬 염려는 없었다. 그러니 보통 사람들 눈에 비친 나는 살인 미수죄로 징역살이를 하고 돌아온 전과자가 아닌, 그저 서른을 앞둔 보통 여자에 불과했다.

　괜히 기죽을 것 없이 자신감 있게 행동했더라면……. 실소가 새어 나왔다. 거짓말이었다. 나를 작아지게 하는 건 전과자라는 꼬리표만이 아니었다. 교도소 안에선 살아온 전적이 어떠하든 동등한 수감자의 신분이라 자격지심을 느낄 이유가 없었다. 한데 일자리를 구하러 다니자 세상 속 나란 인간의 위치를 새삼 확인하게 됐다.

　'스물아홉? 아니, 뭐, 나이 같은 건 별 상관 없지만…… 그전엔 무슨 일 했어요?'

　'젊은 사람이 휴대폰도 없어요? 그럼 집 전화라도 알려 줘요. 집 전화도 없어요? 직접 찾아오겠다구요? 어디 사는데요. 여관? ……아, 그럼 여관에서 사는 거예요?'

　상황은 대학생 때 아르바이트를 구하러 다니던 것과 다르지 않았지만 실은 무엇 하나 같지 않았다. 초라한 나의 현실을 알게 된 사람들의 얼굴에 어린 동정, 의문, 희미한 경멸. 머리로는 충분히 이해하면서도, 그때와 지금의 내가 같지 않다는 걸 알면서도, 그들의 반응 하나하나에 상처 입는 내가 있었다.

서른.

믿기지가 않았다. 아무것도 한 것이 없는데, 아무것도 이룬 것이 없는데, 어느덧 서른의 문턱에 다다라 있었다. 내가 제대로 살아갈 수 있을까. 왈칵, 겁이 났다.

교도소에 있을 땐 다른 사람들과 필요 이상으로 말도 섞지 않고 주어진 일만을 타성적으로 해냈다. 그저 숨만 쉬는 인형처럼, 죽지 못해 살아가는 것처럼 버티듯 살아가던 내게, 누군가 핀잔조로 말했었다.

'이래서 곱게 자란 것들은 안 돼. 고작 한 번 실수로 인생이 끝나 줄 안다니까.'

그의 말이 옳았다. 한 번의 실수로, 아니, 한 번의 선택으로 인생이 끝나 버린 건 아니었다. 하지만 그 한 번의 선택으로 인생의 궤도가 완전히 틀어져 버린 것 또한 사실이었다.

원래대로라면 교사가 되어 아이들을 가르치며 살고 있을 터였다. 어쩌면 그사이 누군가를 만나 사랑을 하고, 결혼을 하고, 아이를 낳아 하루하루를 부지런히 살아가고 있을지도 몰랐다. 일상의 고단함에 지치기도 하지만 소소한 행복에 웃기도 하며 그렇게 사랑하는 사람과, 사랑하는 아이들과 함께 늙어 가는 그런 삶을……

빗물에 흐물흐물하게 녹아내린 신문지를 보고 있노라니 눈시울이 젖어 들었다. 비를 피할 작은 공간조차 없이 공원 벤치에 앉아 비를 맞고 있는 내 자신이 무참했다. 울지 않겠다고 다짐했는데, 절대 울지 않겠다고 다짐했는데, 서러움이 복받쳤다.

"시팔."

머리 위로 그림자가 드리워졌다. 얼떨결에 고개를 들어 상대방을 확인했다.

키가 큰 남자였다. 여자치고는 큰 편인 나조차 위압감을 느낄 만큼, 남자는 컸다. 이 정도라면 거의 190센티에 가깝지 않을까. 가무잡잡한 피부. 군인처럼 바싹 잘린 머리카락. 폭우 속 파도처럼 거칠고 사나운 눈동자.

"왜 비를 처맞으면서 궁상을 떨고 지랄이야?"

남자가 내가 앉은 벤치를 퍽, 소리 나게 걷어찼다. 놀란 나머지 들고 있던 신문을 놓쳤다. 나보다 한발 앞서 커다란 손이 공처럼 구겨진 신문 뭉치를 주웠다. 여기저기 잔뜩 표시해 둔 구인란을 훑은 남자가 눈매를 좁혔다.

"여기서 이런다고 일자리가 구해져?"

"……."

"주둥이가 막혔어?"

"……아뇨."

무서웠다. 주위를 둘러봐도 인기척 따윈 느껴지지 않았다.

"비가 오면 재깍재깍 집구석으로 기어들어 가야 할 것 아냐! 여기서 대체 뭘……."

"이제 그만 가, 갈 생각이었어요."

남자의 미간에 굵은 주름이 졌다. 말꼬리를 잘라 기분이 상한 듯했다. 반사적으로 꾸벅, 인사한 후 걸음을 옮겼다. 서둘러 자리를 피하려 했지만 허둥대다 발이 꼬였다. 간신히 균형을 잡아 흙바닥에 엎어지는 사태는 막았지만 문제는 기침이었다. 폐까지 들썩이게 만드는 거센 기침을 손바닥으로 틀어막았다.

시팔. 성큼 다가온 남자에게 손목이 붙들렸다. 반항할 새도 없이 우악스러운 힘에 이끌렸다.

"누가 팔아먹겠대? 얌전히 안 따라와?"

어떻게 얌전히 따라가.

소리를 지르고 싶었지만 음산한 날씨 탓인지 주변엔 개미 한 마리 보이지 않았다. 괜히 성질만 돋우어 얻어맞는 건 아닐까. 다시 기침이 터졌다. 남자가 대뜸 가방을 빼앗았다. 강도인가? 가방을 되찾으려 뻗은 손을 낚아챈 남자가 나를 어깨에 둘러멨다. 어, 어, 하는 사이 순식간에 시야가 뒤집혔다.

"말귀를 못 알아먹어."

낮게 중얼거린 남자가 버둥거리는 나를 향해 말했다.

"계속 움직이면 확 던져 버릴 줄 알아."

남자의 말이 농담으로 들리지 않았다. 단단한 바닥이 눈앞에서 너울거렸다. 멀쩡했던 누군가를 하반신 불구로 만든 나지만 아픔은 무서웠다. 얌전해진 나를 둘러멘 남자가 유유히 걸음을 옮겼다. 공원을 빠져나올 즈음 남자의 어깨에 걸린 가방을 보며 틈을 노렸지만 엉덩이만 팡팡 두들겨 맞았다.

트럭 앞좌석에 내동댕이쳐지자 시야가 핑그르르 돌았다. 웃옷을 내게 던지고서 운전석에 안착한 남자가 흉흉한 기세로 히터를 틀었다.

"빨리 안 덮고 뭐 해!"

"네? 네."

"벨트는!"

"저기, 그게."

"벨트!"

시간을 벌기 위해 미적거리니 살벌한 눈빛이 날아들었다. 지시대로 안전벨트를 매고 던져 준 겉옷을 몸에 덮고 나자 취조가 시작됐다.

"사는 데가 어디야."

"네?"

"귓구멍이 막혔어? 어디 사냐고."

"그건, 왜요?"

남자의 손이 쾅, 핸들을 내리쳤다. 거칠게 일렁이는 눈빛이, 네가 지금 나를 범죄자 취급 하는 거냐 따져 묻는 듯했다. 믿을 수 없는 가정이지만 설마 하는 마음에 물어보았다.

"……데려다주시려구요?"

"알아 처먹었으면 빨리 말해!"

왜 그런 친절을 베푸는지 궁금했지만 묻는다고 제대로 된 답을 들을 수는 없을 것 같았다. 남자의 옆구리와 문 사이에 낀, 전 재산이 든 가방만 되찾는다면 진즉에 도망갔을 텐데.

"이 근처에 살아서 굳이 데려다……."

"그러니까 이 근처 어디!"

틈도 안 주고 버럭버럭 소리를 질러 대니 둘러댈 말도 생각나지 않았다. 그러니까, 그러니까, 말꼬리를 흐리자 남자의 눈에서 불꽃이 튀었다. 울며 겨자 먹기로 얼마 전 묵었던 여관의 이름을 댔다.

"시팔, 혼자 궁상떨고 있을 때부터 알아봤어야 했는데."

"네?"

"그래서, 지금 여관에 있다 이거야?"

여관이 아니라 찜질방에서 지내고 있긴 하지만…….

"귓구멍이 막혔어! 거기서 사는 거냐 묻잖아!"

"그, 그런데요."

"시팔, 돈이 썩어 나지, 아주! 하룻밤 처자는데 그렇게 돈지랄을 한다고!"

놀란 나머지 다시 기침이 나왔다. 나도 모르게 기침을 하고선 남자의 눈치를 살폈다.

"제대로 안 덮어!"

히터 바람이 한층 더 거세졌다.

……나쁜, 사람은 아닌 건가? 안일한 건지도 모르지만 왠지 그런 생각이 들었다. 버럭버럭 소리를 질러 대는 게 무섭긴 해도 이 사람이 내게 해코지를 할 것 같진 않다는. 화를 다스리는 듯 심호흡을 하고 있는 남자에게 용기 내어 물어보았다.

"저기, 혹시 절 아세요?"

"시팔, 너처럼 못생긴 기지배를 내가 어떻게 알아!"

나쁜 사람은 아니라도 이해할 수 없는 사람인 건 분명했다.

남자가 거듭 재촉했다.

"시팔, 빨리 안 걸어?"

굼벵이가 새끼를 삶아 먹었나. 등 뒤에서 감시하듯 따라오던 남자가 보란 듯 중얼거렸다. 말없이 걸음을 빨리했다. 구불구불한 길을 따르는 동안 고만고만한 높이의 집들이 열을 맞추어 따라왔다. 더 올라가자 담이 솟아 있어도 길의 지대가 높아 마당이 내려다보이는 집이 생겨났다. 수돗가에서 빨래를 하고 있는 중년 여자의 등을 바라보다 꾸물댄다며 또 혼이 났다.

"빨랑 들어가."

남자의 집은 골목길의 가장 꼭대기에 위치해 있었다. 녹이 슨 푸른 대문을 열자 슬레이트 지붕을 씌운 직사각형 모양의 집이 보였다. 외벽에 페인트칠을 하긴 했어도 부서지고 금이 간 자국마다 시멘트 특유의 칙칙한 빛깔이 검게 살을 드러낸 뒤였다. 좁은 마당 한쪽에 자리 잡은, 고무호스를 끼운 수돗가는 오래도록 사용하지 않은 듯 주변에 잡초가 가득했다.

"여기서 밤샐 거야?"

어쩌다 여기까지 왔지.

남자가 트럭을 출발시켰을 때만 해도 자신의 집으로 데려오리라곤 꿈에도 생각하지 못했다. 짧은 시간 동안 파악한 남자는 나를 배려해 설명을 덧붙일 만큼 다감한 성격의 소유자가 아니었다. 트럭이 멈춰 선 순간부터 남자가 뱉은 말들은 다음과 같았다.

'시팔, 빨리 내려.'

'시팔, 빨리 걸어.'

'시팔, 딴 데 보지 말고 빨랑빨랑 걸으라니까!'

남자는 죄수를 감시하듯 나를 앞세우고 뒤를 따라왔다. 말을 꺼내려 할 때마다 살벌한 기세로 '시팔, 뭐.' 하고 되묻는데…….

"빨리 안 들어가?"

암담했다.

대문을 넘어오자 이젠 집 안으로 들어가라 재촉이었다. 이런 성격 진짜 싫어. 당당하게 맞서지 못하고 여기까지 끌려 들어온 소심함이 원망스러웠다. 마루 아래 놓인 신발을 훑어봐도 남자의 것으로 보이는 슬리퍼가 전부. 이제 와 후회해도 늦었지만 아무도 없는 집 안에 단둘이 들어가는 건 꺼림칙했다.

"저기, 일단 얘기를 좀 하고⋯⋯."

"셋 셀 동안 들어가. 하나."

"그래도 이건 좀 아니⋯⋯."

"둘!"

"가, 같이 사는 분이 계시면 실례가 될⋯⋯."

"같이 사는 놈 없으니까 빨랑 들어가."

시키는 대로 들어가는 게 더 위험할까, 여기서 달아나는 게 더 위험할까. 어쩌자고 여기까지 따라온 건지. 새삼 스스로의 안이함을 탓해 보아도 소용없었다.

"니까짓 거 건드릴 맘 없으니까 좋은 말 할 때 들어가."

"그게 아니⋯⋯."

"셋."

"이, 있죠. 그게."

"빨랑 안 들어가!"

서둘러 신발을 벗고 안으로 들어갔다. 사람 대여섯이 누울 수 있는 방 안엔 텔레비전과 수납장이 덩그마니 놓여 있을 뿐이었다. 고개를 돌리자 왼편엔 다른 방으로 통하는 미닫이문이, 오른편엔 각각 부엌과 화장실이 보였다. 주변을 둘러보고 있는데 남자가 대뜸 뒷덜미를 낚아챘다.

반항할 새도 없이 화장실로 끌려 들어갔다. 아니, 정확히는 밀쳐졌다. 넘어질 뻔했지만 다행히 화장실 입구에 놓인 세탁기를 붙잡아

위기를 모면했다. 세, 세이프. 벌렁거리는 심장을 진정시키기도 전에 '씻어.' 한마디와 함께 문이 닫혔다.

갈아입을 옷도 없는데요.

얼이 나가 서 있노라니 쾅 소리와 함께 문이 흔들렸다. 성질 급한 남자가 서두르라 문을 걷어찬 게 분명했다. 한숨을 내쉬며 돌아섰다. 좁은 통로 형태의 화장실엔 세탁기와 양변기, 앉아서 씻을 수 있는 샤워 시설이 갖춰져 있었다.

젖은 몸에 오한이 일었다. 뜨거운 물로 손발이라도 씻을까, 하는데 오 분이 지나면 보일러를 끄겠다는 고함이 들려왔다. 망설이다 이내 옷을 벗었다. 될 대로 되라 싶었다. 쪼그려 앉아 씻으니 다행히 문 앞에 위치한 커다란 세탁기가 몸을 가려 주었다.

샤워를 마치고 찬장에서 수건을 꺼내 몸을 닦으려는 순간이었다. 예고도 없이 문이 열렸다.

응?

"여기 갈아입을 옷…… 시팔."

세탁기 옆에 멀뚱히 선 나를 발견한 남자의 얼굴에 당혹감이 어렸다. 짧은 침묵 후 옷가지를 세탁기 위에 팽개친 남자가 소리 나게 문을 닫았다. 닫힌 문 너머에서 성난 외침이 들려왔다.

"기지배가 정신을 얻다 두고! 씻기 전에 갈아입을 옷 정도 챙겨야 할 거 아니야! 시팔, 그 나이 처먹고 문 하나도 똑바로 잠글 줄 몰라!"

아니, 잠그는 걸 잊어버린 건 맞지만…… 그보다 그쪽도 나 씻는 거 알면서 들어왔잖아요. 갈아입을 옷 챙길 시간은 주지도 않고서 왜 나한테만 뭐라 그래요. 알몸을 보였다는 사실이 부끄럽기도 했지만 억울함이 더 컸다.

내가 뭘 그렇게 잘못했다고.

얼마쯤 그렇게 서 있었을까. 한기가 돈다 싶더니 몸이 떨려 왔다. 이제 와 소용없겠지만 문을 잠갔다. 수건으로 물기를 닦아 내고 벗어 두었던 속옷을 다시 입었다. 남자가 준 티와 바지는 크긴 했지만 그럭저럭 입을 만했다. 흘러내리는 바지를 다시 한번 접어 올리는데 문득 한숨이 새어 나왔다.

"내가 뭘 하고 있는 거야……."

"앉아."

남자가 차려 놓은 상을 가리켰다. 망설이다 남자의 맞은편에 앉았다. 라면 냄비에서 먹음직스러운 김이 모락모락 피어올랐지만 그뿐이었다. 하루 종일 먹은 것이라곤 삼각김밥 두 개가 전부인데도 목 안이 깔깔해 입맛이 없었다.

정말 날 아는 사람이 아닌가? 보통 처음 보는 사람을 자기 집으로 데려와 씻겨 주고 먹여 주진 않잖아. 내가 없던 사이 세상인심이 그렇게 후해졌을 리는 없는데, 대체 왜……. 눈이 마주쳤다. 서둘러 라면을 먹는 시늉을 했다. 먹고 있었다는 걸 보여 주기 위해 과장되게 입안을 오물거리며 숟가락으로 국물도 떠먹었다.

입맛이 없다는 건 사실이었다. 그저 상대의 매서운 눈초리를 피하기 위해 먹는 시늉을 했을 뿐인데, 그런데, 깨달았을 땐 이미 수저가 바삐 냄비 속을 오가고 있었다. 대체 얼마 만의 라면인지. 목 안을 타고 흐르는 얼큰한 국물 맛에 순수한 감탄이 일었다.

아, 행복하다.

젖은 몸을 깨끗이 씻고 더운 국물을 들이켜자 몸이 노곤노곤 풀어졌다. 냄비 바닥까지 박박 긁어 국물 한 방울까지 말끔히 비우고 나니 한결 기분이 나아졌다. 공원에서 우울감에 허덕이던 게 거짓말 같았다.

"잘 먹었습니다. 너무 맛있어서 제가 다 먹어 버렸네요."

걸신들린 것처럼 먹는 내 모습이 딱했던 건지, 아니면 그 모습을 보니 입맛이 떨어진 건지 남자는 진즉에 젓가락을 내려놓은 상태였다. 어딘가 질린 듯한 얼굴을 보니 후자에 가까운 것 같긴 하지만. 멋쩍게 웃어 보이니 남자의 얼굴이 일그러졌다.

"……나중에 목마르다고 지랄하지 말고 물이나 마셔."

"고맙습니다."

말은 퉁명스러운데 행동은 자상했다. 물을 마시고 나니 남자가 칫솔을 내밀었다. 양치를 하고 오라는 말에 고개를 끄덕이다 문득 잊고 있던 사실을 떠올렸다.

"왜 그렇게 봐?"

"저기…… 그게, 혹시 제 가방……."

"이게 사람을 뭘로 보고. 그깟 푼돈 훔칠 맘 없으니까 잔말 말고 이나 닦고 나와. 그럼 줄 테니까."

가방을 뒤졌다는 사실을 당당하게 고한 남자가 눈을 부라렸다. 왜 멋대로 가방을 뒤졌느냐, 따져 물을 용기가 있었다면 이곳까지 끌려오진 않았을 터였다. 얌전히 두 손을 내밀어 칫솔을 받아 들었다.

윗니 아랫니까지 박박 닦고 나와 부엌을 기웃댔지만 남자의 모습이 보이지 않았다. 그때 방문이 열렸다. 문턱을 사이에 두고 고개를 내민 남자가 손짓했다. 머뭇거리며 다가가자 남자가 깔아 놓은 이부자리를 가리켰다. 이부자리 옆에는 빼앗겼던 가방이 얌전히 놓여 있었다.

"누워."

"네?"

"두 번 말하게 하지 마."

떠밀려 얼결에 이부자리에 주저앉자 남자가 눈을 부릅떴다. 엉거
주춤하게 눕는 시늉을 하자 이불이 목까지 올라왔다.

"처자."

방금, 밥 먹었는데.

"처자라고 했다."

자는 건 좋은데요, 그러니까 일단 소화를 좀 시키고……

"튀어나오기만 해 봐. 다리몽둥이를 분질러 버릴 테니까."

남자가 문을 닫고 나가 버리자 어둠 속에 갇혀 버렸다. 뭐가 어떻
게 돌아가고 있는 건지. 남자의 집으로 와 몸을 씻고, 밥을 먹고, 잠까
지 자게 된 일련의 과정이 꿈처럼 아득했다.

먹고 바로 자면 속 안 좋은데. 근데 불 켜면 다시 들어와 뭐라 할
것 같고…… 불 안 켜고 앉아만 있을까. 그러다 들키면 또 한 소리 들
을 텐데…… 해코지는 안 할 것 같지만 그래도 무서운걸.

어둠 속에서 손을 뻗어 가방 안을 살폈다. 빠지거나 사라진 물건
은 없었다. 상대를 의심했다는 사실에 대한 미안함과 안도감이 교차
했다. 몸을 돌려 닫힌 문을 바라봤다. 불투명한 유리문 너머로 불빛이
어른거림과 동시에 텔레비전 소리가 들렸다. 뉴스를 보고 있는 것 같
았다. 희미하게 들려오는 아나운서의 목소리에 귀를 기울였다.

오랜만에 온 가족이 함께 식사를 한 후 거실에 모인 날이었다. 뉴
스를 보고 있는 아버지 때문에 드라마를 보지 못하게 된 어머니의 얼

굴엔 초조함이 가득했다. 여보, 다른 데로 돌리면 안 돼? 흘긋 어머니를 돌아본 아버지가 무심히 고개를 돌렸다. 뉴스는 좀 있다 또 하잖아, 응? 아버지가 장난을 치고 있다는 건 어머니 본인을 제외한 모두가 알고 있는 사실이었다.

'누나, 나도 커피 한 입만.'

'안 돼.'

'한 입 정도는 괜찮잖아.'

'넌 어려서 안 돼.'

밤늦게까지 공부하는 일이 생기면서 본의 아니게 마시게 된 것뿐이었다. 딱히 권해 줄 만한 것은 아니라 딱 잘라 거절하자 영우의 입술이 튀어나왔다.

'누나도 어리잖아. 왜 누난 되고 난 안 되는데.'

'난 이미 클 만큼 다 컸잖아.'

'어쭈, 자꾸 놀리지. 조금만 기다려 봐. 누나 정돈 금세 따라잡아 줄 수 있으니까.'

'몇 년 전부터 그 얘기 들었던 것 같은데…… 아, 알았어. 기대할게. 그럼 그런 의미에서 딱 한 입?'

'딱 두 입.'

아깐 한 입이라더니. 내가 언제. 좀 전에 그랬잖아. 그러니까 내가 언제. 장난처럼 티격태격하다 어느샌가 리모컨의 주도권을 가진 어머니에게 시끄럽다 타박을 들었다. 드라마 보는 엄마는 건드리면 안 돼. 은밀하게 속삭인 영우가 손가락으로 어딘가를 가리켰다. 저기 봐 봐. 리모컨을 넘기고 자리를 피하려던 아버지는 좋아하는 일은 함께해야 직성이 풀리는 어머니에게 붙잡혀 떨떠름한 얼굴로 화면을 응시하고 있었다.

'난 절대 아버지처럼은 안 잡혀 살 거야.'

'글쎄, 그게 그렇게 말처럼 쉬울까.'

'쯧. 나중에 누나 남편 될 사람은 어째, 불쌍해서. 하는 수 없지. 나라도 잘해 주는 수밖에.'

보란 듯 고개를 내저으며 불쌍한 우리 매형을 읊조리던 영우가, 아버지의 소매를 꼭 쥐고 드라마에 빠져 있던 어머니가, 그런 어머니를 보며 어쩔 수 없다는 듯 웃고 있던 아버지가 마치 어제 일처럼 생생했다.

방문을 타고 넘어오는 텔레비전 소리를 듣지 않으려 이불을 끌어당기는 순간, 낯선 이의 체취가 후각을 자극했다. 이곳은 타인의 공간이었고 이불에서 타인의 향기가 묻어나는 건 당연했다. 머리로는 알고 있는데, 이상하게도 그 당연한 사실이 가슴을 후벼 팠다.

울음이 터졌다. 신음이 새어 나올까 손바닥으로 입을 틀어막았지만 봇물처럼 쏟아지는 눈물은 막을 수가 없었다. 이불을 머리끝까지 뒤집어쓰자 또다시 낯선 체취가 숨을 틀어막았다. 견딜 수 없는 기분에 사로잡혀, 누군지도 알 수 없는 존재에게 빌었다.

제발, 시간을 되돌려 달라고.

그들이 내 옆에 있었고, 내가 그들의 옆에 있었던 그날로 돌아가게 해 달라고.

영우야.

아버지.

어머니.

수천 번, 수만 번 불러 봐도 그들은 더 이상 내 곁에 없었다. 더는 돌이킬 수 없다는 걸 알고 있는데, 그 사실을 모르지 않는데, 왜 매번 가슴이 무너져 내리는 건지 알 수 없었다.

눈을 뜨고 싶었지만 눈꺼풀이 달라붙어 떨어지질 않았다. 누군가 온몸을 불덩이로 지지는 것처럼 뜨거웠다.

영우야.

열여섯 그때 이후로 자라지 못한 동생의 얼굴이 아른거렸다.

시간을 돌릴 수만 있다면, 그 아이가 홀로 차가운 눈밭에 몸을 던지기 전날 밤으로 돌아가고 싶었다. 돌아가서, 절망으로 너덜너덜 찢겨 나간 그 아이를 온 힘을 다해 안아 주고 싶었다. 밤마다 학교에 가는 아침이 두려워 잠 못 이룬, 살기 위해 18층 아파트에서 몸을 던질 수밖에 없을 만큼 아팠던 그 아이를, 내 어린 동생을……

영우야, 거기선 웃을 수 있니? 따뜻한 잠자리에 누울 때면 눈밭에 얼어붙어 있던 네가 생각났어. 사람들과 웃고 떠들다가도 다른 빵을 사 왔단 이유만으로 친구들에게 맞아야 했던 네가 생각났어. 그거 아니? 너를 그렇게 보내고 난 후 하루라도 가슴속에서 불길이 일지 않은 날이 없었어. 너를 그렇게 만든 놈들이 미워서, 도와 달라는 네 신호를 무시했던 내가 미워서. 영우야, 거기선 정말 웃을 수 있는 거지? 예전처럼 밝게 웃을 수 있는 거지?

환상이란 걸 알았다. 하지만 누나, 하고 날 부르는 영우는 예전처럼 웃고 있는 듯 보였다.

그래, 웃어. 거기서라도 행복하게 웃어. 제발, 부탁이니까.

아버지.

거기서도 좋아하시는 낚시 맘껏 하고 계세요? 이젠 영우가 아버지보다 더 능숙할 것 같은데 어때요? 아버지가 낚시할 때마다 챙겨 갔던 사진은 제가 잘 갖고 있어요. 아쉽진 않으시죠? 어차피 아버지 옆엔 진짜 영우가 있을 테니까.

영우 옆에 선 아버지의 입가에 웃음이 어렸다. 그 자연스럽고 온화한 웃음에 눈물이 났다. 영우가 그렇게 떠난 후 아버지는 오래도록 웃질 않았다. 아니, 웃는다 해도 그 웃음은 영우가 떠나기 전과 같지 않았다.

아버지, 어머니는 어딨어요? 영우야, 어머니는 어딨어? 서로 마주보고 웃은 두 사람이 내 등 뒤를 가리켰다. 돌아보자 어머니가 가볍게 손을 흔들며 서 있었다.

영우와 아버지에 이어 외할머니까지 떠나보낸 뒤에도 어머니는 삶을 포기하지 않았다. 떠난 사람의 몫까지 행복하게 사는 것, 그게 남은 사람들이 해야 할 일이야. 목까지 차오른 절망을 삼키고 어머니는 그렇게 말하며 웃었다.

몰랐었다. 그랬던 그녀마저도 허망하게 나를 떠나 버릴 줄은.

어머니.

손을 뻗었지만 닿지 않았다. 홀연히 연기처럼 사라진 어머니는 어느샌가 영우와 아버지의 곁에 서 있었다. 이건 환상이야. 내가 보는 환상일 뿐이야. 알면서도 다정히 어깨를 맞대고 서 있는 세 사람을 보는 순간, 사무치게 외로워졌다.

죽은 자를 향한 산 자의 그리움은 영원히 보답받을 수 없는 외사랑과 같았다. 더 이상 그들과 닿을 수도, 그 온기를 느낄 수도 없는데 함께했던 기억만큼은 어째서 바래지지도 않는 건지.

다시 손을 뻗었지만 점차 거리가 벌어졌다. 안타까움에 속이 타들어 갔다. 아직 가지 마. 가지 마요. 조금만 더 나랑 있어 줘요. 이렇게 세 사람이 함께 날 찾아온 거, 너무 오랜만이잖아. 세 사람은 날 잊었을지 모르지만, 내가 그렇게 보고 싶지 않을지 모르지만, 난 너무 보고 싶었어. 보고 싶었어요. 그러니까 조금만 더 옆에 있어 줘요. 가지마. 필사적으로 애원했지만 귓가엔 내가 토해 낸 밭은 숨소리만이 들려왔다.

부탁이야. 가지 마.

어둠 속에 녹아 들어간 세 사람을 쫓아 달렸다. 안 돼. 가지 마. 가지 마, 영우야. 아버지, 가지 마요. 나만 혼자 두고 가지 마. 어머니, 제발 가지 마요.

여긴, 싫어.

순간 주위가 밝아졌다. 고개를 들자 높은 담벼락과 그 위를 덮은 가시덤불 같은 철조망이 보였다. 어디를 돌아봐도 마찬가지였다. 입구도 출구도 없이 막혀 있는 사각의 공간 속에, 수십의 교도관들이 나를 주시하고 있었다. 그들은 사소한 내 움직임 하나하나를 모조리 쫓고 있었다.

턱, 숨이 막혔다. 「독보금지(獨步禁止)」의 원칙에 따라 수용자들은 교도관을 대동하지 않고서는 어디도 갈 수 없었다. 하루 24시간이 철저한 계획표에 의해 운영되는 그곳에서 바깥 공기를 쐴 수 있는 시간은 하루 삼십 분뿐이었다.

다시, 돌아온 거야? 나, 다시 돌아온 건가?

어디에도 자유는 없었다. 눈 깜빡임 하나하나마저도 전부 감시되고 있었다. 소름이 돋았다. 숨이 막혔다. 이곳에서 또다시 그 긴 시간을 버텨야 한다는 사실이 끔찍했다. 무릎이 꺾이며 바닥에 주저앉았지만 누구 하나 손을 내밀지 않았다.

비참했다.

주변에 사람들이 가득한데 누구도 내게 괜찮냐고 물어 주지 않았다. 어째서냐고 묻고 싶었다. 내가 보이지 않는 거냐고, 무엇 때문에 나를 모른 척하는 거냐고 묻고 싶었다. 원망 어린 시선으로 그들을 바라보는 순간, 누군가 말했다.

'넌 사람을 죽이려 했잖아.'

'넌 한 사람의 인생을 망쳐 놨어.'

'살인자.'

고개를 저었다. 그렇지 않다고, 나는 아니라고, 필사적으로 부인했다. 나는 그저 억울했을 뿐이었다. 법의 심판을 받으려고도 했지만 법은 동생을 죽인 놈들을 벌해 주지 않았다. 법은 그들이 어리다고 했다. 어린 날의 실수로 그들에게 죄인의 낙인을 찍을 순 없다고 했다. 그들은 단지 미성숙했기 때문에, 그들이 바른 어른으로 성장할 수 있도록 기회를 주어야 한다고 했다.

하지만 나는 묻고 싶었다. 그렇다면 내 동생은? 아무런 잘못도 하지 않았는데 돌이킬 기회조차 얻지 못한 내 동생은? 고작 열여섯이었다. 열여섯의 어린아이가 죽는 것보다 사는 것이 싫어 18층 아파트에서 몸을 던졌다. 죽는 그 순간까지, 그 아이는 얼마나 많은 고통과 절망 속에서 몸부림쳐야 했을까.

따지고 싶었다. 한 생명을 죽음으로 몰고 갈 만큼 지독한 괴롭힘을 일삼은 놈들에게 어째서 법은 그토록 관대한 건지. 나이가 어리다는 게 무슨 상관이란 말인가. 어찌 됐건 놈들은 살인자나 다름없는데. 영우뿐만이 아니었다. 놈들은 부모님까지 죽음으로 내몰았다. 그 일만 없었다면 아버지가 아픈 몸으로 바다를 헤매지도, 식구들이 있을 땐 저녁 식사 전에 귀가하던 어머니가 그 늦은 시각까지 차를 몰고 집을 나서지도 않았을 터였다.

증오가 들끓었다. 그놈들만 없었으면, 그놈들만 제대로 벌했으면, 그랬으면…… 동생을 죽이고도 아무런 처벌도 받지 않은 놈들에 대한 살의가 치솟았다. 아무렇지 않게 동생의 죽음을 안줏거리로 씹어대며 희희낙락 떠들고 있을 놈들을 생각하자 오장육부가 뒤틀렸다. 놈들의 살덩이를 갈기갈기 찢어 짓뭉개고 싶었다. 손톱을 하나하나 뽑고 두 눈알을 도려내 고통에 몸부림치도록 만들어 주고 싶었다. 열여섯, 어린 내 동생이 스스로를 죽음의 아가리 속에 들이밀 수밖에 없었듯이. 그것만이 떠나 버린 가족들의, 돌이킬 수 없이 변해 버린 내 인생에 대한 유일한 복수라고 여겨졌다.

그만해.

울음이 터져 나왔다. 악의로 가득한 내 목소리가 진저리 나게 싫었다. 소름이 끼쳤다. 이제 좀 그만해. 열여덟 그때부터 지치지도 않고 쏟아지는 놈들에 대한 원망과 비난을 그만 멈추고 싶었다. 대체 언제까지 제 살을 파먹는 이 무의미하고 맹목적인 감정을 답습해야 하는 걸까.

가족들이 사라진 곳을 향해 손을 뻗었다. 미치도록 외로워서, 삶이 허무해서, 견딜 수가 없었다. 계속해서 이렇게 살아야 한다면 차라리 그들이 있는 곳으로 가고 싶었다. 나도 데려가 줘요. 제발, 나도 데려가 줘요.

"정신 차리라고."

갈 곳을 모르고 헤매던 손이 누군가에게 붙잡혔다. 단단하고 강한 아귀힘에 꼼짝할 수가 없었다. 맞닿은 손이 뜨겁고 축축했다. 살아 있는 자만이 품을 수 있는 더운 열기에, 왈칵 눈물이 솟구쳤다.

"왜 이러는 거야, 대체."

누군가의 목소리가 귓가에 웅웅거렸다.

"그만 처울어."

낭패감에 어쩔 줄 몰라 하는 게 고스란히 느껴졌다.

"시팔, 그만 처울라고, 기지배야. 물 다 빼고 뒈지려고 환장했어?"

투박하고 거친 손이 거푸 눈물을 훔쳐 냈다. 눈가를 모두 닦아 주고 멀어지는 손을 붙잡았다. 손을 끌어당겨 뺨에 가져다 댔다. 스스로도 뭘 어쩌고 싶은지 알 수 없었다. 그냥, 이 온기를 내게 잡아 두고 싶었다.

영우야, 보고 싶어.

아버지, 어머니, 보고 싶어요.

"또 처울고 지랄이야."

사나운 말투에 절로 몸이 움찔했다. 굳은살이 박인 단단한 손이 나를 밀쳐 낼까 겁이 나, 잡은 손에 힘을 주었다. 놓치고 싶지 않았다. 지금 이 순간은 혼자이고 싶지 않았다. 누군지도 모르는 손의 주인에게 애원했다. 가지 말라고. 날 두고 가지 말라고.

"안 뺏어 가. 안 뺏어 가니까……."

제발, 그만 울란 말이다.

화를 내는 듯도, 애원하는 듯도 한 낯선 목소리를 들으며 정신을 잃었다.

❄

눈을 뜨자 익숙한 천장이 보였다.

몸을 일으키자 뼈마디에서 소리가 났다. 고된 노동을 한 것처럼 힘은 없었지만 몸살 기운은 완전히 가셔 있었다. 찐득한 눈꺼풀을 힘겹게 떼어 냈다. 흐린 시야 끝에 빈 잔과 약 봉투가 걸렸다.

불그스름하게 달아오른 얼굴. 노기로 바싹 힘이 들어간 각진 턱. 씰룩이던 입매. 삼키던 죽을 토해 냈을 땐 비몽사몽간에도 죽겠구나, 싶었다. 하지만 남자는 휴지 뭉치로 입술을 닦아 준 후 살고 싶으면 먹으라는 듯 또다시 숟가락을 들이밀었을 뿐이었다.

며칠이나 지난 거지.

정신이 끊어졌다 이어지길 반복하는 동안 낮과 밤이 몇 번인가 교차했던 것 같았다. 어째서일까. 아무리 생각해도 이상했다. 걸은 욕설을 쏟아 내면서도 남자는 앓는 내내 옆을 떠나지 않았다. 눈을 뜨면 항상 남자가 있었고 나는 그에 안도하며 잠이 들었다.

주위를 둘러보았지만 처음으로 남자의 모습이 보이지 않았다. 이부자리를 개어 두고 거실로 나왔다. 고작 이불을 정리하는 데 진이 빠져 문턱에 걸려 넘어질 뻔했다. 좁은 방 안을 나서자 탁 트인 공기에 숨통이 열렸다.

"일을, 간 건가."

그러고 보니 오늘따라 남자가 이른 아침에 나를 깨웠었다. 억지로 죽을 떠먹이고 약을 먹인 남자가 까무룩 잠들 무렵 뭐라 뭐라 말한 기억이 났다. 지금 생각해 보니 일을 다녀오겠다는 말인 듯했다.

물을 한 잔 마신 뒤 밖으로 통하는 미닫이문을 열었다. 고개를 들자 가장 먼저 하늘이 보였다. 문턱에 쪼그리고 앉아 구름 한 점 없는 파란 하늘을 올려다보았다. 그 청아하고 고운 빛깔에 넋을 잃었다.

그곳에선 열두 시에 점심을 먹은 후 삼십 분간 운동 시간이 주어졌다. 하루 중 유일하게 밖에 나가 바깥 공기를 쐴 수 있는 순간이었다. 교도소의 단단한 담장 밖으로 뻗어 나간 하늘을 볼 때면 비로소 막혀 있던 숨통이 트였다.

가능하다면 온종일 하늘만 바라보고도 살 수 있을 것 같았다. 하지만 삼십 분의 시간은 늘 쏜살같이 흘러갔고 교도관들은 단호하게 입실을 명했다. 미련으로 떨어지지 않는 발을 억지로 떼어 내며 음침한 건물 안으로 들어설 때마다 까마득한 절망이 심장을 짓눌렀다.

대체 언제까지.

하루하루가 지옥 같았다. 매일 아침 눈을 뜰 때마다 또다시 하루를 버텨 내야 한다는 사실에 턱턱 숨이 막혔다. 공책에 날짜를 적은 후 밤마다 짓이기듯 그날의 숫자에 사선을 그었다. 영원히 오지 않을 것 같은, 자유의 날을 기다리며.

하늘을 올려다보았다. 정말 끝이 났구나 싶었다. 영원히 오지 않을 줄 알았는데, 그래도 시간이 흘러 이런 날이 왔구나.

"너도, 알았으면 좋았을 텐데."

툭, 눈물 한 방울이 떨어져 내렸다.

"너도, 알았으면……."

열여섯, 어린 내 동생도 이 사실을 알았다면 좋았을 터였다.

그 어떤 끔찍한 시간들도 결국엔 지나가고야 만다는 걸.

무릎 사이에 얼굴을 파묻고 울다 이내 고개를 들어 흐어엉, 어린애처럼 소리 내어 울었다. 며칠 동안 몇 년 치 눈물을 모조리 흘려보냈다 여겼는데 아직도 이렇게나 많은 눈물이 남아 있었다. 흐엉, 흐어엉. 스물아홉의 여자가 부끄러운 줄도 모르고 눈물 콧물을 줄줄 흘려대며 원 없이 울었다. 이렇게 누구의 눈치도 보지 않고 맘껏 울어 본 게 얼마 만인지 알 수 없었다.

족히 삼십 분을 울고 나자 눈물샘이 모조리 말라 버린 듯 더는 눈물이 나오지 않았다. 꾸덕꾸덕 말라 가는 볼의 물기를 훔쳐 내고 킁, 콧물을 들이켰다.

"힘내자, 정지안."

다시 시작하고 싶었다.

어린 날 생각해 왔던 것과는 전혀 다른 모습이지만 어찌 됐건 나는 살아 있었다. 앓는 동안엔 동생과 부모님을 찾으며 나를 데려가라 말했지만 그건 순간의 감정에 휩쓸린 것뿐이었다.

죽고 싶어 했다면 죽을 기회는 충분히 있었다. 마음만 먹었다면 교도소 안에서도 얼마든지 죽을 수 있었다. 하지만 나는 그렇게 하지 않았다. 죽지 못해 사는 것처럼 살아왔지만, 죽고 싶다는 말을 입버릇처럼 중얼거리곤 했지만, 이젠 그렇게 하고 싶지 않았다. 더는, 그런 식으로 스스로를 기만하고 싶지 않았다.

나는, 살고 싶었다.

스물셋의 내게 펼쳐져 있던 장밋빛 미래는 산산이 조각나고 이렇듯 초라한 모습으로 서른을 앞두고 있지만, 그럼에도 나는 살고 싶었다. 어린 날의 내가 꿈꾸던 것과는 전혀 다른 모습일지라도 포기하고 싶진 않았다. 살아가다 보면 분명, 이 막막함과 아득한 아픔을 딛고 웃을 수 있는 날이 올 테니까.

끝나지 않을 것 같았던 육 년의 시간이 지나 지금의 내가 있듯이.

오른손을 내려다보았다. 언젠가 누군가를 상처 입혔던, 바로 그 손이었다. 야채와 고기를 썰던 유용한 도구가 바로 이 손에서 누군가를 해하는 흉기로 변모했었다. 나는 분명 이 손으로, 진심으로 누군가를 죽이고자…….

이젠 그만하자.

과거에 발목 잡혀 현재의 삶을 방기하는 건 지난날들로 충분했다. 정신 차려야 해. 흐트러진 마음을 다잡았다. 동생과 부모님의 죽음도, 돌이킬 수 없어진 인생에 대한 회한과 자책도, 이제는 가슴에 묻어 두어야 했다. 물론 곪을 대로 곪아 버린 누군가에 대한 원망과 미움도.

"슬슬 일어나 볼까."

가만히 있다간 또다시 지나간 과거에 사로잡힐 것 같았다. 즐거운 일을 떠올리기로 했다. 예컨대 자유의 몸이 된 지금 내가 할 수 있는 것들을. 첫째, 하루 종일 하늘을 올려다볼 수 있다. 둘째, 원하는 대로 움직일 수 있다. 또…….

"찝찝해."

어디선가 시큼한 냄새가 난다 했는데 몸에서 나는 냄새였다. 고개를 숙여 냄새를 맡자 절로 얼굴이 일그러졌다. 며칠 내내 씻지 못하고 땀을 흘려 댄 탓인지 몸에서 쉰내가 진동했다. 열흘간 묵혀 둔 상한 우유 냄새 같기도 했고 제대로 말리지 않은 걸레에서 나는 냄새 같기도 했다. 이건 사람의 몸에서 날 냄새가 아니야.

셋째, 나는 원할 때마다 자유로이 씻을 수 있다. 세 번째 자유를 곱씹으며 자리에서 일어섰다.

어슬렁거리며 주변을 산책했다. 폭이 좁고 고불고불한 길을 따라 미니어처처럼 작다란 집들이 연이어 붙어 있었다. 대부분 슬레이트나 양철 지붕을 올렸는데 그마저도 어려운 집은 판자로 잔뜩 덧대어 놓은 상태였다. 같은 나라 안인데도 낯선 이국땅에 온 것처럼 이질적인 풍경이었다. 다큐나 영화 속에서는 자주 보았지만 실제로 이런 곳을 가까이 접한 건 처음이었다.

낮은 층계참을 오르내리며 거미줄처럼 얽히고설킨 길 곳곳을 누비고 다녔다. 마치 놀이공원의 미로 정원을 돌아다니는 듯한 기분이 들었다. 중간중간 길을 잃었지만 초조하진 않았다. 어차피 시간은 하릴없이 많이 남아 있었으니까.

얼마나 걸었을까. 비탈길의 경계면을 따라 이어지는 철제 난간에 기대어 섰다. 군데군데 페인트칠이 벗겨진 자리마다 불그스름한 녹물이 들어 있었다. 고개를 들자 저 멀리 산처럼 우뚝 솟아 있는 고층 아파트와 상가 건물들이 보였다.

어디선가 개가 우짖는 소리가 들려왔다. 다시 시야를 낮추자 붉은 철제 지붕 아래 빨랫줄에 걸린 옷가지들이 펄럭였다. 차의 매연과 사람들이 내는 소리로 복작거릴 건너편의 세상과 달리 이곳은 조용하고 고요했다.

인기척을 느꼈다. 뒤돌아선 순간 네다섯 살쯤 되어 보이는 남자아이와 눈이 마주쳤다. 내복 차림에 운동화를 구겨 신은 아이는 막 자다 깨어난 듯 멍한 얼굴이었다. 스누피 그림이 있는 배 부분이 볼록 솟아 있는 모습이 퍽 귀여웠다.

"안녕."

인사를 건넸지만 아이는 엄지손가락을 입에 문 채 서 있을 뿐이었다. 다가가자 아이가 움찔, 뒤로 물러섰다. 말간 얼굴에 서린 경계심에 걸음을 멈추었다.

슬슬 돌아가는 게 낫겠지.

그냥 가는 것도 뭣해 작별 인사를 하려 손을 들자 아이가 다시 물러섰다. 우습지만 그 작은 거부에 시무룩해졌다. 왜 애들은 날 싫어할까. 머쓱한 손을 내리는데 난데없이 뒷덜미를 붙잡혔다.

"시팔. 진짜."

거친 숨소리에 놀란 것도 잠시, 뒤를 돌아보자 불그죽죽하게 달아오른 남자의 얼굴이 보였다. 정신없이 뛰어온 듯 점퍼 속 회색 면 티가 축축하게 젖어 있었다.

"이 기지배가 대체 정신이 있어, 없어! 깨어났으면 얌전히 기다릴 것이지 어딜 싸돌아다니는 거야! 점심때 올 테니까 돌아다닐 생각 말고 집구석에 박혀 있으라 했지!"

그런, 말을 했던가. 다시 생각해 보니 기다리라는 비슷한 말을 한 것도 같았다. 어째서 그 말이 지금 생각난 건지 알 수 없지만.

"시팔, 돈 한 푼 없이 가긴 어딜 가겠다고. 당장 어두워지면 잘 곳이라도 있어? 엉? 짐승도 은혜를 아는데 죽어 가는 걸 살려 놨더니 살 만하다고 바로 튀어 나가? 쌍. 가방까지 팽개치고서 대체 어딜 가려고 했어!"

……제가요?

멍하니 되물으려다 첫날의 옷차림을 하고 있는 내 모습이 오해를 불러일으켰다는 걸 알았다. 그냥 빨랫줄에 걸려 있던 옷을 입은 것뿐인데. 오해를 풀어야 했지만 성질 급한 남자가 선수를 쳤다.

"말 안 해? 돈 한 푼 없이 나가서 대체 뭘 어쩔 생각이었냐고 묻잖아!"

그러니까 집을 나가려던 게 아닌데요.

"뚫린 입으로 왜 말을 못 해! 갈 곳도 없는 주제에 그 꼬라지로 어딜 가려고 했냐고!"

"저기, 뭔가 오해가…… 저는 그냥 답답해서……."

"답답해서 뭐! 이 추운 날 길바닥에서 얼어 죽기라도 할 셈이야!"

도통 뭔 소린지. 흥분한 탓인지 남자 본인도 자신이 무슨 말을 하는지 모르는 것 같았다.

"그냥 산책 나온 것뿐인데……."

"시팔, 며칠 동안 죽네 사네 앓아누웠던 기지배가 산책 같은 소리 하고 있네. 이게 어디서 두 눈 시퍼렇게 뜨고 있는 사람 앞에서 거짓부렁을……."

이대론 안 되겠다.

나도 모르게 남자의 팔을 붙잡았다. 상대가 멈칫한 틈을 타 재빨리 변명했다.

저기, 정말 오해예요. 새벽까진 아팠는데 자고 일어나니까 괜찮아지더라구요. 옷은, 그러니까 찝찝해서 씻으려고 보니까 마당에 걸려 있길래 갈아입었구요, 계속 집에 있다 보니까 답답해져서 나온 것뿐이에요. 기다리란 말은 그게, 약에 취해 있어서 그랬는지 제대로 못 들었어요. 저는 그냥 일 가신 줄 알고, 그럼 저녁 늦게나 들어오실 거라 생각해서 그 전에만 돌아가면 된다고 생각했어요. 이렇게 걱정시킬 줄 몰랐어요.

"죄송해요."

이 대답이 정답일까. 혼자 오버해 구구절절 늘어놓은 거라면 정말이지 창피할 것 같았다. 침묵하던 남자가 시팔, 낮게 뇌까렸다. 눈이 마주쳤다. 뭘 봐? 짐짓 눈을 부라리는 남자가 부끄러워하는 것처럼 느껴졌다.

"한 번만 더 말도 없이 싸돌아다니기만 해 봐."

그 말에, 어쩐지 목이 메었다.

있잖아요, 정말 날 찾아다닌 거예요? 내가 돈 한 푼 없이 거리를 헤맬까 걱정한 거예요? ……왜요? 대체 무슨 이유로, 그쪽이 누구길래, 온몸이 땀으로 젖을 만큼 나를 찾아 뛰어다닌 건데요?

"시팔, 빨리 안 따라와?"

"가요."

냉큼 따라오지 못하겠냐는 시선에 안도하는 스스로가 낯설었다. 걸음을 옮기다 문득 뒤를 돌아봤다. 아이는 여전히 겁먹은 얼굴로 이쪽을 보고 있었다. 괜찮다는 의미로 손을 흔들자 머뭇거리던 아이가 고사리처럼 작은 손을 마주 흔들었다. 아주 조금, 웃음이 났다.

"싸돌아다닐 기운이 있으면 뭐라도 처먹을 것이지. 뭐 해, 빨리 안 먹고."

잠자코 숟가락을 들었지만 김이 솟아오르는 뽀얀 사골 국물을 보니 망설여졌다. 나 혼자 먹는 건가. 밥 먹고 왔냐고 물어볼까. 혼자 먹기가 뭣해 미적거리자 남자가 냉큼 숟가락을 빼앗았다.

"시팔. 이런 것까지 일일이 다 해 줘야 해."

사골 국물 안에 공기째 덜어 낸 밥과 다진 파, 소금을 털어 넣은 남자가 숟가락을 내밀었다.

"식기 전에 빨리 처먹어."

"저, 식사는 하셨어요?"

말 끝나기 무섭게 남자의 입매가 실룩였다. 일을 끝내고 온 건지 아니면 다시 돌아가야 하는 건지 묻고 싶었지만 말을 꺼낼 분위기가 아니었다. 눈치를 살피며 국물을 떠먹던 와중 사골국이 담긴 그릇이 눈에 들어왔다. 가정집에서 사용하는 식기는 아니지만 어쩐지 눈에 익은 모양새였다.

"아."

"뭐 또."

"혹시 중국집에서 일하세요?"

그릇을 가리키며 묻자 근데, 라는 시큰둥한 대답이 돌아왔다. 그럼 배달부? 아님 주방에서 일을 하는 건가?

"거기서 무슨 일을 하시……."

"닥치고 처먹기나 해."

살벌한 대꾸와 함께 남자가 휴대폰을 꺼냈다. 겉면이 모두 닳은 은색 폴더 폰을 열어 액정을 확인한 남자의 미간이 구겨졌다. 별다른 내색은 않지만 초조해 보였다. 아무래도 일을 하던 도중에 온 듯했다. 목까지 차오른 물음을 삼키고 푹푹 수저질을 하며 식사를 마쳤다.

"그릇 가져가셔야 하는 거면 제가 빨리 씻어 드릴게요."

서둘러 빈 식기를 들고 부엌으로 향했다. 설거지를 시작하려는데 대뜸 다가온 남자가 흐르는 물을 반으로 줄였다.

"반만 틀어."

"아, 네."

수세미를 잡았지만 남자는 저승사자처럼 우뚝 선 채 움직일 생각을 않았다. 설마, 했지만 말 그대로 설마가 사람을 잡았다.

세제를 왜 그렇게 많이 짜고 난리야. 수세미로 문지르는데 물은 왜 틀어 놔. 네 집 아니라고 팡팡 써 대는 거냐. 땅을 파 봐라, 십 원짜리 하나 나오나. 그렇게 꾸물대서 언제 다 끝낼래. 당황한 나머지 설거지를 하다 처음으로 그릇을 놓쳤다. 깨지진 않았지만 긴장한 탓인지 고작 그릇 서너 개를 씻는데 진땀이 다 났다.

"다 큰 기지배가 설거지 하나도 똑바로 못 해."

쯧.

남자가 한심하다는 듯 혀를 찼다. 설거지 정도는 나도 집에서 많이 해 봤는데…… 억울했지만 딱히 변명을 할 수도 없었다. 모처럼 밖에 나왔는데 여기도 교도관이 한 명 있을 줄이야. 젖은 손을 청바지에 문지르며 돌아서다 시선이 마주쳤다. 멋쩍게 웃어 보였지만 남자의 표정엔 변화가 없었다. 말없이 돌아선 남자가 의자에 벗어 둔 점퍼를 집어 들었다.

"티는 갈아입고 가시는 게 낫지 않아요?"

그리 춥진 않지만 젖은 옷을 입고 다닐 만한 날씨는 아니라 신경 쓰였다.

"됐어."

"그래도……."

말 끝나기 무섭게 날아드는 살벌한 눈빛에 시선을 내리깔았다.

"저기, 조심해서 다녀오세요."

말하고서도 낯간지러운 기분이 들었다. 지금 내가 이런 말을 해도 되는 처진가. 물론 그 기분을 나만 느낀 것은 아닌지 운동화를 신던 남자의 동작도 멋었다. 역시 이건 아니었나. 그치만 달리 뭐라고 말해야 해. 후회가 파도처럼 밀려오는 순간이었다.

"열 시까진 올 테니까 어디 싸돌아다닐 생각 말고 얌전히 박혀 있어."

정말, 점심을 챙겨 주러 온 거였구나.

마당을 가로지르는 발소리가 멀어질 때까지, 오래도록 자리를 떠날 수가 없었다.

종열
1

SALTY
SALTY
SALTY

"아까 어디 갔다 왔어요?"

재현이 주방 안으로 얼굴을 내밀었다.

"집에? 아님 딴 데? 솔직히 말해 봐요. 곰국 싸 들고 대체 어딜……."

"가서 접시나 가져와."

"에이, 그러지 말구요."

"빨리 가져오라 했다."

우씨. 입술을 빼쭉인 재현이 찬장의 그릇을 꺼내 왔다. 접시를 받아 든 종열이 노릇하게 튀겨진 고기를 담았다. 튀김 부스러기를 걸러 내고 야채로 장식을 하는 손놀림은 체격과 어울리지 않게 섬세했다. 물끄러미 그 모습을 지켜보던 재현이 다가와 속삭였다.

"애인 생긴 거 맞죠. 그래서 애인 만나러 간 거죠."

"……."

"내 이럴 줄 알았어. 분명 여자라니까. 여자가 아니면 아저씨가 가게도 팽개치고 나갈 이유가…… 악, 왜 때려요!"

"시끄럽고 빨랑 배달이나 가."

나가지 않으려 버티는 재현을 쫓아낸 종열이 수세미를 집어 들었다. 손등에 힘줄이 불거지도록 거칠게 냄비를 문지르던 움직임이 어느 순간 멈추었다. 시팔. 욕과 함께 내던져진 수세미가 철퍽, 소리를 내며 냄비 안에 떨어졌다.

'저기, 조심해서 다녀오세요.'

머뭇머뭇 다가온 목소리가 자꾸만 귓가에 아른거렸다. 할 일은 산더미 같은데 손과 마음이 따로 놀았다. 아픈 기지밸 두고 나왔기 때문이라고, 점심이라도 챙겨 주며 상태를 보면 괜찮을 거라 여겼다. 착각이었다. 멀쩡한 얼굴을 확인하고 혼자 밥 한 그릇을 뚝딱 해치우는 걸 보고서도 이 모양이었다.

미친 게 분명했다. 그렇지 않고서야 그 기지밸 집으로 데려온 것도 모자라 모습이 보이지 않는다고 온 동네를 들쑤시고 다닐 리 없었다. 데려와 놓고 쫓아낼 수도 없어 처치 곤란이던 기지배가 알아서 사라졌으면 쌍수를 들고 환영을 해도 모자랄 판인데.

"시팔, 진짜."

하여간에 그 기지배와 엮이면 되는 일이 없었다.

"빨리빨리 못 해?"

"여기서 어떻게 더 빨리해요. 기계도 아니고."

"쓸데없이 토 달 시간에 하나라도 더 씻어."

재현이 눈을 흘겼지만 종열은 웬 개가 짖나 하는 시큰둥한 표정을 지을 뿐이었다. 어우, 내가 낼모레 월급날만 아니면 당장 그만두는 건데. 재현의 중얼거림에 종열의 눈매가 사나워졌다.

"일하는 아줌만 언제 구할 거예요?"

"……."

"그러게 그 승질머리 좀 고치라니까요. 이게 대체 몇 번째야. 배달하기도 바빠 죽겠는데 서빙하랴, 설거지하랴, 몸이 아주 열 개라도 안 남아나겠어요."

"잠자코 기다려. 구하고 있잖아."

"구하는 게 문제가 아니라 쫓아내질 말라는 거죠. 아저씨 성질 감당 못 하고 나간 아줌마가 대체 몇이에요. 아저씨 성깔 드럽다고 이 동네에 소문 쫙 나서 가뜩이나 사람 구하기 어려운데 구하면 쫓아내고 또 쫓아내고……."

"니가 또 한 대 맞고 싶다 이거지."

"자꾸 이러면 저도 확 때려치우는 수가 있어요."

말 끝나기 무섭게 매운 꿀밤이 날아들었다. 시큰한 고통에 눈물이 찔끔 날 정도였다. 차마 욕은 못 하고 우거지상을 한 재현을 버려둔 채 종열이 홀로 나왔다. 벽에 걸린 시계의 바늘은 숫자 9를 훌쩍 넘기고 있었다.

"아저씨, 나 일시키고 딴짓하지 마요! 빨랑하라고 구박할 땐 언제고!"

다 끝내고 가려면 삼십 분은 더 걸리겠지.

"사장이면 사장답게 모범을 보여야죠!"

전화기 위에서 머뭇거리던 손길이 이내 들려오는 외침에 우뚝 멎었다.

"치사빤스 악덕 고용주!"

저놈의 새끼를 그냥.

굳은살로 단련된 손을 움켜쥔 종열이 주방으로 걸음을 옮겼다. 되바라진 어린 배달부의 버릇을 똑똑히 고쳐 주기 위해.

어둠이 드리운 대문을 노려보는 인영이 있었다. 쓰잘머리 없이 주변을 서성이다, 욕을 뇌까리다, 머리를 벅벅 긁어 대던 종열이 결연한 표정으로 대문 앞에 섰다. 전장에 나가는 병사처럼 비장하게 집으로 들어선 종열을 반긴 건 부엌 안쪽에서 울려오는 꽝음이었다. 난데없는 소리에 놀라 달려가니 싱크대 앞에 웅크린 채 머리통을 붙잡고 있는 지안이 보였다.

"뭣 하는 거야?"

"그게, 여기다 머리를 박아서요."

지안이 반쯤 열린 위쪽 찬장 문을 가리켰다. 어지간히도 세게 부딪친 건지 눈가에 눈물이 그렁그렁했다. 기지배가 조심성 없이……. 종열의 시선이 손에 쥔 걸레에 닿은 걸 안 지안이 멋쩍게 웃었다.

"온종일 집에만 있으니 심심해서요."

점심을 챙겨 주고 갔을 때와 달리 거실이며 주방이 말끔하게 치워져 있었다. 얼마나 진을 뺐는지 반들반들 빛이 나는 싱크대를 확인한 종열이 미간을 좁혔다.

"많이 바쁘셨나 봐요. 늦으셔서 혹시 무슨 일이 생겼나 했어요."

"사람이 일을 하다 보면 늦을 수도 있는 거지."

다른 뜻으로 말한 건 아니었어요. 저는, 그냥……. 당황한 지안을 지나쳐 부엌을 나간 종열이 벽에 걸린 수건을 집어 들었다. 씻고 나올 테니 커피나 한 잔 타 놔. 뚝뚝한 음성으로 명령한 종열이 황망히 선 지안의 옆을 스쳐 지나갔다.

양손 가득 비누 거품을 낸 손바닥으로 벅벅 머리카락을 문질렀다. 두피를 벗겨 낼 것처럼 거친 움직임이 이내 목덜미와 얼굴로 넘어갔다. 피부가 시뻘겋게 달아올랐을 즈음에야 대야에 받아 놓은 찬물을 거푸 끼얹은 종열이 중얼거렸다.

며칠 동안 죽네 사네 앓아눕던 게 청소는 무슨 얼어 죽을 청소.

저 기지배는 매번 사람을 들었다 놨다 하는 재주가 있었다. 얼빠진 얼굴에 당한 게 한두 번이 아닌데도 왜 번번이 속아 넘어가는 건지. 문 너머를 짐짓 사납게 노려본 종열이 피로한 듯 손바닥으로 얼굴을 쓸어내렸다.

"식사는 하신 거죠?"

"그럼 이 시간까지 굶었겠어."

대답을 하면서도 종열의 시선은 티브이 화면에서 떨어질 줄 몰랐다. 몇 번인가 대화를 시도하던 지안이 포기한 듯 입을 다물었다. 조용한 거실엔 후룩후룩 커피를 들이켜는 소리만이 요란했다. 남은 한 방울까지 목구멍 안으로 털어 넣은 종열이 잔을 내려놓으며 지나가는 투로 물었다.

"저녁은."

"네? 아, 먹었어요."

"뭐."

"남은 사골국에 김치 해서요."

"몸은."

"……이제 괜찮아요. 덕분에요."

무심한 시선이 지안의 얼굴을 훑었다. 거짓말은 아닌지 아침과 달리 얼굴빛이 괜찮았다. 새벽까지만 해도 끙끙 앓아 대 사람 속을 뒤집더니 이젠 제법 살맛이 난 모양이었다. 물끄러미 바라보는 시선이 어색한 건지 이리저리 눈알을 굴리던 지안이 빙긋 웃었다. 쓸데없이 실실 쪼개기는. 종열이 콧방귀를 뀌며 리모컨을 돌렸다.

뭐, 그래도 죽을 뻔한 걸 살려 놨으니 된 거지.

단순하게 생각하면 복잡할 것도 없었다. 그렇게 처량맞은 모양새로 빗속에서 떨고 있는 걸 내버려 뒀다면 계속 신경이 쓰였을 터였다. 어찌 됐든 과거에 한 번 도움을 받았으니 이번 일로 빚을 갚은 셈 치면 됐다. 생각을 정리하자 지안을 데려온 이래 한시도 편할 날 없던 마음이 진정되는 듯했다.

"저…… 생각해 보니까 아직까지 인사 한번 제대로 못 드린 거 있죠. 그동안 정말 감사했어요."

"됐어. 그딴 소리 듣자고 한 일 아니니까."

지안이 뭐 마려운 강아지처럼 이쪽을 보고 있든 말든 종열은 볼일은 다 끝났다는 듯 홀가분한 마음으로 티브이 앞에 모로 누웠다. 아니, 그도 잠시 옆얼굴에 느껴지는 따가운 시선에 인상을 구기며 벌떡 일어났다.

"뭐, 뭐."

"네?"

"무슨 말을 하고 싶은 거냐고."

조금 전부터 할 말이 있는 듯 입술을 달싹이는 지안이 거슬렸다.

"아니, 그냥, 전……."

"전 뭐."

"며칠 동안 너무 신세를 졌는데 드릴 게 없어서요. 지금 당장은 아니더라도……."

뒷말은 듣지 않아도 알 것 같았다. 나중에 신세를 갚겠다, 뭐 이딴 소릴 하고 싶은 거겠지만 종열로선 이 이상 서로 엮이지 않는 편이 은혜를 갚는 셈이었다. 그래도 이런 말을 하는 걸 보면 눈치 없이 미적대지 않고 제 발로 집을 나갈 것 같으니 다행이었다.

"그딴 건 필요 없으니까 됐고. 그래서 또 뭐."

"네?"

"하고 싶은 말이 또 뭐냐고."

"그게, 혹시 저희가 언제 만난 적 있나요? 얼굴이 좀 낯익은 것 같기도 해서……요."

"시팔, 같은 얘길 몇 번을 물어보는 거야, 대체. 니까짓 거랑 내가 만나긴 어디서 만나?"

"그렇구나. 죄송해요, 제가 착각했나 봐요."

냉큼 돌아온 사과에 도리어 심기가 뒤틀렸다. 일말의 재고도 없이 수긍하는 모습에 종열의 턱이 단단하게 굳어졌다. 리모컨을 누르는 손길이 거칠어졌다. 아무리 아니라 했더라도 한 번 더 의심은 해 봐야 할 것 아냐. 이게 사람을 갖고 노나. 물론 지안이 자신을 기억할 리 없다는 걸 알고 또 기억해서 좋을 것도 없지만 기분은 나빴다.

그래, 생각해 보면 벌써 두 번째였다. 가만있는 사람을 흔들어 놓고서 정작 본인은 그 사실을 잊어버린 게. 괘씸하다는 게 바로 이럴 때 쓰는 말이 아닌가. 종열의 입가가 불만스레 실룩였다.

"제가 무슨 실수라도 한 거……."

"실수는 무슨 실수!"

눈을 부릅뜨자 지안이 슬그머니 시선을 피했다. 종열이 이걸 족쳐, 말어, 고민하는 사이 문 너머로 또각또각 하이힐 소리가 들려왔다. 예고도 없이 문이 열렸다.

"나 왔…… 뭐야, 손님 있어?"

종열의 시선이 낯설지 않은 불청객에게 닿았다. 그새 또 염색을 한 건지 붉게 물들인 머리카락이 보였다. 저 기지배는 허구한 날 머리에 물을 들이고 지랄이야. 오늘도 평소처럼 진한 화장에, 몸의 굴곡이 여실히 드러나는 미니스커트를 입은 경혜가 지안을 위아래로 훑었다.

"누구야?"

"니가 알 거 없잖아."

퉁명스러운 종열의 대꾸에 경혜가 입술을 빼쭉였다.

"웬일이야? 기지배들은 돈 든다면서 거들떠도 안 보던 인간이 누굴 집에 들이고."

"니가 알 거 없대도."

"하여간 사내놈들이 다 거기서 거기지. 근데 취향이 좀 바뀌었나 봐?"

집에 가서 애새끼나 봐. 목까지 올라온 말이, 옆에서 벌겋게 얼굴을 물들이고 어쩔 줄 몰라 하는 지안을 발견한 순간 밑으로 내려갔다. 대신 심술기가 솟아올랐다.

"애새끼는."

"김씨 아줌마네 집에 있다, 왜."

"뭣 하러 왔는데."

종열의 물음에 경혜가 비웃음을 흘렸다. 내가 이 밤에 달리 왜 왔겠어. 적나라한 말에 지안의 얼굴이 그야말로 시뻘겋게 물들었다. 안절부절못하던 지안이 자리에서 일어났다.

"아, 차 시간이 다 됐네요. 그럼 이만 가 볼게요."

이건 또 뭔 헛소리야. 종열이 무어라 말할 새도 없이 다급히 방으로 들어간 지안이 가방을 챙겨 나왔다. 걸음을 옮긴 지안이 망설이는 듯하다 문에 기대어 선 경혜를 향해 허리를 굽혔다. 죄송합니다. 제가 갈 곳이 없어서 잠깐 신세를 졌지만 오해하실 만한 일은 절대 없었어요. 정말이에요. 죄인이라도 된 듯 연신 고개 숙여 사과하는 지안을 어이없다는 듯 바라보던 경혜가 종열에게 눈짓을 했다. 앤 대체 뭐야.

"이만 가 보겠습니다. 저, 신세는 언젠가 꼭 갚을게요."

내버려 두면 당장이라도 뛰쳐나갈 태세였다. 자신의 심술로 말미암아 벌어진 사태를 묵묵히 지켜보던 종열이 웃옷을 챙겼다.

"넌 됐어. 오늘은 내가 그리로 갈 테니까 그렇게 해."

종열의 말에 경혜가 떨떠름한 얼굴로 고개를 끄덕였다. 저 때문이라면 안 그러셔도 돼요. 제가 지금이라도 나갈 테니까……. 뒤에서 파랗게 질린 목소리가 들렸다.

"기지배가 밤늦게 어딜 뽈뽈 쏘다니려고. 잔말 말고 시키는 대로 해."

"저는 정말 괜찮……."

"시팔, 길 가다 험한 꼴 당하고 싶지 않으면 날 밝을 때까지 얌전히 집구석에 박혀 있어."

벽을 내리치며 으름장을 놓자 지안의 얼굴에 두려움이 서렸다. 얼어붙은 지안을 노려본 종열이 성큼 걸음을 옮겼다. 어딘가 호기심 어린 눈초리로 사태를 관망하고 있는 경혜의 팔을 잡아끈 채로.

종열이 허리를 추어올리자 붉은 입술에서 교성이 터져 나왔다. 어둠 속에서 빛나는 종열의 두 눈이 제 밑에 깔린 경혜를 향했다.

계집이면 자고로 이래야지.

158센티의 작고 아담한 키에 들어갈 곳은 들어가고 나와야 할 곳은 적당히 나온 경혜의 몸은 제법 종열의 취향이었다. 천박해 보일 만큼 짙은 화장이며 요란한 차림새는 별로지만 어차피 원하는 건 몸뚱이 하나뿐이었다.

종열이 생각하는 여성상은 단순했다.

품에 쏙 안길 만큼 작고 아담한 몸에, 쓸데없이 많이 배워 콧대 높지 않고, 시키면 시키는 대로 움직이는 순종적인 여자. 살아오며 제 말에 얌전히 따를 여자를 들어앉혀 살 기회가 없던 건 아니지만 애초에 종열에겐 결혼할 의사가 없었다. 종열은 제 여자가 사회생활을 한답시고 밤늦게 들어오는 것도, 집구석에 들어앉아 자신의 돈을 야금야금 갉아먹는 돈벌레가 되는 것도 원치 않았다.

정확히 말하자면, 종열은 여자를 싫어했다. 아니, 경멸했다. 쓸데없이 얼굴에 돈을 들여 뭔가를 처바르고, 뻑하면 옷 따월 사 재끼는 데다, 이것저것 가리는 것 많은 까탈스러운 여자란 존재는 종열에게 이해 불가의 대상이었다. 사람마다 정도의 차이는 있다 하더라도 종열은 자신이 피땀 흘려 모은 돈을 다른 사람의 아귀에 처넣어 주고픈 마음이 없었다.

종열의 인생에서 중요한 건 돈이었다. 중학생 때부터 입에 달고 살던 담배와 술을 끊은 것도 다름 아닌 헛돈을 쓰는 게 아까워서였다.

"아, 좀 더, 좀 더, 으응."

경혜가 흐느끼며 허리에 다리를 휘감아 왔다. 찰진 살이 달라붙자 저절로 몸이 동했다. 여자 따윈 질색이라 해도 종열 역시 사내인지라 이따금 이 보드라운 몸뚱이가 고파지는 건 어쩔 수 없었다.

"아, 씨발 존나 좋아."

경혜의 경박한 말투에 종열이 피식 비웃음을 흘렸다. 자신처럼 배운 것 없고 가진 것 없는 계집은 수틀리면 이 새끼, 저 새끼 욕을 해대는 것만 빼곤 나쁘지 않았다. 더군다나 몇 집 건너에 살고 있으니 쓸데없이 모텔이며 여관 따위를 빌리는 데 돈을 쓸 필요도 없었다. 석 달 동안 다리가 퉁퉁 붓도록 일해 모은 돈을 명품 백을 사 버리는 데 쓰는 정신 나간 종자긴 하지만 그게 무슨 상관이란 말인가.

종열과 경혜가 서로에게 바라는 것은 단 하나, 섹스뿐이었다. 연인도, 친구도 아니었다. 그저 그들은 때가 되면 밥을 먹고, 때가 되면 잠을 자는 것처럼 이따금씩 치솟는 성욕을 서로를 통해 해소했다.

절정에 이르자 경혜가 숨이 넘어갈 듯 울부짖었다. 모질게 허리를 밀어붙인 종열은 사정 직후 미련 없이 몸을 빼냈다. 숨 고를 새도 없이 정액이 고인 콘돔의 뒤처리를 하는 종열을 보며 경혜가 질린다는 듯한 표정을 지었다.

"오늘은 안에다 해도 된다니까."

"시끄러."

"······그렇게 애새끼가 겁나? 씨앗도 없으면서 뭘 그렇게 겁을 내?"

경혜가 쯧, 혀를 찼다. 스물여덟의 나이에 이미 정관 수술을 한 그 악스러운 남자는, 그래 놓고도 안심이 되지 않는지 관계 중엔 꼭 콘돔을 사용했다. 가임 기간이 아니라 설득을 해 봐도 매번 시답잖은 소리 말라는 통박만 날아왔다. 다른 놈들은 싫다고 해도 한 번만 하게 해 달라며 애걸복걸을 하는데 저걸 지독하다 해야 할지, 겁이 많다 해야 할지.

"담배 하나 줘 봐."

"웬일이야. 언젠 피우라 하면 욕부터 하더니."

"내놔 봐."

"안 돼. 집에선 안 피워. 벽지에 냄새 밴단 말이야. 동이가 담배 냄새 싫어해."

"꼴에 어미라고 유세 떨기는."

거친 말투와 달리 종열은 더 이상 고집부리지 않았다. 그저 짜증스러운 듯 미간을 구기고 벽을 노려보았을 뿐이었다.

"뭔 일 있어?"

"니가 알아서 뭐 하게."

"성깔머리하고는. 술이라도 한잔할래?"

"됐어."

"대체 세상을 뭔 낙으로 살아? 돈이 없는 것도 아니면서 쓸데없이 사서 고생은. 한잔해. 소주? 맥주?"

"집어치워."

싸늘한 일갈에 경혜가 한 번 더 쯧, 혀를 찼다.

가엾은 종자 같으니라고. 그 많은 돈, 죽을 때 싸 갖고 갈 것도 아니면서 대체 왜 저러고 산담. 경혜가 아는 종열은 단 한마디로 정의할 수 있었다.

지독한 돈벌레.

경혜도 종열에 대해 많이 알진 못했다. 삼 년 전쯤 중국집을 차리고 이 동네에 정착한 종열은 자신의 과거를 떠벌리고 다니지 않았고 경혜도 굳이 그걸 캐묻지 않았다. 이 동네에 사는 인간들 중 고단한 과거사를 지니지 않은 인간은 없으니까. 물론 개중에 종열은 남다른 면이 있긴 했다.

종열은 돈에 죽고, 돈에 살았다. 남을 위해 쓰는 일도 없었고, 심지어 자신을 위해 쓰는 일도 없었다.

가게도 어느 정도 자리 잡았겠다, 골골 앓는 부모도 없겠다, 먹여살릴 처자식도 없겠다, 일하며 번 돈을 자신을 위해 쓰며 살아도 될 것 같은데 종열은 언제나 동전 한 푼에 벌벌 떨었다. 영화를 본다든가 여행을 간다든가 하는 일은 꿈도 꿀 수 없었다. 아니, 애초에 남이 버린 옷을 주워 입길 마다하지 않는 인간에게 무얼 기대한단 말인가. 그동안 종열이 제 돈을 주고 뭔갈 사 먹는 일도, 생필품 외의 물건을 사는 것도 본 적이 없었다. 돈 쓰는 귀신이라며 여자도 만나지 않는 종열은 그저 돈을 모으고, 모으고, 모으는 일에만 미친 인간이었다.

그런 억척스러운 구두쇠라는 걸 알면서도 뭣 모르는 년들이 꼬여들기도 했지만 경혜가 보기엔 부질없는 일이었다. 성깔은 더러워도 쌓아 놓은 돈이 제법 있다니 혹시나 하고 달려들지만, 글쎄. 경혜가 아는 종열은 웬 년이 걸려들어 살림을 차린다 해도 제대로 생활비를 챙겨 줄 놈이 아니었다. 아니지, 제 놈 기준으로는 충분히 많은 돈을 준 셈이겠지만 보통 사람들 기준에선 먹고 죽으라는 소리밖에 나오지 않는 액수를 건네고선 한 달 살림을 꾸려 가길 바랄 게 분명했다.

경혜 자신도 한때 그런 골 빈 것들 중 한 명에 포함되어 있긴 했다. 홀로 애를 키우는 게 고되기도 했지만 하나뿐인 아들이 아버지 없이 자라는 게 신경 쓰였으니까. 그러나 몇 번 찔러 본 이후 종열은 먹을 수 없는 땡감이란 걸 알고 손을 털었다.

"그나저나 아까 걘 누구야?"

"신경 끄고 너나 잘해. 애새끼 혼자 두고 밤늦게 뽈뽈 쏘다니기나 하고. 잘하는 짓이다."

"난 동이한테 내가 할 수 있는 한 최선을 다하고 있으니까 신경 꺼. 그리고 아무리 엄마라도 자기 인생을 즐길 권리는 있단 말이야."

"감당할 능력도 없는 주제에 애새낀 쓸데없이 왜 낳아서."

"지금 말 다 했어?"

경혜가 눈을 치뜨자 종열이 흥, 코웃음을 쳤다. 머리끄덩이라도 쥐어뜯을까, 고민하던 찰나 전화벨이 울렸다. 경혜가 다급히 전화를 받자 수화기 너머에서 앳된 어린아이의 목소리가 들렸다. 어, 동이야. 그래, 오늘 아줌마랑 자고 나면 내일 아침 일찍 엄마가 데리러 갈게. 우리 동이 착한 아이지? 그래. 전화를 끊기 무섭게 경혜가 담배 한 개비를 입에 물었다.

"애새끼 때문에 안 피운다며?"

"안 피워. 물고만 있는 거야."

담배를 질근거리며 경혜가 앉은 채로 팬티 구멍에 다리를 밀어 넣었다. 종열의 위치에서 사타구니가 훤히 보이는 걸 알면서도 움직임엔 거리낌이 없었다.

"기지배가 부끄러운 줄도 모르고."

"오밤중에 내쫓기고 싶지 않으면 적당히 하는 게 좋을 거야."

신경전을 벌이던 두 사람 중 경혜가 먼저 이불 위로 드러누웠다. 잘 거면 빨리 불 꺼. 피곤해 죽겠으니까. 습관대로 대자로 크게 몸을 뻗은 경혜를 내려다보던 종열이 욕을 되까렸다.

새벽이슬을 맞으며 집으로 돌아온 종열을 맞이한 건 싸늘한 공기였다. 심드렁한 얼굴로 돌아본 종열의 시야에 티브이 위에 놓인 고지서 한 장이 들어왔다.

휴대폰 요금 고지서 봉투 겉면엔 그동안 감사했고 언젠가 꼭 은혜를 갚겠다는 짧은 메모가, 그 안엔 새파란 지폐 뭉치가 들어 있었다. 십오만 원을 확인한 종열이 피식, 어이없는 웃음을 흘렸다. 지안의 가방 속을 뒤져 보았던 종열로선 뭣도 없는 계집이 배포만 크다는 생각밖에 들지 않았다.

"이래서 곱게 자란 것들이란."

종열의 눈에 한심함이 어렸다. 제 코가 석 잔데 누구 사정을 신경 쓰는 거야.

"병신 같은 게."

언제고 그럴 줄 알았다. 그 쓸데없는 오지랖으로 낄 데 안 낄 데 구분 못 하고 다니더니 결국 크게 한 번 당할 줄 알았다. 정신 나간 기지배. 맘 약한 새끼가 알아서 뛰어내렸으면 체념하고 지 살길이나 찾아야지 겁도 없이 누굴 찔러, 찌르긴.

종열의 손안에서 파란 지폐들이 구겨졌다.

❄

그날 지안을 본 건 순전히 우연이었다.

종열의 가게는 매달 둘째, 넷째 주 월요일에 쉬었다. 맘 같아선 하루도 놀고 싶지 않지만 배달부들에겐 휴일이 필요했기에 어쩔 수 없는 일이었다. 대신 종열은 가게가 쉬는 날 지인의 이삿짐센터에서 일을 했다.

오전 내내 이삿짐을 옮기다 이삿짐센터의 사장이자 친구인 병호와 함께 근처 김밥집을 찾았다. 도시락을 싸 왔지만 혼자 처량맞게 밥을 사 먹을 순 없다며 억지를 부리는 병호를 이길 재간이 없었다.

'아니, 무슨 젊은 사람이 휴대폰도 없데?'

'그게…… 사정이 좀 있어서요.'

'그럼 연락은 어떻게 해?'

'제가 찾아오면 안 될까요?'

'허, 참. 집 전화도 없어? 그럼 연락할 길이 전혀 없잖아. 웬만하면 휴대폰 하나 사. 늦거나 하면 이쪽에서도 연락할 방법은 있어야지.'

가게 벽면을 빙 둘러싼 거울에 카운터가 비쳤다. 여사장 앞에서 벌받는 아이처럼 공손하게 두 손을 모으고 있는 인물이, 어쩐지 낯설지 않았다.

'휴대폰은 제가 차차……'

'그럼 지금 어디 사는데? 여기 근처야?'

'이 근처 여관에……'

'미안한데, 아무래도 안 되겠어. 무슨 사정이 있는지는 모르겠

는데 나도 하도 사람한테 많이 데어서 말이야. 그냥 다른 가게 알아 봐.'

죄송합니다. 사그라질 것 같은 목소리로 인사하고 돌아서는 뒷모습이 눈에 박혔다. 식는다니까, 빨리 먹어. 채근하는 병호의 목소리가 겨우 정신을 일깨웠다.

이삿짐을 모두 옮긴 후 자신은 갈 곳이 있으니 트럭을 가게 앞에 세워 놓고 가 달라는 병호의 부탁을 받았다. 운전하며 골목길을 빠져 나가던 와중 어깨를 늘어뜨리고 걸어가는 누군가의 모습을 보게 됐다. 터덜터덜 힘없는 발걸음. 과거와 달리 머리는 짧아졌지만 그 얼굴만큼은 똑같았다. 김밥집에서부터 계속해서 뇌리에 맴돌던 그 인물이었다. 뭐에 썐 것처럼 공원으로 들어가는 뒷모습을 바라보다 차를 세워 두고 뒤를 쫓았다.

조금씩 비가 떨어졌다. 차라리 다행이다 싶었다. 비를 피하려 어디로든 가 버리겠지. 그렇게 생각하며 기다렸지만, 상대는 움직이지 않았다. 꼭 갈 곳 없는 아이처럼, 초점 없는 눈으로 젖어 드는 벤치 위에 앉아 있을 뿐이었다. 여름도 아니고 가을로 접어드는 시기였다. 많은 비는 아니지만 제정신이 아니고서야 굳이 찬비를 맞고 버틸 이유가 없었다.

지안을 끌고 오는 내내, 종열은 화가 났다. 겁을 내는 걸 억지로 집으로 데려온 건 자신이면서도 생면부지의 타인을 우물쭈물 따라오는 모습에 화가 났다. 남자 혼자 사는 집에 덜컥 발을 들여놓는 것도 모자라 문도 잠그지 않고 몸을 씻는 안일함에도 화가 났다. 그뿐인가. 아침이 되어도 일어나지 않아 옆방으로 건너갔다 소리 없이 앓는 모습을 봤을 땐, 정말이지 머리끝까지 열이 올라 견딜 수가 없었다.

하루에도 열두 번씩 속이 뒤집혔다. 내가 왜 병간호 따윌 하고 있을까. 이 기지배가 대체 뭐라고 가게까지 팽개치고 이러고 있나. 한데 지안은 은혜도 모르고 가게를 계속 닫을 수 없어 자리를 비운 사이 사라져 사람의 애간장을 졸였다.

종열이 아는 지안은 다정한 부모 밑에서 온실 속 화초처럼 곱게 자란 인물이었다. 종열 자신이 쌍욕을 먹어 가며 밤늦도록 배달을 할 때 지안은 부모가 해 주는 밥을 먹고 얌전히 학교와 학원을 오갔다. 그 일이 없었다면 지안의 삶은 지금과 달랐을 게 분명했다.

'종열아 혹시 기억나냐? 내 딸내미 중학교 다닐 때 단짝 친구. 왜, 지안이라고.'

'걘 왜요.'

'요즘 뉴스에서 떠들어 대고 있는 사건 말이다. 왜, 동생이 왕따당해 갖고 자살했는데, 누나가 그, 뭐냐, 동생 괴롭히던 애 칼로 찔렀다고 한창 난린 거. 옛날 우리 가게 맞은편에 있던 국숫집 사장 말이다. 방금 그 친구하고 통화했는데 그 누나가 가란다. 사는 게 뭔지, 그 참한 애가…… 인사성도 밝고, 싹싹하고, 공부는 오죽 잘했냐. 장학금도 받으면서 대학 다녔다는데…… 거참, 사람 인생 망가지는 건 한순간이야.'

그래, 인생이란 건 참 우습지 않은가. 한때는 하늘 꼭대기에 있는 것 같아 올려 보기만 했던 계집아이가 이렇게 초라한 몰골로 자신의 앞에 나타날 줄은 꿈에도 몰랐다.

'그게, 혹시 저희가 언제 만난 적 있나요? 얼굴이 좀 낯익은 것 같기도 해서……요.'

어이가 없어 웃음이 나왔다. 자신은 찰나의 순간 얼굴을 알아봤는데 상대는 며칠을 지켜보고도 좀 낯이 익은 정도란다. 거기다 고작 두 번의 부정으로 냉큼 착각이라 생각할 정도면 말 다 했다.

그래, 상대에게 있어 자신에 관한 것은 애초부터 기억할 만한 가치가 없었다. 자신의 존재란 길가에 굴러다니는 돌멩이보다 못한 거였다.

"나쁜 기지배."

억울했다. 왜 매번 자신만 기억해야 한단 말인가. 착한 척은 저 혼자 다 하지만 실상은 이만큼 악랄한 기지배도 없었다. 분을 못 이기고 거친 숨을 몰아쉬던 종열의 시야에 바닥에 나뒹구는 종이 뭉치가 들어왔다. 지안이 메모를 남기고 간 고지서 봉투는 이미 구겨져 제 형체를 잃은 뒤였다.

그 정신없는 와중에도 메모를 남기고 집을 나간 지안이 꼴같잖았다. 지 먹고살 것도 없으면서 갚긴 뭘 갚아? 그리고 뭐? 미안하고 고마워? 시팔, 이게 누굴 호구로 아나. 진짜 고마우면 이깟 쪼가리 한 장 남겨 놓고 뛸 게 아니라 면상을 보이고 가야 할 것 아녀.

마지막으로 본 얼굴이 생각났다. 당혹스러움과 미안함으로 뒤섞인 눈이, 난처함으로 시뻘겋게 물든 귀가 생각났다. 죄인처럼 어정쩡하게 굽어 있던 몸이 생각났다. 자신의 존재가 폐가 될까, 어쩔 줄 몰라 하던 모습을 떠올리자 가슴이 답답해졌다.

그러지 말 걸 그랬다 싶었다. 어떻게든 보답을 하고 싶어 낫지도 않은 몸으로 청소를 하던 기지배였다. 남한테 싫은 소리 따윈 할 줄 모르는 소심한 기지배가, 자신이 그렇게 간 후 얼마나 끙끙 앓았을지 절로 상상이 됐다.

자고 가라니까 왜 오밤중에 뛰쳐나가고 난리야.

쓰러진 오토바이. 길바닥에 나뒹구는 그릇들. 검은 도로 위를 뒤덮은 지렁이 같은 면발들. 더는 못 해 먹겠다고, 좆같은 세상 전부 다 조져 버리고 나도 죽어 버리겠노라 마음먹었던 열여덟의 어느 날.

'저기, 괜찮으세요?'

그 기지배는 지금처럼 눈치도 없이, 한 놈이라도 걸리면 저승행 동반자로 만들어 주겠다 이를 갈던 자신에게 다가와 말을 걸었었다.

'옷은 빨면 그만이니까.'

정말로 몰랐었다. 짜장과 탕수육 소스로 엉망이 된 코트를 입고서 멍청하게 웃던 그 얼굴이, 이렇게 오랫동안 자신을 괴롭히게 될 줄이야.

"아는 사이는 무슨."

한쪽은 기억하고 한쪽은 까맣게 잊어버린 관계를 어떻게 아는 사이라 말할 수 있단 말인가. 자신의 면상조차 기억하지 못하는 기지배였다. 그런 주제에 뭘 그렇게 아는 사이냐 꼬치꼬치 캐묻는 건지.

"이제 와 지가 내 첫사랑이었다 고백이라도 하란 거야, 뭐야."

구겨진 고지서 봉투를 집어 든 종열이 부루퉁하게 중얼거렸다.

"못된 기지배 같으니."

2

SALTY

SALTY

SALTY

"야, 이 기지배야, 그거 하나 똑바로 못 해!"

오늘로 벌써 네 번째.

"일한 지가 얼만데 아직도 주문 하나 제대로 못 받아!"

"죄송합니다."

"시팔, 어쩌자고 저런 등신 같은 걸 데려와선."

거칠게 돌아선 남자가 한 움큼 손에 쥔 면을 솥 안에 던져 넣었다. 눈치를 살피다 슬그머니 홀로 나왔다. 젖은 손을 청바지에 훔쳐 내며 탁자 위에 놓인 장부에 주문 내역을 기록했다.

[미래빌라 201동 302호. 짜장 2.]

볼펜을 놓기 무섭게 전화기 두 대가 동시에 울리기 시작했다. 양손으로 전화기를 하나씩 부여잡고 한쪽에 잠시만 기다려 달라는 말을 한 후 재빨리 주문을 받았다. 탕수육 세트 하나요? 예, 금방 보내 드릴게요. 죄송합니다, 오래 기다리셨죠. 네, 짬뽕 세 개요. 주문이 많이 밀려서 조금 기다리셔야 할 것 같은데 괜찮으시겠어요?

메모지에 주문받은 내용을 적어 주방 안으로 밀어 넣었다. 젖은 남자의 손이 메모지를 집어 들기 무섭게 김이 모락모락 피어오르는 짬뽕 한 그릇이 튀어나왔다. 흘러넘친 국물을 마른행주로 닦아 내고 랩을 씌우자마자 배달을 마친 재현이 돌아왔다.

"아, 씨발. 그깟 짬뽕 하나 시켜 놓고 졸라 유세 떠네. 이게 새로 나온 거죠?"

새 짬뽕이 담긴 배달 통을 집어 든 재현의 얼굴에 짜증이 가득했다.

"미안해."

"왜 누나가 사과해요. 씨발, 술 취해서 처자느라 벨 소리도 못 듣던 그 새끼가 나쁜 거지. 내가 벨을 몇 번이나 눌렀는데, 지가 못 들어 놓고 이제 와 면이 불었네 어쩌고 지랄이야."

"내가 전화번호만 알아냈어도……."

"전화 세 대가 계속 불나게 울려 댔는데 그 새끼 전화번호를 어떻게 찾아요? 일일이 다 전화해 볼 수도 없는 건데."

비난하는 건 아니었지만 통을 챙겨 든 재현의 얼굴엔 불퉁한 기색이 가득했다. 괜스레 미안해졌다. 신경질적으로 문을 열어젖히고 나간 재현이 시동을 걸었다. 평소보다 거친 운전에 혹 다치진 않을까, 밖을 내다보기 무섭게 주방에서 고함이 터졌다.

"시팔, 멀뚱히 서서 뭣 하는 거야? 빨리빨리 안 움직여?"

돌아보니 배달을 나갈 음식들이 열을 지어 튀어나와 있었다. 곧 다른 배달부가 올 테니 와서 통만 챙겨 들고 나갈 수 있게 준비를 해 두어야 했다. 오전부터 일이 꼬이고 있지만 아직 본격적인 점심시간은 시작되지도 않았다. 금방이라도 자리에 주저앉고 싶은 마음을 추스르며 마른행주를 집어 들었다.

"다 됐다."

점심때 배달 나갔던 그릇을 전부 씻고 나자 어느덧 오후 네 시였다. 저녁 시간이 되면 다시 바빠지겠지만 잠깐은 숨을 돌릴 여유가 있었다.

"설거지 벌써 다 했어요?"

뻐근한 허리를 두들기며 홀로 나오자 밖에서 담배를 피우던 재현이 씨익, 짓궂게 웃었다.

"누나도 많이 익숙해졌네요."

"처음보단 낫지만 그래도 아직 먼 것 같아."

바닥에 떨어진 재를 신발로 짓이기는 재현은 올해 열아홉이었다. 원래 실업계 고교를 다니고 있었는데 작년에 집안 사정으로 자퇴했다 들었다.

"씨발, 또 생각하니까 짜증 나네."

"낮에 그 사람 말이지?"

"말도 마요. 그 씹새끼…… 참, 아까 신경질 내서 미안했어요."

"신경 쓰지 마."

"그래도요. 누나한테 그러면 안 되는데 보시다시피 성격이 이 모양이라."

"정말 신경 쓸 것 없어. 나라도 그랬을 테니까."

"아, 진짜. 누나가 와서 다행이에요."

홀 밖의 간이 테이블에 주저앉은 재현이 빼죽, 입술을 내밀었다.

"예전에 있던 아줌마는 성격이 얼마나 지랄맞은지…… 내 엄마도 아니면서 뻑하면 잔소리질에 먹을 것 좀 사 오라고 심부름을 시켜 대질 않나. 아, 진짜. 남자면 대들기라도 하겠는데 그러지도 못하고."

"왜 그만두신 건데?"

"알잖아요, 저 아저씨 성깔. 성격 나쁜 인간 둘이 만나서 허구한 날 쌈박질을 하더니 결국 그 아줌마가 때려치웠죠, 뭐. 처음엔 차라리 잘됐다고, 이제야 가게가 좀 조용하겠구나 했는데…… 둘이 말싸움하는 거 진짜 장난 아니었거든요."

주방 쪽을 슬쩍 살핀 재현이 고개를 내저으며 입을 열었다.

"그래도 그 아줌마 없는 동안엔 죽을 뻔했어요. 배달만 해도 힘들어 죽겠는데 주문받아야지, 설거지해야지, 홀 관리도 해야지…… 진짜 누나 안 왔으면 때려치웠어요, 여기."

사장이자 주방장인 남자를 제외하고 가게에서 일하는 직원은 총 셋이었다. 주방 보조를 비롯해 홀 관리를 맡은 나와, 재현을 포함한 배달부 두 명.

남자의 가게는 겉으론 그냥저냥 어느 곳에나 있을 법한 흔한 동네 중국집과 다를 것이 없었다. 홀이라고 해 봐야 사인용 식탁 세 개가 빠듯하게 들어갈 정도의 규모에, 간판도 먼지가 쌓여 제빛을 잃은 지 오래지만 그렇다고 장사가 안될 거라 무시해선 곤란했다.

가게는 늘, 정신없이 바빴다. 전화 세 대는 항상 불이 난 듯 울려 댔고, 배달하는 두 사람은 의자에 앉아 숨을 고를 새도 없이 오토바이를 몰아야 했다. 홀 장사보단 배달에 중점을 두고 있지만 세 개의 테이블도 비는 경우는 드물었다. 음식점 장사가 힘들다는 건 알았지만 처음 일주일 동안은 집에 가서 눈을 감기 무섭게 곯아떨어졌다.

'야, 이 기지배야!'

'이 기지배가 정신을 얻다 두는 거야!'

'이 덜떨어진 기지배가!'

한동안은 자신의 이름이 '지안'인지 '기지배'인지 헷갈릴 만큼 남자에게 혼나고, 혼나고, 또 혼났다. 그래도 일을 시작한 지 어언 한 달. 여전히 '덜떨어진 기지배'라는 호통을 듣곤 하지만 처음에 비하면 많이 나아진 셈이었다.

"근데 진짜 둘이 사귀는 거 아니에요?"

"아니야."

"사귀지도 않는데 같이 오토바이 타고 출퇴근한다구요? 에이, 내가 그걸 몇 번이나 봤는데. 솔직히 말해 봐요. 둘이 사귀죠? 아님…… 벌써 동거?"

"정말 아니야. 그냥, 같은 동네에 살아서 그래."

"같은 동네에 산다고 오토바이 뒤에 태워 준다고요?"

여태껏 피해 온 화제였지만 더는 무리일 것 같았다. 상대의 흉을 보는 것 같아 말하기 꺼려졌지만 계속 오해하게 내버려 둘 수도 없는 노릇이었다.

"돈, 드려."

"……돈이요?"

"여기가 걸어오긴 좀 멀잖아. 그래서 버스 타고 오겠다고 했더니, 차라리 그 돈을 자기한테 주면 태워 주겠다고 하셔서……"

"뭐예요, 그게. 그럼 왕복 이천사백 원? 교통 카드는 안 되니까 할인은 못 받을 거 아녜요."

스스로 말해 놓고도 우스운 듯 재현이 킬킬, 웃었다. 마주 웃어 주면 좋을 텐데. 씁쓸하게 침묵하고 있자 배를 잡아 가며 웃어 대던 재현이 표정을 굳혔다. 진짜예요? 농담 아니고? 고개를 끄덕이자 돌연 침묵이 내려앉았다.

"누나. 저 인간이 원래 그래요. 돈독이 올라도 적당히 올라야 하는데."

"그치만 정류장까지 안 나가도 되니까 편하긴 해."

"누나도 참 긍정적이라고 해야 할지…… 근데 생각 외로 잘 버티네요."

"응, 뭐가?"

"하루도 못 견디고 그만둘 줄 알았어요. 일 힘든 건 둘째 치고 저 인간이 워낙 지랄…… 흠흠, 알죠?"

슬쩍 주방을 손가락질한 재현이 쭛, 혀를 찼다.

"솔직히 예전에 일하던 그 아줌마가 잘 버틴 거였어요. 한 달도 못 채우고 도망간 사람도 제가 아는 것만 해도 어디 보자, 하나, 둘, 셋…… 좀 다독다독 잘 데리고 있으면 되는데 성격이 저 모양이라 버텨 내는 사람이 있어야 말이죠."

"그래?"

"진짜라니까요. 농담 아니에요. 제가 오는 사람 좀 그만 쫓아내라 했는데도 소용없어요. 저 인간한테 아득바득 대들던 아줌마도 화장실 갔다가 눈이 벌게져서 돌아온 게 한두 번이 아닌걸요. 승질이 얼마나 드러운지, 아, 정말."

"그런 것치곤 너도 꽤 오래 일한 것 같네."

"어쩔 수 없죠, 뭐. 성질은 더러워도 돈은 안 떼먹으니까. 나이 어리다고 돈 떼먹는 인간들도 많거든요. 그리고 한곳에서 좀 진득하게 일해야 가불하기도 편하구요."

여상하게 웃어 보인 재현이 이내 주머니에서 휴대폰을 꺼내 들었다. 열아홉. 아직은 또래 친구들이 세상 누구보다 좋을 나이였다. 재현은 짬이 날 때마다 학교에 있는 친구들과 카톡이란 걸 주고받았다.

처음엔 머리를 노랗게 물들이고, 담배를 피우고, 친구들과 밤새 술을 마셔 숙취 때문에 고생이라는 말을 아무렇지 않게 하는 재현이 거북했었다. 그렇지만 재현이 학교를 다니지 않는 이유가 아픈 할머니와 어린 동생을 부양하기 위해서라는 걸 알고 있는 지금은 안쓰러운 마음이 들 뿐이었다.

"좆같은 새끼. 그래, 월급 받으면 이 엉아가 쏜다. 씨발, 삼만 원 이내야, 새끼야. 뭐? 이게 사 주면 감지덕지지. 저번 달에 울 할매 병원비 밀린 거 갚고 나면 빈털터리 거 알면서 어디서 헛소리야."

친구와 킬킬대는 재현의 목소리는 열아홉 소년답게 천진했다. 앳된 뒷모습을 바라보다 홀 안으로 걸음을 옮겼다.

"빨리빨리 안 나오고 뭣 해?"

오토바이 한 대를 가게 안에 들여놓은 남자가 고함을 내질렀다. 다 했어요, 잠시만요. 해산물을 담아 놓은 통의 물을 갈고 허겁지겁 주방을 빠져나왔다.

"문 잠가."

자물쇠로 문을 잠그는 사이 남자가 바깥에 있던 오토바이에 시동을 걸었다.

"타."

뒷자리에 앉아 오토바이 좌석 옆에 매달린 은색 고리를 붙잡았다. 아무리 뻔뻔하다 해도 남자의 허리를 끌어안을 자신은 없었다. 언제나 그렇듯 몸이 밀착되지 않게 허리를 곧추세웠다.

벌써 11월. 남자가 빌려준 패딩을 입고 있긴 하지만 도로를 질주하자 칼바람이 뺨을 휘갈겼다. 몇십 년 만에 가장 추운 겨울이 찾아올 거라더니 얼마 달리지도 않았는데 귀가 떨어져 나갈 것처럼 아팠다. 배달을 나갈 때마다 재현이 얼어 죽겠다며 하소연을 하는 이유를 알 것 같았다.

이 사람은 더 추울 텐데 괜찮을까.

널찍한 등으로 바람막이를 하고 있는 나와 달리 남자는 정면에서 찬 바람을 맞고 있었다. 모자나 목도리라도 하면 한결 나을 텐데. 생각하는 사이 오토바이가 목적지에 도착했다.

"내려."

남자가 익숙한 솜씨로 담벼락 뒤편에 오토바이를 세웠다. 집 앞에 세워 두면 더 안심할 수 있겠지만 오토바이를 타고 꼬불꼬불한 골목길을 올라갈 순 없었다.

"오늘은 어제보다 더 정신없었던 것 같아요."

대답은 없었지만 어차피 기대하지 않았다. 가게에선 쉼 없이 '정신 나간 기지배' 소릴 내지르는 남자지만 가게를 나선 순간부턴 급격히 말수가 줄어들었다. 처음엔 화가 난 건가 싶어 전전긍긍하기도 했지만 이제는 그저 성격이란 걸 알았다.

　한 달.

　상대의 침묵에 쩔쩔매던 때가 엊그제 같은데 어느새 시간이 이만큼 흘러 있었다.

❄

　'기지배가 밤늦게 어딜 뿔뿔 쏘다니려고. 잔말 말고 시키는 대로 해.'

　그런 말을 들었지만 집주인을 내보내고 마음 편히 잘 수는 없는 노릇이었다. 이부자리 위에서 뒤척이다 약간의 돈과 메모를 남긴 채 집을 나섰다.

　다시는 돌아올 일이 없을 줄 알았다. 남자와도, 다시 마주칠 일은 없을 거라 생각했다. 그런데 무작정 걸음을 옮기던 와중 바보 같은 실수를 했다는 걸 알았다. 몇 번이고 확인했지만 지갑 속에 들어 있던 가족사진이 없었다. 뒤척일 때 사진을 보다 베개 밑에 놓아둔 기억이 났다. 결국 아침 해가 뜰 즈음 허망하게 다시 남자의 집으로 돌아왔다.

　아무도 없길 바라며 문을 열었지만 유감스럽게도 남자는 돌아와 있었다. 비스듬히 벽에 기대어 앉아 있던 남자와 시선이 마주쳤다.

　'죄, 죄송해요. 그게, 사진을 두고 간 것 같아서. 정말 그것 때문에 왔어요.'

　남자가 오해할까 서둘러 설명했지만 돌아오는 대답은 없었다. 어색한 침묵 속에서 실례한다는 인사를 한 후 안으로 들어섰다. 조용히 사진만 챙겨 나갈 생각이었지만 남자의 앞을 지나치는 순간 손목이 붙잡혔다.

'여기 나가면 어딜 갈 건데.'

갈 곳은 있어? 싸늘한 어조에 움찔 몸이 떨렸다.

'……있어요.'

'어디.'

'정말 있어요. 저, 아프니까 이 손 좀 놔주시면…….'

'갈 곳이 있는데 비는 왜 쳐맞아.'

'그건, 그냥…….'

'차라리 내 가게에서 일해.'

'네?'

'두어 달만 일하면 월세방 정돈 구할 수 있으니까 내 가게에서 일하라고.'

'그렇게까지 신세를 질 순…… 아니 그보다 갈 곳이 있…….'

'시팔, 쥐뿔도 없는 게 존심 세우면 뭐가 달라져? 일하는 동안은 여기서 지내게 해 줄 테니까 시키는 대로 해.'

'하지만…….'

거절하려고 했었다. 남자의 호의가 고마웠지만 더 이상 폐를 끼치고 싶진 않았다. 마음만 받을게요. 어색하게 웃으며 남자의 손을 밀어내고 방으로 들어가려던 그때였다. 자리에서 일어난 남자가 반대쪽으로 걸어갔다. 그것뿐이라면 상관없겠지만 손목이 다시 붙잡힌 터라 반강제로 끌려갈 수밖에 없었다.

'닥치고 따라와.'

영문도 모른 채 오토바이에 실려 도착한 곳은 허름한 중국집 앞이었다. 가게 안으로 떠밀리자마자 허공에서 앞치마가 날아왔다.

'신세 진 게 미안하다 생각하면 말로만 떠들어 대지 말고 몸으로 때워.'

'저기, 그래도.'

'시팔, 그래도 뭐.'

소심하다 욕해도 좋았다. 어째서 인간이 그렇게 줏대 없이 끌려다니냐 말해도 좋았다. 하지만, 그 순간 진심으로 남자가 무서웠다. 날이 바짝 선 칼날 같은 시선과 핏줄이 불거지도록 움켜쥔 주먹까지. 이른 새벽, 텅 빈 가게 안. 멱살을 끌어당기며 그래도 뭐냐 묻지 않냐며 으르렁대는 남자 앞에선 본능적으로 '그럼 일단 오늘만이라도.' 하고 대답할 수밖에 없었다.

지금까지 일하게 될 줄은 꿈에도 몰랐지.

"보일러 켤게요."

집에 도착하자마자 보일러를 켰다. 불 앞에서 일하느라 땀을 많이 흘린 남자에게 씻는 순서를 양보한 후 갈아입을 옷을 챙겼다. 거실에서 잠깐 숨을 돌리며 시간을 죽이자 오 분도 되지 않아 남자가 나왔다. 교대하듯 욕실로 들어가는 순간 등 뒤에서 따가운 시선이 느껴졌다.

"절대로, 오늘은 오 분 안 넘길게요."

지난밤 따뜻한 물이 기분 좋아 미적거리다 문 너머로 거센 호통을 들었다. 그뿐인가. 그사이 보일러를 꺼 버렸는지 갑자기 찬물이 쏟아져 마지막엔 덜덜 떨며 거품을 씻어 내야 했다.

오늘은 기필코.

남자의 절약 정신이 남다르단 건 알고 있었고 무엇보다 돈 한 푼 내지 않고 세 들어 사는 처지에 불평불만을 할 수는 없었다. 두 주먹에 불끈 힘을 주고 기합을 넣은 것도 잠시. 이미 카운트다운이 시작됐다는 사실을 깨닫고 허겁지겁 옷을 벗었다.

"아직 드라마 안 하죠."

널따랗게 펼쳐 놓은 이불 위에 편안한 자세로 누운 남자의 시선은 화면에 고정되어 있었다. 조심스레 다가가 이불 귀퉁이에 자리 잡았다.

"지난주엔 너무 아슬아슬하게 끝났잖아요. 궁금해서 잠도 제대로 못 잔 거 있죠."

"……."

"남주인공이 여주인공을 구할 수 있을까요? 물론 내용이 이어지려면 당연히 구해야겠지만 휴대폰도 없고 목격자도 없는데……."

"……."

"그러고 보니 날씨가 많이 쌀쌀해졌는데 주무실 때 춥지 않으세요?"

"이까짓 게 뭐."

"그럼 다행이구요. 뉴스에서 그러는데 올해 엄청 춥다더라구요. 감기 안 걸리게 조심하세요."

다섯 마디를 혼자 떠들어야 짤막한 대꾸가 돌아오지만 기분이 상하진 않았다. 사람은 역시 적응의 동물이랄까.

"저 악역이요, 제가 처음 봤을 땐 요만한 꼬맹이였는데."

"……."

"못 본 사이에 되게 예쁘게 컸네요."

"저런 불여시 같은 게 예쁘긴 뭐가 예뻐."

무시하고 있는 것처럼 느껴져도 남자는 이따금 툭툭 말을 보탰다. 바로 지금처럼. 성의 있는 대답도 아닌 데다 대개 심술이 뚝뚝 묻어나는 말들이지만 말수가 없는 사람인지라 이렇게라도 반응이 돌아오면 선물을 받은 것처럼 기분이 좋았다.

"저런 타입 싫어하세요?"

"저런 건 데려다 놔야 돈만 까먹지."

"그럼 돈을 많이 버는 사람을 좋아하시겠네요."

"기지배가 돈 번답시고 싸돌아다니는 꼴 보기 싫어."

물론 가뭄에 콩 나듯 이어진 대부분의 대화가, 이렇듯 어긋나곤 하지만.

그나저나 생각 외로 조건이 까다로웠다. 매번 '기지배가' 소리를 입에 달고 다니는 사람인 터라 남녀에 대한 시각이 좀 구시대적이라는 건 알았지만……. 집에 앉아 돈을 까먹는 것도 싫고 돈을 버느라 밖으로 나가는 것도 싫단다.

"그럼 물려받은 재산이 많은 사람이면 되겠네요."

"귀하게 오냐오냐 자란 것들도 딱 질색이야."

여자 취향이 심하게 까다롭구나. 속마음이었을 뿐인데 남자가 사납게 눈을 치떴다. 왜요? 뜨끔한 속내를 숨기고 모른 척 묻자 흥, 하는 코웃음이 돌아왔다.

"그럼 니 남자 취향은 뭔데."

"제 취향이요?"

"너 같은 기지배 좋아할 사내놈이 있을진 모르지만."

"그 말씀은 좀 너무하신데."

"너무하긴 개뿔…… 그래서, 한번 말해 봐. 니 취향은 뭔데."

이상형이라. 한땐 그런 게 있었던 것도 같은데 지금은 누군가를 만나다는 게 꿈처럼 아득했다. 자상한 사람을 좋아했던 것 같긴 한데요……. 나도 모르게 말꼬리를 흐렸다. 무어라 말을 덧붙일 줄 알았던 남자는 대답을 듣고 미간을 설핏 찌푸렸을 뿐이었다. 화제를 돌리기로 했다.

"이 드라마요, 솔직히 보기 잘한 것 같지 않아요? 재밌죠?"

"재미는 무슨. 볼 게 없으니까 보는 거지."

왜 딴소리를 하냐고 따져 물을 것 같던 남자는 의외로 순순히 넘어가 주었다. 관심 없다는 듯 귀를 후빈 남자의 시선이 다시 텔레비전 화면에 고정됐다. 일곱 시 반에 일어나 밤 열 시가 되어 돌아오는 일상 속에서 남자의 유일한 취미는 텔레비전 시청이었다. 항상 뉴스나 다큐만을 보는 남자에게 재현이 추천하던 드라마를 권했는데 제법 마음에 든 모양이었다.

"소리나 더 키워 봐."

내심 오늘을 기다리고 있었다는 걸 알지만 굳이 지적해 화를 돋울 필요는 없었다. 웃음을 삼키며 지시받은 대로 얌전히 소리를 높였다.

아, 춥다.

이불을 두 겹이나 깔고 누웠는데도 으슬으슬 몸이 떨려 왔다. 잠들어 보려 해도 소용없었다. 거실에서 드라마를 볼 때도 추웠지만 새벽이 되자 기온이 더 떨어진 것 같았다.

큰일이네.

당장의 추위도 문제지만 오늘 이후로의 생활이 더 근심이었다. 그동안은 어찌어찌 잘 버텼다 해도 한겨울을 보일러 없이 날 수 있을까. 함께 생활한 지 어언 한 달. 집주인이 얼마나 돈에 민감한지 아는 데다 세도 내지 않고 얹혀사는 군식구인 주제에 보일러를 틀어 달라는 당돌한 요구를 할 순 없었다.

하긴, 그래도 설마하니 한겨울이 되어도 보일러 한번 안 틀까, 했다. 직접 말하지 않아도 며칠 후엔 못해도 두어 시간 정도는 틀겠지, 생각했지만 오늘 재현의 말을 듣고 나니 그런 기대는 일찌감치 접어야 할 것 같았다.

'그 인간요? 보일러는 무슨. 전기료 아깝다고 전기장판도 안 쓰는 인간이에요. 어떻게 전기장판 하나 안 쓰고 겨울을 나냐 물었더니만 정 추우면 양말 신고 외투 입고 이불 덮으면 되지 대체 뭐가 추워 그딴 게 필요하냐 따져 묻던걸요.'

이렇게 체력이 약했던가. 이불론 부족해 양말을 두 겹이나 신고 패딩을 입었는데도 몸이 으슬으슬 떨렸다. 정말 저 사람은 괜찮은 건지 의문이 들었지만 벽 하나를 맞댄 거실에선 고롱고롱 코 고는 소리가 들려오고 있었다.

나도 차라리 잠들면 좋을 텐데.

가난한 자들에게 어째서 겨울이 혹독한 계절인지, 이제야 알 것 같았다. 그리고 지난날 당연하게 누려 왔던 따뜻한 물, 따뜻한 방이 얼마나 소중하고 귀한 것이었는지도.

자고 싶은데 잠이 안 와.

이불 안쪽의 발을 주물주물 주물러 보아도 얼어붙은 발은 녹을 기미가 없었다. 아니, 녹을 기미는커녕 언제부턴가 아예 감각이 없었다. 나는 따뜻하다, 따뜻하다 암시를 걸어도, 이리저리 몸을 뒤척여도, 호호 입김을 불어 보아도 소용없었다. 시간이 지날수록 말똥말똥해지는 정신과 더불어 이불 속까지 파고드는 한기만이 더욱 선명해질 뿐.

어쩐지 올겨울은 지독히 길 것 같았다.

며칠째 잠을 제대로 못 잤더니 골이 띵했다. 밤마다 꽁꽁 언 손발을 녹이느라 체력을 소비했더니 아침에 일어나면 피로가 더 쌓였다.

건강 체질이라 다행이야.

어릴 때부터 잔병치레 한번 하지 않은 건강한 신체가 이렇게 다행스러울 수가 없었다. 얼마 전 크게 한 번 앓긴 했지만 그땐 워낙 육체적으로도 정신적으로도 지쳐 있던 특별한 상황이었다.

내성적이고 소극적인 성격이긴 하지만 뭐랄까, 스스로도 신기할 만큼 다른 부분은 섬세함과 거리가 멀었다. 어릴 때부터 가리는 것 없이 뭐든지 잘 먹었고 어디를 가도 잠을 설치는 일은 없었다. 전교생 대다수가 급식을 먹은 후 복통을 일으켜 학교가 아수라장이 됐을 때도 밥을 두 공기나 먹고도 멀쩡했던 것은 물론, 수학여행에 갔을 땐 친구가 발을 헛디뎌 있는 힘껏 손목을 밟았는데도 깨기는커녕 헤실헤실 웃어 다음 날 니가 인간이냐는 타박을 받기도 했다.

그게 얼마나 축복받은 일이었는지 지금은 알겠어.

누가 업어 가도 모를 정도로 깊이 잠드는 터라 불면증으로 잠을 못 이룬다는 사람들의 심정을 이해하지 못했다. 하지만 요 며칠간 추위로 인해 잠을 설치며 잠들지 못하는 밤이 얼마나 길고 혹독한지 배워가고 있었다.

그나마 다행인 건 날씨가 추워지면서 가게 한가운데에 연탄난로를 설치했단 사실이었다. 홀에 머무는 손님들을 위한 것이긴 하지만 한가할 때엔 이렇듯 난로 위에 손을 쬐는 기쁨을 누릴 수 있었다. 개당 육백 원짜리 연탄이 주는 온기를 집에 갈 때 지니고 갈 수만 있다면 얼마나 좋을까. 기나긴 오늘 밤을 생각하자 코끝이 찡해 왔다.

"자알 먹었다. 여기 얼마지?"

"사천 원이에요. 커피 한 잔 타 드릴까요?"

"그래 주면 고맙고."

때마침 난로 위에 올려놓았던 주전자에서 김이 펄펄 솟구치고 있었다. 정수기에서 온수가 나오긴 하지만 직접 끓인 물에 탄 커피 맛에는 비할 바가 아니었다.

"너무 진하면 말씀하세요."

"진하기는. 캬, 맛 죽인다. 내가 요즘 이 맛에 여길 온다니까. 짜장면 한 그릇 먹고 이런 서비스 받기 쉽지 않지."

"원하시면 언제든 타 드릴게요."

"여기 주인장이 음식 솜씨는 좋은데 무뚝뚝한 게 좀 흠이었거든. 살가운 아가씨가 들어와서 참 좋네, 좋아. 며칠 안에 친구 놈 데리고 다시 올 테니까 그때도 맛난 커피 부탁해. 그럼 많이 팔고."

"조심해서 가세요."

손님을 배웅한 후 어질러진 테이블 위를 정리했다. 컵은 따로 모아 두는 양동이 안에 넣어 두고 빈 그릇과 젓가락을 챙겨 주방으로 갔다.

남은 짜장을 긁어 잔반통에 붓고 더운물을 채워 둔 개수대 안에 그릇을 담갔다.

슬슬 설거지를 해야 하는데 그릇이 많이 없네.

먼 곳의 그릇을 수거하는 재현도, 재현보다 비교적 가까운 거리의 그릇을 찾는 무권도 아직 도착할 기미가 없었다. 지금 하면 흐름이 끊겨서 좀 번거로운데. 설거지를 지금부터 시작할까 말까 망설이는데 등 뒤에서 능숙한 칼질 소리가 들려왔다.

쉼 없이 밀려들던 주문이 이제 겨우 잠잠해졌는데 남자는 또다시 저녁 장사를 위한 야채를 다듬고 있었다.

'그 머리통은 장식이야! 이 미용실 해피트리 바로 옆 건물이라고 내가 말했어, 안 했어! 둘이 같이 들어왔으면 한꺼번에 같이 내보내면 될 걸 왜 따로따로 보내고 지랄이야. 그렇게 해서 어느 세월에 다 해치우려고.'

'뭐? 벌써 배달을 보내? 멍청아, 그건 신우 빌라 거라고 내가 말했지!'

살아오며 머리가 나쁘다는 생각을 해 본 적이 없었는데 착각이었다. 공부 머리와 일머리는 달랐다. 남자의 말대로 음식이 붇지 않을 시간과 배달부 두 사람의 동선을 계산해 보려 했지만 매번 실수의 연속이었다. 틈날 때마다 지도를 보고 또 보며 근방의 지리를 외우면 뭘하나. 사방에서 울려 대는 전화를 받으랴, 홀의 손님을 상대하랴, 음식 수만큼 젓가락과 단무지를 챙기랴, 정신없이 움직이다 보면 머릿속이 뒤죽박죽 엉키기 일쑤였다.

그에 반해 남자는 혼자 주방을 담당하면서도 일이 서툰 직원을 대신해 일일이 전표를 확인하며 배달 나갈 순서까지 조정했다. 그뿐인

가. 언젠가 남자가 한 손으로 드는 냄비를 옮기려 한 적이 있었다. 그래 봤자 냄비려니, 하고 손잡이를 움켜쥐었지만 웬걸. 꿈쩍도 하지 않았다. 스스로 제법 힘이 세다고 자부해 왔지만 한 손은커녕 양손으로 죽을힘을 다해 용을 써 겨우 냄비를 옮길 수 있었다.

정말 대단하단 말이지.

11월인데도 반팔을 입고 있는 남자의 모습에 순수하게 감탄이 일었다. 점심시간의 여파로 등 뒤가 땀으로 흠뻑 젖어 있었지만 일말의 추운 기색도 느껴지지 않았다.

저러니까 보일러를 안 틀고도 견딜 수 있구나.

칼질을 할 때마다 불거지는 단단한 근육을 보고 있노라니 나의 빈약한 팔이 더 초라해졌다. 돌대가리 소리를 듣는 것도 모자라 체력도 이렇게 부실하다니. 잔병치레를 안 하는 건강 체질이라 안심할 때가 아닌 것 같았다.

그래, 앞으로 혼자 살아야 할 텐데 이래 가지곤 안 되겠지. 보일러 때문에 징징대지 말고 이참에 체력을 든든하게 길러 버리면 되는 거야.

"거기 멀뚱히 서서 뭐 하는 거야? 할 일 없으면 버섯이나 다듬어."

"아, 네."

조그마한 앉은뱅이 의자를 깔고 앉아 남자가 시키는 대로 버섯을 다듬었다. 사각사각, 버섯을 다듬는 소리와 탁탁, 규칙적으로 들려오는 남자의 칼질 소리. 바깥에서 어렴풋이 들려오는 자동차 소리와 오가는 사람들의 발소리. 집에서 드라마를 보고 잠자리에 눕는 것도 좋지만 일상의 소리를 들으며 느긋하게 일을 하는 순간도 싫지 않았다.

음, 여기에 일하는 사람들 간에 소소한 대화가 있으면 더 좋긴 하겠지만. 문득 손안에서 흐물대는 버섯이 눈에 들어왔다.

"있죠."

"……."

"어제까지 전 이 버섯이 모기버섯인 줄 알았어요."

"뭐?"

뭔 헛소리를 하냐는 듯 돌아선 남자에게 캉캉 치마처럼 생긴 목이 버섯을 흔들어 보였다.

"왜 있잖아요, 여름에 피 빠는 모기요."

"……."

"저도 좀 웃기긴 한데 발음하면 모기버섯으로 들리잖아요. 재현이한테 왜 하필 모기 같은 이름을 붙였을까, 하고 물었다가 비웃음당한 거 있죠. 하마터면 계속 모기버섯이라고 착각할 뻔했어요."

"……등신."

역시, 여기서 그게 뭐냐는 대답과 함께 웃음꽃이 터지는 일은 없겠지. 대충 예상한 터라 새삼스레 충격을 받진 않았다. 멋쩍게 웃고 다시 버섯을 다듬는데 머리 위에서 한숨 섞인 목소리가 들려왔다.

"낯살만 처먹었지 똑바로 아는 게 있나, 할 줄 아는 게 있나……뭐 이런 게 다."

웃어넘기려 했지만 짧은 문장 속에 절절히 밴 진심에 말을 잃었다. 역시, 모기 얘기는 하지 말 걸 그랬나. 후회했지만 이미 엎질러진 물이었다.

"쯧."

머리 위로 떨어지는 짤막한 울림에 절로 고개가 숙여졌다.

"맛있게 먹어."

예의 바르게 배꼽 인사를 하는 열 살 남짓의 여자아이에게서 돈을 받아 들고 돌아섰다. 문을 닫고 나오며 깊이 숨을 들이마셨다. 배달부가 두 사람이나 있지만 간혹 오늘처럼 일손이 부족할 땐 직접 배달을 가야 했다. 그래 봤자 걸어갈 수 있는 범위 내에서지만.

가벼워진 통을 들고 걸어가는데 그릇을 수거하고 돌아오던 재현과 마주쳤다.

"어, 누나. 배달 갔다 왔어요?"

"넌 벌써 다녀왔어?"

"그럼요, 제가 누군데요."

보란 듯 어깨를 으쓱인 재현이 자신의 뒷자리를 가리켰다.

"누나, 타요."

"응?"

"그래 봤자 엎어지면 코 닿을 데지만, 태워 줄게요. 타요."

통을 빼앗아 자신의 다리 사이에 놓아둔 재현이 뒷자리에 앉을 공간을 마련해 주었다. 정말 괜찮은데. 망설였지만 재현의 재촉에 못 이겨 뒷자리에 올라탔다.

"근데 누난 뭘 먹고 키가 그렇게 커요?"

"원래 외가 쪽이 다 키가 커."

"헤에, 유전이구나. 진짜 부럽다. 나는 우유도 열심히 먹고 하는데도 키가 안 커요."

아직까지도 170에 간당간당 못 미치는 재현이 입술을 삐죽였다.

우리 집안은 왜 키 큰 사람이 없는 거야. 못마땅한 듯 투덜대는 모양새가, 어쩐지 영우를 떠올리게 했다.

'난 왜 아버지를 닮은 거야? 이건 진짜 불공평해.'

"누난 형제 있어요?"

"……남동생이 한 명."

"역시. 누난 왠지 맏이일 것 같드라. 몇 살 차인데요?"

"나보다 두 살 어려."

"흐음. 그럼 군대는 갔다 왔겠네요. 좋겠다. 난 세상에서 군대 갔다 온 남자가 제일 부러워요."

서늘한 바람을 맞는데 씁쓸한 웃음이 고였다. 그래, 살아 있었다면 벌써 그럴 나이가 되었을 터였다. 입대하면 자주자주 면회 가겠다 말했었는데. 면회 땐 좋아하는 피자며 통닭이며 바리바리 싸 들고 찾아가겠다 손가락을 걸고 약속했던 일이 꿈처럼 아스라했다.

'남자라면 역시 해병대지.'

'나중에 후회 말고 그냥 무난하게 가지?'

'어허, 왜 이래. 이 정영우를 뭘로 보고.'

"누나, 다 왔어요."

"어, 어, 응."

오토바이에서 내리다 가게 밖 간이 테이블 의자에 앉아 있던 남자를 발견했다. 미간을 그러모은 모습이 뭔가 마음에 들지 않는 눈치였다. 너무 늦어서 화난 건가. 그렇게 늦진 않았는데.

"으아, 배고파라, 배고파 죽을 뻔했…… 또 짜장면이야! 으에, 물려."

남자의 눈치를 살피며 걸음을 옮기는 순간 앞서 가게로 들어선 재현이 절망스러운 몸짓을 했다. 과장스럽게 머리를 움켜쥐며 몸을 뒤트는 모습이 귀여워 픽, 웃음이 나왔다.

"먹기 싫으면 먹지 마."

"치사하게."

투덜댄 것도 잠시 남자의 심기가 평소보다 좋지 않음을 눈치챈 재현이 잽싸게 자리에 착석했다. 누나도 빨리 와요. 눈치를 살피며 행동하는 모양새가 영리한 다람쥐 한 마리를 보는 듯했다.

"무권 씨는요?"

재현과 함께 배달 일을 하고 있는 또 한 사람이 보이지 않았다. 올해 서른셋이었던가. 워낙 말수가 없는 사람이라 근 한 달 가까이 함께 일을 했는데도 제대로 대화 한번 나누질 못했다.

"이미 다 먹고 나머지 그릇 찾으러 갔어."

"아."

"딴 데 신경 쓸 시간에 빨리 밥이나 처먹어. 설거지도 덜 끝낸 주제에 뭐가 그렇게 여유만만이야?"

딱히 여유만만은 아니었는데.

할 말이 없는 건 아니었지만 얌전히 젓가락을 들었다. 서둘러 먹지 않으면 금방 저녁 시간이 되어 손님이 밀려들 터였다.

"아저씨 딴것 좀 만들어 주면 안 돼요?"

"처먹기 싫음 먹지 말라 했지."

"야끼우동은 이 가게 그만두기 전에 한번 먹어 볼 수 있으려나."

"먹고 싶으면 돈 내. 만들어 줄 테니."

"그깟 육천오백 원짜리 갖고 치사하게. 밥이나 왕창왕창 퍼먹어야지."

투덜거리던 것과 달리 금세 짜장면 곱빼기를 먹어 치운 재현이 밥솥에서 한가득 밥을 퍼 담았다. 한창 성장기라 그런가, 잘 먹네. 흐뭇하게 그 모습을 지켜보는데 맞은편에서 이 가는 소리가 들려왔다.

"배 속에 거지가 들어앉았나, 저건."

농담조라 여기기엔 재현을 쏘아보는 눈빛이 심상치 않았다.

"작작 좀 처먹어."

"왜 치사하게 먹는 걸로 그래요?"

"네놈 새끼 때문에 밥이고 반찬이고 남아나는 게 없으니까 하는 말이다."

순간 뜨끔했다. 아침에 오뎅볶음, 내가 거의 다 먹었는데.

"난 한창 성장기라고요."

"넌 평생 가도 더 안 커."

"익, 저주 걸지 마요! 자기 키 크다고."

"이놈이나 저놈이나 배 속에 거지새끼를 키우는 것도 아니고 뭘 그렇게 처먹어 대는 건지. 쌀 사서 다 이놈들 배 속에 처넣는 기분이야."

남자의 마지막 덧붙임에 정말로 사레가 들릴 뻔했다. 조금 있다 밥을 비벼 먹으려던 계획은 접어 두어야 할 것 같았다.

"자꾸 치사하게 굴지 마요. 누나도 더 먹을 거죠?"

얼떨결에 고개를 들다 남자와 시선이 마주쳤다. 너무 놀라 단무지 대신 혀를 씹었다.

"누나?"

"난 그만 먹을래."

생각해 보면 걸리는 것이 너무 많았다. 식성이 좋은 편인 데다 남자가 만드는 음식이 하나같이 맛있어서 늘 기본 한 그릇 이상은 먹었다. 그래, 지금 보니 식사 시간마다 남자가 기묘한 시선을 보냈던 것도 같았다.

그게 작작 좀 먹으라는 얘기였구나.

"진짜 더 안 먹어요?"

"응, 오늘은 괜찮아."

"왜요. 속 안 좋아요? 평소엔 밥까지 비벼 먹었으면서."

좌절했다. 재현이 저렇게 당연히 여길 만큼 식성이 좋았었나.

"배고프면 아저씨 눈치 보지 말고 먹어요, 누나. 이건 근로자의 당연한 권리라구요."

그렇긴 한데, 나는 너와 입장이 조금 달라서. 일단 얹혀사는 처지기도 하고.

"아냐, 그런 거. 그냥 오늘은 이것만 먹어도 배가 부르네. 가서 밀린 설거지나 해야겠다."

먹은 그릇을 챙겨 들고 주방으로 향하는 동안에도 왠지 뒤통수가 따가웠다.

❄

고작 이틀 평소보다 먹는 양을 줄였을 뿐인데 속이 헛헛했다. 굶은 것도 아니고 그저 보통 여자들처럼만 먹었을 뿐인데…….

"왜 안 먹은 것 같지."

나 너무 잘 먹는 거 아니야. 체격이 큰 만큼 많이 먹을 수밖에 없다 스스로를 위로해 보았지만 그리 도움이 되진 않았다. 여태껏 사람들이 식성이 좋구나, 하던 말을 칭찬으로 받아들인 스스로가 한심했다.

정말 배 속에 거지가 들었나 봐.

우울한 기분으로 몸을 씻은 것도 잠시. 보일러가 끊기기 전 재빨리 준비해 온 1.5리터 페트병에 뜨거운 물을 담았다. 이게 효과가 있을까. 언젠가 재현이 보일러가 끊겼을 때 뜨거운 물을 페트병에 담아 추위를 견뎠다 말한 적이 있었는데 그걸 몸소 실천하게 될 줄은 몰랐다.

묵직한 온기를 품은 페트병을 끌어안고 있는데 문밖에서 보일러 꺼지는 소리가 들려왔다. 젖은 몸에 오한이 일었다. 요 며칠 남자는 시간이 되면 알아서 보일러를 껐다. 눈치 볼 필요 없이 마음껏 더운물을 쓰던 과거가 생각났지만 소용없는 일이었다.

옷을 챙겨 입고 나오자 이부자리에 누워 텔레비전을 보고 있는 남자가 보였다. 함께 생활한 지 어언 한 달여. 남자의 절약 정신에 대해선 알 만큼 알고 있다 자부했지만 매번 신기한 마음이 들었다.

그래, 솔직히 기분이 나쁘다기보단 그저 신기했다.

살아오며 돈에 민감한 사람을 보지 못한 건 아니었지만 눈앞의 남자는 확실히 일반적인 범주를 넘어서 있었다. 사람이 어느 정도 인색하면 기분이 상할 수도 있겠지만, 뭐랄까, 무슨 일이든 이해 범위를 넘어서면 초탈할 수도 있는 것 같았다.

살아가면서 돈은 필수 불가결한 요소였다. 생활을 유지하기 위해서는 기본적으로 돈이라는 수단이 필요했다. 하지만 눈앞의 남자에게 있어 돈은 수단이 아닌 그 자체로 하나의 목적을 지닌 듯 보였다. 믿을 수 없지만 한 달 가까이 함께 생활하며 남자가 개인적인 일로 돈을 쓰는 걸 제대로 보지 못했다.

군것질을 한다든가,

물건을 새로 산다든가,

친구들과 만난다든가.

돈을 쓸 일들은 세상에 무궁무진하게 널려 있지만 남자는 그 무엇에도 관심이 없는 듯 보였다. 먹고 자는 등 생존에 필수적인 경우 외에 돈을 쓰는 일을 말하자면, 하루 두 잔 정도 커피를 마시고 집에 돌아와 텔레비전을 보는 것 정도랄까……

'혹시 돈 모아서 다른 데 쓰실 일이 있는 거예요? 이사를 간다든가.'

'멀쩡한 집 놔두고 왜 이사를 가?'

'그럼 뭐 사고 싶으신 건……'

'세끼 꼬박꼬박 먹고 벽 있는 데서 잠잘 수 있음 됐지 사긴 뭘 사.'

'혹시 가족 중에 도움이 필요하신 분이……'

'가족? 그딴 거 없어.'

돈을 모아 다른 뭔가를 할 생각이라면 모를까, 이렇듯 무조건적으로 돈을 아끼는 사람은 처음이었다.

"뭘 멀뚱히 서 있어? 그건 또 뭐고?"

"아. 이거요."

남자의 시선이 가슴에 품고 있는 페트병에 닿았다.

"재현이가, 이렇게 페트병에 물 넣고 끌어안으면 따뜻하다고 해서요."

"이제 겨우 11월인데 춥긴 뭐가 추워?"

"춥다 할 정돈 아니구요. 그냥 조금, 아주 조금요. 근데 이거 꽤 괜찮은 거 있죠. 이거면 한겨울까지도 충분히 버틸 수 있을 것 같아요."

혹 춥다 시위하는 것처럼 느끼진 않을까, 괜히 보일러를 틀어야 하나 생각할까 걱정했지만 기우였던 모양이었다. 벌써부터 집 안에서 양말을 신고 있는 모양새가 어이없다는 듯 위아래로 몸을 훑었을 뿐 남자는 이내 관심 없다는 듯 고개를 돌렸다.

"부실해선."

'추우면 보일러 틀어 줄까' 와 같은 말을 기대하진 않았지만 쓸쓸한 기분이 들었다. 타인에게서 가족과 같은 애정을 바라는 스스로가, 어쩐지 한심했다.

"내일이 휴일이라서 그런지 되게 맘이 편한 거 있죠. 근데 내일도 일하러 가시는 거예요?"

한 달에 겨우 두 번 있는 휴일에도 남자는 집에서 쉬는 법이 없었다. 친구가 운영하는 이삿짐센터에서 이삿짐을 나른다고 들었는데 너무 무리하는 게 아닌가 싶었다.

"좀 쉬셔야 하는 거 아니에요?"

"쉬긴 뭘 쉬어. 땅을 파 봐, 돈 한 푼 나오나."

"그래도."

"놀아 봤자 돈 까먹기밖에 더 해?"

"그렇긴 하지만 돈이란 게 원래 쓰려고 버는 거잖아요."

"벌 수 있을 때 모아 놔야지. 늙어서 아프기라도 해 봐, 누가 도와주기라도 할 것 같애?"

"그렇긴 하지만 현재도 중요하니까……."

"현재? 지금 좋다고 팡팡 써 대다 나중에 정말 돈 없어 봐. 그딴 소리가 나올 것 같아? 돈 걱정 않고 자란 것들이 그런 태평한 소릴 하지. 하루라도 돈 없이 살아 봐. 그게 살아도 사는 게 아니란 걸 알아봐야 정신을 차리지. 너도 당장에 나 없었으면 길바닥에 나앉았을 거면서 현재가 어쩌고 저째?"

"그래도 조금은 써도……."

"모레 돈 나갈 것만 생각해도 골이 아파 죽겠는데 뭐?"

사납게 구겨진 남자의 얼굴에 할 말이 쏙 들어갔다. 모레. 모레라면, 내 월급날이구나.

"조금은 써도 된다고? 하, 니가 그 돈 안 받겠다면 생각해 볼 순 있지."

그건 좀, 치사한 것 같은데.

"월급 주면 헛돈 쓸 생각 말고 차곡차곡 모아, 알았어?"

"……네."

"참 나, 이건 뭐, 낫살만 처먹었지……."

철없는 어린애를 보는 듯한 눈길에 애써 시선을 피했다. 억울했지만 여기서 토를 달았다간 잔소리를 한가득 뒤집어쓸 게 뻔했다. 이 사람도 은근히 잔소리가 많으니까 조용히 텔레비전이나 봐야겠다. 따끈따끈한 페트병을 끌어안은 채 화면 쪽으로 몸을 돌린 순간이었다. 준엄한 목소리가 뒷덜미를 잡아챘다.

"할 말 안 끝났어."

더 이상 볼 맘이 없었는지 남자가 냉정하게 전원을 껐다. 전 좀 더 보고 싶은데요. 목까지 차오른 말은, 본격적으로 할 말을 해야겠다는 듯 똑바로 몸을 일으켜 앉은 남자의 태도에 멀리멀리 사라졌다.

"너, 경고하는데 재현이 놈처럼 돈 몇 푼 벌었다고 받은 날 그대로 써 재끼기만 해 봐."

당연히 보증금을 모아야 하니 대부분은 저금을 할 생각이었지만 몇 가지 사야 할 물건들이 있긴 했다. 싸구려라도 좋으니 속옷도 몇 벌 더 필요하고 핸드크림도 슬슬 하나쯤 장만해야 하고……. 우물쭈물 대답을 망설이고 있자 남자의 눈매에 파랗게 날이 섰다.

"낭비는 안 할 거예요. 많이 쓸 것도 아니구요. 그냥 꼭 필요한 것들만 사려고……."

"꼭 필요한 거 뭐."

있다고 하면 한 대 칠 분위기였지만 거짓말을 하고 싶진 않았다.

"비싼 건 필요 없구요, 그냥 편하게 입을 티셔츠 두 벌 정도랑 핸드크림이랑……."

"위아래로 두 벌씩 갖고 있음 됐지, 뭐가 또. 매일매일 빨아서 번갈아 가며 입으면 될 것 아냐."

"날이 추워서요, 조금 더 두꺼운 게 필요……."

"그러니까 두꺼운 겉옷 빌려줬잖아."

실은 그게 너무 커서요. 둘만 있을 땐 상관없는데 밖에서 입고 다니기엔 좀 우스꽝스러워 보여요. 수많은 말들이 혀끝에서 넘실거렸지만 남자의 단호한 표정에 절로 기운이 빠졌다.

"그, 그렇네요."

"또 뭐, 핸드크림? 그건 또 뭔데."

"로션 같은 건데요. 겨울에 손이 터서……."

"얼마 전에 로션 산 거 있잖아. 얼굴에 처바를 거 손에도 처바르면 되지 뭘 또 따로 사?"

그건 그런데요. 제가 겨울엔 심하게 건성이라 자주자주 크림을 발라 주지 않으면 손등이 갈라지거든요. 근데 슈퍼에서 산 그 로션은 너무 크고 들고 다니기엔 불편해서…… 몇천 원이면 겨울 내내 쓸 거

하나 사서 가게에 두고 쓸 수 있는데 그냥 사면 안 될까요?

"쓸데없이 돈지랄할 생각이면 집어치워."

……서러워졌다.

큰돈도 아니고 단돈 몇만 원으로 충분히 해결할 수 있는 것들이었다. 모아 놓은 돈이 없는 상황에선 큰돈이긴 하지만 사치를 부리려는 것도 아니고 당장 절실한 물건들이었다. 하지만 안 된단다. 이것도 안되고 저것도 안 되고…….

"난 암것도 안 처발라도 멀쩡하구만."

이건 피부상의 문제인데요. 제가 어떻게 할 수 있는 게 아니라서……. 우물거리는 사이 남자의 시선이 싸늘하게 식었다. 도박으로 가산을 탕진한 사람을 보는 시선도 이보다 시리진 않을 것 같았다.

"핸드크림은…… 한 번 더 생각해 볼게요."

"그래, 그럼 됐고. 또 뭐."

어쩐지 은근한 기쁨이 서린 목소리로, 남자가 다시 물었다. 또 뭐, 뭘 살 건데.

"……."

"뭐냐니까."

"……."

"더 없음 늦었으니까 가서 자."

"……."

"할 말 있음 해 보든가."

억울한 기분에 고개를 들었지만 눈이 마주치는 순간 기가 죽었다. 내 돈인데 내 마음대로 하지도 못해……. 스스로의 소심함을 욕해 봐도 한껏 미간을 찌푸리고 이쪽을 노려보는 시선엔 절로 꿀 먹은 벙어리가 됐다.

"뭐."

"아무것도 아니에요. 그럼 피곤하실 텐데 쉬세요."

돈 없는 서러움이란 게 이런 거구나. 새삼 가난이 슬퍼지는 밤이었
다.

휴일은 좋구나.

겨울의 차디찬 바람도 한낮의 오후, 느긋하게 동네 주변을 산책하
는 행복을 퇴색시키진 못했다. 저 멀리 바쁘게 달리는 차들과 허공으
로 치솟은 고층 빌딩들 사이에선 느낄 수 없는 이곳의 고즈넉함이 마
음에 들었다. 덧붙여 저 건너의 사람들은 알지 못할, 낮은 지붕 위로
드넓게 펼쳐진 하늘을 올려다볼 수 있다는 점이.

신기했다. 하늘조차 제대로 올려다볼 수 없던 속박의 시간이, 몇
년 만에 나온 바깥세상이 낯설어 어쩔 줄 몰라 했던 일이 오래된 과거
처럼 아득하게 느껴졌다. 어디에 있든, 무얼 하든, 의식하고 있든, 의
식하고 있지 않든 시간은 소리 없이 흐르고 있었다.

"나쁘지 않아."

그래, 나쁘지 않았다.

살아가고 있다는 것. 그저 그것으로 충분하다는 생각이 들었다. 여
전히 제대로 이룬 것도 가진 것도 없이 나이만 먹어 가고 있지만, 같
은 실수를 반복하는 스스로를 자책할 때도 있지만, 그래도 괜찮다고
생각했다. 원망하고 증오하고 미워하며 멈춰 있던 지난날과 달리 지

금의 나는 비틀거릴지언정 멈추지 않고 걸어가고 있었다.

"이, 이모."

"어…… 동이구나."

등 뒤에서 들리는 작은 목소리에 돌아보자 까만 눈동자가 이쪽을 바라보고 있었다. 이름은 오동. 올해로 다섯 살. 바쁜 엄마를 대신해 슈퍼를 운영하는 김씨 아주머니가 키우고 있다시피 하는 아이였다. 또래보다 발육이 더딘 동이는 체구가 작은 것은 물론 아직도 말하는 것이 서툴렀다.

"뭐, 뭐 해?"

"그냥 산책하고 있었어. 추울 텐데 왜 내복 차림으로 나왔어. 엄마는?"

도톰한 점퍼를 입고 있긴 했지만 다리를 감싸고 있는 건 얇은 면 내복이 전부였다. 뒤로 넘어간 모자를 씌워 주자 통통하게 살이 오른 뺨이 실룩였다.

"자."

"주무신다고?"

"응."

"그럼 넌 왜 나왔어?"

"아, 아이스크림."

"……아이스크림? 이 추운 날에?"

동이가 오른손을 내밀었다. 고사리 같은 손안에 놓인 건, 꼬깃꼬깃한 천 원짜리 한 장이었다.

"같이…… 같이…….'

"같이 가자고?"

"으, 응."

김씨 아주머니는 종종 슈퍼 문을 닫고 동이와 함께 가게에 놀러 왔다. 처음엔 낯을 가리던 아이도 얼굴을 익힌 뒤론 곧잘 어리광을 피웠다. 지금쯤 집 안에서 정신없이 곯아떨어져 있을 동이의 엄마를 떠올렸다.

이름이 경혜, 라고 했던가.

김씨 아주머니 말에 의하면 동이의 엄마는 번화가에 위치한 큰 미용실에서 일했다. 올해 스물일곱으로 어린 나이에 결혼했지만 고된 시집살이를 견디지 못해 이혼하고 혼자서 동이를 키우며 살고 있었다.

"안녕하세요."

"응? 이 시간에 웬일…… 오늘 가게 쉬는 날이지 참. 내가 깜빡 잊고 있었네. 어이구, 동이도 왔네. 모처럼 엄마 휴일이라 우리 동이 못 보는 줄 알았는데…… 그래, 그래, 내 새끼."

동이가 너무 예뻐서 동이 엄마로부터 받는 돈이 못내 미안할 때가 있다던 김씨 아주머니는 친할머니처럼 동이를 아꼈다. 어제도 온종일 함께 있었을 텐데 정신없이 동이를 끌어안고 뺨에 입을 맞추는 것만 봐도 그랬다.

"동이가 아이스크림을 좋아하나 봐요."

"아이고, 그럼. 이 녀석 아이스크림이면 껌뻑 죽지, 죽어. 우리 집 아이스크림은 다 이 녀석 배 속으로 들어간다니까. 엄만 여직 자고 있고?"

김씨 아주머니의 말에 고개를 끄덕인 동이가 아이스크림 통 앞에 섰다. 진지한 표정으로 아이스크림을 고르는 동이를 지켜보다 김씨 아주머니와 눈이 마주쳤다. 어딘가 은근한 시선이 부담스러웠다. 가게 사람들에겐 말하지 않았지만 좁은 동네인 터라 아주머니는 남자와 내가 함께 살고 있는 걸 알았다. 금방이라도 무슨 사인지 묻는 질문이 쏟아져 나올 것 같아 재빨리 동이에게 다가갔다.

"이거면 돼?"

고개를 끄덕인 것도 잠시. 쭈쭈바를 들고 선 동이의 시선이 나무 선반 어딘가에 머물렀다. 꼬깃꼬깃한 천 원짜리를 들고 제 손에 들린 쭈쭈바와 선반 위의 과자를 번갈아 바라보는 동이가 귀여워 웃음이 났다.

"이모가 사 줄 테니까 먹고 싶은 거 골라."

비상금으로 돈을 조금 챙겨 오길 잘한 것 같았다.

정말? 눈으로 묻던 동이가 쭈뼛쭈뼛 선반을 향해 다가갔다. 여느 아이들에 비해 감정 표현이 풍부하진 않지만 좋아하는 과자를 살 수 있다는 사실에 기뻐하는 기색이 역력했다.

"얼마예요?"

"다 합쳐 사천 원이야. 우리 동이, 이모 덕분에 호강하네."

"다음에 또 가게 놀러 오세요. 잘해 드릴게요."

조만간 들르겠다는 김씨 아주머니의 대답을 듣고 가게를 나섰다. 바람이 불 때마다 근심스럽게 옆을 돌아봤지만 동이는 입 속으로 들어가는 다디단 아이스크림에 푹 빠져 있었다. 아이스크림 하나만으로도 세상을 다 가진 것처럼 행복해 보이는 모습이 예뻐서, 나도 모르게 웃음이 나왔다.

"조심해서 들어가고. 다음번엔 내복 차림으로 다니면 안 돼. 감기 걸리면 아야 해."

"응."

"그리고 이거, 이모가 사 줬다고 하면 안 된다. 할머니가 그냥 주셨다고 해야 해. 자, 약속."

이해하지 못하겠다는 듯 고개를 갸웃거리는 동이의 손에 강제로 손가락을 걸었다. 이렇게까지 해야 하는지 서글픈 마음이 들기도 했지만 혹여 아이의 간식값에 사천 원을 썼다는 걸 들킨다면……. 차오르는 한기가, 부디 불어오는 차디찬 바람 때문이길 바라며 돌아섰다.

"슬슬 가 볼까."

휴일임에도 이른 아침 일을 하겠다며 나간 남자를 떠올렸다. 밤늦게 돌아왔던 지난번과 달리 오늘은 저녁 먹기 전에 돌아온다 말했었다. 솜씨는 없지만 미리 저녁을 만들어 두는 게 좋을 것 같았다. 그래 봤자 계란말이에 된장찌개가 전부겠지만.

"동이가 약속을 잘 지켜 줘야 할 텐데……."

찬 바람을 너무 맞은 탓일까. 으슬으슬 떨려 오는 몸을 감싸 안고 부지런히 걸음을 옮겼다.

밀린 청소와 빨래를 하고 한가롭게 텔레비전을 보다 남자가 돌아올 시간에 맞춰 저녁 준비를 시작한 것까진 좋았다.

왜 이렇게 된 거지.

양파를 썰고 있는데 등 뒤에서 따가운 시선이 느껴졌다. 수건을 목에 건 채 뚝뚝하게 서 있던 남자가 눈썹을 치켜세웠다.

"쉬고 계시면 제가 다 만들어서 내갈게요."

"됐고, 어서 하기나 해."

차라리 찌개를 미리 끓여 둘 걸 그랬다는 후회가 일었다. 예상보다 일찍 돌아온 남자는 씻고 나오자마자 이렇듯 부엌에 서서 일거수일투족을 지켜보고 있었다. 양파를 써는 일이 뭐 그리 대수겠냐마는, 등 뒤에서 누군가 못마땅한 얼굴로 보고 있다 생각하자 긴장이 됐다.

"손."

지시에 따라 양파를 잡고 있던 왼손을 오므렸다. 천천히 칼질을 하는데 어느 세월에 저녁을 먹겠냐는 타박이 날아왔다. 그야 물론 전문가에 비하면 많이 어설픈 솜씨일 테지만…… 부탁이니까 나가서 쉬시면 안 될까요.

"못 미더우시겠지만 찌개는 좀 자신 있어요."

무거운 침묵 속에서 칼질을 하니 차라리 말을 하는 편이 나을 것 같았다. 딱히 대답을 기대한 건 아니었는데 예상외로 금방 반응이 돌아왔다.

"쓸데없이 재료 낭비나 안 하면 다행이지."

역시, 그게 감시의 목적이었구나. 입맛이 썼지만 온종일 혼자 있다시피 하다 대화를 나눌 수 있는 사람을 만나자 저절로 입이 움직였다.

"에이, 그래도 그 정도까진 아닐 거예요."

"뭘 믿고?"

"이래 봬도 중학교 입학하자마자 어머니한테 스파르타식으로 배웠거든요. 어머니 지론이 '남자건 여자건 기본적인 음식은 할 줄 알아야 한다'여서요. 그리고, 음, 이건 좀 쑥스럽긴 한데 시대가 변했어도 찌개 정도는 끓일 줄 알아야 시집가서 남편한테 사랑받는다고…… 아무리 그래도 중학생한테 신부 수업이라니, 좀 심했죠?"

"기지배가 살림하는 걸 배워 두는 게 당연하지."

농담조로 던진 말이었건만 돌아온 건 바늘 하나 들어가지 않을 단호한 대답이었다. 화제를 돌리기로 했다.

"프로에 비할 바는 아니지만 재료 낭비라고 할 정도는 아닐 거예요. 입맛이 까다로운 아버지도 곧잘 드셨거든요."

"제 자식이라고 콩깍지가 씐 게 아니고?"

"확실히 그럴 가능성도 있긴 하죠. 그럼 한번 드시고 평가해 주세요. 뭐가 부족한지도 알려 주시면 좋구요."

"왜, 나중에 그쪽으로라도 나가게?"

일일이 대꾸해 주는 걸 보니 기분이 나쁘진 않은 모양이었다. 무슨 좋은 일이 있나?

"아니요. 그냥, 이제 곧 있으면 나가 살아야 할 거잖아요. 육수가 끓어서 잠시만요…… 됐다. 어디까지 얘기했죠? 아, 이제 곧 나가 살아야 할 텐데 찌개 한두 가지라도 제대로 할 줄 알면 좋잖아요."

"……."

"염치없긴 하지만 전문가시니까 부족한 점이 뭔지 알려 주세요. 직접 만드신 것보다야 못하겠지만 이런 건 많이 해 봐야 늘어서……."

찌개에 칼칼함을 더해 줄 고추를 어슷하게 써는데 주변 온도가 3도쯤 서늘해진 듯한 기분이 들었다.

어디서 바람이 새는 건가.

무심코 주변을 둘러보는 순간 어느샌가 등 뒤까지 다가와 있는 남자를 발견했다. 어, 엄마야. 놀란 나머지 칼을 놓쳤다. 챙그랑. 서슬 퍼런 기세로 바닥에 떨어진 칼을 보자 심장이 요란하게 들썩였다. 하마터면 발등에 칼을 꽂을 뻔했다.

"이 기지배가 정신이 있어, 없어!"

"죄송해요. 저도 모르게 놀라서……."

남자가 팔을 잡아끌지 않았더라면 사고를 쳐도 단단히 칠 뻔했다. 물론 사고의 원인이 꼭 내게만 있진 않지만 야차 같은 얼굴을 하고 있는 상대에게 따져 물을 자신은 없었다.

"시팔, 됐으니까 가서 상이나 차려."

"아니, 거의 다 됐으니까 제가……."

말을 잇지 못했다. 쏘아보는 시선이 얼마나 살벌한지, 저절로 합죽이가 됐다.

"조금 전에 제 발등에 칼을 꽂으려 했던 정신 나간 년한테 뭘 맡겨?"

"그건 그냥 실수……."

"실수?"

"물론 위험천만하긴 했지만 다치진 않았고 또 그런 실수를 한 건 오늘이 처음……."

"한 번이 두 번 되고, 두 번이 세 번 되지."

"에이, 설마요."

가볍게 넘어가려 했지만 상대는 그럴 마음이 없는 듯했다. 살벌한 얼굴에 본능적으로 한 걸음 뒤로 물러섰다. 어느새 도마 앞에 자리 잡은 남자가 재빨리 칼을 헹군 후 민첩하게 고추를 썰기 시작했다.

내가 마무리 짓고 싶은데.

아쉬움에 머뭇거리고 있자 걸리적거리게 하지 말고 꺼지라는 명령이 떨어졌다. 더는 무린가. 상이라도 차려 놓자 싶어 냉장고에서 물을 꺼내는데 등 뒤에서 쯧쯧 혀 차는 소리가 들려왔다. 하여간에 똑바로 할 줄 아는 게 하나도 없어. 서래 갖고 혼자 살기는 뭘······.

왜 이 사람 앞에 서면 자꾸 한심한 사람이 되는 거지.

"오 분이면 되니까 밥 푸고 수저나 놔!"

수저를 챙기고 남자와 내 몫의 밥을 펐다. 냄비 받침대까지 챙겨 놓고 얼마쯤 하릴없이 시간을 때웠을까. 쓸모없는 인간이 된 것 같은 울적함에 젖어 갈 때쯤 남자가 찌개를 들고 거실로 나왔다.

왜 갑자기 기분이 나빠진 거지.

입이 근질근질했지만 한 달간 함께 생활해 온 감이 말해 오고 있었다. 지금은 쓸데없이 말을 걸 타이밍이 아니라고. 얌전히 입을 닫고 찌개를 한 술 뜨는데 일 초 전의 다짐이 무색하게 절로 감탄사가 나왔다.

"아, 맛있다."

빈말이 아니라 정말로 남자는 음식 솜씨가 좋았다. 남자가 만드는 것들은 거짓말이 아니라 전부, 하다못해 계란말이라 해도 특별한 맛이 났다. 이상했다. 같은 재료를 썼다 해도 내가 끓였다면 이 맛이 나오지 않았을 텐데. 이게 손맛이란 걸까.

"진짜 맛있어요. 어떻게 해야 이런 맛이 나요?"

다시 한번 떠먹어 보아도 마찬가지였다. 조금 전의 꿀꿀한 마음도 맛있는 음식을 앞에 두자 잊혀졌다. 부지런히 숟가락질을 하는 동안 금세 밥공기가 비었다.

좀 아쉽긴 하다.

평소라면 거리낌 없이 밥을 더 먹겠지만 최근엔 의식적으로 먹는 양을 줄이고 있었다. 눈앞에 어른거리는 찌개의 유혹을 물리치고 숟가락을 놓았다.

"잘 먹었습니다."

"너."

네? 마주 앉은 남자의 표정이 좋지 않았다. 잘못한 게 있는가 싶어 머릿속을 뒤져 봐도 찌개가 맛있다고 말한 뒤에 정신없이 먹은 기억 뿐이었다. 너무 게걸스럽게 먹어서 입맛이 떨어졌나? 딱히 흘리고 먹진 않았는데. 아니면 그래도 여전히 너무 많이 먹었다거나…… 나름대로 많이 줄이고 있는 건데…….

"너……."

"네?"

"됐어."

뭐지.

분명, 무슨 말을 하려고 했던 것 같은데. 혹시나 하고 기다렸지만 굳게 닫힌 남자의 입은 끝내 열리지 않았다.

"누난 질리지도 않아요?"

"응? 뭐가."

"짜장면이요, 짜장면. 처음엔 그렇다 쳐도 일주일에 서너 번씩 이것만 먹으면 질리지 않아요?"

남자가 옆에 앉아 커피를 마시고 있는데도 꿋꿋이 제 할 말을 하는 재현이 대단해 보였다. 물론 재현이 평생의 소원이라 졸라도 절대 야끼우동을 만들어 주지 않는 남자도 어떤 의미로 대단하긴 했지만.

"난 괜찮은데."

"괜찮다구요?"

"나 원래 중국 음식 좋아하거든. 없어서 못 먹을 정도였어."

"아무리 그래도 그렇지."

"진짠데. 중학생 때 친구네 아버지가 중국집 하셨거든. 일주일에 두세 번씩은 가서 저녁 먹고 그랬어."

"공짜로요?"

"음, 밥 먹고 나면 친구 집에 가서 공부를 도와주긴 했는데…… 지윤이가, 아니 친구가 성적이 별로 안 좋아서, 친구 아버지가 밥은 공짜로 줄 테니 과외 좀 해 달라 하셨거든. 근데 말이 그렇지 동갑인데 공부를 도와줘 봐야 얼마나 도와줬겠어. 결국엔 공짜로 먹은 거나 다름없지."

"그래도 그렇지 일주일에 몇 번씩이나. 진짜 좋아했나 봐요."

"원래 중국 음식을 좋아하기도 했지만 친구 아버지네 음식이 진짜 맛있었거든. 다른 데서 먹어 봐도 그 맛이 안 나서, 친구가 이사 간 뒤로는 한동안 중국 음식을 안 먹었어. 아니, 못 먹었다 해야 하나."

"그치만 여긴 그 가게가 아니잖아요."

"물론 아니지만…… 그러고 보니까 여기 음식이 그때 아저씨가 해 주신 음식이랑 맛이 비슷한 것 같은데. 볶음밥 나올 때도 말이야, 여기처럼 작은 새우 살을 겹쳐서 얹어 주셨거든."

말하고 나니 기분이 이상했다. 그때의 맛을 정확히 기억하진 못하지만…… 남자가 만든 음식에서 익숙한 느낌이 드는 것도 같았다.

"아아, 그래도 좋겠다. 난 물려요. 물려. 물려서 더는 먹기 싫어."

"그런 놈이 곱빼기로 잘도 처먹었네."

"그렇다고 굶고 일할 순 없잖아요. 진짜 치사하게. 야끼우동 한 번만 해 줘요."

"돈 내."

"진짜 이럴 거예요?"

"그럼 내가 한 번 사 줄……."

얼마 전 첫 월급을 받은 참이었다. 재현이 그렇게 먹고자 하는데 한 번쯤 사 주지 못할 것도 없다 싶었지만 말 꺼내기 무섭게 서슬 퍼런 시선이 날아들었다.

"니가 뭔데 얘한테 그걸 사 줘?"

딱히 뭐랄 건 없지만요, 함께 일하는 사이고 그래도 어린 동생인데 밥 한 끼 정돈 사 줄 수 있지 않을까요.

"누나, 그럴 것까진 없어요. 저도 돈이 없어 못 먹는 게 아니라…… 아, 정말 그거 하나 만들어 주는 게 뭐가 어때서! 내가 여기서 돈 내고 그걸 사 먹어야겠어요?"

"그게 그렇게 먹고 싶어?"

"먹고 싶어요. 짜장면은 질려요. 볶음밥도 질린다구요. 짬뽕도 싫어. 야끼우동, 야끼우동…… 히잉."

엎드려 징징 우는 시늉을 하는 재현을 보자 난감해졌다. 도와줄 수 있는 일이라면 도와주기라도 할 텐데…… 그냥 한 번 해 주면 안 되나, 싶었지만 재현을 내려다보는 남자의 시선은 웬 모기가 앵앵거리나 싶을 만큼 무심했다.

미안, 힘이 없어서. 며칠 전 월급을 받았지만 그 돈은 내 것이되 내 것이 아니었다.

"너도 꼴에 반찬 투정이야?"

"……네?"

잘못 들었나 했지만 남자의 시선은 정확히 나를 향하고 있었다. 왜 불똥이 이쪽으로 튄 건지 알 수 없었다. 반찬 투정 같은 거 한 적 없는데. 정말 저보고 하는 말씀이세요? 면발 하나 없이 싹싹 긁어 먹은 그릇을 가리켰지만 남자의 미간엔 여전히 깊은 주름이 팬 뒤였다.

"둘이 쌍으로 시위라도 한다 이거지."

조금 전까지 여기 음식이 맛있어서 물리지 않는다는 대화를 나눴었는데요.

"이것들이 전부 배가 불러선."

남은 짜장이 문제인가. 배가 좀 허전하긴 해도 이것만 먹기엔 좀 짠데. 밥하고 먹으면 또 모를까……. 물을 사발로 들이켜더라도 짜장까지 말끔히 먹어야 하나 고민하는 찰나 남자가 자리를 박차고 일어섰다.

"저 인간은 또 왜 저래."

발딱 고개를 든 재현이 주방으로 들어가는 남자의 뒷모습에 대고 투덜거렸다.

"딴 데는 탕수육도 틈나면 해 준다던데. 짬뽕이나 야끼우동이나 대체 다를 게 뭐냐고. 내가 진짜 여기 나가기 전에 공짜로 얻어먹고 만다."

뭐가 못마땅한 걸까.

남자의 불편한 심기를 나타내듯 테이블 밖으로 밀려난 의자가 신경 쓰였다. 반찬 투정 같은 거 안 했는데…… 진짠데.

점심시간이 지나 조금 한가해진 틈이었다. 재현이 나머지 그릇들을 찾고 있지만 쌓여 있는 설거짓거리가 한가득이라 더 미룰 수가 없었다. 미리 뜨거운 물에 담가 둔 그릇들을 하나씩 씻고 있는데 뚝뚝한 부름이 들려왔다.

"와 봐."

고무장갑을 벗으려 했지만 남자가 고개를 내저었다. 물이 뚝뚝 흐르는 고무장갑을 낀 채 그대로 달려갔다.

"부르셨어요."

"먹어 봐."

남자가 내민 작은 그릇 안엔 붉은 양념을 묻힌 새우 살 한 점이 들어 있었다.

"그냥 그릇째 먹어."

딱히 젓가락을 챙겨 와 집어 먹을 시간도 없는지라 그릇째로 날름 새우를 입에 넣었다. 새우를 씹자 새콤하면서도 매콤한 맛이 혀끝에 번졌다.

"아, 맛있어요. 간도 딱 맞는데요."

텅 빈 그릇 위에 또다시 통통한 새우 살 한 점이 툭 떨어졌다.

"다시 먹어 봐."

보다 진중하게 맛을 음미해 보았지만 결론은 같았다.

"괜찮은데요. 지금이 딱 좋은 것 같아요."

"……."

"진짜 맛있어요. 제가 중국 음식 좋아한다고 했잖아요. 여태까지 먹어 본 것 중에 제일 맛있어요."

"……."

"뭔가 마음에 안 드세요?"

"더 줘?"

이번에야말로 들어선 안 될 말을 들은 것 같았다. 더 줘? 라니. 뭘 더 주겠다는 걸까. 설마, 이걸? 더 준다고 해도 새우 살 한두 점이 전부겠지만, 그래도 한 접시에 이만 원이나 하는 음식을 남자가 권한다는 사실이 믿기지 않았다.

"아뇨, 괜찮아요."

좋다고 받아먹었다 나중에 무슨 소리를 듣게 될지 몰랐다. 배부르단 핑계를 대고 돌아서는데 사나운 목소리가 뒷덜미를 잡아챘다.

"이게 사람을 갖고 노나."

탕, 거칠게 냄비 위에 내던져진 국자가 요란한 울림을 냈다. 금방이라도 휘청거리며 바닥으로 추락할 것 같았던 국자가 아슬아슬하게 균형을 잡았다. 다, 다행이다. 나도 모르게 안도의 한숨을 내쉰 순간이었다.

"야."

"……네?"

"맛있다며."

"네. 정말 맛있었는데요."

"근데."

삐딱하니 팔짱을 끼고 선 남자의 표정이 예사롭지 않았다. 본능적으로 뒤로 물러서려는 다리를 애써 바닥에 고정시켰다. 씰룩이는 입매가 남자의 어지러운 심기를 고스란히 드러내 보이고 있었다.

"근데, 라뇨."

"맛있다며. 근데 뭐냐고."

무슨 말씀을 하시는지 전혀 모르겠는데요.

"시팔, 이게 멀쩡한 얼굴로 사람 속을 뒤집고 있어."

남자의 발이 사납게 조리대를 걷어찼다. 주방 안에 진동하는 거센 울림에 심장이 덜컹 뛰었다. 홀에 손님이 없길 망정이지 하마터면 주방 안에서 싸움이 났다, 오해했을 것이 분명했다.

"그래서 뭐, 넌 뭘 처먹고 싶은데."

"조금 전에 점심 먹어서 배부른데요."

"지랄하고 자빠졌네. 평소엔 저 혼자 두 공기씩 먹어 치우던 게 그거 먹고 배가 찬다고?"

많이 먹어서 화를 내는 게 아닌가. 그럼 왜 화를 내는 거지. 화를 내는 이유를 알아야 사과를 하든 할 텐데 감이 오지 않았다.

"……요즘 살이 찐 것 같아서, 다, 다이어트라도 할까 하고……."

"하, 다이어트?"

비아냥 가득한 목소리에 나도 모르게 기가 죽었다.

"꼴에 기지배라고 다이어트 같은 소리 하고 자빠졌네. 사람 속 뒤집어 놓고 기껏 한다는 소리가 뭐? 얼굴이라도 좀 이쁘장한 게 그딴 소리 하면 이해라도 하지. 살 빠진다고 전부 연예인처럼 된다던? 가뜩이나 사내새낀지 기지밴지 구분도 안 가는 몸 갖고 뭔 장난질이야?"

모욕적인 말이 연타로 쏟아졌지만 모든 것이 뼈아픈 진실이라 반박할 수가 없었다.

"그딴 거 당장 때려치워."

"……."

"대답 안 해?"

남자가 다시 조리대를 걷어찼다. 여기서 말대꾸를 해 봐야 좋은 결과가 나올 리 없다는 걸 알기에 고개를 끄덕이긴 했지만 우울했다. 나도 내가 안 예쁜 거 알고 가슴 없는 거 안다, 뭐…….

"그래서 뭐."

"네?"

"시팔, 기지배야. 그래서 뭐 먹을 거냐고."

"아까 점심 먹어서 배부……."

남자의 눈초리가 사나워졌다.

"보, 볶음밥이요."

"누가 그딴 거 말하래? 니가 먹고 싶은 거 말하라고."

실은 그런 말을 듣고 정말 입맛이 사라졌지만 원하는 대답을 말하지 않으면 이 상황에서 벗어날 수 없을 것 같았다. 뭘 말해야 하나. 빨리 설거지나 하고 쉬었으면 좋겠는데.

"빨리 말 안 해?"

남자가 다시 조리대를 걷어찬 순간 불쑥, 오기가 솟았다.

"야끼우동이요."

오래도록 일해 온 재현도 먹지 못한 바로 그 문제의 음식을 말하다니, 스스로 생각해도 간이 부었다 싶었다. 이게 뭘 주워 먹고 헛소리야, 정도의 호통을 기대했지만 웬걸. 남자는 설핏 눈썹을 치켜세우더니 이내 망설임 없이 냄비를 잡았다.

"다 해 놓을 때까지 설거지하고 있어."

그릇을 씻으면서도 자꾸만 고개가 옆으로 돌아갔다. 평소와 같은 덤덤한 얼굴로 면을 삶고 치솟는 불 위에서 냄비를 흔드는 남자의 모습이 어딘가 현실감이 없었다.

"여기서 먹어. 재현이 놈 보면 골치 아파지니까."

조리대 위에 그릇을 올려놓은 남자가 고갯짓을 했다. 시키는 대로 얌전히 고무장갑을 벗고 주춤주춤 앞으로 다가갔다. 정말이네. 눈을 깜빡여 봐도, 눈앞에서 모락모락 김을 내뿜고 있는 음식은 야끼우동이 맞았다.

"젓가락 챙겨 올게요."

"눈은 얻다 두고? 옆에 뒀잖아."

그릇 옆에 친절하게 놓인 젓가락마저 비현실적으로 느껴졌다.

"뭐 해? 빨리 안 먹고."

"네, 네."

젓가락을 들어 면을 한입 베어 무는 순간 알싸한 양념이 혀끝에 감겼다. 왜 재현이 야끼우동, 야끼우동, 노래를 불러 댔는지 알 것 같았다. 허리를 굽힌 채 바닥에서 냄비를 씻고 있던 남자와 시선이 마주쳤다.

"진짜 맛있어요."

이쪽을 바라보고 있던 남자를 향해 엄지손가락을 치켜들었지만, 남자는 표정 없는 얼굴로 철 수세미를 움켜쥘 뿐이었다.

"진짜, 맛있는데……."

오후 네 시 반. 기름기를 제거하기 위해 뜨거운 물 안에 담가 놓은 설거짓거리가 여전히 한가득이었다. 여름도 아닌데 티셔츠는 땀으로 눅눅하게 젖어 있었고 배수가 잘되지 않아 물이 고인 바닥에서는 물비린내가 올라오고 있었다.

어둑한 형광등 불빛. 그을음이 남은 벽. 커다란 솥. 조리대 가득 흩뿌려진 밀가루. 여기저기 겹겹이 쌓인 색색의 바구니. 그리고, 그 속에서 묵묵히 냄비를 닦는 남자.

한입 가득 면을 빨아들이자 매운맛이 코끝까지 올라왔다. 이마에서 흘러내리는 땀을 훔치는 순간 철 수세미와 냄비가 마찰하는 소리가 귓가를 파고들었다. 박박. 박박. 거친 철 수세미 특유의 쇳소리가 거슬릴 법도 한데 이상하게 싫지 않았다.

어느 소설 속 누군가가 말했었다. 삶을 버티게 해 주는 건, 운동장에서 신나게 땀을 흘린 후 수돗가에서 마신 물맛과 같은 사소한 기억들이라고. 문득 어떤 예감이, 아니 확신이 들었다. 살아가는 동안 문득문득 이날의 풍경을 떠올리게 될 거라는.

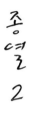

종열
2

SALTY

SALTY

SALTY

자정이 넘어간 시각.

폭이 좁고 가파른 계단에 누군가 앉아 있었다. 종열의 시선이 검은 패딩 사이에 얼굴을 파묻고 몸을 웅크리고 있는 이에게 머물렀다.

'그 커피 누나가 타 준 거예요? 와, 난 이제 누나한테 존경심이 생길라 그래. 아저씨 그 지랄맞은 성격 받아 주는 인간이 정말 이 세상에 존재할 줄이야. 나라면 좀 전에 멍충이라고, 그렇게 욕을 바리바리 좌 댄 인간한테 커피 같은 거 타다 줄 마음 따윈 안 들 것 같은…… 우씨, 왜 때리고 그래요? 내 말이 틀려요?'

재현의 말대로 지안은 낯을 찡그리거나 기분 상한 기색을 드러내는 법이 없었다. 화를 내면 기가 죽긴 해도 이내 쭈뼛쭈뼛 다가와 웃으며 커피 한 잔을 내밀었다. 어릴 때부터 수틀리면 아버지뻘이라도 멱살부터 움켜쥐었던 종열 자신과는 달라도 너무 달랐다.

누나는 도무지 사람이 아닌 것 같다며 재현은 투덜거리지만 화나지 않고 속이 상하지 않는 사람이 있을 리 없었다. 화나지 않는 게 아니었다. 속이 상하지 않는 게 아니었다. 슬프지 않은 게 아니었다. 그저 화가 나도, 속이 상해도, 슬퍼도 참을 뿐이었다.

주변 사람들이 자신에게 신경 쓰게 하고 싶지 않으니까.

그것이 소심함이든 비굴함이든 그런 건 중요하지 않았다. 누군가의 마음에 상처를 입히기보단 그저 자신이 다치고 마는 편을 택하는 건, 단지 지안의 천성일 뿐이었다. 누구보다 오랫동안 지안을 지켜봐 온 종열도 그걸 모르진 않았다. 허나, 아는 건 아는 거고 마음에 들지 않는 건 않는 거였다.

"바보 같은 게."

평소 자신의 성격이라면 오밤중에 도둑고양이처럼 뭐 하는 짓이냐 소리를 질렀을 터였다. 하지만 그렇게 할 수 없었다. 종열은, 눈앞의 지안이 낯설었다. 종열이 기억하고 있는 지안의 모습은 열넷, 열다섯의 모습에서 멈춰 있었고 세월이 흘러 만난 지금도 지안에 대한 인식은 그때와 별반 다를 바가 없었다.

좋은 부모 밑에서, 험한 일 한번 겪어 본 적 없이 곱게만 자란 여자아이.

조금이라도 변했다면 또 모르지만 긴 머리가 짧아지고 교복 치마가 청바지로 바뀌었을 뿐 지안은 달라진 것이 없었다. 손해만 보며 제 속만 까맣게 태우는 미련퉁이 성격도, 바보 같아 보일 만큼 시종일관 웃고 있는 낯도, 무엇 하나 달라지지 않았다.

아니, 그렇다고 믿었다.

착각이었다. 어둑한 골목길 어딘가를 헤매고 있는 까맣게 가라앉은 시선. 음울함을 드리운 서늘한 얼굴. 종열이 기억하는 지안은 결코 저런 눈빛을, 저런 얼굴을 하지 않았다.

종열이 알던 지안은 세상이, 그 속에 사는 인간들이 겉으로 보이는 것만큼 맑고 깨끗하지 않다는 걸 모르는 어린 여자아이였다. 곱게 자라 아픈 것도 힘든 것도 모르고, 세상 모두가 자신처럼 타인에게 호의만을 품고 있을 거라 믿는, 바보처럼 잘 웃는 여자아이. 물론 세월의 흐름 속에서 지안 역시 아무것도 모르는 어린아이로 남아 있을 수 없다는 걸 알았다. 아는데, 가슴으론 받아들일 수가 없었다.

여자로서 마음에 품었던 얘기가 아니었다. 첫사랑이라곤 해도 열여덟에 품었던 풋내 나는 마음을 지금까지 담고 있을 만큼 자신은 순정적인 인간이 못 됐다. 그렇다면 왜 손해를 보면서까지 지안을 집에 들어앉히고 이렇게 지켜보고 있느냐 묻는다면, 그건…….

"저렇게 설치다 감기 걸려 끙끙대기만 해 봐."

이유 따윈 아무래도 좋았다. 그냥, 싫었다. 나사 하나가 풀린 것처럼 웃고 있는 모양새도 마음에 들지 않지만 저런 얼굴 따윈 더 꼴 보기 싫었다. 저 위태위태한 걸 혼자 내버려 두면 어떻게 될까 생각만 해도 짜증스러웠다. 여전히 하루에도 열두 번씩 내가 저걸 왜 데리고 있나 회의감이 들지만 아직은 아니었다. 지금 저걸 내쫓고 어찌 됐나 속을 끓일 바에야 귀찮아도 당분간은 옆에 두고 있는 편이 마음이 놓일 것 같았다.

그래, 차라리 그게 나았다.

"저건 대체 언제까지 저러고 있을 거야?"

내일 잠 못 잤다고 꾸벅꾸벅 졸기만 해 봐, 아주 그냥 요절을 내 버릴 테니까. 언제 한번 밤늦게 돌아다니는 못된 버릇을 고쳐 주겠다며 종열이 바득 이를 갈았다.

"이제 주문 없죠."

"밥 차려 놨으니 가서 먹어."

마지막 배달을 마치고 돌아온 재현이 한숨을 내쉬었다. 가게 문을 열기 무섭게 주문이 밀려들어 와 온종일 앉을 새도 없이 배달을 뛰어야 했다. 그뿐인가. 끼니를 챙길 시간도 없어 점심땐 배달을 다녀오는 틈틈이 식은 볶음밥을 먹어야 했다.

"이젠 주문받지 마요. 또 배달 가라 그럼 나 파업할 거예요, 진짜."

"쉰 소리 말고 처먹기나 해."

모락모락 김이 올라오는 짬뽕 국물에 밥을 말아 먹던 재현이 지안을 흘끔거렸다. 홀 손님이 모두 빠져나가고 한가해진 틈을 타 지안은 테이블 위에 엎드려 쪽잠을 자고 있었다.

"누난 밥 먹었어요?"

"아직."

불편한 자세로 잠이 든 지안을 보던 재현이 종열의 눈치를 살폈다. 하루 종일 손님을 상대하느라 지쳤다 해도 재현이 아는 종열은 제가 돈 주고 부려 먹는 인간이 노는 꼴을 보지 못하는 성격이었다.

"……깨울까요?"

당장이라도 깨우라 으름장을 놓을 것 같았지만 웬걸. 장부를 확인하는 종열에게선 내버려 두라는 뚝뚝한 대답이 들려올 뿐이었다.

저 인간이 웬일이래.

"볼 때마다 느끼는 건데 누나 글씨 진짜 예쁘지 않아요? 난 처음에 일부러 그렇게 쓰는 줄 알고 공들여서 쓸 필요 없다 했는데 평소 글씨 래요, 그게. 진짜 신기하죠."

"이까짓 게 신기하긴 뭐가. 쓸데없는 소리 말고 밥이나 먹어."

"어우, 난들 아저씨랑 얘기하고 싶겠어요. 근데 하루 종일 사람하고 얘기를 못 했단 말이에요. 좀 받아 주면 어때서, 치사하게."

종열의 싸한 눈빛에 재현이 입술을 삐쭉였다. 시위를 하듯 볼이 미어지게 밥을 밀어 넣던 재현이 생각났다는 듯 입을 열었다.

"참, 아저씨, 누나 손 봤어요? 완전 다 텄던데."

종열이 묻지도 않았는데 재현이 먼저 이야기를 쏟아 냈다.

"제 동생 말이에요. 걔도 겨울만 되면 손이 트거든요. 나중엔 살이 쩍쩍 갈라지면서 피까지 나는데 완전 징그러워요. 물론 걔는 핸드크림을 사다 줘도 지가 안 발라서 사서 고생을 하는 거지만. 누나가 몇 살이었죠? 스물여덟?"

"……스물아홉."

"누나도 참. 이러면 나중에 남자 생겨도 상대방이 손잡다가 경기 일으킬걸요. 핸드크림 그거 얼마나 한다고, 좀 사서 바르지."

"……."

"아저씨도 그렇게 생각…… 흠, 실수. 하긴 아저씨한테 물어봐야 답이 빤한데 뭘."

종열의 불쾌한 낯빛에도 재현이 모르는 척 어깨를 으쓱였다.

"그러고 보니 지난번에 핸드크림 살 때 원 플러스 원으로 하나 더 받았는데. 누나한테 그거나 갖다줘야겠어요. 역시 난 너무 자상해."

"집어치워."

"아저씨보고 돈 쓰라는 것도 아닌데 왜요. 어차피 남는 거 누나 하나 주면 되겠구만."

"음식 장사 하는 데서 손에 뭘 처바르고, 잘하는 짓이다."

"음식에 냄새 밸까 봐요? 설거지하고 잠깐 짬 날 때 발라 두는 게 뭐 어때서요. 제가 산 건 향기도 별로 안 나요."

"관두라면 관두라는 줄 알아."

"아저씨보고 사라는 것도 아닌데 대체 왜 그래요?"

"할 일 없으면 여기 적어 둔 데 가서 그릇이나 마저 찾고 빨리 집에나 가."

"에엑, 그거 좀 있다 찾으러 가도 되잖아요. 나 이제 밥 다 먹었…… 다녀오면 되잖아요, 다녀오면. 사람이 쉬는 꼴을 못 봐, 하여간."

상황에 따라 슬금슬금 종열에게 기어오르는 재현이지만 어째 지금은 분위기가 심상찮았다. 쳇, 가만히 있었으면 더 쉴 수 있었는데. 뚱한 얼굴로 자리에서 일어난 재현이 헬멧을 챙겨 들었다.

"지 앞가림이나 잘할 것이지……."

오토바이를 탄 재현의 모습이 사라졌을 즈음 종열의 시선이 지안의 손등에 닿았다. 종열의 입매가 불쾌하게 씰룩였다.

종열이 기억하는 집의 풍경은 언제나 한결같았다.

성인 세 명이 빠듯하게 누울 수 있는 좁은 방 안. 벽지마다 검게 피어오른 곰팡이. 창문 옆에 위치한 공동변소에서 올라오는 악취. 바닥에 나뒹구는 녹색 술병들과 집 안 여기저기 포장도 뜯지 않은 채 널린 옷가지들.

별 볼 일 없는 집안에서 태어나 제대로 배운 것도 없고 제대로 된 기술 하나도 갖지 못했던 아버지란 작자는 일을 하는 날보다 집에서 술을 퍼마시는 날이 더 많았다. 하룻밤의 실수로 아이를 가진 후 어쩔 수 없이 살림을 차리게 된 어머니란 여자 역시 답이 없기는 마찬가지였다.

한쪽은 매일같이 술을 퍼마시고 한쪽은 스트레스를 푼답시고 하루가 멀다 하고 물건을 사들였다. 들어오는 돈은 없는데 카드 고지서에 적힌 금액은 늘어만 갔다. 집 안엔 두 사람의 고함 소리가 끊이질 않았다.

초등학교 3학년, 어머니는 스무 살 남짓한 젊은 놈과 눈이 맞아 집을 나갔다. 그 무렵부터였다. 술에 절어도 폭력은 쓰지 않았던 아버지가 손을 들기 시작한 건.

중학교에 입학한 뒤부턴 집에 들어가지 않았다. 아르바이트를 해서 생활비를 벌었고 지인의 집에 얹혀살며 숙식을 해결했다. 한창 반항심이 치솟던 시기라 술을 마시고, 담배를 피우고, 질 나쁜 패거리들과 어울리며 경찰서를 들락거렸지만 그 생활은 그리 오래가지 않았다. 알코올 중독자인 아버지란 작자가 숨을 거두고 돈을 돌려받을 길이 요원해지자 사채업자들이 학교에 찾아왔다.

그건 부모가 벌인 일이지 나는 모르는 일이라 소리쳐 봤지만 소용없었다. 법? 부모 없는 가난한 미성년자에게 법이란 보호막은 아무런 의미가 없었다. 돈이 없으면 장기라도 팔아 갚으라는 협박은 기본이요, 밤사이 끌려가 개처럼 두들겨 맞기도 했다. 어떻게 해서든 빚을 갚아 내겠다는 각서를 썼고 그제야 악마 같은 놈들의 손아귀에서 풀려났다.

정확히 구 년이었다.

자신은 한 푼도 써 본 적 없는, 무능한 부모가 남겨 놓은 돈을 갚기 위해 종열은 고등학교까지 포기하고 열일곱부터 무려 구 년이란 세월을 가져다 바쳤다. 남들이 자린고비라 고개를 내저어도 지독하다 설레발을 쳐도 먹을 것 입을 것 모든 것을 포기하며 꼬박 구 년을 바쳐 종열은 빚더미의 굴레에서 벗어났다. 빚을 갚지 않으면 온전한 몸으로 살 수 없을 거라 협박하던 놈들조차 그 지독함에 혀를 내두를 정도였다.

아니, 실은 종열 스스로도 포기하려 했었다. 아무리 해도 그 돈을 갚을 수는 없다고, 차라리 이쯤에서 죽는 게 나을 거라 수십 번, 수백 번도 더 생각했다. 그중에서도 가장 분명하게 한계가 찾아온 건 열여덟, 그해 1월. 빚을 갚기 시작한 지 일 년 남짓 된 어느 날이었다.

다른 곳보다 유달리 시급이 세다는 이유로 사장의 악명 높음을 알면서도 한 중국집에서 배달을 시작했다. 욕을 먹는 건 예사요, 수틀리면 곧장 컵이며 수저가 날아왔고, 하루가 멀다 하고 머리며 다리며 가릴 것 없이 얻어맞았다. 바쁘다는 핑계로 끼니조차 제대로 챙겨 주지 않았고 조금이라도 짬이 날라치면 수백 장의 전단지를 뭉텅이로 던져 주곤 모두 돌릴 때까진 돌아오지 말라며 엄포를 놓았다. 주방장은 자신의 말을 잘 들으면 요리를 가르쳐 주겠다며 온갖 잔심부름을 시켰지만 언제나 말뿐이었다.

당장이라도 그만두고 싶었지만 몇백 원이라도 높은 시급과 공짜로 사용하게 해 주는 가게의 쪽방을 포기할 수가 없었다. 다달이 물어내는 막대한 이자를 감당하기 위해선 한 푼이라도 돈이 나갈 곳을 줄여야 했다.

그날도 굳은 밥에 짜장을 비벼 먹고 물 한 잔 마실 틈도 없이 떠밀리듯 배달을 가야만 했다. 한꺼번에 세 군데를 가야 하는 터라 시간이 촉박했다. 늦었다는 생각에 골목길에서 급하게 방향을 트는 순간 눈앞에 하얀 승용차 한 대가 보였다. 본능적으로 인도를 향해 핸들을 꺾어 차와 충돌하는 건 피했지만 그 탓에 오토바이가 기울며 넘어졌다.

오토바이 일부가 부서지고 깨진 통 안에서 그릇들이 빠져나와 도로변에 나뒹굴었다.

'이 새끼가 운전 똑바로 안 해?'

승용차의 주인이 창문 너머로 삿대질을 하며 멀어져 갔다. 그사이 몇몇이 곁을 스쳐 지나갔지만 흘끔흘끔 이쪽을 돌아보기만 할 뿐 나서는 이는 없었다.

오토바이 아래에 다리가 조금 짓눌리긴 했지만 걸을 수 없을 정도는 아니었다. 당시엔 휴대폰도 없으니 빨리 가게로 돌아가 주문한 음식을 새로 만들도록 해야 했다.

그런데, 몸이 말을 듣질 않았다.

어차피 돌아가 봐야 욕이나 실컷 얻어먹고 부서진 오토바이 수리비며, 쏟아진 음식값이며, 사고로 인해 가게에 난 손해를 월급에서 메워야 할 텐데 그렇게 되면 건질 돈도 없었다. 한 달 치 이자가 밀리면 또 빚은 얼마나 불어날까. 아니, 과연 이렇게 일을 한다고 빚을 갚을 수나 있을까. 멍하니 앉아 있는데 넘어진 오토바이 때문에 진로를 방해받은 차가 클랙슨을 울리고 지나갔다.

나이트클럽에서 웨이터 일을 하다 미성년자임을 들켜 돈을 받지도 못하고 쫓겨난 적이 있었다. 영업 정지를 먹으면 그 손해를 책임질 거냐며 두들겨 맞고 거리에 버려졌는데 온종일 굶은 배는 고프다 못해 쓰렸고 맞은 부위가 잘못되었는지 몸을 움직일 수도 없었다.

꽤 긴 시간이 지났는데도 여전히 길바닥 신세를 벗어나지 못했다. 바닥에서 올라오는 한기를 견디지 못하고 부들부들 몸을 떨고 있었지만 누구 하나 일으켜 주는 사람이 없었다. 그렇게 수많은 사람들이 곁을 지나가는데 누구 하나, 그 어느 누구 하나 괜찮냐 물어 주는 사람이 없었다. 한참을 끙끙대며 홀로 일어났지만 돈이 없어 병원은커녕 찜질방조차 갈 수가 없었다. 결국 지하철 역사에서 신문지 한 장을 이불 삼아 덮고 밤새도록 앓았다.

그때 생각했다.

돈만 있다면, 이런 서러움을 겪진 않아도 될 거라고. 돈만 있다면, 다른 사람들의 도움 따윌 구걸할 필요 없이 홀로 병원에 가 치료를 받고 더운 방에 편히 누워 쉴 수 있을 거라고. 부모가 가난하지만 않았다면 온종일 뼈 빠지게 일하고도 배를 곯는 경험을 할 필요도, 학교를 그만두고 이런 모욕을 당할 일도 없을 거라고.

돈이, 있다면.

돈만, 있었더라면.

다짐했다. 이 빚을 모두 갚고 나면, 그때부턴 열심히 돈을 모으자고. 언제고 무슨 일이 생겨도 오늘처럼 구차하게 누군가가 손 내밀기만을 기다리는 신세가 되지 말자고. 타인의 도움 따윈 기대할 것이 못 됐다. 세상을 살아가기 위해 필요한 건 사랑도, 우정도, 무엇도 아닌 돈, 하나뿐이었다.

돈을 모으면 가장 먼저 집을 사고 싶었다. 집주인 눈치를 볼 필요가 없는, 온전한 나의 집을. 기왕이면 다른 놈들의 똥오줌 내를 맡아야 하는 공동변소 따위가 아니라 개인 화장실도 있고 작은 마당도 있는 그런 집을 사서, 깨끗한 새 벽지도 바르고 가구도 좋은 걸로 놓고……

다시 한번 더 상념을 깨듯, 저 멀리서 클랙슨 소리가 들려왔다. 뭔가 뚝, 하고 끊어졌다. 그런 일이 가능할 리 없잖아. 빚을 다 갚고, 내 집을 갖게 되는 그런 날이 올 리가 없잖아. 지렁이 수백 마리를 모아 놓은 것 같은 면발과, 오물 덩어리로밖엔 보이지 않는 짜장 소스와 구더기 같은 탕수육 고기들을 뒤집어쓰고 도로 한복판에 앉아 있는 스스로가 구질구질했다.

더는 못 해 먹겠다는 생각이 들었다. 돈이고 뭐고, 이런 거지 같은 세상을 더 살아가느니 죽는 편이 나을 것 같았다. 아니, 그냥 죽는 건 억울했다. 이렇게 가기엔 너무 분하니 저승행 동반자로 누군가를 데려가는 게 좋을 것 같았다.

어느 놈을 죽여야 잘 죽였다 소문이 나려나.

주방장 그 돼지 새끼 멱을 따 버릴까, 아니면 사장 새끼 번들번들한 면상을 벗겨 내 버릴까. 그깟 돈 몇 푼에 사람을 개처럼 부려 먹은 인간들에게 어떻게든 본때를 보여 주고 싶었다. 그래야만 조금이라도 편히 눈을 감을 수 있을 것 같았다.

'저기, 괜찮으세요?'

그때였다. 낯선 목소리가 들려왔다.

'일어나실 수 있어요? 부축해 드려요?'

이건 뭐야.

괜히 착한 척하지 말고 저리 꺼지라, 소리치려는 순간 타인의 손이

겨드랑이 사이로 쑥 들어왔다. 좀만 힘내세요. 여기 계속 있으면 위험해요. 당혹감에 고개를 들자 끙끙, 뭐 마려운 강아지 소리를 내며 용을 쓰는 인물이 보였다.

이건 병신인가.

자신의 옷에 묻어 있던 음식물 찌꺼기가 고스란히 코트에 묻어나는데도 상대방은 전혀 개의치 않았다. 그저 자신을 일으켜 안전한 곳으로 옮기는 데 열심이었다.

'있죠, 조금만 더 힘내세요.'

어찌나 용을 썼는지 얼굴이 벌겋게 달아올라 있었다. 더 있다간 제풀에 볼때기가 터져 버릴 것 같아 엉성하기 짝이 없는 부축을 받으며 걸음을 옮겼다. 여기 앉아 계세요. 자신을 전봇대 옆에 기대어 앉게 만든 인물이 다시 우왕좌왕하기 시작했다. 이 근처엔 병원이 없는데. 공중전화도 없네. 어떡하지.

'저, 공중전화가 저기 육교 지나면 있거든요. 금방 가서 119에 전화하고 올게요.'

새것처럼 보이는 갈색 더플코트에 묻은 검고 진득진득한 덩어리를 보니 기분이 이상했다.

'정말, 금방 올게요.'

니가 가든 말든 알 게 뭐야. 믿어 달라는 듯 두 주먹을 움켜쥔 모습이 우습기 짝이 없었다. 다시 상대의 얼굴을 확인했다. 딱히 특별할 것도 없는 계집애였다. 예쁘지도, 못나지도 않은, 그저 어딜 가나 있을 법한 고만고만한 얼굴을 한.

특이 사항이 있다면 키가, 꽤 컸다. 머리를 바짝 묶어 말간 이마를 드러낸 상대는 자신과 키가 비슷했다. 부모가 잘 살아서 잘 먹이나 보지. 누구는 매일같이 살기 위해 똥줄 빠져라 뛰어다니는데 누구는 부모 하나 잘 만나 호의호식하고 있다 생각하자 기분이 뒤틀렸다. 심술이 났다.

'그럼 기다려 주……'

'싫어.'

곤란하게 하고 싶었다. 난처하게 하고 싶었다.

'……시, 싫어요? 많이 아파요? 그때까지 못 기다릴 것 같아요?'

'……'

'어, 그래도 다른 방법이 없는데……'

그래서, 어쩌라고.

빤히 바라보자 당황한 기색이 느껴졌다. 기세 좋게 부축을 해서 자신을 인도로 치워 놓긴 했지만 앞으로 뭘 어째야 할지 모르는 듯 보였다.

'그럼 일단 택시를 타서 병원에……'

그 순간, 달려오던 자동차의 바퀴에 그릇이 밟혀 부서지는 소리가 났다. 하얗게 질린 얼굴로 잠시만 기다리시라 말한 인물이 후다닥 달려 나갔다. 뭘 하나 싶었더니 또 혼자 끙끙대며 오토바이를 끌어오더니, 이내 몸을 굽혀 주섬주섬 흩어진 음식의 잔해와 그릇들을 주워 모으기 시작했다. 얼마쯤 지났을까. 양손은 물론 뺨에까지 짜장 소스를 묻힌 인물이 멋쩍은 표정을 지으며 다가왔다.

'저기…… 죄송한데 휴지 좀 꺼내 주세요.'

몸을 낮춘 채 가방에 든 휴지를 꺼내 달라며 등을 들이대고 있는 걸 보니 어이가 없었다. 이 병신은 대체 뭔가 싶은 기분이 들었지만 일단 가방을 뒤져 휴지를 꺼내 주었다. 고맙습니다. 고개 숙여 꾸벅 인사하는 모양새가 얼뜨기처럼 보였다.

'택시 부를게요.'

얼뜨기가 빠르게 손을 닦더니 택시를 부르겠다며 돌아섰다.

'그 꼴을 하고 있는데 택시가 올 리 없잖아.'

'……아.'

그제야 제 상태를 알아챈 듯 엉망이 된 코트를 내려다보던 얼뜨기
가 정말로 얼빠진 표정을 지었다. 그럼 벗으면 되겠네요.

'너만 벗으면. 나는, 이 꼴을 하고 있는데 태워 줄 것 같냐.'

'……아.'

'그리고 오토바이는 어쩌고.'

'……그, 그럼 어떡하죠?'

그걸 왜 나한테 물어, 병신아. 가만히 지켜보고 있을까도 했지만
아무래도 저걸 그냥 내버려 두면 온종일 어쩌지, 어쩌지, 하며 서 있
을 것 같았다.

'됐고, 몸이나 일으켜.'

'예?'

'부축이나 하라고. 오토바이 타고 갈 정돈 되니까 상관없어.'

'발 안 아프세요?'

양쪽 가방끈을 움켜쥔 채 눈을 동그랗게 뜨는 모양새가 어딘가 좀
모자라 보였다. 또래로 보이는데 어른을 대하듯 꼬박꼬박 존댓말을
쓰는 것도, 말짱한 생김새와 달리 영 어설픈 행동도 의심스러웠다.

'선생님이 다쳤을 땐 함부로 움직이지 말랬는데요. 멀쩡해 보여
도 꼭 병원에 가 봐야 한다고…….'

'됐다고.'

'그래도 선생님이⋯⋯.'

'시팔.'

단 한 마디를 했을 뿐인데 동그랗게 뜬 눈에 두려움이 어렸다. 고등학생씩이나 돼서 선생님을 운운하는 걸 보니 아무래도 모자란 게 맞는 것 같았다. 하필 걸려도 이딴 게 걸려선.

'닥치고 와서 부축이나 해.'

'네에.'

쭈뼛쭈뼛 다가온 얼뜨기의 부축을 받아 오토바이에 탔다. 왼발에 통증이 일었지만 견디지 못할 정도는 아니었다.

'타.'

'⋯⋯저요? 어디요? 여기요?'

'시팔. 그 꼴로 집까지 갈 거야? 태워 줄 테니까 타.'

'그치만 제 옷 지저분해서 등에 묻을 텐데⋯⋯.'

'뒤질래?'

'아뇨.'

모기만 한 목소리로 대꾸한 얼뜨기가 어설픈 몸짓으로 오토바이에 올라탔다. 저기, 떨어지지 않을까요? 모자란 걸 상대하고 있자니 맥이 풀려 화도 나질 않았다. 잡소릴 더 하면 도로에 떨구어 버리겠다 협박하자 잘못했어요, 곧장 사과가 돌아왔다.

'여기 산다고?'

최근에 신축한 아파트 단지 내에 도착해 얼뜨기를 내려 주었지만 미심쩍은 기분이 들었다.

'예. 여기 7층에 살아요. 태워 주셔서 감사합니다.'

뭐, 지가 맞다면 맞겠지.

가게에 돌아가면 몇 대쯤 뺨을 얻어맞을 것이 분명했다. 누굴 걱정할 입장이 아니라 대충 고개를 끄덕이고 오토바이에 시동을 건 순간이었다. 오물 밭에서 뒹굴고 온 듯 얼룩덜룩한 갈색 더플코트가 눈에 걸렸다. 척 봐도 좌판에서 파는 싸구려가 아니었다. 이쪽이 신경 쓸 바는 아니지만 저 옷을 보는 순간 경기를 일으킬 부모란 작자들의 모습이 절로 상상됐다.

'너, 그 옷.'

'옷이요? ……아.'

멀뚱히 제 옷을 내려다보던 얼뜨기가, 이내 말 잘 듣는 초등학생처럼 가방끈을 꼬옥 움켜쥔 채 웃었다. 순진하다 못해 멍청하게 느껴질 정도로.

'괜찮아요. 옷은 빨면 그만이니까.'

그건 못 빨아, 병신아.

순간 골이 띵했다. 저 나이 먹도록 손빨래가 가능한 옷과 그렇지 않은 옷을 구분 못 하다니. 부모가 얼마나 오냐오냐 키웠으면 저렇게 됐을까 싶었다. 어느 놈인진 모르지만 나중에 저걸 데려갈 남자는 꽤나 고생을 해야 할 터였다.

'정말 괜찮아요. 그보다 병원요, 꼭 가세요.'

'가든 말든 니가 무슨 상관인데.'

'……어, 음. 싫으시면 어쩔 수 없지만…… 그래도 걱정되니까요, 가 보셨음 좋겠어요. 나중에 많이 아프면 어떡해요…….'

지까짓 게 걱정은 무슨. 왠지 모르게 담배가 생각났다. 돈이 없어 끊은 지 오래되었지만 때마침 주머니 안쪽에 주방장 몰래 꿍쳐 둔 담배 한 개비와 라이터가 들어 있었다.

'너, 몇 살이야.'

외관상으론 열일곱, 열여덟쯤 되어 보였지만 말하는 투로 봐선 영 아니올시다였다. 좀 모자라 보이긴 하지만 그래도 병이 있는 것 같진 않고. 아무래도 고등학생이 아니라 중학생인 듯싶었다. 기지배가 뭘 처먹고 저렇게 컸는지는 알 수 없지만.

'저요?'

'여기 너 말고 누가 있는데.'

'한 달 뒤에 졸업해요.'

이제 고등학생이 된다는 거군. 중학생 맞네. 건성으로 고개를 끄덕이며 담배에 불을 붙였다.

'학푼 어딜 가는데.'

'학교요? 아, 이 근처예요.'

이 근처에 무슨 고등학교가 있어. 이게 어디서 새빨간 거짓말을.

'모르세요? 저 맞은편에, 효월 중학교라고 있는데.'

겨우 불을 붙인 담배를 놓쳤다.

'어디라고?'

'저기 사거리 쪽에요. 효월 중학교요. 근데 담배 떨어졌는데.'

'거길 졸업한다고?'

'아뇨, 입학하는데요.'

허리를 굽혀 떨어진 담배를 주운 얼뜨기가 후후, 바람을 불어 먼지를 털어 냈다. 여기요. 근데요, 담배 너무 많이 피우면 몸에 안 좋아요. 학교에서 배웠는데 암에 걸릴 수 있대요. 눈이 마주치자 헤실헤실 웃는 얼굴에, 순간 열불이 치솟았다.

시팔, 그 얼굴로 초딩이냐. 이 노안아.

"다 끝났다."

마지막 그릇을 선반에 올려놓은 지안이 한숨처럼 중얼거렸다. 자신 몫의 뒷정리를 끝낸 종열의 시선이 지친 듯 한쪽 어깨를 두드리는 지안에게 닿았다.

"다 하셨어요?"

"나와."

종열이 주방을 나서자 지안도 불을 끄고 홀로 나왔다.

"돈."

지안이 앞치마에서 하루치 매상을 꺼내 종열에게 건넸다. 종열이 돈을 세는 동안 지안은 난로에 연탄을 갈아 넣고 씻어 놓은 컵을 소독기에 채워 넣었다. 이제는 누가 말하지 않아도 자연스럽게 굳어진 하루의 마지막 일과였다. 마지막으로 장부에 오늘의 지출과 수입을 기록하던 종열이 등 뒤에서 인기척을 느끼곤 돌아봤다. 청바지에 젖은 손을 문지르며 지안이 멋쩍게 웃었다.

"저기 말이죠."

"뭐."

"괜찮으시면, 잠깐 들렀다 가고 싶은 곳이 있는데요."

지안의 얼굴에 다시 한번, 어색한 웃음이 어렸다.

"다녀오셨어요?"

"……."

"어디 갔다 오신 거예요?"

잠시 자리를 비웠던 종열이 돌아왔을 때 지안은 막 상인에게 돈을 건네던 참이었다. 필요한 게 있어서 사러 가신 줄 알았는데 아무것도 안 사셨네요. 지안의 호기심 어린 눈빛과 물음에도 종열은 답하지 않았다. 그저 삐딱하니 팔짱을 낀 채 지안이 들고 있는 검은 비닐 뭉치를 쏘아보았을 뿐.

"……얼마 안 썼어요."

지레 찔린 듯 지안이 이실직고했다.

"정말, 인데."

"얼마 안 쓴 게 얼만데."

"에이, 당연히 비밀……은 아니구요, 딱 삼만 원 썼어요."

종열의 떨떠름한 시선이 부자연스럽게 꼼지락대는 지안의 손가락에 닿았다.

"삼만 원?"

"네, 삼만 원요."

"삼만 원?"

"실은, 삼만 오천 원요."

정적이 내려앉았다. 우물쭈물 종열의 눈치를 살피던 지안이 매대에 놓인 물건을 집어 들었다. 있죠, 제가 재미난 거 발견했는데.

"어울려요?"

핑크색 털이 북슬북슬한 토끼 귀마개를 쓴 지안이 들뜬 목소리로 물었지만 돌아오는 눈빛은 차가웠다.

"음, 다 샀으니까 이제 그만 갈까요."

머쓱한 표정으로 귀마개를 내려놓던 지안과 가게 주인의 시선이 부딪쳤다. 많이 파세요. 지안이 쑥스러운 얼굴로 인사하며 걸음을 떼는 순간, 지금껏 두 사람의 모습을 지켜보고 있던 주인이 쯧쯧, 혀를 찼다.

"신랑이 무뚝뚝해서 고생이 많겠어."

"네? 아, 아뇨."

"색시가 저렇게 애교를 부리는데 좀 받아 주면 오죽 좋아. 난 귀엽기만 하구만."

그, 그런 게 아닌데요. 지안이 손사래 쳐도 상대방은 신혼인가? 하긴 아직은 쑥스러울 때지, 하며 자신의 결론을 더욱 공고히 할 뿐이었다.

"색시나 신랑이나 아주 훤칠하니 보기 좋구만. 둘 다 뭘 먹고 그렇게 컸나 몰라."

"그런 거 아니에요, 정말로."

"아니야? 난 또 훤칠하니 둘이 잘 어울리기에 부분 줄 알았지."

"그, 그럼 저흰 이만 가 볼게요. 많이 파시구요, 다음에 또 올게요."

혹여 종열의 심기를 거슬렀을까 허둥지둥 시장 밖을 빠져나오던 것도 잠시. 당황한 나머지 종열의 팔을 잡아끌었다는 사실을 깨달은 지안이 화들짝 놀라 떨어졌다.

"죄송해요. 저도 모르게 당황해서."

"……."

"혹시 화나셨어요?"

"뭐가."

"그냥, 저녁부터 기분이 안 좋아 보이셔서요."

"……."

"아까 가게에선 죄송했어요. 잠깐 눈 붙인다는 게 너무 오래 잠들어 버렸어요. 다음부턴 조심할게요."

한마디 말이라도 해 주면 좋으련만 종열은 무심히 걸음을 옮길 뿐이었다. 행여나 그 걸음을 놓칠세라 지안의 걸음이 함께 빨라졌다. 먼저 도로변에 세워 둔 오토바이에 탄 종열이 옆에 멀뚱히 선 지안을 채근했다.

"안 타?"

이게 또 왜 이러나.

가뜩이나 주머니에 든 물건 때문에 마음이 껄끄러웠던 종열의 언성이 높아졌다. 주춤거리던 지안이 비닐에서 뭔가를 꺼내 종열에게 내밀었다.

"이거요."

"뭔데, 이게."

"……워머요. 원래는 목도리를 살까 했는데 목도리는 중간에 풀릴 수 있으니까요."

"이걸 어쩌라고."

"드리려고 샀어요. 재현이가 쓰길래 어디서 샀는지 물어봤거든요. 겨울에 오토바이 탈 땐 이게 필수라고…… 예전에 쓰시던 건 임시로 왔던 배달부가 잃어버렸다면서요."

"시팔, 진짜 이 덜떨어진 기지배 때문에 돌아 버리겠네."

종열의 미간이 왈칵 구겨졌다.

"누가 너보고 이딴 짓 하래, 어? 누가 너보고 이딴 거 사랬어."

"……."

"쥐뿔도 없는 게 어디서 쓸데없이 돈지랄을 해? 내가 먼젓번에 분명히 말했지. 귀가 먹은 것도 아닌데 왜 사람 말귀를 못 알아 처먹고 지랄이야."

종열이 분을 이기지 못하고 오토바이 손잡이를 내리치자 지안이 겁에 질린 듯 뒤로 물러섰다. 그 모습이 다시 종열의 심화를 돋우었다. 누가 때린대? 하, 이럴 거면서 아주 말도 안 듣고 사람 속을 긁는다 이거지. 시팔. 이건 뭐 하나 마음에 드는 게 없어, 마음에 드는 게.

밤마다 쥐새끼처럼 기어 나가 궁상을 떨질 않나, 가게가 바쁘다곤 해도 종일 아무것도 안 먹고 배를 곯지 않나, 고작 십오 분 눈 붙여 놓고 죽을죄를 지은 것처럼 안절부절못하질 않나…… 내가 뭐, 잡아먹는대? 왜 일일이 겁을 집어먹고 난리야? 내가 뭘 어쨌다고.

'뭐? 이 밤중에 사긴 뭘 사?'

'그, 역시 그렇긴 한데요. 근데 많이는 안 쓸 테니까, 아니, 많이 쓸 돈도 없지만요…….'

장사가 끝난 후 우물쭈물 다가온 지안이 시장에 들렀다 가고 싶다 말할 때만 해도 종열은 코웃음을 쳤었다. 이게 아직까지도 정신을 못 차리고. 지안의 말 따윈 들리지 않는 듯 무시하고 오토바이 키를 챙겨 들었지만 불현듯 시야에 들어온 손을 본 순간 움직일 수가 없었다. 저녁 설거지를 하기 전까지만 해도 그저 벌겋게 일어나 있던 손등이 마른 논처럼 갈라진 것도 모자라 벌어진 틈 사이에 언뜻언뜻 핏기가 비치고 있었다.

'……아, 이건, 별거 아니에요. 핸드크림 같은 건 안 사요. 집에 있는 로션을 가지고 다니려고 했는데 깜빡해서요. 어차피 봄 되면 금세 괜찮아질 거고…… 지난번에 말씀하셨잖아요. 잘 기억하고 있어요. 절대, 절대 이런 데 돈 낭비 안 할 거예요. 약속할게요. 실은 이번 휴일에 혼자 가 보려고 했는데 그때까지 기다리긴 좀 힘들 것 같아 서……'

삼십 분 전의 일을 떠올린 종열이 또다시 멀쩡한 얼굴로 제 속을 뒤집는 지안을 노려봤다. 이게 아주 사람을 가지고 놀지. 봄이 되면 괜찮아지긴 뭐가 괜찮아져? 지가 언제부터 사람 말을 그렇게 잘 들었다고. 그딴 데 돈 낭비를 안 해? 하, 기가 막혀서. 기껏 불쌍해서 데려왔더니 정작 필요한 건 안 사고 이딴 쓰잘머리 없는 거나 사 재끼고 말이야.

"기다릴 테니까 돈으로 바꿔 와."

"……."

"쓸데없는 데 돈지랄하지 말고……."

"쓸데없지, 않아요."

조용한 음성이 종열의 귓가를 파고들었다.

"뭐?"

"……진지하게 생각해 봤는데요."

"또 뭔 헛소리를 씨불이려고."

답지 않게 자신의 말을 자르고, 똑바로 시선을 마주쳐 오는 지안의 모습에 종열의 눈빛이 매서워졌다. 평소 같았으면 아무것도 아니라 답했을 지안이 꿋꿋이 다음 말을 이어 갔다.

"말씀하신 게 맞다는 생각이 들었어요. 지난번에 꼭 필요해서 사야 한다고 했던 것들요, 어느 정도는 지내보니까 음, 필요하긴 한데 또 없으면 없는 대로도 살 수 있는 것들이더라구요. 좀 불편한 건 사실이지만."

"……."

"처음에는 힘들게 번 돈, 좀 쓰면서 살면 어떤가 해서 억울하기도 했어요. 근데 생각해 보니까 이제 겨우 한 달 일해서 돈 벌었고, 또 실은 집세도 안 내고 얹혀 지내고 있잖아요. 겨우 몇만 원이라곤 하지만 지금 제 처지엔 몇만 원도 큰돈이더라구요. 지금 도와주시고 계시니까 월급도 고스란히 모을 수 있는 거잖아요. 제가 운이 좋은 편이었다는 걸, 잠깐 잊고 있었어요."

"……."

"그래서 저도 열심히 아끼려구요. 말씀해 주신 대로, 지금 이렇게 도움 주실 때 모을 수 있는 만큼 모아 두는 게 맞는 것 같아요. 언제까지 이렇게 신세를 질 수도 없는 거니까요."

할 말을 고르듯 지안이 입술을 달싹였다.

"그치만요, 돈이라는 게 결국 쓰기 위해 버는 거고 행복하게 살기 위해서 필요한 거잖아요. 미래를 위해 아끼고 모으는 것도 좋지만 그렇다고 모아 두기만 하면 왠지 사는 낙이 없을 것 같아요, 저는요."

"그래서. 그래서, 니가 하고 싶은 말이 뭔데."

지안이 쑥스럽다는 듯 뺨을 긁적였다. 그게…….

"아낄 수 있는 건 최대한 아끼겠지만 그래도 꼭 써야 할 때는 쓰는 게 맞는 것 같아요. 대신 낭비할 수 있으니까 사야 할 것들은 미리 적어 뒀다가 다음 달에도 꼭 필요하다 싶으면 그때 사려구요."

왼손에 든 비닐봉지를 가리키며 지안이 덧붙였다.

"얘네들은, 아무리 그래도 없으면 너무 불편하더라구요. 지난번에 적어 놓은 것 중에서 세 가지는 지우고 이 두 가지만 남아서 오늘 산 거예요."

"그럼 이건? 이걸 사는 게 너랑 무슨 상관인데."

종열이 워머를 흔들며 빈정거리자 지안이 머뭇거렸다.

"워머는 물론 제가 쓸 건 아니지만…… 낭비라곤 생각 안 하는데요."

"놀고 자빠졌네. 이게 돈 낭비가 아니면 뭔데. 돈이 썩어 나나 보지? 아님 뭐, 이것 주고 월급이라도 더 올려 보려고?"

"그런 게 아니라요. 그냥 제가 좋아서 그런 건데…… 그러니까, 별거 아닌 작고 사소한 거라도 뭔갈 받으면 되게 기쁘잖아요. 비싼 게 아니라 초콜릿 하나라 하더라도요. 금액이 문제가 아니라, 그래도 그 선물을 사는 순간에 상대방이 절 생각해 줬다고 생각하면…… 물론 그렇다고 제가 받고 싶다는 게 아니고 뭐라 해야 하나…… 다른 사람도 뭔갈 받았을 때 저랑 같은 마음일 거라 생각하면, 받는 기쁨도 있지만 주는 기쁨이라고 해야 할까요. 열심히 벌어서 저를 위해 돈을 쓰고 모으는 것도 좋지만, 그 돈으로 좋아하는 사람들한테 뭔가를 해 줄 수 있는 것도…… 나름대로 보람찬 일인 것 같아요."

잘은 설명할 수 없지만요. 지안이 덧붙였지만 종열의 심사는 더 틀어진 뒤였다.

"그래서, 너처럼 나도 돈을 버는 보람을 느껴 보라고? 하, 이 기지배가 보자 보자 하니까 이제 아주 훈계까지 하시겠다?"

종열의 날 선 물음에 지안이 고개를 내저었다.

"돈을 벌어 어떻게 쓸지는 자기가 정하는 거잖아요. 실은 저보단 상황이 여유로우시니까 가끔은 본인을 위해 쓰시면 좋을 것 같긴 한데요…… 네, 실은 그랬음 하고 바라기는 하는데 또 생각해 보니까 즐거우려고 쓰는 건데 쓰면서 스트레스를 받는 것도 좀 그렇잖아요.

아끼는 게 더 마음 편하고 좋으시면 지금처럼 지내셔도 상관없을 것 같아요. 대신 가끔 필요하거나 드시고 싶은 게 생기시면 저한테 말씀하시는 건 어떨까요? 제 돈으로 사면 필요한 것도 사고 스트레스도 좀 덜 받지 않으실까요? 계속 신세만 지고 있으니까 그렇게라도 갚을 수 있으면 저도 좋을 것 같아요."

"이 꼴통이 뭐라는 거야."

지안이 진지한 표정으로 덧붙였다.

"물론 너무 많이는 안 되구요…… 아시다시피 아직은 상황이 좀 그래서."

"성인 납셨네. 왜 기왕 사는 거 통 좀 크게 하지."

"죄송해요. 더 좋은 거 사 드려야 하는데."

"이거 말고 그 안에 든 건 또 뭐야."

"아, 이건 재현이랑 무권 씨 장갑이요."

"……그새 다른 놈들 것까지 다 질렀다 이거지."

"다들 장갑이 낡았더라구요. 무권 씨 건 구멍이 너무 크게 나서 바람이 다 들어오던걸요."

사람이 너무 어이가 없으면 할 말을 잃게 된다던가. 종열이 지끈거리는 이마를 부여잡는 사이 지안이 태연하게 오늘 사용한 금액을 고해바쳤다.

"오늘 이 워머 칠천 원, 재현이랑 무권 씨 장갑 각각 칠천 원 해서 도합 이만 천 원 썼어요. 아, 담에 월급 타면 맛있는 거 쏜다고 재현이한테 약속했는데 드시고 싶으신 거 있으세요?"

지안이 장난스럽게 웃으며 덧붙였다.

"가장 많이 신세를 지고 있으니까 메뉴는 사장님이 정하세요. 사장님이 언제든 영순위예요."

시종일관 자신의 눈치를 보던 소심쟁이는 어디 갔나 싶을 만큼 개구진 웃음에, 이번에야말로 종열은 말을 잃었다. 이게 온종일 굶더니 정신이 나갔나. 아니, 것보다 사람을 신경 쓰이게 해 놓고서 밤에 안 처자고 계속 이딴 거나 생각했다고? 할 말을 모두 해서인지 몹시 후련한 표정을 짓고 있는 지안을 노려보던 것도 잠시, 문득 떠오른 사실에 종열의 입매가 씰룩였다.

"근데 왜 내 거랑 저놈들 거랑 값이 똑같아? 나는 집까지 공짜로 빌려주는데 생색이란 생색은 다 내면서 뭐? 꼴랑 칠천 원?"

"실은 만 오천 원짜리도 있었거든요. 그게 촉감도 좋고 더 따뜻해서 그걸로 사고 싶었는데…… 너무 비싼 걸 사면 화내고 안 쓰실 것 같아서요. 저기, 그럼 바꿔 와도 될까요? 그거 써 주실 거예요?"

종열이 금방이라도 달려 나갈 태세를 하는 지안의 팔을 붙잡았다.

"또 뭐. 그것 빼고 필요한 거 뭘 샀는데. 아까 딴 데도 들르는 것 같더니만."

"……어, 그건 좀 말하기가 그런데요."

"염병하고 있네. 그렇게 열심히 고민해서 꼭 필요하다 생각한 게 뭔데."

사사삭, 비닐봉지를 등 뒤에 숨기는 지안을 향한 종열의 표정이 사나워졌다.

"뭔데, 내놔 봐."

"이건 안 돼요."

"안 내놔?"

"이건, 진짜, 좀 그런데요."

"이게 오냐오냐하니까 사람이 우습게 보이지? 재현이 놈하고 쌍으로 기어올라, 아주."

밀려오는 짜증을 억누르고 있던 종열의 시아에 어딘가 할 말이 있어 보이는 지안의 표정이 들어왔다. 무서우니 말은 안 하지만 불손한 눈빛이 언제 오냐오냐해 주셨어요, 하고 따져 묻는 듯했다.

하, 이게 진짜. 오늘따라 간이 부었지, 아주.

날 잡은 김에 말을 할까 말까 망설이는 듯 우물대는 입술에 종열이 울컥했다. 가게를 나서기 전만 해도 절대 돈 낭비는 하지 않겠다고, 함께 가 주시면 안 되겠냐고 온갖 불쌍한 척을 해 대더니 실은 사람을 갖고 놀았단 말이지.

단숨에 뻗어 나온 손길이 삐죽이는 입술을 잡아챘다. 으부? 놀라 눈을 동그랗게 뜬 지안을 무시한 채 종열이 입술을 쭐쭐 잡아당겼다. 이게 보자 보자 하니까 얻다 대고 주둥일 내밀고 난리야.

"내놔."

"……으부."

싫다는 말인 것 같았다. 결국 남은 손으로 재빨리 비닐을 잡아챈 종열이 안을 확인했다. 검은 장갑 두 켤레, 그리고 그 안에 든…… 브래지어와 팬티. 종열의 표정이 오묘하게 일그러졌다. 잠깐의 정적이 흐른 후, 종열이 큼큼 민망한 헛기침을 토해 냈다.

"으부부."

놔주세요.

얼굴 위로 쏟아지는 원망 어린 눈길을 피하다 자신이 여전히 지안의 입술을 잡아채고 있다는 사실을 깨달았다. 그렇다고 순순히 놓아줄 마음은 없었지만. 괜스레 화풀이를 하듯 입술을 쭐쭐 잡아당겨 우부부부부, 정체불명의 언어로 잘못했어요, 사과를 받아 내고 난 종열이 비로소 만족스러운 기분으로 손을 뗐다.

"그만 가. 피곤하니까."

"……진짜 아팠어요."

"엄살떨기는. 빨리 안 타?"

진짜 아픈데. 얼얼한 입술을 매만지던 지안이 원망스러운 눈길로 손에 쥐고 있던 물건을 내밀었다. 이거요. 갈 때 춥잖아요. 지안의 태도에 기가 막힌다는 표정을 지은 것도 잠시. 종열이 손을 내밀었다.

"내놔."

병든 병아리 새끼도 아니고.

집에 돌아와 씻고 텔레비전을 보는데 뭔가 이상했다. 조잘조잘 떠드는 목소리가 들리지 않는다는 걸 깨달은 종열이, 그제야 제 탕파라며 1.5리터 페트병을 끌어안고 꾸벅꾸벅 졸고 있는 지안을 발견했다.

저건 대체.

날이 추워지면서 지안은 집에서도 바깥에 있을 때처럼 두꺼운 옷차림을 고수했다. 티셔츠에 편한 추리닝 바지만을 입은 종열과 달리 지안은 두 겹씩 양말을 겹쳐 신고 두꺼운 패딩까지 걸친 채였다. 이제 겨우 11월 중순인데 이 모양이면 대체 한겨울은 어떻게 견디려고……

쯧쯧, 종열이 혀를 찼다.

'사장님이 언제든 영순위예요.'

'……진짜 아팠어요.'

똘망똘망한 눈빛으로 제 할 말을 할 땐 언제고 또다시 눈치를 살피며 소심하게 중얼거리던 목소리가 떠올랐다.

"예전부터 겁도 없이 사람을 가지고 논단 말이지, 이게."

오토바이 사고를 낸 직후 쫓겨나다시피 가게를 나왔다. 급한 대로 취직한 새 가게의 사장 겸 주방장은 푸짐한 인상만큼이나 사람이 좋았다. 그는 종열의 사정을 딱하게 여기곤 가게 안의 창고를 비워 방으로 사용할 수 있게 해 주었고 이전의 고용주처럼 폭력을 사용하지도, 밥을 굶기지도 않았다. 쉴 틈도 없이 무작정 밖으로 내돌리는 일도 없었고 기술이 있어야 돈을 더 빨리 갚을 수 있다며 야채를 손질하는 법부터 짜장을 볶는 일까지 하나하나 가르쳐 주었다.

인생사 새옹지마라는 말이 맞았다. 새로운 사장 밑에서 일하는 동안 무던한 일상이 이어졌다. 여전히 버는 돈은 들어오는 족족 이자로 빠져나가고, 혹 종열이 돈을 먹고 튀어 버릴까 빚쟁이들의 연락이 틈틈이 걸려 왔지만 지난 일 년에 비하면 천국이라 할 수 있을 정도였다.

그러던 어느 날이었다.

잠시 한가한 틈을 타 쉬고 있는 사이 사장이 예뻐해 마지않는 딸이 학교를 마치고 돌아왔다. 이번에 갓 중학생이 된 그 딸은 사장 내외를 닮아 키가 무척 작았는데 체구와 달리 목소리 하나는 장군처럼 우렁차기 짝이 없었다.

'아빠, 나 왔어! 그리고 내 친구도 데려왔어!'

가게 안을 쩌렁쩌렁 울리는 커다란 목소리에 절로 시선이 돌아갔다. 웬걸. 친구랍시고 뒤따라온 인물은 종열이 익히 아는 누군가였다.

'아빠, 내 친구 지안이. 저번에 말했지?'

'안녕하세요.'

그날로부터 거의 반년 만이었다. 잠깐 스쳐 간 얼굴일 뿐인데도 보는 순간 단번에 알아챘다. 하나로 질끈 묶고 있던 머리를 어깨 아래로 늘어뜨리고 짙은 남색의 교복을 입고 있지만 분명 그때 사람 속을 뒤집어 놓았던 그 노안이 맞았다. 인근에 배달을 갈 때마다 유심히 주위를 살펴도 코빼기도 비치지 않던 얼굴을 설마 여기서 마주하게 될 줄이야.

그래 봐야 초등학생인데 피곤한 나머지 얼굴을 잘못 본 게 아닌가 고민하게 만들었던 인물은, 다시 봐도 고등학생 이하로는 보이지 않았다. 멀대 같은 키며 폭삭 삭은 얼굴 모두 갓 중학교에 입학한 신입생이라곤 믿기지 않을 정도였다.

'우리 딸내미랑 같은 반이라고?'

사장도 꼬맹이가 데리고 온 친구의 모습에 제법 놀란 눈치였다.

'내 짝이라니까! 으헤헤 우리 아빠 놀랐나 보다. 얘가 좀 늙어 보이긴 하는데 나랑 동갑 맞아.'

제 딸의 강렬한 한마디에 사장의 얼굴이 파랗게 질렸다.

'딸, 아무리 그래도 친구한테 그런 말은 좀 심하지 않나.'

'……괜찮아요. 그런 오해, 많이 받거든요.'

노안이 쑥스러운 얼굴을 하고 웃자 철부지 사장 딸이 '맞지? 맞지? 얘도 자기 늙어 보이는 거 알고 있어!' 하며 발랄하게 떠들었다.

'늙기는 뭘 늙어. 성숙하다고 하는 거지. 키가 아주 훤칠하니 나중에 모델을 해도 되겠네. 대체 우리 딸내미는 언제 이만큼 자라나.'

'아빠!'

'자자, 저리 가서 원하는 데 앉고 먹고 싶은 거 말만 해. 아빠가 다 해 줄 테니까. 기분 풀고, 응? 많이 먹고 친구만큼 키 쑥쑥 커야지?'

'아빠!'

성깔 있는 꼬맹이가 버럭 고함을 치곤 제 친구를 잡아끌었다. 친구는 무슨. 흥, 아무리 봐도 고목나무와 매미로밖엔 안 보이는구만. 시큰둥하게 그 광경을 지켜보고 있던 것도 잠시, 친구의 팔에 이끌려 테이블로 향하던 인물과 눈이 마주쳤다.

'그래도 걱정되니까요, 가 보셨음 좋겠어요. 나중에 많이 아프면 어떡해요…….'

처음 만났음에도 마치 오래 알고 지낸 사이처럼 걱정 어린 표정을 지었었다. 꼭 제가 더 아픈 것처럼, 그렇게 근심스러운 목소리로 병원에 가 보라 말했었다. 한데 반년 만에 다시 얼굴을 마주한 상대방은 무심히 꾸벅, 고개 숙여 인사했을 뿐이었다.

그것이 끝이었다.

뒤통수를 한 대 얻어맞은 듯한 기분이었다. 자신만이 그날의 일을 기억하고 있다는 걸 깨달은 순간, 자신의 기억 속에만 그날의 일이 특별하게 남아 있다는 걸 확인한 순간, 알 수 없는 배신감이 치솟았다.

'아빠 우리 짜장면이랑 탕수육, 많이 많이 줘.'

'우리 공주님 말씀인데 당연하지.'

'우리 아빠라서 하는 말이 아니라, 우리 아빠만큼 짜장면이랑 탕수육 잘 만드는 사람도 없어. 진짜라니까?'

170

친구의 아빠 자랑을 웃으며 듣고 있는 멀건 얼굴을 보자 속이 뒤집혔다.

작은 고추가 맵다는 말을 보여 주는 것처럼 꼬맹이는 체구는 작아도 제 할 말을 다 하는 앙칼지고 똑 부러진 성격이었다. 반면 얼뜨기는 키만 컸을 뿐 이래도 그만, 저래도 그만인 싱거운 성격에 대화를 해도 주로 듣는 역할을 했다. 생긴 것도, 성격도 다르지만 그래도 제법 죽이 잘 맞았던 듯 얼뜨기는 꼬맹이의 단짝 친구가 되어 일주일에 못해도 두 번씩은 꼬박꼬박 가게를 찾아왔다.

사장은 어린 동생들이라 생각하고 두 사람과 친하게 지내라 말했지만 네 살이나 어린 코흘리개들을 상대할 마음은 없었다. 더군다나 걱정이 되니 어쩌니 입바른 말만 해 놓고 사람 얼굴을 까맣게 잊어버린 얼뜨기, 아니 병신 따윈 더욱더.

맘 같아선 얼굴조차 보고 싶지 않았지만 하루 종일 가게에서 일하다 보면 제집처럼 가게를 드나드는 인물과 부딪칠 수밖에 없었다.

누가 너 따위.

누가 너 따위.

무시하자고 생각했다. 신경 쓰지 말자고 생각했다. 어쩌다 한 번 얽히긴 했지만 따지고 보면 발밑에 치이는 돌멩이처럼 하찮은 인연에 불과했다. 얼굴이 예쁜 것도 아니고 사내 녀석처럼 키만 멀대같이 솟은 멍청한 기지배 따위로 마음이 상하는 것 자체가 우스운 일이라 여겼다.

하지만, 정신을 차려 보면 언제나 시선은 무시하자고 했던 상대를 향해 있었다. 정말로 신경 쓰고 싶지 않은데, 그런 기지배에 관한 것 따윈 알고 싶지도 궁금하지도 않은데, 그 두 사람이 가게에 있을 때면 근처를 서성이며 들려오는 대화에 귀를 기울이는 자신이 있었다. 그러지 말자, 그러지 말자 하면서도 도둑놈처럼 얼굴을 훔쳐보기 바쁜 자신이 있었다.

하는 일이라곤 울고, 소리 지르고, 스트레스를 푼답시고 쓰지도 않을 값비싼 옷과 화장품을 사들이는 일이 전부. 결국 빚더미만을 남긴 채 새파랗게 어린놈과 눈이 맞아 집을 나간 어미를 보며 자신은 결코 여자라는 인종 때문에 휘둘리는 일은 없을 것이다, 다짐했던 것이 무색했다. 인정할 수 없었고 인정하고 싶지도 않았지만 마음과는 달리 정직한 눈은, 귀는, 온몸은 언제나 그 병신 같은 얼뜨기를 향해 있었다.

그래, 언제나.

화면이 꺼지자 죽은 듯한 적막이 감돌았다. 물끄러미 잠든 지안을 지켜보던 종열이 쯧쯧, 혀를 찼다.

대체 이딴 게 뭐가 좋다고 그 지랄을 해 댔었는지, 원.

예쁘지도 않은 얼굴 따윌 훔쳐보겠다고, 별날 것도 없는 목소리를 한번 들어 보겠다고, 이 핑계 저 핑계를 대며 녀석들이 있던 테이블 근처를 어슬렁대던 기억을 떠올리자 그저 기가 막혔다. 몇 분 전에 마셨던 커피를 다시 타 마시는 건 기본이요, 평소엔 닦지도 않는 테이블을 일일이 닦아 내고, 거꾸로 든 것도 모른 채 신문을 읽는 것도 모자라 배달을 가면 신호를 모조리 위반해서라도 서둘러 가게로 돌아왔다.

가게에 오지 않은 날에는 한 번이라도 더 얼굴을 마주하고 싶어 어떻게든 눈앞의 상대가 다니는 학원, 학교, 살고 있는 아파트 단지 주변을 빙 둘러 배달을 다녔다. 막상 얼굴을 보게 된다 해도 살갑게 말한마디 붙이지 못할 거면서.

그 병신 짓을, 무려 이 년 동안 되풀이했다.

올라가는 가겟세를 감당하지 못한 사장이 고향으로 돌아가 가게를 열 테니 함께 가자는 말을 해 올 때까지. 사장은 직접 사채업자들을 찾아가 자신이 도망가면 대신 빚을 갚겠다, 보증까지 섰다. 그가 없었더라면 말 한마디 못 하고 속만 태우는 그 얼뜨기 같은 짓을 얼마나 오랫동안 이어 갔을지 스스로도 장담할 수 없었다.

종열의 입가에 픽, 날 선 웃음이 어렸다.

얼굴을 보지 않으니 마음이 무뎌지는 것도 당연지사. 지안에 대한 기억이 바래 갈 즈음 사장이 지인으로부터 지안의 소식을 전해 주었다.

'종열아 혹시 기억나나? 내 딸내미 중학교 다닐 때 단짝 친구. 왜, 지안이라고.'

'요즘 뉴스에서 떠들어 대고 있는 사건 말이다. 왜, 동생이 왕따당해 갖고 자살했는데, 누나가 그, 뭐냐, 동생 괴롭히던 아 칼로 찔렀다고 한창 난린 거. 옛날 우리 가게 맞은편에 있던 국숫집 사장 말이다. 방금 그 친구하고 통화했는데 그 누나가 가란다. 사는 게 뭔지, 그 참 한 애가…… 인사성도 밝고, 싹싹하고, 공부는 오죽 잘했나. 장학금도 받으면서 대학 다녔다는데…… 거참, 사람 인생 망가지는 건 한순간이야.'

그제야 혈육의 복수지 뭔지 하는 제목으로 뉴스며, 신문에서 떠들어 대는 사건의 주인공이 지안이라는 걸 알았다. 어이가 없었다. 고작 괴롭힘 좀 당했다고 덜컥 제 목숨을 끊은 빙충이 뭐고, 그 빙충이의 복수를 하겠답시고 제 인생을 송두리째 날려 버린 병신은 또 뭔지.

그러나, 분명 사장의 말대로 인생이란 건 참 얄궂었다.

열여덟, 자신이 한 번도 마음을 고백하지 않았던 건 네가 날 기억하지 못하니 나도 모른 체해 주겠다는 그런 얄팍한 자존심 때문이 아니었다. 자신에겐 특별했던, 잊을 수 없던 순간을 상대방이 기억하지 못한다는 사실에 화가 나지 않았다면 거짓말이지만, 이 년간이나 그 주변을 빙빙 도는 병신 짓을 할 만큼 좋아하고 있었다.

왜 다가가 말을 건네 보고 싶지 않았을까.

왜 다른 사람을 향해 있던 그 웃는 얼굴이, 자신을 향하길 바라지 않았을까.

재벌의 딸도 아니었다. 이름만 대면 알 만한 유명한 인물의 딸도 아니었다. 그저 평범한 부모 밑에서 평범하게 자란 여자아이일 뿐인데 종열에게 지안은 멀어도 너무 먼 사람이었다.

좌판에서 산 싸구려 신발을 몇 년째, 그것도 밑창이 떨어진 걸 본드로 붙여 신고 있는 자신과 달리 지안은 언제나 값비싼 메이커의 신발을 신고 다녔다. 아니, 아니었다. 값비싼 메이커라 해 봐야 수십만 원대, 수백만 원대가 아니라 부모가 어지간히 가난하지 않고서는 그 나이대 학생들 모두가 가지던 신발에 불과했다. 하지만 자신에게 있어 오만 원이 넘어가는 신발은 차마 꿈꿀 수조차 없을 만큼 고가의 물건이었다.

지안이 부유했던 게 아니라 종열 자신이, 지나치게 가난했을 뿐이었다.

지안과 사장 딸내미가 아무렇지 않게 나누는 일상의 대화들이 종열에게는 아득한 별세계의 일처럼 들렸다. 주말에 가족들과 등산을 다녀왔다든가, 여름 방학에 친척들이 모두 콘도에 모여 피서를 즐겼다든가, 방에 새 벽지를 발랐다든가, 외식을 했다든가, 학원에 등록했다든가 하는, 그들에게는 별것 아닌 이야기들이, 종열에게만큼은 드라마 속 인물들의 것처럼 비현실적으로 들렸다.

내 방? 여행? 학원?

어머니란 작자는 빚만 남겨 둔 채 자식을 버리고 가출했고, 아버지란 작자는 그 빚을 더 불려 놓고 죽어 버렸다. 심지어 그런 무능력한 인간들의 자식으로 태어난 자신은 학교도 다니지 못한 채 온종일 배달을 하며 그 빚더미 속에서 허우적대고 있었다. 매일같이 본디 창고였던, 빛조차 제대로 들지 않는 가게의 방 한구석에서 잠들었다 깨어나길 반복하는 일상 속에서 내 방이라니, 여행이라니, 학원이라니.

자신이 초라하게 느껴졌다.

돈 한 푼 아끼겠다고 먹을 것, 입을 것, 모두 포기한 채 구질구질하게 살고 있는 자신과 달리 지안의 생활은 안온해 보였다. 길에서 떡볶이를 사 먹는다든가, 동생과 영화를 봤다든가, 친구의 생일 파티에 갔다든가, 하는 그런 사소한 일들조차 자신에게는 모두 사치고 낭비일 뿐이었다. 아끼고 싶어 아끼는 게 아니었다. 돈을 벌어도 그 돈은 자신의 것이 아니었다.

그나마 괜찮은 사장을 만나 제법 견딜 만하다, 제법 행복하다 여겼던 일상이 구역질이 날 만큼 비참하게 느껴졌다. 무덤이라도 있다면, 자신을 이렇게 만든 부모의 무덤을 파헤쳐 너덜거리는 육신이라도 붙잡고 욕을 퍼붓고 싶었다. 할 수만 있다면, 부모의 빚을 자신에게 모두 갚으라 떠맡긴 놈들의 목을 비틀어 버리고 싶었다. 할 줄 아는 일이라곤 멍청하게 웃는 일밖에 없는 그런 별 볼 일 없는 기지배한테 초라함을 느끼도록 만든 모든 것이 증오스러웠다. 그리고 갈 곳 없는 증오는, 자신을 초라하다 못해 비참하게 만든 그 누군가를 향할 수밖에 없었다.

나쁜 기지배.

좋은 부모 만나 고생 하나 모르고 그저 맑게만 웃고 있는 얼굴이 싫었다.

못된 기지배.

세상 앞에 초라해지는 기분이 어떤 건지도 모르고, 토해 낼 수 없는 악의로 들끓는 마음이 어떤 건지도 모르고, 그저 사람 좋은 얼굴로 웃는 얼굴이 싫었다.

못나 빠진 기지배.

괜스레 다가와 사람을 흔들어 놓고, 만족하던 일상마저 부숴 놓고, 그래 놓고, 또 아무렇지 않게 다가와 마음을 울렁이게 하던 얼굴이 싫었다. 그래서, 미워서, 밉고 미워서 차라리 너도 나처럼 불행해져 봐라 저주를 퍼부었었다.

그래도,

'안녕하세요.'

대꾸 따윈 돌아오지 않는다는 걸 알면서도 꼬박꼬박 고개 숙여 인사하는 미련함이.

'어, 이 근처에 배달 가시나 봐요.'

길에서 스치듯 마주했을 때 반갑다는 듯 눈을 접어 웃는 모습이.

'저기, 이거. 지윤이랑 제 거 사는 김에 같이 샀어요.'

176

무더운 여름날 불쑥 눈앞에 나타나 음료수를 건네고선 쑥스러운 듯 붉어진 뺨이.

미치도록 고와서,

미치도록 예뻐서,

그 얼굴을 볼 때마다 스스로의 초라함에 진저리 치면서도, 자꾸만 그 초라함을 의식하게 만드는 그 얼굴이 미우면서도, 그러면서도, 시선을 뗄 수가 없어서, 매번 주변을 맴돌았었다. 그런데 이제 와 이런 모습으로 자신의 앞에 나타날 줄이야.

"……얄미운 기지배."

자는 모습을 이리 뜯어보고 저리 뜯어봐도 예전 모습과 별로 달라진 게 없었다. 하여간에 지금도 그렇고 과거에도 그렇고 이놈의 얼굴이 문제였다.

그만큼 세월이 흘렀으면 얼굴이 변해야 정상이었다. 그랬다면 자신도 알아보지 못하고 지나칠 수 있었을 텐데 워낙 겉늙어 보이는 얼굴이었던지라 나이를 먹어도 변한 게 없었다. 그뿐인가. 과거에도 사장 딸내미만큼만 제 나이대로 보였다면 풋내 나는 꼬맹이라 생각하고 거들떠보지도 않았을 터였다. 하지만 이 기지배는 고작해야 갓 초등학교를 졸업한 어린애 주제에 겉모습만 성숙해선, 괜히 열여덟의 자신을 혼란스럽게 만들었다.

이 태평한 얼뜨기는 죽었다 깨어나도 모를 터였다. 자신이 얼마나 그 긴 머리카락을 잡아 보고 싶었는지, 얼마나 그 뺨을 만져 보고 싶었는지, 얼마나 그 이름을 불러 보고 싶었는지…… 좋아하면서 미워할 수밖에 없을 만큼, 미워하면서도 좋아할 수밖에 없었을 만큼 얼마나, 얼마나……

이름을 부를 생각 따윈 없었다. 먼저 말을 걸지도, 걸어오는 말에 대꾸도 하지 않았다. 그저 눈으로만 담고 또 담았을 뿐이었다. 이름을 부르기엔, 손을 뻗기엔 상대는 너무 먼 곳에 있었으니까.

그 뺨에 손을 대기엔, 먼지 묻은 자신의 손은 너무 더러웠으니까.

상처투성이에 울퉁불퉁한 자신의 손을 내려다보았다. 배달을 할 때엔 하루 일과가 끝날 때까지 손바닥에 부연 먼지가 가실 날이 없었다. 지금도 칼날에 베인 자국과 화상을 입은 자국이 고스란히 남아 엉망인 손이지만, 어째서일까.

불쑥, 뺨을 만져 보고 싶어졌다.

만져 봐야 그때만큼 부드럽고 곱지 않을 텐데, 자신 역시 예전 같은 마음을 품고 있는 것도 아닌데, 불현듯 뺨을 만져 보고 싶다는 충동이 일었다.

"하긴…… 더는 귀한 몸도 아닌데."

비틀린 웃음이 나왔다. 상대방은 더 이상 눈에 담는 것조차 죄스럽게 느꼈던 고운 여자아이가 아니었다. 오히려 종열 자신보다 더 가진 게 없다면 가진 게 없었고, 더 초라하다면 초라한, 그저 그렇게 나이 들어 버린 여자에 불과했다.

그래, 한 번 정도 뭐, 어때. 뭐 그리 귀하신 몸이라고.

불쑥 손을 뻗었지만 우습게도 손이 떨렸다. 금방이라도 힘을 주면 손가락이 닿을 것 같은데 쉽사리 닿지가 않았다. 여자들의 몸 따윈, 뺨 따위가 아니라 더 깊은 곳까지 수백 번도 더 들쑤시고 다녔는데도 바싹바싹 침이 말랐다. 도둑놈처럼 매번 얼굴을 훔쳐보던 열여덟, 그때의 자신으로 돌아간 것처럼. 몇 번의 망설임 끝에 살짝 굽어진 검지가 뺨에 닿았다.

열여덟의 자신이 그렇게 알고 싶어 했던 뺨의 감촉은, 생각만큼 특별하지도 나쁘지도 않았다. 그저 본인의 둥글둥글한 성격처럼 보슬보슬, 따뜻한 느낌이 날 뿐이었다.

대체 이까짓 게 뭐라고.

"못난 기지배."

종열이 퉁명스럽게 중얼거렸다. 여전히 조심스럽게, 보슬보슬 따듯한 느낌이 나는 뺨을 덧그리면서.

3

SALTY

SALTY

SALTY

"시팔, 이 병신 같은 게!"

벼락같은 고함이 귓전을 강타했다.

"정신을 대체 얻다 두고 다니는 거야! 죽고 싶어 환장했어! 어?"

아니, 뭐 이것 가지고 죽기야……. 웃음으로 무마하려 했지만 일그러진 남자의 얼굴을 보니 할 말이 쑥 들어갔다.

주방과 홀을 오가던 중 미끄러져 면을 삶던 솥을 손으로 짚었다. 곧장 흐르는 물에 열기를 식힌 터라 큰 상처는 남지 않을 터였다. 어찌 보면 아무것도 아닌 일인데 남자의 의견은 다른 듯 보였다.

"등신 같은 게. 어디 할 짓이 없어서 지 손을 구워 먹어? 그 눈깔은 장식이야? 어? 정신은 얻다 두고 저 뜨거운 걸 손으로 만져, 만지길!"

"죄송…….'"

"시팔, 매번 말로만 죄송하다 씨불이지!"

점점 자라처럼 목이 움츠러들었다. 아니, 차라리 정말 자라라면 등 껍질 속에 숨기라도 할 텐데. 이런 호통을 하루가 멀다 하며 듣고 있지만 익숙해질 수 있는 건 아니었다.

평소엔 잘 울리는 전화가 왜 지금은 안 울릴까.

나 죽었소, 시늉을 하며 주문이 오기만을 기다리는데 때마침 재현이 주방으로 들어왔다. 수거해 온 그릇들을 주방 입구에 내려놓은 재현이 휘휘 주변을 둘러보더니 상황 파악을 했다는 듯 고개를 내저었다. 민망했다. 이 나이 먹고 혼나는 모습이나 보이고……. 시선을 피하려는 순간 재현의 입 모양이 눈에 들어왔다.

누나, 힘내요.

슬금슬금 눈치를 살피던 재현이 이쪽에서만 볼 수 있는 위치에 서서 파이팅 동작을 덧붙였다. 그 처절한 무언의 몸짓이 애처롭고 또 귀엽기도 해서, 나도 모르게 웃음이 나왔다.

"둘이 쌍으로 지랄을 떨지, 아주."

음산한 목소리에 쭈뼛 소름이 돋았다.

"재현이 니 녀석도 이리 와. 거기 숨어서 헛짓거리하지 말고. 요즘 오냐오냐하니까 아주 기가 살았지?"

"제가 언제 기가 살…… 어이쿠, 그러고 보니 허탕을 친 곳이 있었지. 내 정신 좀 봐. 거기서 가져올 그릇이 무진장 많았는데."

"잔머리 굴릴 생각 말고 냉큼 와."

"잔머리는 무슨. 월급을 받으면 받는 만큼 일을 해야죠. 후딱 다녀오겠습니다!"

야생 다람쥐처럼 남자의 손아귀에서 벗어난 재현이 오토바이를 출발시켰다. 그 재빠른 동작에 감탄한 것도 잠시. 홀로 남겨졌다는 걸 알았지만 이제 와 달아나는 건 불가능했다.

"저 새끼가……."

최대한 불똥이 튀지 않게 숨을 죽였지만 소용없는 일이었다.

"너도 내가 우습다 이거지. 사람이 진지하게 말하고 있는데 웃어?"

"아니, 저, 안 웃……."

"하, 안 웃었다고?"

웃었다고 할걸. 남자의 입매가 사납게 뒤틀리는 순간 후회가 파도처럼 밀려왔다. 일 초, 이 초, 삼 초. 영겁처럼 긴 삼 초의 시간이 흐른 후, 거센 고함이 다시금 귓전을 강타했다.

"그 핸드크림 괜찮아요?"

설거지를 마치고 핸드크림을 바르는데 재현이 슬그머니 다가왔다.

"너도 좀 바를래?"

"아뇨, 됐어요. 누나나 듬뿍 발라요. 여자 손이 그게 뭐람."

"그래도 많이 나아졌어."

촉촉해진 손등에 코를 대고 향을 맡았다. 진하지도 않고 은은한 향이 맘에 들었다.

"사려면 진작 사지."

내 돈을 주고 산 것이 아니라 조금 뜨끔했다. 이틀 전이었다. 시장에 다녀온 다음 날 아침 막 잠에서 깨어나 거실로 나왔을 때 품 안으로 뭔가가 날아들었다. 얼떨결에 받아 든 물건은, 다름 아닌 핸드크림이었다. 이게 뭐냐고 묻고 싶었지만 정신을 차렸을 때 남자는 이미 화장실로 들어간 상태였다. 물론 그 뒤로도 몇 번이나 대화를 시도했지만 번번이 실패했다. 핸드크림이 그냥 품으로 날아들었을 리 없는데 상대가 매번 '그게 뭐냐.'는 식으로 모른 척을 해 버리니 별도리가 없었다.

'시팔, 이 병신 같은 게!'

'그 눈깔은 장식이야?'

좀 전에 들었던 고함이 아직도 귓가에 쟁쟁한데 목소리의 주인공이 이 핸드크림을 주었단 사실이 믿기지 않았다. 아니, 사실 남자가 핸드크림을 사는 모습 자체를 상상할 수가 없다는 게 문제랄까.

"근데 저 인간은 자기가 사 줄 것도 아니면서 왜 나보고 뭐라 그런 거야."

"응? 뭐라고 했어?"

"원래 그거, 핸드크림요. 저희 집에 하나 남는 거 있어서 누나 가져다주려고 그랬거든요. 그랬더니 아저씨가 집어치우라고 막 뭐라 그러잖아요."

"그랬……어?"

"얼마나 성질을 내는지. 원래는 무시하고 그냥 가져오려 했는데 늦잠을 자는 바람에 깜빡했어요. 근데 뭐, 그날 아침에 누나가 이거 들고 왔길래 말았죠, 뭐."

재현이가 공짜로 준다는 걸 말리고 남자가 핸드크림을 샀다는 게 이해가 되질 않았다. 누군가에게 우연히 얻은 걸지도 모르지만……. 머릿속이 복잡해졌다.

"그거 팍팍 바르고 다 쓰면 말해요. 우리 집에 있는 거 갖다줄게요."

"응, 고마워."

"내가 챙겨 주고 막 생색내려고 그랬는데. 좋은 기회를 놓쳤네."

너스레를 떨던 재현의 휴대폰이 울렸다. 새끼, 또 전화질이야. 퉁명스러운 말투와 달리 입가에 웃음이 어리는 걸 보니 아무래도 친구에게서 전화가 온 모양이었다. 전화를 받겠다며 재현이 밖으로 나간 바로 그때었다.

"저놈의 새끼는 허구한 날 전화질이지."

돌아보자 때마침 주방에서 나온 남자가 장부를 확인하고 있었다. 물끄러미 그 모습을 바라보고 있노라니 날 선 물음이 날아왔다.

"뭘 봐?"

"그게, 핸드……."

"뭐?"

"아뇨, 이 핸드크림 되게 좋다구요."

"근데 어쩌라고."

손에 들고 있는 핸드크림을 뻔히 보았으면서도 남자는 시큰둥한 반응이었다. 별수 없나.

"커피 한 잔 드릴까요?"

대답은 돌아오지 않았지만 그것이 무언의 긍정이란 걸 알았다. 일상생활에서 절약이 몸에 밴 남자가 즐기는 사치라곤 하루에 두어 잔 마시는 커피와 밤에 보는 텔레비전뿐이었다. 신중에 신중을 기해 물을 컵의 절반에 조금 못 미치게 부었다. 스스로에게 엄격한 남자가 맛있는 커피 한 잔의 여유라도 즐기길 바라는 마음으로.

"커피 하나 타는 데 별 지랄을."

커피를 받아 든 남자의 반응은 더없이 냉소적이었지만 나름 뿌듯했다. 첫 모금을 마신 남자가 미간을 찌푸리지 않았다는 건 물의 양이 정확했다는 의미니까. 본인은 알고 있을지 모르지만 남자는 조금이라도 음식의 간이 맞지 않을 경우 미간을 구기곤 했다.

"왜 기분 나쁘게 실실 쪼개고 난리야?"

남자의 버릇을 알게 된 후 흡족한 물의 양을 알아내기까지 매번 시험대 위에 오르는 기분으로 가슴을 졸여야 했었다. 미간에 설핏 주름이 질 때마다 속으로 얼마나 좌절을 했었는지.

"아뇨, 아무것도 아니에요. 아, 참. 자주 오시는 현일 부동산 아저씨요. 조금 전에 식사하시고 가셨잖아요."

"근데."

"지난번에 부탁드렸었는데 이 근방에 방이 하나 났다고 하시더라구요. 좀 낡긴 했어도 가격에 비해 방도 크고 볕도 잘 들어온대요. 주인아주머니도 좋은 분이셔서 말만 잘하면 세도 좀 깎아 주신다 하구요…… 살 생각 있으면 이번 주 내로 와서 방 보고 계약할 건지 결정하라 하시던데, 괜찮으면 내일 오전 중에 잠깐만 다녀와도 될까요? 가게 바로 근처라서 시간은 많이 안 뺏길 거예요."

"뭔 소릴 하는 거야?"

"네?"

"웃기지도 않아서. 니가 얼마나 일했다고. 꼴랑 그거 벌었다고 방을 구해?"

"혼자였으면 그랬을 테지만 도와주신 덕분에 지난달 월급 거의 안 쓰고 모았잖아요. 식비 같은 것도 하나도 안 들었구요. 음, 그리고 이 근방에서 가장 싼 방인걸요. 원래 가진 돈이랑 지난달에 모은 돈 합치면 보증금 정도는 돼요. 그리고 이번 달 월급 나오면 그걸로 첫 달 세 내고 당장 급한 것만 조금씩 사서 지내면…… 음, 왜요? 제가 뭐 잘

못 말했어요?"

아무리 주문이 엉키고 손님이 밀려들어 정신이 없어도 당황하는 법이 없던 남자였다. 화가 나거나 무표정하거나, 언제나 보아 왔던 남자의 얼굴은 두 가지뿐이었는데 허를 찔린 듯한 지금의 표정은 좀 낯설었다.

"……언제, 그 얘기를 했었는데."

"무슨 얘기요?"

"시팔, 나한텐 방 구한단 얘기 안 했잖아."

그건, 당연한 거 아닌가. 애초부터 보증금 모을 때까지만 신세 지기로 했었고 길어야 두세 달이라고 생각했었는데.

"그래서 지금 말씀드리는……."

"뭐?"

이번에야말로 남자는 뒤통수를 맞은 듯한 표정을 짓고 있었다. 그 표정 변화가 너무 선명해 도리어 내 쪽이 당황스러워질 정도였다.

"제가 생각이 좀 짧았나 봐요. 저도 나이가 있고 하니까, 당연히 그 정돈 스스로 알아봐야 한다고 생각했거든요. 방 구하려면 열심히 돈 모으란 말씀도 해 주셨고…… 물론 방을 알아보냐고는 묻지 않으셨지만 그건 그냥 당연히 하고 있으리라 생각하실 거라고……."

채 말을 끝맺기도 전에 남자가 자리에서 일어났다.

커피, 남았는데.

싱겁든, 너무 진하든, 미간을 찌푸릴지언정 커피를 남기는 법이 없던 사람이었다. 다갈색 액체가 고스란히 남은 컵을 보니 불안해졌다. 왜 그러는 거지. 맘 같아선 무엇이 문제냐 묻고 싶지만 지금 당장 뒤쫓아 간다 해도 원하는 말을 들을 수 없다는 건 알고 있었다.

대체, 뭐 때문에?

풀리지 않는 의문이 머릿속을 어지럽혔다.

"그게, 무슨 말씀이세요?"

"다 알아들었으면서 왜 모르는 척이야."

물론 제대로 알아들었다. 알아들었지만 현실감이 없었다. 설거지까지 끝내고 집으로 돌아가 쉴 일만 남았다 여겼는데 난데없이 날벼락이 떨어졌다.

"왜 갑자기⋯⋯."

"갑자기는 무슨. 내가 자선 사업가도 아니고 왜 널 공짜로 먹여 주고 재워 줘야 하는 건데?"

남자의 말이 틀린 건 아니었다. 아주 지당한 말이긴 한데⋯⋯.

"덤터기 씌우는 것도 아니고, 지난달이랑 이번 달 세 합쳐서 육십만 내라는 게 뭐. 식비까지 다 포함해 그 정도면 충분히 싸지."

"그게⋯⋯."

"왜, 이제 와 내기 아깝다고? 언젠 필요한 게 있으면 니가 사 주겠다며? 그 정도로 양심 있는 게 왜 공짜로 남의 집에 얹혀살 생각을 하는데?"

맞는 말이었다. 하지만.

"그 돈은 이번 달 월급에서 깔 테니까 그런 줄 알아."

"드리, 지 않으려는 건 아닌데요. 그 돈은 다음 달 월급에서 제하면 안 될까요. 저 이번 달엔 보증금 때문에 돈이 좀 빠듯⋯⋯."

"내가 왜 니 사정을 일일이 봐줘야 하는데?"

설마, 했다. 농담 따윈 하지 않는 사람이란 걸 알면서도 진심으로 이런 말을 하나 싶었다.

"그……렇긴 하지만요. 보증금 모으라고 말씀하셨잖아요."

"그래, 돈 모아. 누기 모으지 말래? 그래도 낼 건 내야지."

처음이었다. 태연하게 이죽거리는 남자의 입을 때려 주고 싶다고 느낀 건. 여태까지 가만히 있다 왜 이러는 거지? 왜 갑자기 이제 와서, 것도 이번 달에 당장……. 할 말은 많았지만 갑자기 억지를 부려 대는 상대를 보니 머릿속이 하얗게 비었다. 사람이 너무 황당하면 말이 나오지 않는다는 게 바로 이런 걸 뜻하는 듯했다.

'*시팔, 나한텐 방 구한단 얘기 안 했잖아.*'

그것 때문인가? 내가 말을 안 해서? 그래서 기분이 상한 건가?

"저기, 제가 방 구한다는 말을 안 해서 기분이 상하신 거면요……."

"하, 염병하고 자빠졌네. 기분이 상하긴 누가 기분이 상해?"

"그럼 갑자기 왜."

"이게 사람 웃기고 있네. 내가 말했지, 내가 자선 사업가도 아닌데 왜 니 사정을 봐줘야 해?"

"그럼 하다못해 다음 달……."

"세상에서 제일 믿지 못할 게 다음에 갚겠다는 말인 거 몰라?"

그거랑 이건 다르잖아요. 태연한 대꾸에, 뒷목을 잡고 싶어졌다.

"일부러 우는소리 하는 거 아니에요. 근데, 정말 이번 달은 힘들어서 그래요. 당장 돈이 급하신 건 아니니까 다음 달에 드려도……."

"시팔, 이 기지배가 끝까지 말귀를 못 알아 처먹네."

쾅, 남자의 발에 차인 의자가 테이블과 부딪혀 뒹굴었다. 적막을 찢는 소리에 비로소 현실감이 돌아왔다. 진심으로 하는 소린가? 정말로? 믿기지 않는 기분으로 남자를 보았지만 냉랭한 표정은 변함이 없었다.

진짜 진심으로 하는 소리 맞아요?

묻고 싶었지만 말이 나오지 않았다. 심장을 얼음물에 담그면 이런 느낌일까.

"내가 실없는 소리나 하는 인간으로 보여? 어?"

정말, 인가 봐.

얼굴을 쓸어 보아도 경직된 뺨은 풀어질 기미가 없었다. 웃으려 해도 도무지 표정 관리가 되지 않아 절로 고개를 숙이게 됐다.

내 사정을 뻔히 아는 사람이었다. 아는데 어째서 지금, 하필이면 이런 말을 하는 걸까. 유달리 돈에 대한 집착이 강한 사람이란 건 알고 있었다. 갑자기 돈이 너무 아까워진 걸까. 아니면 급하게 돈이 필요한 상황이라도 생긴 걸까. 어떻게든 남자의 입장에서 생각해 보려 해도 딱히 이거다 싶게 지금의 상황을 설명해 줄 수 있는 이유 같은 건 떠오르지 않았다. 장부와 함께 나란히 놓인 핸드크림이 환상처럼 느껴졌다. 무뚝뚝한 얼굴로 저걸 건네주었던 사람은 대체 어디로 간 건지.

함께 지내며 가까워졌다 느낀 건 내 착각이었을까.

"……알았어요. 그럼, 그렇게 하세요."

고작 몇 마디를 했을 뿐인데 고된 노동을 한 것처럼 힘에 겨웠다.

"하실 말씀 다 하신 거면, 가요, 이제."

차마, 남자의 얼굴을 볼 수가 없었다. 그냥 빨리 이 상황에서 벗어

나고 싶었다. 남자의 태도에 화가 난 건지, 아니면 혼자 착각을 했던 사실에 상처 입은 건지, 혹은 고작 육십만 원에 벌벌 떨고 마는 스스로가 초라해서 견딜 수 없는 건진 알 수 없지만 그런 건 이제 아무래도 좋았다. 지금은 더 이상 아무 얘기도 하고 싶지 않았다.

"시팔. 아니꼽다 이거야, 뭐야? 야, 거기 안 서? 니까짓 게 뭔데 사람을 무시해?"

"놔주세요. 아파요."

"고개 안 들어?"

붙잡힌 손목이 부러질 것처럼 아팠다. 어떻게든 뿌리쳐 보려 했지만 그때마다 아귀힘이 강해졌다.

"시팔, 이게 사람을 갖고 놀지, 아주. 빨리 고개 안 들어!"

한계였다. 남자는 내가 자신의 뜻대로 움직이지 않는 이상은 팔을 놓아주지 않을 터였다. 간신히 고개를 들었지만 부옇게 흐려진 시야 때문에 상대의 표정을 알 수가 없었다.

"드린다고 했잖아요."

울음 섞인 목소리가 진저리 나게 싫었다. 왜 나는 이렇게 약한 건지. 울고 싶지 않은데, 정말로 울고 싶지 않은데 나도 모르게 눈가에 눈물이 고였다.

"드린다고 했는데, 자꾸 왜요."

처음으로 남자가 미워졌다. 꼭 이렇게 흉한 모습을, 밑바닥까지 드러낸 모습을 봐야만 하는 걸까. 맘 같아서는 주저앉아 소리 내어 울고 싶었지만 차마 그것만큼은 할 수가 없었다.

"왜 질질 짜고 지랄이야! 당장 뚝 안 그쳐!"

"……"

"귓구멍이 막혔어? 시팔, 이게 아주 사람을 병신 취급 한다 이거지."

"……제가, 언제요. 왜, 왜, 자꾸 억지를 부리세요."

"억지는 무슨 억지! 시팔, 니가 지금 사람 병신 취급 하고 있잖아!"

참으려 했다. 버텨 보려 했다. 한데, 울컥 서러움이 복받쳤다. 말도 안 되는 생떼를 부리는 남자의 행동에 결국 언성이 높아졌다.

"제가 언제, 대체 언제 그랬는데요?"

"이게 병신 취급 한 게 아니면 뭐야! 앞에서는 등신처럼 헤실헤실 처웃으면서 뒷구녕으로 그딴 거나 알아보고 다녀? 쌍, 아주 이사 날짜까지 잡고 통보하지 왜! 니가 뭐가 그렇게 잘났어! 쥐뿔도 없는 게 아주 가방끈 짧다고 사람을 병신 취급 해? 시팔, 그 잘난 입으로 뭐라고 떠들어 대 봐, 어디! 왜 꿀 먹은 벙어리처럼 말을 못 해? 왜?"

"……."

"그 잘난 주둥이로 말해 보라니까! 새로 갈 집이 뭐 얼마나 대단하다고 다른 새끼들 주둥이에 돈을 처넣으면서까지 그리 가려고 지랄을 하는데! 사람이 기껏 돈도 안 받고 재워 주고 먹여 줬더니 뼈 빠지게 벌어 딴 새끼들 주둥이에 돈 처넣을 궁리만 해? 쌍, 그렇게 돈이 썩어 나서 아주 돈지랄을 하고 싶으면 나한테 내놓으라는데 그게 뭐가 그렇게 서러워 질질 짜고 지랄이야, 지랄은! 내 집이 뭐가 어때서! 왜! 내 집은 구질구질해서 도저히 돈 내고 있을 곳이 못 돼? 니가 뭐가 그렇게 잘났는데, 니가 뭐가 그렇게 잘났다고 사람을 개무시하고 병신 취급 해! 그래, 이래도 니가 날 우습게 보는 게 아냐!"

이마와 목덜미에 검붉은 핏대를 세우고서 악에 받쳐 소리 지르던 남자가 쉭쉭 거친 숨을 몰아쉬었다.

……끝, 끝난 건가.

의지를 배반하고 솟구치던 눈물과 치솟던 울분은 놀란 나머지 메말라 버린 뒤였다. 여전히 분을 가라앉히지 못한 듯 남자의 숨소리는 거칠었고 가슴은 요란하게 들썩이고 있었다. 금방이라도 터질 듯 시뻘건 남자의 얼굴을 확인하자 의문이 생겼다.

근데, 저게 대체 무슨 말이지?

남자의 입에서 튀어나온 가방끈, 구질구질, 돈지랄, 병신, 개무시, 같은 단어들이 머릿속을 빙글빙글 맴돌았다. 뭔가 엄청난 말을 들은 것 같긴 한데, 문제는 그 말이 지금 상황과 무슨 관련이 있는 건지 알수 없다는 사실이었다.

뭐가 어떻게 된 거지.

단편적으로 들려왔던 말들을 조합하건대 내가 남자에게 섭섭함을 느꼈던 만큼 남자도 내게 섭섭함을 느꼈다는 건 알 수 있었다. 그 이유가 나로서는 도무지 이해할 수 없는 성질의 것이라 해도. 전혀 예상하지 못했던 남자의 격한 반응에, 과열되어 있던 머리는 미적지근하게 식어 버린 지 오래.

"……."

"……."

이 지독한 침묵을 해결하는 것이 내 몫이라는 건 알았지만, 대체 어디서부터 어긋난 대화를 바로잡아야 할지 알 수 없었다.

집으로 돌아가는 길의 공기는 여느 때와 달리 무겁고 어두웠다. 지쳐 있기 때문일까. 성큼성큼 앞장서 걸어가는 남자의 뒤를 쫓는 일이 오늘따라 버거웠다.

아무 말 않고 방을 구하고 있었다는 사실에 남자가 화가 났다는 건 알았다. 하지만 왜 이렇게까지 화를 내는 건지 이해할 수 없었다. 내가 나가게 되었다면 좋아하면 좋아했지 싫어할 이유는 없었으니까.

설명이 필요했다. 아무리 생각해도, 나로선 남자가 무슨 생각을 하고 있는 건지 알 수 없었다. 그렇게 일방적인 대화가 아니라 할 수만 있다면 마주 보고 앉아 제대로 된 이야기를 나누고 싶었다. 그래, 할 수만 있다면.

생각에 빠져 걸음이 늦어진 모양이었다. 계단을 오르던 남자가 멈춰 선 채 이쪽을 노려보고 있었다. 단단히 화가 났나 봐. 가게를 나설 때부터 바늘 하나 들어갈 틈 없이 단단하게 굳어져 있는 남자의 얼굴은 풀릴 기미가 없었다.

'시팔, 니가 지금 사람 병신 취급 하고 있잖아!'

'쥐뿔도 없는 게 아주 가방끈 짧다고 사람을 병신 취급 해?'

왜 그런 오해를 해 버린 걸까.

"무시한 적 없어요."

불쑥, 나도 모르게 말이 튀어나왔다.

"왜 그런 생각을 하신 건진 모르지만요, 한 번도 무시한 적 없어요."

"……."

"아시잖아요. 지금 제가, 누굴 무시하고 그럴 처지가 아니라는 거."

남자가 무어라 말해 주길 기다렸지만 돌아온 건 싸한 바람 소리뿐이었다. 한숨이 나오려 했다. 왜 이 사람은 자기 말만 해 버리고서 입을 다무는 걸까. 무슨 생각을 하고 있는지 조금만 알기 쉽게 말해 주

196

면 좋을 텐데.

"지금 살고 있는 집, 볼품없다고 생각한 적 한 번도 없어요. 저는, 그냥, 언제까지 거기 있을 순 없으니까…… 그렇잖아요. 지금까지 도와주신 것만 해도 어딘데요. 저도 염치가 있는데, 저 때문에 방에서도 못 주무시고 편히 쉬지도 못하시는데 어떻게 계속 뻔뻔하게……."

"누가 언제 너보고 그딴 거 신경 쓰래?"

신경질적인 목소리에 턱, 숨이 막혔다. 같은 언어로 대화하고 있는데 왜 자꾸 어긋나는 걸까. 답답함에 가슴을 치고 싶었다.

"그거, 저보고 계속 있으란 말이에요?"

"뭐?"

"그러니까, 말씀 들어 보면, 계속 이 집에서 지내도 된다 하시는 것 같아서요."

무슨 말이라도 이어 가야겠다는 심정으로 얘기를 꺼냈지만 말해 놓고도 이상했다. 계속? 계속이라면 대체 언제까지를 의미하는 걸까. 이번에야말로 뭔가 말해 주려나 기대했지만 굳게 다물린 남자의 입술은 열릴 기미가 없었다.

하긴, 그건 아니겠지.

"그냥 해 본 말이에요. 제가 말 안 하고 멋대로 방 알아봐서 화나신 거 맞죠. 그것 때문에 기분 나쁘셨다면, 제가 사과할게요. 나름대로는 기대지 말고 스스로 해야 한다고 생각해서 그런 건데 그렇게 오해하실 줄 몰랐어요. 정말 죄송해요."

"……."

"또…… 기분 나쁘게 생각하지 말고 들어 주세요. 그래도 짚고 넘어가야 할 부분은 짚고 넘어가야 하니까요. 말씀하신 돈은요, 이번 달 월급에서 제하는 게 맞는 것 같아요. 원래 구하려던 방은 돈이 좀 모자라서 어쩔 수 없겠지만 실은 그것보다 더 싼 방도 있었거든요. 그냥 제가 가진 돈으로 해결할 수 있는 범위 내에서 어떻게든……."

"시팔, 이게 아직도 말귀를 못 알아 처먹고."

서슬 퍼런 음성에 움찔, 몸이 굳었다.

"왜 내가 준 돈을 다른 놈들 주둥이에 처넣으려고 난리야?"

……그럼 대체 누구 입에 넣어 줘야 하는데요.

"그렇게 돈이 넘쳐 나서 돈지랄을 하고 싶으면 나한테 하라고 했지!"

겨우 대화의 물꼬를 텄다 생각했더니 다시 원점이었다.

"사장님한테 세내고 살라는 말씀이신 거죠, 그럼?"

"그래. 왜, 싫다 이거야?"

내 집이 구질구질해서?

고집스러운 표정 너머 숨겨진 뒷말에 머리가 지끈거렸다. 이 남자는 왜 사람 말을 안 듣는 걸까. 조금 전까지 내가 한 말은 들은 거야, 만 거야. 종종 잊곤 하지만 이 남자, 은근히 남의 말은 안 듣고 제 할 말만 하는 아이 같은 부분이 있었다.

"뭐! 어디 할 말 있음 해 봐!"

어린애면 엉덩이를 팡팡 두들겨 줄 텐데.

사람 말을 듣는 척하면서 실상은 하나도 듣고 있지 않은 남자를 보고 있노라니 다시 울분이 솟았다. 참자, 참아야 해. 진정해, 정지안. 감정적으로 변해 가는 스스로를 다독였다. 이런 고집스러운 사람에게 똑같은 방식으로 대응하는 건 역효과만 낼 뿐이었다.

"싫은 게 아니라요. 저도 물론, 다른 사람들한테 돈을 주느니 사장님께 돈을 드리고 지금 있는 집에서 지내는 편이 낫죠."

"……."

"근데 계속 거기 있을 순 없으니까…… 어차피 언젠가는 나가야 하잖아요."

"그게 뭐."

"그러니까 계속 거기서 살 순 없으니까……."

"뭔 소릴 하나 했더니. 시팔, 그걸 왜 벌써부터 생각해?"

어떻게 생각을 안 해요. 그럼, 나중에 나가라 하심 군말 없이 나가야 해요?

"그건 그렇다 쳐도 사장님도 사생활이 있잖아요. 제가 있으면 불편하지 않으세요?"

"사생활, 뭐."

원하는 대답은 하지 않고 꼬치꼬치 물어 대는 것이 불쾌한 듯 뚱한 남자의 표정에 난감해졌다. 이 화제는 좀 껄끄러운데.

"지금 당장은 아니더라도 나중에 결혼, 하실 수도 있고…… 제가 그 집에 있으면 좀 곤란하실 것 같은데요."

"결혼? 하, 그런 쓸데없는 짓거리를 왜 해?"

일말의 재고도 없다는 듯 단호한 말투가 당황스러웠다.

"물론 요즘은 독신도 괜찮긴 하죠. 그럼 하다못해 애인이라도……."

"쓸데없이 기지배들한테 돈 쓸 바에야 집구석에서 잠이나 처자는 게 낫지."

"그렇긴 하지만 저번에 만나시던 분은, 그럼……."

"거기서 경혜 그 기지배 얘기는 왜 나와?"

그래, 어쩐지 이 화제라면 동이의 어머니이자, 남자와 밤을 보냈던 경혜라는 여자의 얘기가 나올 것 같았었다.

"그 기지배 얘기가 여기서 왜 나오냐 묻잖아!"

"그분은 그래도 집에도 서로 오갈 정도로 가까……."

"시팔, 진짜. 싫으면 빙빙 돌리지 말고 똑바로 말해! 괜히 딴 년 들먹이면서 핑계 대지 말고! 니가 내 집에 있는 거랑 그 기지배랑 무슨 상관인데? 내 애인도 아니고 나 말고도 이놈 저놈 상대하면서 싸돌아다니는 그런 가벼운 기지배 따위가 뭐!"

경혜란 사람이 다른 남자도 만나고 다녀서 속이 상한 걸까. 혹시, 짝사랑? 속으로만 생각한다는 게, 나도 모르게 안타까운 심정을 그대로 드러낸 것 같았다. 남자가 똥 씹은 얼굴을 했다.

"왜 그따위로 사람을 보고 지랄이야? 시팔, 가끔 필요할 때 상대하는 기지밸 가지고. 쓸데없는 생각 집어치워!"

"……필요, 요?"

"썅, 기지배 따위 그런 용도로밖에 더 써!"

그런 용도라니.

그 의미가 쉽게 받아들여지지 않아 잠깐 멍해졌다. 어린애가 아닌 이상 남자가 말하는 그런 용도가 성적인 의미를 지칭하고 있다는 건 알지만, 충격이었다.

"정말로 좋아하는…… 그런 마음은, 전혀 없어요?"

"꼴에 기지배라고 사랑 타령. 하여간에 이놈이나 저놈이나 물러 터졌어. 시팔, 그딴 게 뭐, 밥 먹여 줘? 야 이 기지배야, 정신 차려. 다른 놈들은 뭐 다를 줄 알아? 고추 달린 사내새끼들이 사람 좋은 얼굴하고 번지르르한 말 하는 이유가 뭐, 한 번이라도 해 보려고 그런 거

밖에 더 있어?"

갑자기 바뀐 화제도 껄끄럽지만 무엇보다 상대의 말에 어떻게 반응해야 할지 알 수 없었다. 그 말이 완전히 틀리다고는 할 수 없다 해도 남녀 간의 애정을 그렇게 삭막하게 표현할 필요가 있을까.

"그래, 생각난 김에 말해 두는데, 너 조심해. 재현이 놈은 뭐 사내새끼가 아닌 줄 알아? 너는 그게 아무것도 모르는 어린놈이라고 착각하나 본데, 그놈도 날 것 다 나고 달릴 것 다 달린 사내새끼야, 알어? 어디 기지배가 엉덩이 가볍게 멀쩡한 사내놈 오토바이를 덥석덥석 집어타고 난리야, 난리는. 한 번만 더 겁도 없이 그딴 짓 했다간 봐, 아주 요절을 낼 줄 알아."

……저 매일 사장님 오토바이 타고 출퇴근하는데요. 작게 중얼거린 말을 들은 건지 남자의 입가에 조소가 스쳤다.

"키만 멀대같이 솟은 데다 어디가 등짝인지 앞뒤 구분도 안 가는 게 무슨. 너 같은 건 트럭째 갖다줘도 필요 없어. 나 원, 웃기지도 않아서."

조금 전까진 기지배가 겁도 없다고 뭐라 하셔 놓고선. 모순투성이잖아요.

"그래서. 자꾸 말 돌리지 말고 똑바로 말해. 내 집에서 사는 게 기분 나쁘다는 거야, 뭐야? 어? 빨랑 대답 안 해?"

이번에야말로 빈정이 상했다. 흥분하지 말자 다짐했지만 여기서 화가 안 나는 게 이상했다. 나라고 왜 멀쩡한 이름 놔두고서 매번 이 기지배, 저 기지배라 불리는 게 좋았을까.

그냥, 참았을 뿐이었다.

아니, 사실 어지간한 일은 그냥 넘어가자는 주의라 신경 쓰지 않으려 했다. 매번 시팔로 시작하는 욕설도, 조금만 성에 차지 않으면 높아지는 언성도, 사람 놀라는 건 신경 쓰지도 않고 제 분대로 이 물건 저 물건 걷어차는 성깔머리도, 그냥 그러려니 했다. 말투는 험해도 고마운 사람이니까. 갈 곳 없던 내게 잠자리를 마련해 주고, 아플 때 돌봐 주고, 자기 밑에서 일하게 해 준 사람이니까.

"빨리 대답 안 해?"

"싫지, 않아요. 비바람 막아 줄 만큼 튼튼하고 방이며 부엌이며 화장실에 있을 것 다 있고 작지만 마당도 있는 집이잖아요. 제 능력으로 구할 수 있는 집이라고 해 봤자 몸 하나 누일 수 있는 방 한 칸이 전부인걸요. 꾸미지 않으셔서 그렇지 페인트 바르고 지붕만 바꿔 달면 그림처럼 예쁜 집일 텐데 왜 싫어요, 하나도 안 싫어요."

"……그런 거면 진즉에 말하든가, 왜 쓸데없이 사람 속을 뒤집고 지랄이야."

본인이 원하는 대답이었던 걸까. 더는 여기 서서 이야기를 나눌 필요가 없다는 듯 쌩하니 돌아서는 남자를 보니 절로 이가 앙다물어졌다. 아무래도 내 의견 따윈 들을 필요도 없이 남자의 집에 세를 내고 살기로 정해진 것 같았다.

"시팔, 여기서 밤샐 거야?"

"좋은 집이라고 생각해요, 정말로."

"한 번만 해도 알아들어, 기지배야."

"……그치만, 그래도 나가는 게 좋을 것 같아요."

더는 기죽어 살 필요가 없다 생각했다. 아무리 고마운 사람이라지만 매번 이렇게 무시당하며 살 수는 없었다. 용기를 내어 고개를 들었지만 이게 웬걸. 얼음을 베어 문 것처럼 싸늘하게 굳은 얼굴을 마주한 순간 급격히 후회가 밀려들었다. 빨라도 너무 빠른 감정 변화에 스스로에게 배신감이 느껴질 정도였다.

내가, 어쩌자고 말대꾸를 했을까. 실은 가게에서 맞고함을 친 것만으로도 삼 개월 치의 용기를 모두 사용한 것이나 다름없었는데. 후회했지만 이미 엎질러진 물이었다.

"방금 뭐라고 했어."

하.

비틀린 입술 사이로 새어 나오는 살벌한 웃음에, 등줄기가 서늘해졌다.

문득, 지난밤의 대화가 생각났다.

'방금 뭐라고 했어. 다시 말해 봐.'

'사장님 집이 싫은 건 아니에요. 그치만, 아무리 생각해도 지금 나가는 게 좋을 것 같아…….'

'뭐라고?'

'나가는 게 좋을…….'

'다시 말해 봐. 뭐라고?'

주먹을 휘두른 것도 아니었다. 평소처럼 듣기만 해도 몸이 움찔거리는 욕설을 내뱉은 것도, 귀가 아프도록 언성을 높인 것도 아니었다. 그저 가만히 다가와 이쪽을 내려다보고 있었을 뿐인데, 혀가 굳어 말이 나오질 않았다.

'뭐가 불만인데.'

으득, 이 가는 소리에 당장이라도 '불만 따윈 없다'며 넙죽 엎드리고픈 마음을 꾹 억눌렀다. 할 말은 하고 살아야 해. 언제까지 이렇게 살 순 없어. 무서워도 참아야 해. 지금이 마지막 기회일지도 몰라. 요동치는 심장을 달래며 어떤 식으로 말을 꺼내야 할까 고민하는 사이, 결국 인내심이 바닥난 남자가 버럭 고함을 쳤다.

'뭐가 불만이냐 묻잖아!'

'추, 추워서 잠을 못 자겠어요.'

반사적으로 말을 꺼냈지만 아차, 싶었다. 금방이라도 호통이 튀어나올 것 같아 몸을 움츠렸지만 예상외로 조용했다.

'춥고, 그리고 또 뭐.'

'……네?'

'시팔, 추운 거 말고 또 뭐가 불만이냐고.'

분명 불만은 차고 넘칠 만큼 많았다. 시팔, 이라는 욕 좀 그만하셨으면 좋겠어요. 그냥 말해도 알아들으니까 자꾸 소리치지 않으셨으면 좋겠어요. 이 기지배, 저 기지배라고 부르지 말아 주셨으면 좋겠어요……. 남자가 춥긴 뭐가 춥냐고 성을 내거나 비꼬았다면 분명 감정을 다스리지 못하고 미주알고주알 불만을 털어놓았을 터였다.

한데 뭔가 이상했다. 아니, 좀 미묘했다.

신경질이 가득한 말투를 듣고 있노라면 분명 화를 내는 것 같은데…….

'또 뭐냐니까.'

그 말을 하는 남자의 표정이 혼나는 아이처럼 시무룩해 보였다.

'왜, 못 배우고 무식한 놈이랑 있는 것 자체가 불만이야? 이런 놈하고 있을 바에야 차라리 다른 놈 집에 돈 내고 사는 게 낫다 이거

지?'

　머뭇대는 사이 예의 표정은 사라지고 다시 험악한 인상이 되었지만 뭐랄까. 그런 표정을 본 데다 계속 가방끈이 짧다든가, 못 배우고 무식하든가, 하는 식으로 자신을 비하하고 있는 사람에게 고쳐야 할 점을 꼬집어 말할 수가 없었다.

　'왜 자꾸 그런 말씀을 하세요. 그런 생각 안 해요.'

　'웃기고 있네. 겉으로 네네, 고분고분하게 굴면 속아 넘어갈까 봐? 속으론 성깔머리 드럽고 빽하면 쌍소리 내뱉는 무식쟁이라고 깔보고 있는 주제에. 거기다 한국말도 똑바로 못하는 등신 같은 놈이라고 생각하는 거, 누가 모를 줄 알아?'

　난데없이 한국말 못하는 등신은 왜 또 튀어나왔나 싶었지만 순간 짚이는 부분이 있었다.

　어느 오후 무렵이었다. 잠깐 커피를 마시며 숨을 고르는데 남자가 신문에 나온 십자말풀이를 두고 재현과 옥신각신 다투기 시작했다. 남자는 '설겆이'가 맞노라 주장했고 재현은 '설거지'가 맞노라 목소리를 높였다. 멍하니 둘 사이에 껴 있다 정답이 뭔지 알고 있냐는 재현의 물음에 무심코 '설거지'가 맞을걸, 하고 답했을 뿐이었다. 설마 그걸 마음에 담아 두고 있었을 줄이야.

　'맞춤법이 얼마나 까다로운 건데요. 저도 아직까지 헷갈리는 것도 많고 잘 모르는 것도 많아요.'

　아주 잠깐이지만 못마땅한 얼굴로 딴 곳을 노려보는 남자가 귀엽다는 생각이 들었다.

　'진짜예요. 재현이도 맞히긴 했지만 헷갈린다면서 휴대폰으로 사전 찾아봤었잖아요.'

그래서, 방심했었다.

'그럼, 추운 것만 해결하면 된다 이거지?'

'에?'

'뭐, 또 불만이 있다 이거야?'

'아뇨, 그건 아닌데…….'

'좋아. 나중에 딴소리하기만 해 봐. 안 따라오고 뭐 해? 여기서 밤 샐 거야?'

그 말을 끝으로 쌩하니 돌아서던 남자의 뒤를 황망히 쫓았던 것이 지난밤의 일이었다. 또한 아직까지 마무리 짓지 못한 이야기를 어떻게든 오늘 내로 매듭을 짓겠다 다짐한 것이 불과 오 분 전이었다.

'너, 설거지 잠깐 멈추고 이리 나와 봐.'

저녁 설거지를 시작할 즈음 오토바이를 몰고 나갔던 남자의 손엔 정체불명의 커다란 검은 가방이 들린 채였다. 무심한 얼굴로 들고 온 가방을 테이블 위에 올려놓은 남자가 말했다.

"됐지. 또 춥네 마네 딴소리하기만 해 봐."

설거지를 하다 튀어나온 탓에 고무장갑에서 물이 뚝뚝 떨어지고 있었지만 그 물을 어떻게 수습해야겠다는 생각은 들지 않았다. 그저 가방 위에 적힌 '은나노 황토 전기장판'이라는 문구에 시선을 빼앗기고 있었을 뿐.

정말로 몰랐다.

'그럼, 추운 것만 해결하면 된다 이거지?'

'에?'

'뭐, 또 불만이 있다 이거야?'

'아뇨, 그건 아닌데…….'

나도 모르게 휩쓸려 내뱉고 만 대답이 '은나노 황토 전기장판'이
되어 돌아올 줄은.

"뭐 해, 빨랑 안 기어들어 가고."

씻고 나왔을 때 남자는 이미 방에다 전기장판을 설치해 놓은 참이
었다. 빨간불이 켜진 전기장판을 멍하니 바라보다 재촉에 못 이겨 이
불을 들추고 안으로 들어갔다.

"어때."

"아……."

"말을 해야 알 것 아냐. 어떠냐고."

"아, 그게……."

"그게, 뭐."

"되게 따뜻하네요."

전기장판을 오토바이에 싣고 집으로 오는 내내 울적했었다. 그렇
게 용기를 쥐어짜 반항하며 얻은 것이 겨우 전기장판이라는 사실에
절망했지만 이게 웬걸. 따끈따끈한 이불 속에 들어앉아 있으니 천국
이 따로 없었다.

전기장판을 사용해 보는 건 태어나 처음이었다. 어머니는 겨우내
난방비로 한숨을 내쉴지언정 전자파는 좋지 못하다며 전기장판은 사
용하지 않았다. 오래도록 확고한 가르침을 받은 탓인지 껄끄러운 기
분이 아예 없는 건 아니지만 이 순간 전자파 따위는 문제가 될 수 없
었다. 울적함은 무슨, 나도 모르게 들떠 말이 쏟아졌다.

"홈 쇼핑에서 광고하는 걸 봤는데 온종일 켜고 있어도 전기료가 몇
만 원밖에 안 나온다면서요. 이것도 그런 거예요?"

"……"

"저 전기장판 처음 써 보는데 이렇게 따뜻할 줄 몰랐어요. 게다가 보일러에 비해 돈도 얼마 안 들고. 진짜 좋은 것 같아요. 아니, 진짜 좋아요."

"염병하고 있네."

"에, 빈말이 아니라 진짜 좋아서 그래요. 그러고 보니 어디 가서 사신 거예요? 이건 얼마쯤 하구요? 비싸요? 보니까 가격도 천차만별이던데."

"알 거 없어."

"그래도 궁금한데 말해 주시면 안 돼요?"

"도로 돈으로 토해 낼 거 아니면 묻지 마."

"……저기, 들어와 보실래요? 진짜 따뜻한데."

"됐고, 그래서. 이제 됐지."

나도 모르게 웃음이 뚝 멎었다. 남자의 눈매가 가늘어졌다.

"사람이 기껏 바쁜 와중에 똥줄 빠지게 움직여서 사 왔더니 이제 와 아니라고 했담 봐."

"……"

"사람 갖고 논 거 아니면 대답해."

"……"

"이게 진짜 끝까지…… 빨랑 대답 안 해? 그래서 이제 됐어, 안 됐어."

"돼…… 됐는데요, 그럼요, 몇 달만 더…… 있는 걸로 하면 어떨까요."

"뭐?"

"물론 저도 다른 사람한테 세낼 바에야 사장님께 드리는 게 낫죠. 그치만 그래도, 사장님 눈엔 그렇게 안 보이겠지만 저도 나름 여자고…… 계속 여기 지내는 건 좀 그래서요. 아, 아니, 절대 이상한 걸 걱정하는 거 아니구요. 절대 그런 생각 안 해요. 다른 사람은 몰라도 누구보다 제가 절 잘 알죠. 당연히 저 같은 게 사장님 눈에 차지 않을 거라는 거 아는데……."

"잡소리 집어치우고, 그래서 언제까지."

기분이 틀어진 기색이 확연하게 느껴졌다. 눈치를 살피며 필사적으로 남자가 납득할 수 있을 만한 숫자를 찾아 머리를 굴렸다.

"음…… 그럼, 올겨울 날 때까지, 한두 달 정도면 어떠……."

"일 년."

흡, 나도 모르게 숨을 들이켰다. 일 년, 이라니. 전혀 예상치 못한 단위에 얼떨떨해 있자, 남자가 사납게 눈썹을 치켜세웠다.

"세상 어느 병신이 두 달 동안 방을 내준다든."

"그건 그렇지만……."

"일 년."

"저도, 물론, 기왕 돈 내는 거 사장님께 드리면 좋지만요, 그치만……."

"일 년."

슬펐다. 돈에 집착하는 사람이란 건 알지만 꼭 이렇게까지 해서 자신이 준 월급을 돌려받아야 할까. 돈 때문이라면 차라리 월급을 깎아 달라, 외치고도 싶었지만 한 푼도 아쉬운 판에 그런 말을 할 수 있을 리 없었다.

"그럼 석 달 정도?"

"일 년."

"한 달 더해서 사 개월 정도면······."

"일 년."

저도 양보했으니까 양보 좀 해요.

바늘 하나 들어갈 틈 없는 단호함에 절망했다. 애초에 남자에겐 흥정의 마음이 없는 듯했다.

"좀 봐주세요."

"일 년."

교도소가 따로 없구나, 진짜. 자유의 몸이 되었다고 생각했는데 아무래도 착각인 듯했다. 여긴 민주주의 국가인데, 나는 아무 잘못도 안 했는데, 왜 여길 못 나가고 있는 거지.

"보증금 필요 없고, 세금 포함해서 월세 십만, 아니 오만 원."

"네?"

"쓸데없이 다달이 비싼 세 물고 남의 배 불리지 말고, 여기서 돈 모아 나가."

다른 사람한테 낼 세가 아까워서 그런 게 아닌가? 그럼, 왜? 한 달에 오만 원만 받으면서 날 여기 있게 해 주는 이유가 뭐지?

"왜······ 이렇게까지 해 주시는 거예요?"

알고 싶었다, 정말로.

"왜······."

"알아들었으면 그만 처자."

붙잡고 자시고 할 새도 없었다. 제 할 말만 하고 자리에서 일어난 남자가 문을 향해 걸어가다 불쑥, 뒤돌아섰다.

"앞으로 밤에 안 처자고 쓸데없이 싸돌아다니기만 해 봐."

알고, 있었구나.

남자의 모습이 사라짐과 동시에 문이 닫혔다.

"우종열이라……"

남자의 이름을 곱씹어 봤지만 소용없었다. 분명 이 이름, 어디선가 들어 본 기억이 있는데……. 몇 번이나 머릿속을 더듬어 봤지만 뭔가 알 듯 말 듯 하면서도 이거다, 싶은 생각은 들질 않았다.

이렇게까지 해 주는 걸 보면 분명 뭔가 있는데.

처음 만났을 때부터 이유 없는 호의를 베풀어 준 사람이었다. 자신의 집으로 데려와 먹여 주고 재워 주고, 아플 때 돌봐 주고, 심지어 자신의 가게에서 일을 하게 해 줬다. 그뿐인가. 돈을 모으라며 두 달간 세도 받지 않고 집에 머물게 해 줬고 이제는 일 년 동안 보증금도 없이 그저 달에 오만 원만 내면서 살게 해 주겠단다. 물론 새로 사 준 전기장판값 역시 물어 줄 필요 없이. 아무리 친한 사이라도 이렇게까지 일방적인 호의를 베풀진 않을 터였다. 심지어 상대는……

"주문한 물건이 다르다고 했잖아."

"에이, 사장님 좀 봐줘요. 어차피 상표만 좀 다르지 내용물은 거의 같……"

"이게 봉지당 오십 원이 더 비싼데 같긴 개뿔이 같아?"

식재료를 배달한 사람이 실수로 비슷한 상표의 다른 물건을 들고 온 게 화근이었다. 그 물건을 몇 박스씩 사는 것도 아니고 그래 봤자 열 봉지 내외로 구입하는 건데도 남자는 개당 오십 원이 높은 금액에 진심으로 분개했다.

"그럼 저희가 늘 쓰시던 것과 같은 금액으로 처리해 드릴 테니 이제 그만……."

"진작 그럴 것이지."

눈짓으로 내게 돈을 주라 말한 남자가 주문 들어온 탕수육을 만들기 위해 주방으로 들어갔다. 남자의 모습이 사라지자마자 내내 살갑게 미소 짓던 상대의 얼굴이 일그러졌다.

"어우, 어떻게 사람이 하나도 변하질 않냐, 진짜."

언젠가 이곳에서 배달 일을 하다 그만둔 경험이 있던 청년이 설레설레 고개를 내저었다. 재현이 형, 형, 하며 따르는 민성은 알바 자리를 구하던 재현에게 다른 곳에 비해 시급이 세다며 이곳을 추천해 준 장본인이기도 했다.

"벌써 여기서 일한 지 두 달 넘으셨죠? 확 그만두고 싶지 않아요?"

주방을 노려보며 이를 악무는 시늉을 하는 민성을 보자 웃음이 나왔다.

"재현이도 견뎌 내는걸요, 뭘."

"그 녀석은 그만두고 싶어도 사정이 그래서 별수 없는 거지만…… 굳이 저 인간, 아니, 저 성질 더러운 사장 밑에서 일할 필요 있어요? 아줌마들처럼 식당 아니면 일할 데 없는 것도 아닐 텐데……."

진심 가득한 물음에 조금 당황스러워졌다. 물론 남자가 입이 험하고 보이는 행동도 좀 험악하긴 하지만, 그래도 성질이 더러운 건, 아니, 성질이 좀 있는 편이긴 한데…….

"오해의 소지가 있긴 해도 음, 좋은 분이긴 하잖아요."

좋긴 개뿔.

분명 표정은 그리 말하고 있었지만 거래처 사장을 흉봐 득 될 게 없다 생각한 모양이었다. 서로 멋쩍게 마주 웃는데 때마침 재현이 배달을 마치고 돌아왔다.

"아씨, 아퍼."

"어디 다쳤냐?"

바닥에 통을 내려놓은 재현이 절뚝거리며 의자에 주저앉았다.

"씨발, 신호 씹고 가려는데 갑자기 경찰차가 튀어나오잖아. 놀라서 브레이크 잡다 자빠졌어."

"어디 한번 봐 봐."

멀리서 볼 땐 몰랐지만 가까이서 확인하니 팔목과 손바닥에 자잘한 생채기가 가득했다. 조심조심 바지를 들춰 올리자 아스팔트에 긁힌 무릎은 살갗이 벗겨진 것도 모자라 잔뜩 핏물이 맺혀 있었다.

"아아, 누나, 아파요."

"엄살 작작 떨어. 가뜩이나 키도 쪼만해서 꼬맹이 같은 게, 아주 그러다 울겠다?"

"아, 형!"

재현이 민성과 티격태격하는 동안 약상자를 가져와 다친 부분을 치료했다. 그래 봤자 소독을 하고 약을 바른 다음 밴드를 붙이는 게 전부였지만.

"재현아, 정말 괜찮아? 계속 일할 수 있겠어?"

"괜찮아요. 일하다 다치는 게 한두 번인가."

"조금 전까지 우는소리 하던 놈이 갑자기 어른스러운 척은. 아, 연락 왔네. 저 이만 가 봐야겠습니다. 다른 곳에 배달을 가야 해서. 야, 너도 조심해서 운전하고. 오토바이 몰다 골로 간 놈들 많은 거 알지?

조심조심, 몸 사려 가면서 운전해. 나중에 후회하지 말고."

"씨, 말을 해도."

"연락해. 쑥쑥 크려면 잘 먹어야 하니까 이번에 월급 타면 이 형님이 기름진 고기 배불리 먹여 주마."

사람 좋게 웃어 보인 민성이 차를 몰고 떠난 후 서둘러 근처 슈퍼로 가 빵과 우유를 샀다. 안 그래도 주문이 연이어 밀려드는 바람에 밥도 먹는 둥 마는 둥 하며 뛰어다니던 재현이 마음에 걸린 참이었다.

"도서관에서 주문 들어온 건 무권 씨가 가면 되니까 먹으면서 잠깐 숨 좀 돌려."

상처가 쓰라린지 얼굴을 찌푸린 것도 잠깐이었다. 배가 고팠던지 허겁지겁 빵과 우유를 먹어 치우는 재현을 보자 짠한 마음이 일었다.

"누나도 참. 신경 쓸 거 없어요. 배달하다 보면 이런 일 많으니까."

"너무 서둘러서 가지 마. 신호 어기지 말고 기다렸다 가고."

"신호 같은 거 일일이 다 지키면 뭐 다 붙어요. 다음 배달도 산더미처럼 쌓여 있는데 언제 그런 걸 다 지켜요. 나만 그러는 게 아니라 배달할 땐 다 그렇게 해요."

"지금은 괜찮아도 또 모르니까 이따가 조금이라도 아프면 병원 가."

"에이, 누나도 참. 왜 이렇게 오버해요."

재현이 뭘 그렇게 심각해지냐는 듯 손을 내저었지만 차마 마주 웃어 줄 수가 없었다. 오래전이긴 해도 눈앞에서 오토바이 사고를 목격한 경험이 있으니까.

"예전에 배달하다 사고 난 사람을 본 적이 있거든…… 다치는 걸 봤으니까, 그래서 그래."

중학교에 입학하기 전이었다. 학원에서 돌아오는 길에 오토바이에 깔려 쓰러진 사람을 보았다. 도움을 주려고 다가간 것까지는 기억이 나는데 무슨 일이 있었던 건지 도리어 다친 사람이 집까지 태워 주었었다. ……어린 마음에 돕고 싶다는 마음만 앞서 민폐가 됐던 게 분명했다.

"알던 사람이었어요?"

"아니, 그건 아니고."

"그 사람 많이 다쳤어요? 무슨 배달 했는데요?"

"중국집에서 일했던 것 같은데. 다친 건…… 그게, 기억이 잘……."

"뭐예요, 그게."

그러게. 대답해 놓고도 우습긴 했다. 대체 이게 뭔 소리람. 그래도 다시 한번 더 안전 운전을 당부하려는데 불현듯 누군가의 목소리가 생각났다.

'종열아, 이리 와 봐라.'

'종열아, 가서 그릇 좀 찾아와.'

왜 하필 이 순간 그 이름이 떠오른 건지는 알 수 없었다. 하지만 그래, 그랬었다. 종열. 우종열. 그 이름을 어디서 들어 보았는지 비로소 생각이 났다. 중학생 때 단짝 친구였던 지윤의 아버지 가게에서 일하던 사람의 이름이, 바로 종열이었다. 성은 확실하지 않지만 이름은 분명 종열이 맞았다.

몇 가지 단편적인 기억이 떠올랐다. 햇볕에 그을려 가무잡잡했던 피부색이라든가, 과묵한 성격이라든가, 능숙하게 단무지를 싸고 오토바이를 몰던 뒷모습이라든가……. 하지만 그게 전부였다. 물을 잔뜩 묻힌 수채화 물감처럼 모든 것이 아스라했다.

때마침 주방에서 나온 남자가 재현을 보고 눈살을 찌푸렸다.

"넌 눈 뜨고 졸았어? 왜 멀쩡한 무릎을 깨 먹고 지랄이야?"

"누가 다치고 싶어서 다쳤어요."

"오토바이는."

"내 그럴 줄 알았지. 무릎을 깨 먹은 이유가 달리 뭐겠어요. 오토바이를 필사적으로 사수하려다 이렇게 된 거지."

정수기에서 물을 따라 마시던 남자와 눈이 마주쳤다. 어렴풋하게나마 기억 속 얼굴과 지금의 얼굴이 겹치는 것 같았다. 눈앞의 남자가 과거의 그 사람이라 백 퍼센트 장담할 수는 없지만.

"넌 왜 밥시간 돼서 쓸데없이 그딴 빵 쪼가리에 돈을 쓰고 난리야."

"누나가 사 준 건데."

매서운 시선이 순식간에 방향을 틀어 내게 날아들었다.

"이제 먹고살 만하다 이거지. 아주 그냥 돈지랄을 해 대고."

잘못한 게 없는데 왜 잘못한 것 같은 기분이 드는 건지. 바늘방석을 면하기 위해 행주를 집어 들었다. 목덜미가 따가웠지만 모른 척 먼지 하나 없는 테이블을 구석구석 닦았다.

"넌 점심 뭐."

"야끼우동이요."

"까분다."

"아씨, 사람이 이렇게 다쳤는데 좀 해 줘요. 내가 왜 이렇게 됐는데!"

"눈 뜨고 졸았으니 그렇게 됐겠지."

……만약 그 사람이 맞다면, 성격은 좀 변한 것 같기도.

눈앞의 남자도 무뚝뚝한 편이긴 하지만 기억 속의 인물은 더 말수가 적었다. 가게에서 마주쳤을 때 먼저 인사도 하고 말도 걸었지만 돌아오는 반응은 늘 시큰둥했다. 어려운 사람이었다. 웃음기 없는 냉랭한 얼굴도 그렇지만, 무엇보다 나를 싫어한단 느낌이 강했으니까.

"야끼우동 진짜 안 해 줄 거예요?"

"헛소리할 거면 짜장면이나 처먹어."

"악, 그놈의 짜장면!"

절규하는 재현을 두고 무심히 걸음을 옮기던 남자와 시선이 부딪쳤다. 기억 속 얼굴과 현재의 얼굴을 비교해 보려 했지만 더는 무리였다. 아무리 머리를 쥐어짜도 어설픈 윤곽과 희미한 인상만 떠오를 뿐, 세세한 이목구비 같은 건 아예 기억조차 나지 않았다.

정말, 동일 인물이 맞는 걸까.

중국집에서 배달을 했다는 것. 종열이란 같은 이름을 가지고 있다는 것. 그것만으로 눈앞의 남자를 기억 속 인물과 동일시하기엔 무리가 있어 보였다. 그렇지만 아무리 생각해도 살아오며 종열, 이란 이름을 가진 또 다른 남자를 만난 기억은 없었다.

그러니까, 아마도, 분명.

"저기…… 뭐 하나 물어봐도 돼요?"

"뭐."

냉장고에서 미리 손질해 둔 야채를 꺼내던 남자가 돌아섰다. 하고 싶은 말이 많았는데 막상 얼굴을 보자 입이 떨어지질 않았다.

"예전에요. 그러니까, 십 년도 훨씬 전이지만…… 하림각이란 곳에서 일하신 적…… 있죠."

"……."

"지윤이 아버지네 가게에서 배달 일 하셨던 걸로 기억하는데. 맞아
요?"

"……."

"저, 지윤이 친구여서 그 가게에 자주 놀러 갔거든요. 혹시, 저도
기억하세요?"

돌아오는 침묵이 긍정의 대답이란 걸 알았다.

"죄송해요. 너무 늦게 기억해서."

돌이켜 보면 열네 살 때의 일이니 벌써 십오 년 전의 일이었다. 정
말 시간이 많이 흘렀다 싶었지만 상대는 별 감흥이 없는 듯했다.

"요리하는 거 아저씨한테 배우신 거예요?"

"……."

"뭔가 익숙한 맛이 난다고 생각했었는데……."

무슨 말이라도 해 주었으면 했지만 돌아오는 말은 없었다. 내가 스
스로 기억하길 기다린 게 아니었나. 남자의 싸한 반응에 당혹스러움
을 느낀 것도 잠시. 불쑥, 떠오르는 사실 한 가지가 있었다.

"그러고 보니 키가 많이 크셨네요."

그 순간이었다. 지금껏 무심한 태도를 고수하던 남자의 눈빛이 돌
변했다.

"뭐?"

"아니, 생각해 보니까 그땐 키가 지금만큼 크지 않으셨던 것 같아
서요."

기억하기로 당시 나와 남자의 키 차이는 그리 크지 않았다. 그때가

열여덟 살인가, 그랬던 것 같은데 언제 이렇게 큰 걸까.

"다른 뜻은 없구요, 그냥, 왜 기억을 못 했나 싶었는데 생각해 보니까 확실히 그때보다 키도 많이 크셨고, 체격도 더 좋아지셨…… 왜, 왜요?"

성큼성큼 이쪽을 향해 다가오는 남자를 피해 뒤로 물러섰다. 등 뒤에 커다란 냉장고가 닿아 더는 피할 수 없게 되었을 때 머리 위로 짙은 그늘이 졌다. 태어나 키가 작다 느껴 본 적은 없지만 남자의 아래에 서자 작은 꼬맹이가 된 기분이었다.

"내 키가, 뭐가, 어쨌다고?"

키가 작은 재현이라면 또 모를까. 남자가 키 얘기에 화를 낸다는 사실이 그저 얼떨떨했다. 아, 혹시 키가 너무 큰 게 싫은 건가?

"정말 아무 뜻 없었어요. 정말인데……."

"너, 저거 꺼내 봐."

"저거라뇨. 아, 저거요?"

한 걸음 뒤로 물러난 남자가 냉장고 위에 놓인 박스를 가리켰다. 어지간한 건 모두 손이 닿는 편인데도 냉장고 위의 박스까진 무리였다. 까치발을 들어도 깡충깡충 뛰어올라도 소용없었다. 뭔갈 밟고 올라서야 하나, 진지하게 고민하고 있는데 옆에서 튀어나온 손이 손쉽게 박스를 꺼냈다.

"이게 손이 안 닿아? 하여간에."

뭐지, 이건.

한심하다는 듯한 시선에 턱, 말문이 막혔다. 거기에 손이 그냥 닿는 게 더 이상한데요. 아니, 그보다 손이 닿으면서 왜 절 시킨 건데요.

"콩알만 한 게."

콩알이라니. 살아오며 그런 말을 듣는 건 또 처음이었다.

"기지배가 커 봤자지."

거기서 기지배 얘기는 또 왜 나오는데요. 지치는 기분이었다. 왜 이 사람은 이렇게 자기 할 말만 하고…….

"쓸데없이 굴러다니면서 방해하지 말고 나가서 단무지나 꺼내 놔."

날파리를 쫓아내는 듯한 손짓에 떠밀려 홀로 나오고 나니 허탈함이 밀려왔다.

저기, 누군지 기억했다고 하는데 반응이 그게 다예요? 뭔가 더 할 말 없어요? 왜 손 닿으면서 절 시켰어요? 제가 왜 콩알인데요? 왜 거기서 기지배 얘기가 나와요? 대체 제가 언제 굴러다녔다고…… 맨날 멀대같이 키만 크다고 뭐라 해 놓고서.

"뭐야."

방에서 낑낑거리며 전기장판을 끌고 나오자 남자가 얼굴을 구겼다.

"드라마 아직 시작 안 하죠."

흘낏 화면을 보니 이제 막 등장인물 소개가 나오는 참이었다. 부랴부랴 전기장판을 텔레비전 근처에 깔았다.

"티브이 볼 때만이라도 같이 써요."

전기장판으로 단 한 번의 악몽 없이 다디단 잠을 자게 된 지 며칠째. 육체적으로는 더없이 행복한 나날을 보내고 있었지만 문제는 보일러 없이 겨울을 나고 있는 누군가였다.

바깥보다야 따뜻하겠지만 거실의 온도는 이불 하나만으로 견뎌 낼 정도가 아니었다. 체질에 따라 추위를 덜 타는 사람이 있지만 이건 추위를 타고 말고의 문제를 벗어났다. 잠들기 전 거실에 나와 텔레비전을 보는 잠깐의 시간 동안에도 발가락이 꽁꽁 얼어붙는 마당에 남자라고 상황이 다를 리 없었다. 남자는 그저 돈 쓰기가 아까워 참고 있을 뿐이었다. 습관이 된 건지 추위로 잠을 설치진 않는 듯 보였지만 그래도 신경이 쓰였다. 아니, 그도 그럴 것이 당연히 신경 쓰였다. 정작 돈을 들여 전기장판을 산 사람은 추위에 떨고 나 홀로 따뜻한 밤을 보내고 있으니까.

내라던 육십만 원도 결국 내지 않았겠다. 고작 오만 원에 한 달을 살게 됐으니 따뜻한 겨울 이불이나 전기장판 정도는 선물하는 것이 도리일 터였다. 문제는 그걸 산다고 상대가 기뻐할 것 같진 않는 거였다. 만 원도 넘지 않는 워머 하나에 그렇게 불같이 화를 냈던 사람인데 자신을 위해서라 해도 몇만 원, 혹은 그 이상의 돈을 쓴다면……. 상상하기만 해도 심장이 떨렸다.

방법은 하나였다. 일단 남자에게 전기장판이 있을 때와 없을 때의 느낌을 깨닫게 하는 것.

장담할 수 있었다. 없으면 없는 대로 살아왔던 남자라 해도 한번 전기장판의 따뜻함에 빠져든다면 결코 지금처럼 지낼 수는 없을 거란 사실을. 형편이 어렵다면 모를까, 아무리 생각해도 남자가 겨울 내내 냉동실 같은 방 안에서 추위를 견디며 잠을 청할 이유는 없었다.

그래, 내가 노력하는 수밖에 없어.

아무도 알아주진 않을 테지만 비밀 작전을 수행하는 특공대원처럼 비장한 기분이 늘었다.

"오밤중에 아주 생쇼를 하지. 그래, 이따 자러 갈 때 다시 그걸 질 질 끌고 들어가려고?"

"도와주지 않으셔도 돼요. 그 정도는 혼자 할 수 있는걸요."

좀 치사하긴 하지만 이따 전기장판을 방으로 들고 가는 순간 아쉬 움을 느끼게 될 거예요. 오밤중에 뭔 헛짓거리냐는 남자의 핀잔에도 굴하지 않고 꿋꿋하게 전기장판의 코드를 꽂고 그 위에 방에서 챙겨 온 이불을 깔았다. 덮고 자는 이불까지 한 겹 더 깔아 놓은 후 재빨리 손을 넣어 온도를 확인했다. 미리 달궈 둔 보람이 있었던지 따끈따끈 한 게 이 이상 좋을 순 없을 것 같았다.

"여기 와서 같이 봐요."

"됐어."

"넓어요. 이리 와서 같이 봐요."

남자의 표정이 언제 귀찮음에서 짜증으로 변모할지 몰라 두려웠지 만 이것만큼은 포기할 수 없었다. 설마 때리진 않겠지. 삼 개월 치의 용기를 가불해 남자의 소매를 붙잡았다.

"거기 찬 데 계시지 말고요. 네?"

짜증이 덕지덕지 붙은 얼굴로 나를 노려보던 남자가 결국 미적미 적 걸어 나왔다. 재빨리 남자를 가장 따뜻한 부분에 앉히고 이불을 무 릎 위에 덮어 주었다.

"진짜 따뜻하죠."

"……."

"온도도 최대로 높인 게 아니라 겨우 세 칸 올렸어요. 딱 세 칸인 데도 이 정도예요. 삼십 분만 있으면 답답해서 두 칸으로 내리고 싶어진다니까요."

　가만히 있는 편이 낫다는 걸 알았지만 자꾸만 입이 움직였다. 뭔가, 빨리 대답을 듣고 싶었다. 따뜻하다, 라든가 나쁘지 않네, 정도의 반응만 나와도 정말 좋을 것 같은데.

　"여기 누워 있으면 잠이 솔솔 올 것 같지 않아요?"

　"……."

　"광고 나온 거 봤는데 이게 일인용치고 크기가 큰 편이더라구요. 가격 대비 성능도 괜찮고……."

　"야."

　드디어 뭘 말해 주려는 건가. 어떻게든 대답을 잘 엮어서 전기장판을 하나 더 사는 게 어떻겠냐는 말을 꺼내야 하는데. 아니, 전기장판이 싫다면 도톰한 겨울 이불이라도. 설레는 마음으로 기다렸지만 돌아온 대답은 지극히 무심했다.

　"입 다물고 조용히 티브이나 봐."

　섭섭했다. 섭섭하고, 또 한편으론 근심스러웠다. 이번 겨울 정말 추울 거랬는데. 정말 이대로 버틸 생각인 걸까. 힐끔힐끔 눈치를 살폈지만 돌아온 건 정신 사나워 죽겠단 핀잔뿐이었다. 결국 포기하고 무릎을 끌어안았다. 평소엔 좋아하는 드라마라 한 장면도 놓치지 않으려 집중을 하지만 내용이 눈에 들어오지 않았다.

　오늘도 온종일 머릿속을 이 잡듯 뒤져 보았지만 소용없었다. 남자에 대한 기억은 지극히 단편적인 몇 가지가 전부였다. 덧붙여 그 흐릿한 기억 어느 곳에서도, 남자가 내게 이렇듯 일방적인 호의를 베풀 만한 이유는 찾을 수 없었다.

　길을 잃어버린 아이가 된 기분이었다.

어떤 식으로라도 좋으니 남자와 나 사이의 접점을 찾고 싶었다. 아니 평범하지 않은, 조금은 특별한 연결 고리가 있길 바랐다. 비굴하다 해도 좋았다. 그렇게 해서라도 내가 혼자가 아니라는 증거를 갖고 싶었고, 남자가 나를 데려와 지금처럼 신경을 써 줄 만한 이유가 있다는 걸 확인하고 싶었다. 그래, 그렇게 해서라도 내가, 남자의 호의를 받을 자격이 있는 사람이라 믿고 싶었다.

모르겠어.

간신히 기억 속에 묻혀 있던 남자의 존재를 찾아냈지만……. 그때의 남자와 나는 서로에게 있어 얼굴과 이름을 익힌 타인일 뿐이었다. 기억해 냈다는 기쁨은 잠시였다. 이럴 바엔 차라리 끝끝내 착각 속에 사는 편이 나았을 거란 생각이 들었다.

그래, 차라리 기억해 내지 말걸.

차라리 그럴걸.

이제 와 후회해도 소용없다는 걸 알면서도 미련을 떨칠 수가 없었다. 바보같이. 조금 더 힘주어 무릎을 끌어안은 채 얼굴을 묻었다.

눈을 떴을 땐 한밤중이었다.

뭐지.

도무지 잠자리에 누운 기억이 나지 않아 당황했던 것도 잠시. 등 뒤에서 들려오는 숨소리에 나도 모르게 숨을 들이켰다. 달음박질치는 심장을 진정시키며 고개를 돌리자 어둠 속에서 희미하게 누군가의 얼굴이 보였다.

왜 내가 이 사람하고 같이 누워 있는 거지?

이불 아래서 전해져 오는 열기를 보건대 분명 밑엔 전기장판이 깔려 있었다. 드라마를 보다 깜빡 잠이 든 모양인데 어째서 나란히 한 이불을 덮고 누워 있게 된 건지 알 수 없었다.

잠들었다면 깨웠으면 될 텐데.

바보 천치가 된 기분이었다. 한참이나 멍하니 남자를 바라보다 고개를 저었다. 뭐가 어떻게 된 건진 몰라도 깨어난 이상 같은 이부자리에 누워 있을 수는 없었다. 살며시 이불을 걷고 거실 바닥에 발을 뻗은 순간이었다.

이건, 좀.

냉골도 이런 냉골이 없었다. 이불 속이 천국이라면 이불 밖은 눈보라가 휘몰아치는 시베리아 벌판이었다. 그러고 보니 오늘 새벽에 기온이 엄청나게 떨어진다 했었지. 방 안은 차라리 낫지 않을까, 싶었지만 그래 봤자 이불 한 장으로는 밤새도록 추위에 떨며 잠을 이룰 수 없을 게 분명했다.

슬쩍 잠들어 있는 남자를 돌아보았다.

스스로도 너무 안일한 게 아닌가, 하는 생각이 들지 않은 건 아니지만 이건 생존이 달린 문제였다. 추위에 벌벌 떨며 뜬눈으로 밤을 지새워 본 경험이 있는 사람이라면 분명 이런 내 심정을, 이 상황에서 이렇게 행동할 수밖에 없는 처지를 이해해 줄 터였다.

까짓것 여자든 남자든 뭐가 대수란 말인가. 일단 살고 보는 게 중요했다.

최대한 베개를 끌어당겨 남자가 있는 곳에서 멀어졌다. 그래 봤자 같은 이불 안이긴 했지만 거리가 벌어졌다는 이유로 한결 안심이 됐다. 다시 잠을 청하려 했지만 눈이 말똥말똥했다. 나도 모르게 슬쩍, 남자가 있는 쪽을 향해 돌아누웠다.

잘은 모르겠지만 확실히 내가 여자로 안 느껴지긴 하나 봐.

잠든 남자의 얼굴을 보고 있노라니 기분이 이상했다. 딱히 무슨 일이 벌어지길 바라는 건 아니었지만, 뭐라고 해야 할까. 이유 없는 섭섭함이 느껴진다고 해야 하나. 아님 자괴감이 느껴진다고 해야 하나.

나는, 가족 외에 다른 남자랑 같이 자는 거, 처음인데.

부끄러운 마음에 이불을 얼굴까지 끌어당겼지만 이내 호기심에 이끌려 슬그머니 고개를 내밀고 말았다. 어둠에 익숙해진 시야로 남자의 얼굴이 보였다. 잘생겼다고 말할 순 없지만, 뭐랄까, 사내다운 생김새였다. 진하게 뻗은 눈썹도 그렇고 각진 턱도 그렇고…… 음, 나 좀 변태 같은데. 보통 이럴 땐 남자가 잠 못 이뤄야 하는 게 아닌가 싶지만 관리를 하지 않아 푸석해진 피부를 만져 보니 납득이 갔다.

어쩔 수 없나.

스스로도 거울 속에 비친 얼굴을 보고 참 못났다, 싶은데 다른 사람이라고 다를 리 없었다. 지금은 가능하면 아낄 수 있는 부분은 아끼자는 스스로의 결정에 대해 후회는 없지만 가끔씩 서글픈 마음이 들긴 했다.

잠든 남자를 보고 있노라니 불쑥, 묻고 싶어졌다. 머릿속으로만 담아 두었을 뿐 한 번도 입 밖으로 꺼내 본 적 없던 물음을.

있죠, 혹시, 나 좋아해요?

'키만 멀대같이 솟은 데다 어디가 등짝인지 앞뒤 구분도 안 가는 게 무슨.'

'너 같은 건 트럭째 갖다줘도 필요 없어.'

물론 대놓고 그런 말을 듣긴 했지만, 실제로도 그렇게 묻는다면 팽 코웃음을 칠 남자란 걸 알지만 그래도 그런 생각이 들었다. 이 사람이 혹시 나를 좋아하는 게 아닐까, 하는. 남자가 나를 좋아한다는 가정을 한다면, 지금까지 내게 보여 준 말과 행동들이 어느 정도 이해가 가니까.

하지만, 아무리 생각해도 남자가 지금의 날 좋아할 만한 이유를 찾을 수가 없었다. 차라리 과거의 인연이라도 기억해 낸다면 그 속에 답이 있을까 했지만 그것도 아니었다.

역시, 그저 동정이었을 뿐일까.

사건이 일어난 직후 매스컴은 '혈육의 복수'라는 자극적인 제목으로 연일 시끄럽게 떠들어 댔다. 이모에게 듣기론 기자들이 학교며 집 주변 사람들을 취재하고 다녀 실명만 거론되지 않았을 뿐 인근에서 사건의 범인이 누구인지 모르는 사람은 없었다고 한다.

어쩌면 남자는 그때 내 이야기를 알게 된 걸지도 몰랐다. 별로 대단한 사이도 아니었고 그저 안면만 익힌 관계나 다름없었지만, 두 달 전 우연찮게 초라한 모습으로 비를 맞고 있는 날 보고 불쌍한 마음에……

엉터리.

웃음이 나왔다. 과연 그게 동정으로 가능한 일일까. 이유가 무엇이든지 간에 칼로 사람을 죽이려 했던 나였다. 오랫동안 알고 지낸 사이였다 해도 사람을 해하려 했던, 그것도 중범죄를 저지르고 출소한 사람을 덜컥 자신의 집에 들여놓으려 할까.

한계였다. 아무리 생각해도, 아무리 머리를 굴려도, 남자가 나를 집으로 데려오고 손해나 다름없는 제안을 하면서까지 머물게 하는 이유를 알 수 없었다.

"진짜 궁금한데."

자신의 속을 내보이는 법이 없는 무뚝뚝한 남자의 진심이 궁금했다. 마음만 먹는다면 짜증을 내고 화를 내도, 어떻게든 귀찮게 물고 늘어져서 속내를 알아보려 할 수도 있겠지만,

"⋯⋯안 물을래요."

적어도 아직은 아니었다. 이유 따위가, 진실 따위가 대체 무슨 상관일까. 중요한 건 지금 내가 여기 있다는 사실이었다. 지금의 내가 바라는 건 울지 않고, 원망하지 않고, 그리워하지 않고, 포기하지 않고 오늘 하루를 살아가는 것, 그뿐이었다. 남자와 함께하는 생활이 언젠가 흩어져 버릴지 모르는 안개 같은 행복이라 할지라도, 그 속에서 하루만이라도 더 머물 수 있다면 그것으로 족했다.

"미안해요."

아직은 아무것도 안 물을래요. 그냥, 조금만 더 이렇게 지낼게요. 모른 척할래요.

남자가 없었더라면, 그래서 홀로 긴긴밤을 견뎌야 했다면, 지금의 나는 없을지도 몰랐다. 일을 끝내고 집으로 돌아왔을 때 혼자가 아니라는 것, 소소한 이야기라도 좋으니 대화를 나눌 상대가 있다는 것, 살가운 말 한마디 돌려주지 않아도 그 상대가 내 말에 귀를 기울여 준다는 것. 그것이 내게 얼마나 큰 위로가 되는지, 눈앞의 사람은 알고 있을까.

뺨을 타고 흘러내린 눈물이 귓바퀴 안쪽으로 고여 들었다. 언제쯤이면 이 무의미한 울음을 그치게 되는지. 이 눈물이 멈출 때까지 남자가 깨어나는 일이 없길 바라며, 두 눈을 감았다.

✳

　남매간의 우애가 깊다는 말만으로는 부족할 정도로, 이따금 부모님들조차 고개를 갸우뚱할 만큼 영우와 나는 사이가 좋았다. 무던한 성격 탓인지도 모르지만 그 흔하디흔한 싸움 한번 해 보지 않은 것은 물론, 각자 방이 있는데도 불구 종종 비좁은 싱글 침대에 붙어 함께 잠을 청했다.

　'누나가 팔베개해 준다는 거 친구들이 알면 진짜 두고두고 놀림받을걸.'

　'말 안 하면 되잖아.'

　'이건 그런 문제가 아니라 사나이의 자존심이 달린 일이란 말야.'

　'그럼 따로 자고 싶어?'

　'내 말은, 내가 키는 작아도, 남자잖아. 그러니까 이제부턴 내가 팔베개해 주면 안 돼?'

　'안 돼.'

　'왜 안 되는데?'

　'나보다 커지면 그렇게 해. 나보다 작은 남자는 팔베개를 해 줄 자격이 없어.'

　'엑, 그런 게 어딨어.'

　매번 키 핑계를 대곤 했지만 실은 내가 팔베개를 해 주고 싶었다. 번번이 사람들의 오해를 사는, 또래에 비해 지나치게 큰 키는 내게 있어 콤플렉스가 될 수 없었다. 쑥쑥 자라난 남동생 덕에 더 이상 누나로서 위신이 서지 않는다는 친구들과 달리, 나는 여전히 내 어린 동생을 거리낌 없이 안아 줄 수 있었으니까.

[누나, 미안해.]

미안하다는 한마디만을 남긴 채 영우가 떠난 후 잠들지 못하는 밤마다 빌고 또 빌었다. 오늘을 끝으로 더는 밤이 찾아오지 않기를. 더이상 품 안에 없는 이의 온기를 그리워하지 않게.

'누나. 좀 더 안아 주라.'

'이미 안고 있는데.'

'응. 근데, 좀 더 안아 줬으면 좋겠어.'

마지막 SOS 신호를 알아차리지 못한 채 허망하게 떠나보낸, 소중했던 이의 부재를 사무치게 되새기지 않도록.

영우야. 내가 자꾸 보고 싶어 해서 찾아온 거야?

이상했다.

더는 없는데. 내가 안아 줄 수 있는 사람도, 나를 안아 줄 사람도 더는 곁에 없는데, 이 따뜻함은 뭘까. 두 팔로, 두 다리로 칭칭 온기를 끌어안았다. 어리광을 피우듯 뺨을 비비자 코끝으로 진한 살 내음이 느껴졌다.

……살 내음?

불시에 눈을 떴다. 그와 동시에, 혀를 깨물고 싶어졌다.

눈앞에 보이는 단단한 가슴팍을 본 순간 직감적으로 상황을 파악했다. 나도 모르게 깜빡 잠이 들었다 남자의 옆으로 굴러 들어온 것이리라. 아니, 아니었다. 거기까진 잠버릇이라 이해한다 쳐도 남자의 옷 속에 들어간 이 손은, 대체 어떻게 해야 할까.

이게 왜 여기 들어가 있대.

깨진 않았겠지. 차마 고개를 들 자신이 없었다. 아직까지 욕설이 날아들지 않았다는 사실에 스스로를 위로하며 천천히 옷 안에 들어가 있던 손을 뺐다. 등줄기에 식은땀이 흘렀다. 정말이지 변태 중의 상 변태가 된 기분이었다. 제정신이 아니고서야 어쩌자고 잠든 사람의 몸을 더듬을 생각을……. 겨우 남자에게서 멀어져 안도의 한숨을 내 쉰 순간이었다.

"야."

턱, 숨이 막혔다. 부끄러움에 차마 낯을 들 수조차 없었다. 쥐구멍 이 있다면 그대로 숨어 들어가고 싶었다. 베개 끝만 노려보며 횡설수 설, 변명의 말을 꺼냈다.

"오, 오해 마시ㅓ요…… 이건, 그냥, 저도 모르게, 잠결에……."

"변태 같은 기지배."

KO 패였다. 그 말을 끝으로 자리에서 일어선 남자가 화장실로 들 어갔다. 망연하게 남자가 떠난 자리를 바라보는데 세 글자가 머릿속 을 빙글빙글 맴돌았다.

망했다.

종
열
3

SALTY
SALTY
SALTY

"제가 이쪽에서 부축해 드릴게요."

"아이쿠, 늘 고마워서 어째."

종열의 시선이 주방 옆으로 난 쪽문으로 향했다. 열린 문틈으로 거동이 불편한 노인을 부축하는 지안이 보였다. 잠시 후 주방으로 들어온 지안이 귤 두 개를 내밀었다.

"이것 좀 드시면서 하세요. 할아버지가 주고 가셨어요."

"넌 손님한테 뭘 자꾸 얻어먹고 난리야."

"그러게요. 딸처럼 대해 주시는 것 같아서 좋긴 한데 좀 죄송스럽기도 하고."

"오늘은 왜 저 노인네 혼자 왔어. 늘 부인이랑 같이 왔잖아."

"그게…… 할머니가, 돌아가셨대요."

종열이 속으로 혀를 찼다. 안타깝긴 하지만 새삼스러울 것도 없는 얘기였다. 세상에 죽지 않는 사람은 없었다. 특히나 오늘내일하는 늙은이들의 경우엔 멀쩡하다가도 다음 날 싸늘한 주검이 되기 일쑤였다. 가게를 해 오며 비일비재하게 겪은 일이라 이젠 그러려니 하고 넘어가지만 눈앞의 상대는 쉽게 마음의 정리가 되지 않는 듯했다. 괜스레 조리대 위를 굴러다니는 당근 파편을 꾹꾹 짓이기고 있는 모습만 봐도 그랬다.

"오늘 점심은 뭐. 먹고 싶은 거 말해."

"아무거나 괜찮아요."

"아무거나 뭐."

"짜장면도 좋고, 짬뽕도 좋고…… 편하실 대로 주세요."

사람이 기껏 신경을 써 줘도 이 모양이었다. 지안이 괴롭히고 있는 당근 조각을 조리대 아래로 쓸어 버린 종열이 명령했다.

"점심 먹을 거니까 그릇 찾으러 간 놈들 보고 빨리 오라 해."

종열을 포함한 직원 세 명이 홀의 테이블에 모여들었다. 점심 식사 메뉴는 종열의 일방적인 결정대로 짬뽕이었다. 말 한마디 하는 것도 귀찮다는 듯 묵묵히 의무적인 식사를 하던 종열의 시선이 이내 맞은편에 앉은 지안에게 머물렀다.

살다 살다 저렇게 속이 빤히 보이는 기지배는 또 처음이었다. 평소엔 뭘 주든 잘만 처먹으면서 컨디션이 안 좋은 날엔 금세 식욕을 잃었다. 사람이 기껏 만들어 줬더니 밥맛 떨어지게 뭐 하는 짓거리야, 저게.

느릿느릿 젓가락질을 하던 지안이 작게 중얼거렸다. 아, 맵다. 재현이 이미 다섯 번도 더 투덜댄 말인데 새삼 가슴이 뜨끔했다. 선택권을 줬음에도 아무거나, 라는 무신경한 대답을 던진 지안에게 열이 치받아 청양고추를 한 움큼 털어 넣은 기억이 났다. 물을 마시려다 잔이 비었다는 걸 확인한 지안의 손이 허공에 멈췄다. 갈 곳을 잃고 멈춰 선 손을 본 순간 종열이 자신도 모르게 일어섰다.

"먹다가 어디 가요?"

재현의 물음을 무시한 채 냉장고로 다가간 종열이 500밀리리터 콜라 한 병을 꺼내 들었다. 뭐지 저건. 믿을 수 없다는 듯 눈을 흡뜬 재현과, 소리 없이 젓가락을 놓친 무권을 무시한 채 종열이 테이블로 다가왔다.

"잔."

얼떨결에 지안이 내민 빈 잔에 콜라가 콸콸 쏟아졌다. 종업원들을 위해 팔 수 있는 물건을 내놓은 적 없는 종열의 돌발 행동에 재현, 무권은 물론 지안조차 말을 잃었다.

"뭐 해? 안 마시고."

"아, 네, 네."

눈치를 살피며 콜라를 마신 지안이 자신도 모르게 탄성을 뱉어 냈다. 아, 살 것 같다. 그 외침을 기점으로 재현이 불쑥 잔을 내밀었다. 저도요. 저도, 콜라 줘요. 나도 콜라. 재현의 어리광에 스리슬쩍 콜라의 마개를 잠그고 있던 종열이 눈가를 찌푸렸다.

"누나만 여자라고 특별 취급 하고. 나도 줘요. 빨리, 빨리."

"얻다 대고 건방지게 잔을 내밀고. 니가 알아서 처마셔."

테이블 위에 탕, 하고 병을 놓는 손길이 거칠었다. 치사하다며, 누난 손발이 없냐며 앵앵거리는 재현의 입을 꿀밤으로 틀어막은 종열이 묵묵히 의무와 같은 식사를 이어 나갔다. 단 음료에 기분이 좋아진 듯 한결 부산해진 지안의 젓가락질을 흡족하게 바라보며.

"잠깐 숨 돌릴 거니까 커피나 한 잔 타 놔."

홀로 나왔을 때 지안은 장부를 정리하는 중이었다.

말없이 더운 커피를 후루룩 들이켜던 종열의 시선이 지안에게 닿았다. 고개를 숙일 때마다 흘러내리는 머리가 귀찮은지 지안이 연신 머리카락을 귀 뒤로 넘겼다. 처음엔 숫제 사내아이 같더니 그사이 머리가 제법 자라긴 한 모양이었다. 시선을 느낀 건지 뒤돌아본 지안이 멋쩍게 머리를 매만졌다.

"지저분하죠. 안 그래도 조만간 자르려구요."

"자르지 마."

"네?"

아차 싶었지만 입 밖으로 낸 말을 거둬들일 맘은 없었다.

"가뜩이나 기지밴지 사내놈인지 구분이 안 가는데 자르면 어쩌자는 거야."

"……그렇긴 한데, 어정쩡하니까 오히려 불편해서요."

"됐어, 그래도 자르지 마."

"많이는 아니고 조금만……."

"자르지 말라 했다."

"그치만."

"자르면 확 월급 깎아 버릴 줄 알아."

"에, 그런 게 어딨어요."

"어딨긴 어딨어. 여기 있지."

치사해요. 지안의 투덜거림에 종열이 흥, 코웃음을 쳤다. 꼬우면 니가 사장 하든가. 억울하단 얼굴로 입술만 달싹이던 지안이 체념한 듯 화제를 돌렸다.

"지윤이네 아버지랑은 지금도 연락하고 지내세요?"

"그건 왜."

"그냥 지윤이도 그렇고, 아저씨도 어떻게 지내나 해서……."

"내가 어떻게 알아. 가게 나온 게 언제 적 일인데."

종열이 스물여섯이 되던 해 사장은 건강상의 문제로 장사를 접었고 그 후로 여러 중국집을 전전했다. 물론 지안에게 말한 것과 달리 가게를 나와서도 연락은 계속 주고받았다. 스무 살이 넘도록 자랄 기미가 없던 꼬맹이는 대학도 졸업하기 전 애 엄마가 되었고 얼마 전 연락을 했을 때 사장은 손주 자랑에 여념이 없었다.

"결혼은 했을까요. 자긴 죽어도 애 같은 건 낳기 싫다 그랬었는데."

애 같은 게 싫긴 개뿔. 올 초에 셋째까지 낳아 이미 세 아이의 엄마였다.

"갑자기 그건 왜."

"아뇨, 그냥 생각이 나서요. 혹시 사장님이라면 아실까 해서."

"모른다니까."

그래요? 지안이 아쉬운 듯 돌아앉아 다시 펜을 잡았다. 꼼꼼한 성격은 여전한지 장부 정리를 꼭 공책 필기 하듯이 했다. 금액만 맞아떨어지면 될 뿐 글씨 따위에 신경 쓴 적 없는 종열로선 이해할 수 없지만 한편으론 지안답다는 생각이 들었다.

어릴 때부터 진득하게 앉아 뭘 해 본 적도 없고 책이라면 진절머리를 치던 종열에겐 지금의 일이 적성에 맞았다. 대접받는 직업도 아니고 온종일 쉴 새 없이 땀을 흘려야 했지만 자신에겐 지금의 일이 어울렸다.

그래서, 더 믿기지 않았다. 저 순둥이 같은 기지배가 그런 섬뜩한 짓을 저질렀단 사실이. 그게 무섭다기보단 답답하고 화가 났다. 공부라곤 담을 쌓고 살았던, 학창 시절 내내 사고만 쳐서 사장의 속만 썩이던 지윤도 지금은 가정을 꾸리며 행복하게 살고 있었다.

멍청한 짓이었다. 자신이 하는 일을 딱히 비하할 맘은 없지만, 그럼에도, 그 일만 아니었다면 지안이 이곳이 아닌 다른 장소에서 더 나은 삶을 살 수 있었다는 건 부정할 수 없는 사실이었다. 물론 그랬다면 이렇게 다시 만나는 일도 없었을 테지만.

어쩐지 입 안이 썼다.

❄

"달 좀 보세요. 예쁘지 않아요?"

코가 벌겋게 얼었는데도 지안의 시선은 하늘에 고정되어 떨어질 줄 몰랐다. 새삼스럽게 달 따윌 보며 감탄이라니. 종열의 어이없는 속내를 아는지 모르는지 지안은 홀로 꿈을 꾸는 듯한 표정이었다.

"인연이란 게요, 되게 신기한 것 같아요. 이렇게 다시 만나게 될 줄 어떻게 알았겠어요."

'하림각이란 곳에서 일하신 적…… 있죠.'

'죄송해요. 너무 늦게 기억해서.'

기억해 낼 줄 몰랐다. 함께 지낸 지 일주일은커녕 한 달이 넘도록 아무것도 떠올리지 못하는 지안을 보며 진즉에 기대를 접었었다. 일, 이 년 전의 일도 아닌 데다 특별한 사이도 아니었는데 지안이 자신을 기억할 이유는 없다 생각했다. 이성과는 별개로 이따금 화가 치받는 건 어쩔 수 없었지만.

"사장님은 처음 보자마자 저인 줄 아셨어요?"

대답하지 않자 멋대로 오해한 지안이 기억력 정말 좋으시네요, 하고 감탄했다. 실상 오해랄 것도 없지만 그 태평한 감탄사에 심사가 뒤틀리는 건 어쩔 수가 없었다.

"니 기지배 얼굴이 그때나 지금이나 똑같으니까."

"제가 좀 많이 삭아 보이긴 했죠."

쑥스럽게 웃는 얼굴에 화를 낼 의지도 사라졌다. 휘적휘적 계단을 오르던 종열이 뒤따라오는 지안에게 무심한 어조로 물었다.

"그래서, 이제 기분은 좀 괜찮아졌나 보지."

의아하단 얼굴을 했던 것도 잠시. 지안의 얼굴에 웃음이 번졌다.

"걱정해 주신 거예요?"

"걱정은 얼어 죽을."

"혹시 콜라 주신 것도 그것 때문이에요?"

말문이 막혀 입을 다물자 웃음이 짙어졌다. 힘없이 웃고 있는 낯짝도 별로였지만 이렇게 놀리듯 해쭉대는 낯도 마음에 들지 않긴 마찬가지였다.

"어릴 땐 사장님이 절 싫어하신다고 생각했었는데…… 제가 오해했나 봐요."

싫어하긴 누가 싫어했단 말인가. 맹추 같은 얼굴을 보니 절로 울분이 치밀었다.

"좀 아쉬운 거 있죠. 괜히 지레짐작하지 말고 먼저 다가갔으면 좋았을 텐데. 다시 그때로 돌아가면 되게 친해질 수 있을 것 같은데 말이죠."

"누가 니까짓 기지배랑 친하게 지내 준다든."

서둘러 종열의 옆까지 따라붙은 지안이 따져 물었다.

"제가 어디가 어때서요."

"오밤중에 덮치려고 달려드는 기지배랑 친하게 지내서 무슨 꼴을 당하려고. 진즉 알았음 집으론 절대 안 데려왔지."

"아, 아니라니까요! 정말 오핸데 그 일은 왜 또 꺼내세요."

"누가 알아. 밤새 또 기어들어 와 들러붙을지. 겁이 나서 잠이나 자겠어."

"오해라는데 자꾸 그러실 거예요?"

아무리 제가 안 일어나도 두들겨서라도 깨워 주셨으면 그런 일 없었잖아요. 귀찮다고 그냥 옆에 누워 버리신 사장님도 잘못하셨는데 왜 저한테만 그러세요. 억울하다는 듯 바짝 뒤를 쫓아오는 지안을 두고 종열이 누가 종알거리나, 하는 기색으로 귓구멍을 후볐다.

"문에 자물쇠를 달든가 해야지, 원."

"티브이 볼 때 추워서요. 저 때문에 그런 거니까 신경 쓰지 마세요."

지안은 여전히 밤마다 거실로 전기장판을 끌고 나왔다. 그러고는 기어코 이 핑계, 저 핑계를 대며 종열을 전기장판 위에 앉히고 드라마를 봤다. 화면에 집중하는 듯하며 슬금슬금 눈치를 살피는 것도 잊지 않으며.

웃기는 노릇이었다. 혼자 쓰라 사 준 것이면 맘 편히 쓰면 될 텐데 뭣 하러 사서 고생을 하는 건지. 언제까지 이 짓을 하나 보자, 어떻게 하나 보자는 마음으로 지안이 하는 양을 내버려 두고 있던 종열이지만 이내 평정심을 잃었다.

드라마가 끝났을 무렵 이상한 기분에 돌아보니 잠들어 있는 지안이 보였다. 절로 욕이 나왔다. 한 번은 실수라 쳐도 이번엔 또 뭐란 말인가. 위기감이 없는 것도 어느 정도지 멀쩡한 사내놈을 굳이 지 옆으로 끌고 와 놓고 쿨쿨 잠이 오나 싶었다. 그때였다. 푸아, 푸아. 조신함은커녕 있던 보호 본능도 달아나게 만들 만큼 태평한 숨소리에 종열의 고개가 꺾였다.

여러모로 사람 속을 뒤집는 기지배였다. 정말로 그날 밤 깨워도 일어날 생각을 하지 않아 자신이 그냥 옆에 누워 잠들었다 믿을 줄이야.

수차례 화장실을 들락날락했던 기억을 떠올린 종열이 표정을 구겼다. 자존심이 상했다. 아무리 오래 여자를 굶었다곤 하지만 눈앞의 기지배에게 그런 충동을 느낄 줄이야. 콱 덮쳐 버려서 정신을 단단히 차리게 해 줄까. 갈등하듯 미간을 그러모으던 종열이 이내 욕을 뇌까렸다. 미치지 않고서야…… 건드릴 게 따로 있지. 짜증이 솟았다. 사람을 약 올리려는 듯 자꾸만 쿨쿨 처자는 지안도 그렇고, 기지밴지 사내놈인지 분간도 안 가는 상대에게 제어가 안 되는 자신도 죄 맘에 들지 않았다.

"하여간에 이 기지배가 문제지."

아무것도 모른 채 꿈나라를 헤매는 얼굴이 얄밉기 짝이 없었다. 종열이 잠든 지안의 볼을 잡아당겼다. 주욱, 주욱, 볼을 당기는 손길은 무자비하고 거침없었다. 이래도 안 깨어나나 싶었지만 지안은 표정만 설핏 찌푸릴 뿐 깨어날 기미가 없었다.

'진짜 궁금한데…… 안 물을래요. ……미안해요.'

지안이 중간에 깨어났을 때 종열은 잠들어 있지 않았다. 정확히는 애초부터 잠든 적이 없었다는 게 맞지만. 지안은 대체 무슨 말을 하고 싶었던 걸까. 대체 뭘 묻지 않겠다는 거고 뭐가 미안하다는 건지. 지안을 데려온 후 도무지 자신과 어울리지 않는 행동을 반복하면서 종열은 한 가지 사실을 인정하기로 했다.

열여덟 그 시절 품었던 풋내 나는 마음이 남긴 잔상 때문이든, 혹은 다른 무엇 때문이든, 자신은 지안에게 약하다는 것. 짜증을 불러일으키는 다른 기지배들의 눈물과 달리 지안의 눈물이 마음을 아프게 하는 것만 봐도 그랬다.

태평하게 잠들어 있는 지안을 내려다보던 종열이 손을 뻗었다. 제법 길어진 머리카락을 귀 뒤로 넘기는 손길은 조심스럽고 부드러웠다. 마치, 그날 밤 울다 지쳐 잠든 지안을 자신도 모르게 끌어안았을 때처럼.

종열이 주방 뒷정리를 하고 나왔을 땐 이미 술판이 벌어진 뒤였다. 재현과 함께 뭔가를 킬킬대던 병호가 종열을 발견하곤 이리 오라 손짓을 했다.

"무권이 놈은."

"마누라 기다린다면서 돌아갔어."

"하여간에 애처가라니까."

병호가 사람 좋은 얼굴을 하며 웃었다.

병호는 종열이 휴일에 일하러 가는 이삿짐센터의 주인이자 그나마 속을 털어놓을 수 있는 친구였다. 스물여섯에 하림각을 나와 여러 중국집을 전전했을 때 음식 솜씨는 인정을 받았지만 불같은 성격 탓에

244

사장과 마찰을 빚는 경우가 잦았다. 손님으로 안면을 텄던 병호는 사장과 다퉈 속을 끓일 때 위로와 조언을 건네며 함께 있어 준 고마운 이였다. 병호 앞에 김이 모락모락 솟아오르는 깐풍기 접시를 내려놓은 종열이 재현의 귀를 잡아당겼다.

"누가 너보고 가게 음료수 함부로 꺼내 마시래."

"아야야야, 아저씨가 먹어도 된다고 했단 말예요."

"내가 그러라 했으니까 애는 냅둬. 내가 돈 낼 테니까 치사하게 음료수 하나 갖고 그러지 마라."

"아씨, 제 말이 그 말…… 우씨, 맨날 나만 구박하고! 누나한텐 공짜로 콜라도 막 줬으면서!"

된장에 찍은 청양고추를 덥석 베어 물던 병호가 눈을 홉떴다.

"뭘 공짜로 줘?"

"콜라요, 콜라! 나는 몇 년을 일해도 암것도 못 먹게 했으면서 누나는……."

"시끄러우니까 처먹기나 해."

재현의 말을 가로막은 종열이 의자를 빼 술판에 합류했다. 병호의 빈 잔에 소주를 채우던 종열이 주변을 두리번거렸다. 뭔가를 찾는 듯하던 종열의 시선이 귀에 익은 목소리가 들려오는 문 너머를 향했다.

"이리 와 봐, 이리. 옳지, 아니, 아니. 도망가지 말고 이리 와 봐. 안 괴롭힌다니까."

시위라도 하듯 깐풍기를 양 볼에 욱여넣던 재현이 쯧쯧, 소리 내어 혀를 찼다.

"누나도 저놈의 애처로운 짝사랑을 접어야 할 텐데."

"쫓아내도 모자랄 판에 도둑고양이 새끼가 뭐 그리 좋다고 저 지랄을 떨어 대는지."

종열의 말에 재현이 콜라를 홀짝이며 고개를 주억거렸다.

"여자들은 이해할 수 없는 부분이 있단 말예요. 왜 고양이한테 목을 매지? 차라리 말 잘 듣는 개가 낫지 않아요?"

"개든 고양이든 저딴 쓰잘머리 없는 데 쓸 신경을 딴 데다 쓰면 오죽 좋아."

"딴 데 어디요?"

"그야 당연히……."

할 말을 잃은 듯 종열이 입을 다물었다. 뭐요, 뭐요, 왜 말을 하다 말아요. 조잘대는 재현의 입에 깐풍기를 쑤셔 넣은 종열이 병호에게로 관심을 돌렸다.

"애들은."

"와이프하고 집에 있지, 뭐. 근데 너 왜 나한테 말 안 했냐?"

"뭘."

슬쩍 문 너머를 살핀 병호가 숨죽여 속삭였다.

"같은 동네 산다고 지안 씨 맨날 출퇴근할 때 태워 준다매."

날카로운 시선이 재현에게 날아들었다. 목이 타는 듯 콜라를 들이켠 재현이 캬, 소리를 내며 고개를 내저었다. 노노, 그런 게 아니라니까요.

"그럼?"

"누나가 아저씨한테 차비 준대요. 아저씨가 버스 탈 바에 자기한테 돈 내라고 그랬대요."

"……미친놈."

"제 말이요."

이 망할 꼬맹이가. 종열의 살벌한 시선에도 재현은 어깨를 으쓱할 뿐이었다. 병호를 믿고 영악하게 구는 꼴이 괘씸하기 짝이 없었다. 마치 지금까지의 서러움을 풀겠다는 듯 재현이 얄미운 표정으로 입을 열었다.

"근데요, 그저께 낮엔 누나가 밥 먹다가 맵다고 하니까 자기가 직접 콜라 가져다가 따라 주는 거 있죠."

"보자 보자 하니까."

"어이쿠, 벌써 시간이! 아저씨, 덕분에 잘 먹었어요. 담에 또 봐요."

순식간에 깐풍기 서너 점을 입에 밀어 넣은 재현이 가방을 챙겨 들고 쪼르르 가게를 나섰다. 재현아, 가는 거야? 문 너머에서 재현과 지안의 대화 소리가 들렸다. 종열이 골이 아프다는 듯 머리를 쥐어 싸고 있자 병호가 호탕하게 웃어 젖혔다.

"저거, 저거, 치고 빠지는 것 좀 봐라. 귀여워 죽겠네."

"귀엽긴 개뿔."

"잘 좀 대해 줘. 재현이 녀석 관두면 고달파지는 게 누군데 그래? 자꾸 돈, 돈 그럼 못써. 그러다 주변 사람 다 떨어져 나가면 어쩌려고."

"가려면 가라 그래. 누가 말려?"

"그놈의 고집은. 그래, 그건 그렇다 치고 솔직히 말해 봐. ……맘에 들었어?"

은근하게 속삭이는 목소리에 종열이 눈썹을 치켜세웠다.

"내가 눈이 삐었어? 하고많은 기지배들 중에 하필 저딴 걸……."

"저 정도면 참하고 예쁜데 뭐가 어때서? 나이도 네 살 차이로 딱 좋더구만."

"세상에 기지배들 씨가 말라도 저건 안 돼."

"뭐래는 거야. 왜 안 되는데?"

"……안 되면 안 되는 줄 알아."

"정말 아니야?"

"아니라니까."

신경질적인 종열의 대꾸에 병호의 고개가 갸우뚱 기울었다. 잠시 생각에 잠긴 듯하던 병호가 문 너머를 가리키며 물었다.

"애인 없는 거면 내 후배 놈 소개해 볼까. 왜, 너도 알잖아. 카센터 하는 동규. 왠지 둘이 잘 어울릴 것 같은데."

"동규 그놈 새끼가 가당키나……! 소개고 뭐고, 괜한 소리 하지 말고 가만있는 게 도와주는 거야."

"왜? 둘이 괜찮을 것 같지 않아? 성격도 서로 무던하니."

"잘 알지도 못하면서 소개는 무슨 얼어 죽을. 나중에 욕 얻어먹을 거 아니면 하지 말랄 때 하지 마. 저게 보통 기지밴 줄 알아……."

"뭐라는 거야, 알아듣게 말해 봐. 보통 기지배가 아니면 뭐. 그게 무슨 말이야."

평소에도 눈치가 없긴 하지만 술이 들어간 병호는 좀 끈질긴 구석이 있었다.

"됐으니까, 쓸데없는 생각 하지 말고 술이나 마셔."

어서 빨리 마시고 집에나 가라는 듯 병호의 잔에 가득 술을 채워 준 종열이 문 너머를 보며 미간을 찌푸렸다.

"그러게, 주는 대로 받아 마시지 말라고 했지. 자알하는 짓이다."

"취할 정도로 마시진 않았는데요."

"얼굴이 시뻘건데 뭐가. 니가 지금 잘했다는 거야."

아뇨. 지안이 작게 중얼거렸다. 가게에선 자신이 무슨 말을 하든 병호와 주거니 받거니 잘 놀더니 이제 와 눈치를 살피는 모습이 꼴같잖았다. 종열이 병호를 생각하며 으득, 이를 갈았다. 술을 마시러 왔으면 곱게 마시고 가면 될 것을, 기어이 지안을 붙잡고 술을 권할 건 또 뭐란 말인가.

"간만에 마셔서 그런 것 같아요."

"……앞으로 마시기만 해 봐."

재깍 돌아올 줄 알았던 대답은 감감무소식이었다. 간을 배 밖으로 꺼내 두었는지 딴청을 피우며 대답을 회피하던 지안이 집요한 시선에 입술을 우물댔다.

"자주는 아니지만 가끔 마시고 싶을 때도 있잖아요. 취하지 않을 정도로만 마실게요."

"웃기는 소리. 기지배가 술은 무슨 놈의 술."

"그건 남녀 차별인데……."

"차별은 얼어 죽을. 내 가게에서 계속 일하려면 술은 입에도 못 댈 줄 알아."

짐짓 으름장을 놓자 금세 풀이 죽은 지안이 고개를 끄덕였다. 얼씨구. 조금 전 콧노래를 흥얼거리던 인물은 어디로 갔는지 축 처진 어깨가 꼴 보기 싫었다.

"대신 내가 보고 있을 때만이야. 그만 마시라면 재깍 말 들어. 오늘처럼 또 주는 대로 좋다고 받아 마시기만 해 봐."

언제 우울했냐는 듯 맑게 갠 지안의 얼굴에 종열이 작게 뇌까렸다. 역시 같은 기지배…….

팡팡. 티브이에 몰입을 할라치면 들려오는 소음에 종열이 미간을 찌푸렸다. 지안은 전기장판 위에 떡하니 자리 잡고 앉아 머리를 말리는 중이었다. 수건으로 머리를 팡팡 두드려 댔다 비볐다 양손이 아주 분주했다.

"머리가 자라서 잘 안 말라요."

그냥 자르면 안 돼요? 가게에서 한 말이 빈말인지 아닌지 가늠이 되지 않는다는 듯 지안이 표정을 살피는 기색이 느껴졌다. 이불 속에 들어가 모로 누운 종열이 단호하게 답했다.

"더 길러서 반듯하게 묶어. 그래야 음식에 머리카락이 안 들어가지."

핑계가 제법 잘 먹혀 들어간 건지 지안이 고개를 주억거렸다. 이리저리 채널을 돌리던 종열이 이불 위로 리모컨을 던졌다. 난 볼 게 없으니 니가 보고 싶은 걸 보라는 무언의 표시였다.

지안이 채널을 돌려 보는 동안 종열이 마른침을 삼켰다. 이런 일이 한두 번 있었던 것도 아닌데 새삼스레 지안이 풍기는 샴푸 냄새가 코끝을 자극했다. 흘끔 보니 보얀 손등이 보였다. 핸드크림인지 뭔지 효과가 나쁘지 않은 건지 바짝 마른 논두렁처럼 갈라지던 손등이 깨끗하게 아물어 있었다.

까탈스러운 기지배 같으니. 역시 기지배는 들여 봐야 쓸데없이 돈이 들 뿐이었다. 지안을 데려온 뒤로 야금야금 새어 나간 돈이 얼마던가. 한데 이 기지배는……. 그날 일을 생각하니 다시 울화가 치밀었다.

집을 구하고 있다는 사실을 전해 들었을 때 느낀 건, 지독한 배신감이었다. 자신이 얼마나 잘해 주었는데 앞에서는 고분고분 굴며 뒤로는 호박씨를 까고 있었다. 사람이 예의를 안다면 그런 식으로 행동해서는 안 되는 법이었다.

딴 데 가면 누가 이렇게 챙겨 줄 줄 알고.

손 튼다고 핸드크림 사 줘, 춥다고 칭얼대니 전기장판까지 사 줬다. 종열이 바라는 건 그저 하나, 지안이 얌전히 있어 주는 것뿐이었다. 도무지 아는 것도, 할 줄 아는 것도 없는 기지배인지라 혼자서 뭘 하겠다 나서면 오히려 골치가 아플 따름이었다. 차라리 자신의 시야 안에서 움직인다면, 좀, 아니 상당히 귀찮긴 하지만 너그러이 봐줄 용의가 있었다. 설령 자신의 앞에서 질질 짜며 운다고 해도.

"고민 있으세요?"

"고민은 얼어 죽을. 신경 끄고 티브이나 봐."

종열이 초조하게 입술을 곱씹었다. 막 씻고 나온 참이라 그런지 보슬비를 맞은 것처럼 얼굴이며 목덜미가 촉촉했다. 끌어당겨 살결에 입술을 묻으면 진한 수분기가 빨려 들어올 것처럼. 기지배다운 맛은 하나도 없다 생각했지만 얼마 전 품에 안아 본 느낌은 그리 나쁘지 않았다. 오히려 지나치게 작은 몸보다 품에 꼭 들어오는 게 더…… 내가 미쳤지. 종열이 거칠게 얼굴을 문질렀다. 강하게 자극받은 피부가 벌겋게 달아올랐을 즈음 지안이 생각났다는 듯 물었다.

"오늘 오신 분이랑은 그럼 꽤 오래 알고 지내신 거죠?"

"그건 왜."

"그냥 보기 좋아서요."

이건 또 뭔 뚱딴지같은 소리야.

가뜩이나 머릿속이 복잡한 와중에 지안마저 헛소리를 했다. 종열의 일그러진 얼굴에도 아랑곳 않고 지안이 어깨를 으쓱였다.

"두 분 다 서로 아끼는 게 눈에 보이더라구요."

"징그럽게 무슨 소릴. 대체 뭔 말이 하고 싶은 거야?"

"그냥, 사장님 곁에 그런 분이 계셔서 다행이구나, 싶었어요."

"……무슨 의민데 그게."

"처음엔 가까이 지내는 분이 없으신 건가 싶었거든. 혼자면 외롭
잖아요. 서로서로 챙겨 주는 모습이 보기 좋았어요."

이 기지배는 부끄러움을 모르는 걸까. 낯간지러운 말을 안색 하나
바꾸지 않고 하는 걸 보면 퍽 뻔뻔한 기지배란 생각이 들었다. 마음
속 생각이 표정으로 고스란히 드러난 건지 지안의 양 볼에 웃음이 어
렸다. 얼핏 바보처럼 보일 만큼 깨끗한 웃음이었다. 한데 어째서일까.
도리어 그 웃음에 가슴 한편이 서늘해졌다.

"그러는 넌."

"저요? 저도 있죠. 아시잖아요. 일본에 이모 계신 거. 어제도 편지
왔는데."

여상한 웃음이 어쩐지 거슬렸다.

"어차피 만나지도 못하잖아."

"그렇긴 하지만 전화하고 편지도 하는걸요."

"그게 만나는 거랑 같……."

"그리고, 사장님도 계시구요."

지안이 쑥스럽게 웃었다. 어, 이거 좀 고백 같지 않아요. 지안의 농
담 섞인 말에도 종열은 아무런 대답도 할 수 없었다.

기지배가 부끄러운 줄도 모르고.

잠들어 있던 종열이 벌떡 자리에서 일어나 앉았다. 몸은 피곤한데 잠이 오질 않았다. 벌써 한 시간이 넘도록 심장이 미친년 널뛰듯 했다. 잘근잘근 입술을 짓씹던 종열이 이내 손바닥으로 얼굴을 문질렀다. 뜨끈뜨끈하게 열이 오르는 게 몸살 기운이 있는 것 같았다.

일을 너무 많이 한 건가.

최근 몇 년간은 그야말로 단 한 번도 제대로 쉬지 않고 일해 왔다. 배달부들 때문에 한 달에 두 번씩 가게를 쉬긴 했어도 하릴없이 빈둥거리며 휴일을 즐겼던 기억은 없었다. 아직 한창인 나이지만 이쯤이면 과부하가 걸릴 만도 했다.

다음 휴일엔 좀 쉬어야겠어.

일당으로 벌 수 있는 돈이 날아가는 건 아깝지만 어쩔 수가 없었다. 이러다 몸이 아프면 일을 안 하느니만 못한 상황이 벌어질 수 있으니까.

그나저나 쉬는 날엔 무얼 하면 좋을지 알 수 없었다. 당연히 티브이나 보고 잠이나 늘어지게 자는 게 제일 좋을 테지만 지안이 마음에 걸렸다. 모처럼의 휴일이니 잠깐 바깥바람이나 쐬게 하면…….

종열이 욕을 뇌까렸다. 여기서 그 기지배 생각이 왜 나는 거야, 시팔. 보란 듯 방문을 노려본 종열이 이불을 끌어당겨 누웠다. 잠이나 자자, 잠이나.

'그리고, 사장님도 계시구요.'

지안의 표정이, 목소리가, 다시 떠올랐다. 금방이라도 터질 화산처럼 벌떡 자리에서 일어난 종열이 성큼 화장실로 걸음을 옮겼다. 시팔, 거칠게 욕을 뇌까리는 것을 잊지 않으며.

4

SALTY
SALTY
SALTY

"아저씨, 진짜 장사 계속할 거예요? 내가 어지간하면 참겠는데, 이건 진짜 아닌 것 같애."

"시팔."

"오다가 벌써 죽을 고비를 몇 번이나 넘긴 줄 알아요?"

머리며 어깨며 한가득 쌓인 눈을 털어 내던 재현이 신발 안이 젖었다며 우는소리를 했다. 재현에 이어 배달을 마치고 돌아온 무권 역시 오늘은 그만했으면 하는 눈치였다.

오전부터 내리기 시작한 눈은 인도며 차도며 할 것 없이 온 세상을 뒤덮은 상태였다. 인근의 치킨집이며, 피자집이며, 배달을 하는 가게들도 눈사태에 하나둘 장사를 접고 있었다. 가게 밖에서 한참 동안이나 백색으로 뒤덮인 풍경을 노려보던 남자가 욕설을 뇌까렸다.

"어떻게 하실 거예요?"

"뭘 어쩌긴 어째. 정리해."

기쁨의 비명을 지른 재현이 살벌한 시선에 딴청을 피웠다. 내일이 마침 정기 휴일이니 재현으로선 반나절의 휴가를 더 얻은 셈이었다.

올해의 첫눈이네.

어린 시절엔 눈을 좋아했었다. 부연 하늘 아래서 눈이 흩날리기 시작하면 기쁨으로 발을 동동 굴렀다. 소복소복 하얗게 눈 쌓인 풍경이 동화 속 세상처럼 아름다워서, 영원히 눈이 녹지 않기를 바라기도 했었다.

남자를 따라 주방 뒷정리를 하고 있을 때였다. 홀의 문이 열리는 소리가 들렸다. 오늘은 영업이 끝났다는 말을 전하러 주방을 나섰다.

"다행이다. 아직 있었네."

옷으로 중무장한 동이의 손을 잡고 서 있던 김씨 아주머니가 안도의 한숨을 내쉬었다.

"식사 때문에 오신 거라면 오늘은 눈 때문에……."

"아니, 아니, 그게 아니고. 부탁 하나만 하려고."

"부탁……이요?"

'오늘 동이 생일이라 동이 엄마가 같이 저녁을 먹자더라구. 마트 앞에서 만나기로 했는데 좀 전에 남편이 눈길에 미끄러져서 병원에 있다고 전화가 왔어. 그리로 가 봐야 할 것 같은데 애 엄마는 연락이 안 되지, 그렇다고 지 엄마랑 같이 저녁 먹는다고 좋아라 하는 애를 병원에 데려가기도 그렇고…… 마침 가게가 눈에 보이더라구. 눈 때문에 장사 접으려고 하는 거지? 저기, 정말 미안한데 괜찮으면 동이 좀 부탁할 수 있을까. 그냥 지 엄마 있는 데까지만 데려다주면 되는데.'

"동아, 천천히 걸어, 천천히."

"으, 응."

동이는 두 눈을 제외하곤 모자며, 장갑이며, 목도리로 온몸을 꽁꽁 감싼 채였다. 눈 위를 씩씩하게 걸어가는 모습이 어찌나 귀여운지 절로 웃음이 나왔다.

"엄, 엄마는?"

"다 와 가. 입구에서 만나기로 했으니까. 저기 큰 건물 보이지? 저기서 엄마가 기다리고 있을 거야."

"응, 응."

"동아, 생일인데 뭐 갖고 싶은 거 있어?"

"아, 아이스크림."

"생일 선물로 아이스크림?"

"으, 응."

해맑은 얼굴로 아이스크림을 고집하는 아이의 뺨을 살짝 꼬집자 동그란 눈이 커졌다. 왜? 아니, 아무것도 아니야. 이상하다는 듯 고개를 갸우뚱하는 동이를 이끌고 다시 걸음을 옮겼다.

"어, 어, 엄마."

"오동. 왜 혼자야? 아줌마는?"

대형 마트 앞에 다다르자 화려한 차림의 여자가 다가왔다. 지난번과 달리 금발에 가까운 머리색이었지만 같은 사람임을 알아차리는 건 어렵지 않았다. 몸에 꼭 달라붙는 미니스커트를 입고 롱부츠를 신은 여자는 특유의 분위기로 사람들의 시선을 사로잡고 있었다.

"아주머니 남편분께서 병원에 계시대요. 눈길에 미끄러져서 허리를 다치셨다고…… 연락을 했는데 전화를 안 받으셔서 저한테 동이를 부탁하셨어요."

"어, 엄마. 이모. 이모."

"당신이 동이가 말하는 이모였어, 아니, 이모예요?"

아들의 말에 두 눈을 휘둥글게 뜬 표정에서 조금 전 동이의 모습이 겹쳐 보였다. 나도 모르게 웃음이 나왔다. 주변이 너무 시끄러워서 전화가 온 줄도 몰랐어요. 휴대폰을 꺼내 부재중 전화를 확인한 여자가 잠시 고민하는 듯하다 입을 열었다.

"동이랑 나랑 지금 외식하러 갈 건데 같이 갈래요?"

"아뇨, 괜찮아요."

"부담 가질 건 없어요. 동이가 맨날 그쪽 이야기를 했거든요. 낯을 가리는 아인데, 그쪽 만난 날이면 이모 얘기를 하면서 좋아 어쩔 줄 몰라 하더라구요. 지난번에 동이 과자도 사 주고, 한글 쓰는 것도 가르쳐 줬다면서요."

"그건 그냥……."

"안 그래도 조만간 고맙다고 인사하려고 했었어요. 아직도 그 인간, 아니 그 남자 집에 있어요? 그 가게에서 일도 하고? 동이가 아줌마랑 짜장면 먹으러 갔다가 거기서 이모를 봤다 했거든요."

"……네. 그게, 사정이 좀 있어서요."

"어쩐지 당분간 집에 찾아올 생각 말라더니."

이쪽을 빤히 바라보는 시선에 절로 열이 몰렸다. 변명하고 싶었지만 달리 떠오르는 말이 없었다. 한집에 살면서 우린 그런 관계가 아니라 설명을 한들 믿어 줄 리 없었고, 그렇다고 신경 쓰지 말고 찾아오란 말을 할 수도 없었다.

"어차피 애인 같은 건 아니었어요. 나도 지금 만나고 있는 사람 있고."

'시팔, 가끔 필요할 때 상대하는 기지밸 가지고, 쓸데없는 생각 집어치워!

정말 애인 같은 게 아니구나. 여자의 대답에 안도하는 스스로를 깨닫고 흠칫 놀랐다.

"말씀은 감사하지만 먼저 돌아가 볼게요."

"급한 거 아니면 같이 먹죠, 왜. 내가 불편해서 그래요?"

"불편해서라기보단…… 그보다 나온 김에 들를 곳이 있어서요."

"그럼 할 수 없구요. 동이 데려다줘서 고마워요. 언제 가게에 한번 들를게요. 동아, 이모한테 인사해."

"이모, 같이, 아, 안 먹어?"

"오늘은 엄마랑 오붓하게 시간 보내. 맛있는 거 많이 먹고."

다시 한번 더 여자와 인사를 나누고 헤어졌다. 뒤를 돌아보니 엄마의 손을 잡은 동이가 폴짝폴짝 뛰며 인파 속으로 들어가고 있었다. 부럽기도 하고 정겹기도 한 광경에 미소가 지어졌다.

나오기 전에 재현에게 물어보니 대형 마트에서 전기장판도 판매를 한다고 했다. 전기장판도 성능이나 가격이 천차만별이니 모처럼 나온 김에 어떤 것들이 있나 살펴볼 생각이었다. 가벼운 발걸음으로 향한

마트 안은 생각보다 더 크고 넓었다. 주변을 둘러보다 점원인 듯 보이는 사람에게 물어보니 2층 매장으로 가라 친절히 알려 주었다.

주말이라 그런지 매장 안은 사람으로 북적였다. 유리창 너머로 펄펄 쏟아지는 눈이 무색했다. 에스컬레이터를 타고 2층으로 올라갔다. 화사한 조명 아래 각양각색의 물건들이 빼곡히 진열되어 있었다. 신기함도 잠시 매장 안을 다닐수록 점차 공기가 답답하게 느껴졌다. 카트를 몰고 다니는 네 식구, 팔짱을 끼고 걷는 연인, 깔깔거리며 화장품을 구경하는 어린 여자아이들……. 수많은 사람들이 곁을 스쳐 지나갈 때마다 숨을 쉬기가 버거워졌다.

서둘러 2층 매장 입구를 빠져나오니 에스컬레이터에서 우르르 쏟아져 나오는 사람들이 보였다. 뒷걸음질 치며 물러나다 안쪽에 자리 잡은 엘리베이터를 발견했다. 다행히 엘리베이터 안에는 아무도 없었다. 좁고 네모난 공간 안에서 숨을 고르자 겨우 마음이 가라앉았다.

"바보야."

수많은 물건들과 사람들에게 압도당한 자신이 바보 같았다. 대체 그게 뭐라고. 자조하고 있을 때 갑자기 엘리베이터가 내려갔다. 어. 상황 파악을 했을 땐 이미 지하 1층을 지나고 있었다.

엘리베이터는 지하 2층에서 멈추었다. 문이 열림과 동시에 휠체어가 보였다. 휠체어에 탄 남자는 고개를 돌린 상태로 일행인 듯 보이는 젊은 여자와 나이 든 여자에게 무어라 말을 하고 있었다. 반사적으로 열림 버튼을 눌렀다.

"그만 가자. 기다리시잖아."

젊은 여자의 재촉에 남자가 앞을 돌아본 순간, 눈이 마주쳤다. 누구랄 것도 없이 얼굴이 굳어졌다.

"너, 너."

육 년의 시간이 흘렀어도 알아볼 수 있었다. 아니, 어떻게 잊을 수 있을까. 이 얼굴을.

"니가, 니가 왜 여기, 여기 있어."

진회색 니트를 입고 어깨에 검은 코트를 걸친 김진태는 단정하고 이지적인 느낌을 풍겼다. 보통 남자와 다를 바 없는 상체와 달리 비정상적으로 넉넉한 바지의 품이 장애를 가졌다는 사실을 알게 했을 뿐이었다. 내 시선이 허리 아래를 향하고 있다는 걸 깨달은 김진태가 숨이 넘어갈 듯 비명을 질렀다.

"무슨, 또 무슨 짓을 하려고! 너, 씨발, 이 미친년이!"

손가락으로 나를 가리킨 김진태의 손이 부들부들 떨렸다. 커다랗게 확장된 두 눈은 공포와, 두려움과, 분노로 벌겋게 핏발이 서 있었다. 김진태의 모친으로 보이는 여자 역시, 경악으로 두 눈을 홉뜬 채였다.

"진태 씨, 왜 그래, 왜 그래요!"

"저, 저년! 저년! 씨발, 내 다릴 이렇게 만든 년!"

상황 파악이 안 되는 듯 나와 김진태를 연이어 돌아보던 젊은 여자의 낯빛이, 비로소 창백하게 변했다.

"니가 왜! 니가 왜 여기 있어! 씨발, 니가 왜 여기 있냐고 묻잖아!"

"……나왔으니까 있겠지."

스스로가 생각해도 무미건조한 대답이었다.

"왜! 왜 벌써 나와! 니가, 니가 왜 벌써 나와! 너 같은 건 평생 거기서 썩어야 하는데, 왜! 왜 벌써 나와!"

김진태는 이미 이성을 잃은 듯 보였다. 전신에서 발작 같은 떨림이 이어졌다. 김진태의 모친은 휠체어를 뒤로 끌어당기며 이렇게 해서든 아들을 내게서 떨어뜨리려 했고 젊은 여자는 이도 저도 못한 채 둘 사이에서 방황했다.

"씨발, 경찰 불러! 경찰 부르라고! 저년이, 저년이 날 또 죽이려고 해! 저년 빨리 처넣으라고 해!"

"무슨 일입니까!"

김진태의 비명 소리를 들은 건지 멀리서 주차 요원이 달려왔다.

"경찰! 경찰 부르라고, 씹새야!"

"대체 무슨 일……."

"살인범이라고, 저년! 저년이, 칼을 들고 날 찌르려고 해!"

"……네?"

김진태의 발악을 듣고 있던 주차 요원의 눈이 커졌다. 이제 20대 초반쯤 되었을까. 엘리베이터 안에 있는 나를 발견한 청년의 얼굴에 경계심과 두려움이 교차했다. 조용히 손을 내밀어 상대편이 말하는 칼 따윈 들고 있지 않다는 걸 확인시켜 줬다.

"진태 씨, 정신, 정신 좀 차려 봐요. 진태 씨! 이봐요, 119 불러요, 얼른!"

입에 거품을 물고 있는 김진태 주변으로 그의 모친과, 젊은 여자와, 주차 요원이 달려들었다. 가만히 그 두서없고 시끄러운 광경을 바라보다 버튼에서 손을 뗐다. 문이 닫히는 순간, 김진태 모친의 지시에 따라 전화를 걸고 있던 젊은 여자와 눈이 마주쳤다.

전기장판은 포기한 채 마트를 나와 횡단보도를 건너려는 참이었다. 잠깐만요! 뒤를 돌아보니 조금 전 김진태와 함께 있었던 여자가 숨을 몰아쉬고 있었다.

❄

　카페 안엔 끊임없이 음악이 흘렀다. 시종일관 이별의 아픔을 토로하는 노랫말이 지루했다. 아니, 정말 지루한 건 나를 이곳으로 데려와 조곤조곤 설득을 하려 하는 눈앞의 상대인지도 몰랐다.

　"저도 알아요. 그때 진태 씨도 잘못했었다는 거. 의도한 게 아니었다 해도…… 그쪽분 동생이 그렇게 된 건, 정말 안타깝게 생각하고 있어요."

　김진태의 약혼자이자, 내년 봄에 결혼을 생각 중이라는 여자가 슬픈 목소리로 덧붙였다.

　"진태 씨 대신해서, 그 일에 대해선 진심으로 사과할게요."

　"……."

　"하지만 그쪽으로 인해 진태 씨도 많은 걸 잃었다는 걸 알아줬으면 해요. 대학도 관두고 미국에서 몇 년 동안 치료를 받았는데 여전히 휠체어 없이는 한 발자국도 움직일 수가 없어요. 거기다 대인 기피증까지 생겨서 정신과 치료도 받고 있는 상태구요."

　"……."

　"안 그래도 요즘 그 사람이 많이 불안해했어요. 아직도 그때 일이 트라우마로 남아서 악몽을 꾸곤 하는데 요 몇 달 사이 상태가 더 나빠졌어요. 그러니까, 그쪽이 나온다는 걸 알게 된 뒤부터요. 실은 오늘도 밖에 나오기 싫어하는 걸 겨우 설득해서 나온 건데…… 이렇게 만나 버렸네요."

"……"

"이 근처에 살고 있어요? 원래 살던 곳은, 여기가 아니라고 알고 있는데. 그쪽은 분명 그럴 의도가 없다 하더라도 그 사람을 위해서라도, 아니, 그쪽을 위해서라도 서로 마주치지 않는 편이 낫다고 생각해요."

거리엔 희미하게 어둠이 내리고 있었다. 쇼윈도에 비친, 웃음기 하나 없는 얼굴이 낯설었다. 눈이 마주치자 여자의 눈동자가 작게 흔들렸다. 무릎 위에 올려놓은 손을 움켜쥐는 모습이 겁에 질린 작은 동물을 떠올리게 만들었다.

"할 말 다 했어요?"

"네? 저기……."

"할 말 다 했으면 이만 가 볼게요."

미련 없이 자리에서 일어났다. 종업원의 인사를 뒤로한 채 카페를 빠져나오는데 다급한 목소리가 뒤쫓아 왔다.

"어떻게 그래요?"

"……?"

"그쪽도 그렇게 당당할 이윤 없잖아요?"

감정을 추스르려는 듯 여자가 입술을 짓씹었다.

"저도, 저도, 이러는 게 마냥 편한 건 아니에요. 말했잖아요. 저도, 동생분이 그렇게 된 건 정말 안타깝게 생각한다고. 하지만요, 그래도, 그래도 이건 아닌 것 같아요."

"……"

"당신 때문에 그 사람은 멀쩡하던 두 다리를 잃었어요. 평생 동안 휠체어에 앉아서 살아야 한다구요. 조금이라도, 조금이라도 양심이 있다면 당신이 지금 이런 태도를 보일 순 없죠. 진태 씨도 잘못했었다는 건 인정해요. 그치만 그게 평생과 맞바꿔야 할 만큼의 잘못은 아니잖아요. 아니, 이제 와 잘잘못을 따지겠다는 게 아니라, 저는, 그냥…… 부탁할게요. 조금이라도 미안함을 느낀다면, 제발 두 번 다시 진태 씨 앞에 나타……."

"안 미안해요."

"뭐라, 구요?"

"하나도, 안 미안해요."

믿기지 않는다는 듯 여자가 멍한 얼굴을 했다. 잠시 후 거짓말처럼 순식간에 표정이 바뀌었다. 유순해 보이던 눈에 사나운 빛이 어렸다.

"왜 안 미안해요? 어떻게 안 미안할 수가 있어요? 사람이…… 사람을 칼로 찔러 놓고, 한 사람의 인생을 망쳐 놓고, 어떻게, 어떻게……."

"판사가 그러더라구요. 피고인 정지안에게 육 년을 선고한다."

"그래서요?"

"그쪽 약혼자 다리를 못 쓰게 만든 죗값이 육 년이란 거잖아요. 난 얌전히 시키는 대로 죗값을 치렀고 그럼 그걸로 끝, 아닌가?"

"무슨, 그런……."

"억울하면 판사한테 가서 따져 봐요."

여자의 커다란 눈망울에서 눈물 한 방울이 툭, 떨어졌다.

"동생 일이 아직도 억울해요? 진태 씨는 무조건 당신이 나쁘다고 말하지만, 그래도 나는 당신 마음을 이해하려 애썼어요. 하나뿐인 동생이 그렇게 가 버렸을 때 누나였던 당신 마음이 얼마나 아팠을까, 얼마나 찢어졌을까, 하구요. 근데 그거 알아요? 그래도 당신과 달리, 진태 씬 당신 동생을 직접 아파트에서 떠밀지 않았어요."

여자의 말을 듣는 순간 심장 어딘가에 실금이 가는 소리가 들렸다.

"떠민 게, 아니다?"

"그래요."

지지 않겠다는 듯 나를 노려보는 시선에 그저 웃음이 나왔다.

"김진태가."

기계적인 음성으로, 또박또박, 기억나는 문장을 읊었다.

"영우에게 빵 심부름을 시켰어요. 초코 빵을 사 오라고 했는데 다 팔려서 멜론 빵을 사다 주었더니 뺨을 때렸어요."

"……."

"김진태가 바닥에 침을 뱉고, 영우에게 핥으라고 말했어요. 영우가 거부하자 바지를 벗기고, 대걸레로 엉덩이를 때렸습니다."

"……."

"김진태가 세면대에 물을 받고, 그 안에 영우의 얼굴을 밀어 넣었습니다. 영우가 살려 달라고 소리치자, 담배로 손등을 지졌습니다."

"……."

"어머니가 문턱이 닳도록 반 애들 집을 찾아가서 애원하고 빌면서 얻어 낸 진술서 내용이에요. 웃긴 건, 자그마치 100장이 넘는 내용이 다 이렇다는 거지. 때렸다. 발로 밟았다. 걷어찼다. 주워 먹으라 했다. 담배빵을 했다. 돈을 뺏었다. 이 녀석과 말을 하는 놈들은 똑같은 짓을 당하게 해 주겠다 협박을 했다."

"……."

"이봐요. 정말, 당신의 그 잘난 약혼자가 내 동생의 등을 떠밀지 않았다고 생각해요? 정말 그 녀석이, 내 동생을, 직접 죽이지 않았다 생각해요?"

무어라 말을 하고 싶은 듯 입술을 달싹거리는 여자를 대신해, 입을 열었다.

"미안하냐구요? 아뇨, 난 하나도 안 미안해요."

"……."

"하지만 후회는 해요."

독기가 빠진 강아지 같은 눈망울에 천천히 의문이 피어올랐다. 사랑하는 사람을 위해, 기꺼이 두려움을 무릅쓰고 내 앞에 나타난 여자에게 미소 지었다.

"정말이에요. 후회해요. 뼈저리게."

"……."

"고작 다리를 못 쓰게 하는 죗값이 그 정도라면, 기왕이면 그 잘난 면상도 칼로 그어 줄걸, 하고."

검게 흐려진 하늘에 눈발이 어지러이 흩날렸다.

그날도 펑펑 눈이 내렸다. 하늘을 올려다볼 수 없을 정도로 쉼 없이 떨어지던 눈송이는 이내 온 세상을 새하얗게 뒤덮었다. 눈 더미에 갇힌 세상은 죽은 듯 적막했고 다음 날 영우는 스스로 아파트 베란다에서 뛰어내렸다. 시신이 머물렀던 화단 위엔 영우가 마지막으로 흘린 피가 꽃처럼 붉게 녹아 있었다.

여자와 헤어진 후 무작정 눈 쌓인 거리를 헤맸다. 집으로 발걸음을 돌렸을 땐 이미 해가 지고 하늘이 어둑해져 있었다. 추위로 곱은 손은 이미 감각이 없었다.

"어."

나도 모르게 걸음이 멎었다. 집으로 향하는 가파른 계단 끝에 남자가 서 있었다. 가만히 이쪽을 내려다보는 표정이 심상치 않았다. 연락도 없이 늦어 버렸으니 화가 난 게 분명했다. 뭔가 말을 하고 싶었지만 입마저 얼어붙은 것처럼 떨어지지 않았다. 간신히 마지막 계단에 올라섰을 때 불쑥 튀어나온 손이 손목을 잡아당겼다.

"어딜 갔다 이제 와?"

스스럼없이 내 팔을 잡은 손을 내려다봤다.

"늦으면 늦는다고 말을 해야 할 것 아냐!"

이상해.

문득 그런 생각이 들었다.

"귓구멍이 막혔어!"

정말, 이상해.

남자의 언성이 높아져 가는데도 무섭다기보다 이상하다는 생각이 들었다.

"야!"

"손, 놔주세요."

"뭐?"

"손 좀 놔줘요."

"이게 뭐라는 거야."

남자의 얼굴을 올려다봤다. 못마땅함으로 잔뜩 구겨진 얼굴이, 역시 이상해 보였다. 눈을 깜빡여 보아도 마찬가지. 이래선 안 된다는 걸 아는데, 비겁한 질문이라는 걸 아는데, 묻고 싶어졌다.

"있죠."

"시팔, 있긴 뭐가 있어!"

"……저, 안 무서워요?"

"뭐?"

이게 뭘 잘못 먹었나, 하는 속내가 드러난 솔직한 얼굴에 입이 제멋대로 움직였다.

"알고 있죠. 제가 무슨 짓을 저질렀는지."

제가 사람을 죽이려 했다는 거, 알잖아요.

'고작 다리를 못 쓰게 하는 죗값이 그 정도라면, 기왕이면 그 잘난 면상도 칼로 그어 줄걸, 하고.'

궁금했다. 이 사람은 내가 했던 말을 듣고도 지금처럼 내 팔을 잡을 수 있을까. 감히, 나를, 자신의 집에 들여놓을 생각을 할 수 있을까.

"저, 안 무서워요?"

난 가끔 내가 무서운데.

바람이 불었다. 할 수만 있다면 이 바람에 실려 다른 어딘가로 가고 싶었다. 눈을 감았다 떴지만 단단한 손은 여전히 내 팔을 틀어쥐고 있는 채였다. 고개를 들어 속을 알 수 없는 무뚝뚝한 얼굴을 보았다.

"괜찮아요."

남자의 미간이 꿈틀거렸다. 애써 아무렇지 않은 듯 웃음 지었다.

"무서워해도 돼요."

웃어.

"그게, 당연한 거니까."

제발, 웃어.

"지랄하고 자빠졌네."

벌벌 떨리던 심장이, 나지막한 중얼거림에 뚝 멎었다. 혹여 잘못 들은 게 아닐까 망설이는 순간 사납게 손목이 끌어당겨졌다.

"너같이 덜떨어진 기지배한테 당한 새끼가 등신 같은 거지. 칼을 들고 덤비든, 뭘 들고 덤비든 백날을 설쳐 봐. 니까짓 기지배한테 내가 당하나. 시팔, 이게 진짜 사람을 뭘로 보고."

이상했다. 분명 내가 원하던 대답은 아니었다. 어찌 보면 전혀 엉뚱한 대답인데, 그런데, 순간 맥이 탁 풀렸다. 예상치 못한 곳에서 분개하며 씩씩 숨을 몰아쉬는 남자를 보고 있노라니, 불쑥, 울음 같은 웃음이 나왔다.

"그거, 다행이네요."

정말, 다행이에요.

＊

어둠 속에서 붉은 점 하나가 홀연히 빛나고 있었다. 코드를 뽑자 붉은 점이 스러지고 공간을 진동시키던 소음이 멎었다.

벽에 맞닿은 등을 타고 한기가 파고들었다. 시리다. 춥다. 아프다. 살아 있는 몸이, 살아 있기 때문에 추위에 고통받는 몸이 신호를 보내왔다. 전기장판을 끄고 나니 바닥을 채우고 있던 온기마저 빠르게 식어 갔다. 무릎을 당겨 끌어안은 채 눈을 감았다. 오늘만큼은 따뜻한 이부자리에 누워 잠을 청할 자신이 없었다.

전기장판, 쓰라고 줄 걸 그랬다. 추울 텐데.

거실에서 얇은 이불만을 덮고 잠을 청하고 있을 남자에게 미안했다. 왜 하는 일마다 이 모양일까. 끝도 없이 아래로 추락하는 듯한 기분이 들었다. 잠들지 못하는 밤은 고통스러웠다. 이성은 마비되고 통제할 수 없는 감정들만이 사납게 날뛰었다. 결론 없는 생각들이 몸집을 불려 갈수록 손가락 하나 까딱하고 싶지 않은 무력감이 전신을 지배했다.

죽으면 편해질까.

죽음이라는 선택지가 퍽 매력적으로 느껴졌다. 어차피 죽으면 모두 끝이었다. 지금 겪고 있는 고통과 아픔을 죽음으로 떨쳐 낼 수 있다면, 굳이 아등바등 기를 쓰며 살아가야 할 이유도 없었다. 그래, 생각해 보면 자살이라는 것도 별게 아니었다. 그저 언젠가 맞이하게 될 죽음을 조금 앞당기는 셋뿐이니. 설령 그것을 도피라 비난한들 어떨까. 그들이 내 고통을, 아픔을 대신 짊어질 것도 아닌데.

"영우야."

열여덟 그날 이후 더는 들을 수 없는 목소리를 생각하자 목이 메었다. 손바닥으로 붉어졌을 눈시울을 가렸다.

삶이 뜻대로 흘러가지 않는다는 건 알고 있었다. 멀리서 근거를 찾을 필요는 없었다. 그저 주변 사람들을 돌아보는 것만으로 충분했다. 살아가는 누구나 형태는 달라도 자의로, 타의로, 혹은 자의 반 타의 반으로 불행을 떠안고 살아갔다.

영우도 예외는 아니었다. 열여섯 영우에게 주어진 불행은 학교에서 겪어야만 했던 지독한 따돌림이었다. 그리고 영우는 그 불행에서 벗어나기 위해 자살을 택했다.

영우에게 있어 죽음은 절망이 아니라 하나의 희망이었을 터였다. 궁지에 몰려 더는 선택의 여지가 없을 때 택하게 되는, 절망의 빛깔을 띤 마지막 희망. 죽음은 때론 고통스러운 생에서 벗어날 수 있는 탈출구가 되어 주기도 하니까.

나는 영우를 비난할 수 없었다. 누군가는 부모님에게 말했어야지, 선생님에게라도 말했어야지, 왜 미련스럽게 참고 있었냐며 혀를 찼지만 친구가 세상의 전부인 열여섯의 소년에게 '따돌림을 당한다' 말하는 건 죽음보다 더 비참한 고통이 아니었을까.

세상에 태어난 누구나, 누구도 대신해 줄 수 없는, 오롯이 스스로 감당해야 하는 삶의 무게가 있는 법이었다. 그 무게를 감당할 수 없다 해서, 더는 견디지 못하고 내려놓았다 해서 어떻게 그를 비난할 수 있을까. 그 사람이 되어 보지도 않았으면서, 그 사람이 짊어지고 있던 무게가 얼마나 고통스러웠는지 알지도 못하면서, 그 사람이 얼마나 절박했고 얼마나 궁지에 몰려 있었는지 알지 못하면서, 어떻게, 어떻게.

나는 영우가 아니었고 영우의 슬픔을, 아픔을, 절망을, 온전히 알 수 없었다. 그래서 나는 영우를, 그 아이의 선택을 나약했다거나 어리석었다 비난하고 싶지 않았다. 나의 잣대로 영우의 죽음을, 죽음을 택할 만큼 절박했던 그 아이의 상황을 평가 절하 하고 싶지 않았다.

'드레스는 확실히 그게 예뻤다니까. 그냥 그거 하자, 응? 신랑 의견도 좀 반영해 줘. 엄마, 엄마가 봐도 그게 예뻤지?'

'어휴, 고집쟁이. 알았으니까 그만 가자. 기다리시잖아.'

엘리베이터에서 눈이 마주치기 전 김진태의 모습이 떠올랐다. 자신의 약혼녀를 보며 결혼식 드레스를 이야기하던 목소리는 즐거움으로 들떠 있었다.

어떻게 영우를 죽음으로 몰고 간 가해자가 그렇게 행복하게 웃을 수 있냐 따져 물으려 하는 것이 아니었다. 적어도 나는 녀석에게 있어 더 이상 '피해자'를 운운할 신분이 아니었으니까.

'판사가 그러더라구요. 피고인 정지안에게 육 년을 선고한다. 그쪽 약혼자 다리를 못 쓰게 만든 죗값이 육 년이란 거잖아요. 난 얌전히 시키는 대로 죗값을 치렀고 그럼 그걸로 끝, 아닌가?'

'정말이에요. 후회해요. 뼈저리게. 고작 다리를 못 쓰게 하는 죗값이 그 정도라면, 그 잘난 면상도 칼로 그어 줄걸, 하고.'

오기였다. 필사적으로 오기를 부렸다. 그렇게라도 말하지 않으면 정말 꼴사납게 눈물을 보이고 말 것 같았으니까. 매몰찬 내 말에 하얗게 질린 상대의 얼굴을 보고도 이겼다는 마음은 들지 않았다. 기쁘지도, 통쾌하지도 않았다. 말로써 이기고 지는 게 뭐가 대수란 말인가.

죽은 자는 어차피 산 자를 당해 낼 수 없는데.

사진 속 앳된 얼굴로 웃고 있는 영우의 얼굴을 떠올렸다. 살아 있다면 스물일곱 청년이 되었을 영우의 모습을 상상해 보려 했지만 무리였다. 죽는 날까지 내 기억 속 그 아이의 모습은 열여섯 어린 소년으로 멈춰 있을 터였다.

영우야.

실은, 그래도 살아 주었으면 했어. 힘들었겠지만, 아팠겠지만, 그래도, 살아 주었으면 했어. 학교에 가지 않겠노라 떼를 써도 좋으니, 철부지 아이처럼 엉엉 울기만 해도 좋으니, 그래서 온 가족의 속을 까맣게 태워도 좋으니, 그래도, 살아 주었으면 했어.

죽어 버리면 더는 아프지도 슬프지도 않겠지만 정말 그걸로 끝이잖아. 끝인 거잖아. 나는 궁금해. 열여섯 이후의 너의 삶엔 어떤 미래가 펼쳐져 있었을까. 늘 즐겁고 좋은 일만 있진 않았을 테지만 눈물 흘린 날만큼 웃을 날도 많지 않았을까.

한 번이라도, 단 한 번이라도 영우를 다시 만날 수 있다면 묻고 싶었다.

영우야, 너는 정말 후회하지 않니?

문 너머에서 인기척이 느껴졌다. 벽에 기대어 있던 무기력한 몸을 일으켜 세우기도 전에 상대방이 성큼 안으로 들어왔다. 불 꺼진 전기장판을 보고 이불 속으로 손을 밀어 넣은 남자가 욕을 뇌까렸다.

"똑바로 말해."

"왜 지금까지 안 주무시고……."

"시팔. 말 돌리지 말고 대답해. 온종일 뭘 하며 싸돌아다녔어."

"그냥요. 오랜만에 나갔더니 좋아서 구경하다 늦었어……."

"하, 곧 죽을 것처럼 허옇게 질려 돌아와 놓곤 뭐가 어쩌고 어째? 니가 진짜 온종일 신나서 싸돌아다녔으면 지금쯤 처자고 있었겠지. 나보고 지금 그 말을 믿으라고."

"……."

"춥다고 지랄하길래 비싼 돈 처들여 사 왔더니 이건 왜 꺼 놔? 얼어 죽으려고 환장했어?"

추위 때문일까. 머릿속도 꽁꽁 얼어붙은 건지 눈앞의 남자가 무섭게 느껴지지 않았다.

"대답 안 해?"

'지랄하고 자빠졌네.'

불쑥 떠오른 기억에 웃음이 나왔다. 그런데 남자에겐 그 웃음이 멀쩡한 웃음으로 보이지 않았던 모양이었다. 심각한 표정이 어쩐지 우스워서 또다시 웃음이 나왔다.

"저, 멀쩡해요."

정말인데.

남자의 표정은 심각했다. 이걸 병원에 데려가야 하나, 고민하는 듯한 얼굴에 나도 고민스러워졌다. 내가 정말 제정신이 아닌 건가. 근데 정말 괜찮은데.

"저 신경 쓰느라 못 주무신 거예요?"

"김칫국 들이켜지 마."

"그럼 왜 여태껏 안 주무시고 문은 또 왜 열어 보셨어요?"

"……."

"설마."

팔로 엑스 자를 만들어 가슴을 가리자 남자의 얼굴이 구겨졌다.

"시팔. 이게 사람을 뭘로 보고. 내가 아무리 궁해도 니까짓 걸 건드릴 것 같애."

무거운 분위기를 풀려 장난을 했을 뿐인데 생각 외로 격한 반응이 돌아왔다. 진심으로 짜증 어린 투라 나도 모르게 시선을 피하게 됐다. 무거운 침묵이 흘렀다. 확실히, 남자의 말대로 제정신이 아닌 게 맞는 것 같았다. 그렇지 않고서야 불쑥 이런 말을 꺼낼 리 없으니까.

"……부탁 하나만 들어주실래요?"

이게 또 무슨 헛소리를 하려고. 단박에 의심의 눈초리가 날아들었다. 저 정말 멀쩡한데. 웃어 보이려 했지만 웃을 수가 없었다. 조금 전까지 아무렇지 않게 대화를 나누었던 일이 거짓말인 것처럼, 얼굴이 딱딱하게 굳었다. 태연한 척하려 했지만 확실히 상태가 안 좋은 게 맞았다. 뻑뻑한 눈을 깜빡여 봐도 어딘가 현실감이 없었다.

"시팔, 딴소리 집어치우고 뭘 하며 싸돌아다니다 왔는지 말……"

"잠깐이면 돼요."

재빨리 손을 뻗어 남자의 목을 끌어안았다. 설마 때리진 않겠지. 안일한 생각으로 불안감을 잠재웠다. 얼어붙어 있던 몸에 더운 체온이 감기자 안도감이 퍼져 나갔다.

"……따뜻하네요."

오랜만에 느껴 보는 사람의 체온이었다. 그리워했던 온기를 느끼자 눈시울이 뜨거워졌다. 한 번 더 힘주어 남자의 목을 끌어안았다. 두근두근, 맞닿은 가슴을 타고 전해지는 심장 소리가 이렇게 고마울 수 없었다.

아쉬운 온기를 뒤로한 채 팔을 풀려 했을 때였다. 낮게 뇌까린 욕설과 더불어 순식간에 자세가 뒤바뀌었다. 허리를 잡아챈 남자가 망설임 없이 자세를 바꿔 벽에 기대어 앉았다. 정신을 차렸을 땐 이미 남자의 허벅지에 걸터앉아 목에 팔을 두른 이상한 자세가 되어 있었다.

"저기."

"시끄러. 가만있어."

전기장판의 코드를 꽂은 남자가 이불을 끌어당겼다. 허전한 어깨 위로 이불이 올라왔다. 본능적으로 몸을 빼려 했지만 이불째로 허리를 감싸 안은 단단한 아귀힘 때문에 꼼짝도 할 수 없었다.

"시팔, 가만있으랬지."

가만있을 수가 없는데요.

얼떨떨한 기분은 잠시였다. 점차 얼굴에 열이 올랐다. 뭔가 엄청난 일이 벌어진 것 같은데 그 원인을 제공한 것이 나인 것 같아 쉽사리 입이 떨어지질 않았다.

"저기, 저, 이제 괜찮은데."

고개를 들었지만 실수였다. 얼굴이, 가까워도 너무 가까웠다.

"저기."

꾸물꾸물 몸을 움직여 보았지만 옆구리를 덥석 움켜쥐는 손길에, 오스스 소름이 돋았다.

"얌전히 있으랬지."

그러니까, 얌전히 있을 수가 없어요.

얼굴에 닿는 숨결을 의식하지 않으려 노력하며 최대한 고개를 숙였다. 어떡하지. 어떡하지. 요란하게 들썩이는 심장 소리가 전해질까 불안했다. 남자의 손가락이 뺨에 닿았다. 겁이 나 질끈 눈을 감았지만 뺨을 어루만지는 손길은 생각만큼 거칠지도, 무섭지도 않았다. 아니, 오히려 깨진 유리를 다루듯 조심스럽기 짝이 없었다.

손끝이 닿을 때마다 심장이 간질간질했다.

밀쳐 내려고만 한다면 밀칠 수 있겠지만 다정하게 보듬기만 하는 손길을 뿌리칠 마음은 들지 않았다. 이 손길이 거북하기보단, 싫다기 보단, 그저 좀 많이 부끄럽고 쑥스러웠다. 망설이다 용기 내어 고개를 들었다. 상대가 무슨 생각을 하고 있는지 알고 싶었지만 평소와 같은 담담한 얼굴에선 아무것도 알아낼 수가 없었다.

"못난 게."

낮은 음성에, 절로 고개가 움츠러들었다.

괜히 나 혼자 오버했나 봐. 손길을 의식하고 있었던 스스로가 못 견디게 부끄러워졌다. 쥐구멍이 있으면 들어가고 싶은 심정이었다. 더운 숨결이 코앞으로 다가왔다. 금방이라도 닿을 듯 입술을 가까이 한 채로 몇 초가 흐른 후 마침내 말캉한 감촉이 느껴졌다. 단지 그뿐이었는데도 숨을 쉴 수가 없었다. 맞대고 있는 입술의 감촉만으로도 온몸의 솜털이 바짝 곤두섰다.

"시팔."

이 상황에 시팔이라니.

부드럽게 닿았던 입술이 떨어짐과 동시에 흘러나온 시팔 소리에 뜨끔했다. 못마땅한 것처럼 잔뜩 구겨진 얼굴에 절로 눈치를 살피게 됐다. 내, 내가 뭐 실수했나. 슬금슬금 몸을 뒤로 빼 보았지만 단박에 허리를 감싸 안은 팔에 힘이 들어갔다. 과장을 조금 보태 뼈가 으스러질 것 같았다.

"진짜, 이게."

아무리 봐도 화가 난 얼굴인데, 낮게 가라앉은 목소리도 기분이 상한 티가 역력한데, 어째선지 뺨을 감싼 손길은 다정했다. 도무지 적응할 수 없는 간극에 얼떨떨해 있는 사이 다시 입술이 겹쳐졌다. 남자가 간을 보는 것처럼 짧게 입술을 머금을 때마다 젖은 소리가 났다.

이상한데.

뭔가 이상하다는 생각이 들면서도, 싫은 기분은 아니었다. 그래, 싫지 않았다. 이 사람과 입을 맞추는 것도, 이렇게 가깝게 맞닿아 있는 것도. 혀가 입 안을 열고 들어온 순간 어색하게 머물러 있던 팔로 남자의 목을 감싸 안았다. 설핏 남자의 몸이 굳어지는 것 같았지만 밀어 내는 기색은 없었다.

싫지, 않아.

생각 외로 다정한 키스를 해 주는 남자가, 어쩐지 싫지 않다 생각하며 눈을 감았다.

※

벌써 아침인가. 쉽게 떠지지 않는 눈을 비비며 텅 빈 옆자리를 돌아보았다. 집 안은 기척 없이 고요했다. 휴일이지만 남자는 벌써 이삿짐을 나르러 나간 듯했다. 비척비척 자리에서 일어나 화장실로 들어갔다. 기분 탓인지 모르지만 평소보다 입술이 부어 있는 듯했다.

'저기······.'

'시끄러.'

'그, 그게······.'

지난밤 키스 도중 엉덩이 아래에서 말로만 듣던 남자들 특유의 생리 현상을 느꼈다. 무시하고 싶어도 그 뜨뜻미지근한 온도하며, 말로 형용할 수 없는 감촉은 태연하게 받아들일 수 없었다.

'시팔, 진짜. 너, 얌전히 기다려.'

남자가 그 상황에서 화장실로 들어간 이유를 모를 만큼 순진하진 않았다. 돌아왔을 때 어떤 얼굴을 하고 어떤 말을 해야 할까. 나름 진지하게 고민하던 것이 마지막 기억이었다. 아무리 피곤했고 이부자리가 따뜻했다 해도 설마 그 상황에서 잠들어 버릴 줄이야.

으아, 날 어떻게 생각했을까.

이를 닦다 얼굴을 붉히고, 세수를 하다 얼굴을 붉히고, 물을 마시다 얼굴을 붉히고, 이부자리를 정리하다 얼굴을 붉히고······. 남자가 언제 올까 시계를 보고, 또 보고, 그러다 또 얼굴을 붉히며 발을 동동 구르고. 한 시간쯤 그런 바보짓을 반복하다 보니 불쑥 이래선 안 된다는 생각이 들었다.

"동이라도 보러 갈까."

걸음을 서둘렀지만 오늘따라 슈퍼 문이 닫혀 있었다. 목적지를 잃고 나자 허탈하다 못해 허망했다.

계단에 주저앉아 바람을 쐬는데 자꾸만 시선이 아래로 향했다. 기다리는 사람이 돌아오기엔 한참 이른 시간이라는 걸 알지만, 실상 얼굴을 마주한다 해도 도망치고 싶은 기분일 테지만, 바보같이 미련을 거둘 수가 없었다. 얼마 동안 무의미하게 계단 아래를 흘끗거렸을까.

울적해졌다.

이 주 만의 휴일인데도 이렇게나 할 일이 없다니. 만날 친구도, 해야 할 일도 없이 계단에 앉아 시간을 보내는 처지가 궁상맞기 짝이 없었다. 안에 있을 땐 바깥에 나와서 하고 싶은 게 엄청 많았었는데.

"아, 바다."

자유를 잃고 속박당해 있던 시절. 담장 너머로 펼쳐진 하늘을 보며 푸른 바다를 떠올렸었다. 어째서 사람들은 가장 힘겨운 순간에 바다를 찾게 되는 건지. 출소를 하게 되면 꼭 바다에 가 봐야겠다, 다짐했었는데 까맣게 잊어버리고 있었다.

"바다라……."

가 볼까.

지금 버스를 탄다면, 남자가 오기 전에 충분히 돌아올 수 있을 것 같았다.

모래사장에 발을 디딘 순간 후회했다.

"춥다."

한겨울의 바다를 너무 가볍게 보았다. 패딩을 입었지만 휘몰아치는 칼바람을 막기엔 역부족이었다. 바짝 몸을 웅크린 채 홀로 바다를 배회하는 모습이 계단 위에 웅크리고 있던 모습보다 더 초라하면 초라했지 덜하진 않을 것 같았다. 처량한 마음으로 회색 바다를 바라보는데 피식, 웃음이 나왔다.

"기왕 온 거 실컷 구경하고 가야지."

오들오들 떨면서 꿋꿋하게 모래사장을 걸었다. 어차피 개미 한 마리 보이지 않겠다, 마음껏 궁상스러운 자유로움을 만끽하기로 했다.

모래 속에 파묻힌 조개껍질 관찰하기. 소라 껍질로 파도 소리 듣기. 깨진 소주병 휴지통에 버린 후 뿌듯하게 돌아서기. 동상의 위험을 무릅쓰고 맨발로 밀려오는 파도와 장난치기. 그러다 종아리까지 바지가 젖는 비극 당하기. 혼자 할 수 있는 놀이는 모두 다 했다고 생각했는데 문득 잊고 있던 중요한 한 가지가 떠올랐다.

바다에 왔으면 바닷물을 맛봐야지.

"짜다."

바다가 짜다는 걸 알면서도 왜 매번 그 짠맛을 느끼고 싶어지는 건지. 어릴 때도 그렇고 지금도 그렇고 바닷물의 소금기는 언제나 짜다 못해 쓴맛이 났다. 오만상을 찌푸리며 짠맛을 확인해 놓고 아쉬운 마음에 한 번 더 손가락을 담가 짠맛을 맛봤다.

"짜."

무의미한 결론을 내놓고 나니 불쑥 낮은 목소리가 생각났다.

'못난 게.'

생각하지 않으려고 했는데.

뒤늦게 후회해 봤지만 소용없었다. 짭짤한 바닷물을 맛보고 나니 매번 돈, 돈, 하는 소금기처럼 짜디짠 남자가 저절로 연상됐다. 어쩐지 상대방에겐 굉장히 모욕적인 발언이 아닌가 싶기도 하지만.

"……같이 오면 좋았을 텐데."

발등 위를 간질이는 하얀 포말을 슬쩍 차 보았다. 맑은 소리를 내며 허공에 흩어지는 물방울을 봐도 조금 전처럼 즐겁지가 않았다. 돌멩이를 주워 머릿속에 떠오른 남자의 얼굴을 모래 위에 그려 보았다. 턱은 좀 각지고, 눈썹은 진하고, 눈은……. 젖은 모래 위에 그려진, 입에서 불을 뿜는 남자의 얼굴을 보고 있노라니 제법 만족스러웠다.

보여 주고 싶은데.

시팔, 이게 아주 간이 배 밖으로 나왔다 이거지. 그림을 본 순간, 불 대신 욕을 쏟아 낼 남자의 모습을 떠올리자 웃음이 나왔다. 이상했다. 만 하루도 지나지 않았는데 자꾸만 남자가 보고 싶었다.

이 근처에 편의점이 있었던 것 같은데.

따뜻한 음료라도 마실까 싶어 인근 마을을 둘러보는데 길가에 오도카니 선 부스가 눈에 들어왔다. 오래도록 사람 손을 타지 않은 듯했지만 분명 공중전화였다. 완전히 없어진 건 아니었구나. 전화해 볼까.

집에는 걸어도 소용없을 테지만 휴대폰은 받지 않을까 싶었다. 일하는 중이라 꺼 놓았다면 어쩔 수 없겠지만.

바보 같은 짓이라 생각하면서도 결국 동전을 넣고 번호를 눌렀다. 느리게 신호음이 갔다. 역시 안 되나. 나도 참 주책이야. 부끄러운 마음에 수화기를 내려놓으려던 찰나, 상대방과 연결되는 소리가 들렸다.

어.

반가운 마음에 절로 여보세요, 소리가 나왔지만.

— 시팔, 이 병신 같은 게……!

식겁할 뻔했다.

수화기를 귀에서 멀찍이 떼어 놓았는데도 부스 안이 쩌렁쩌렁 울렸다. 고, 고막 터지는 줄 알았어. 벌렁거리는 심장을 겨우겨우 진정시킬 즈음 분노에 가득 찬 남자의 음성도 잦아들었다. 다시 동전 몇 개를 집어넣고 조심스레 수화기를 귀에 가져다 댔다.

— 너 거기 어디야!

"바, 바다요."

— 바다? 뭔 바다?

"그, 바다요. 파, 파도치는. 오랜만에 바다가 보고 싶어서⋯⋯."

— 한겨울에 바다는 뭔 놈의 얼어 죽을 바다!

무, 무서워.

오금이 저린다는 게 무슨 말인지 알 것 같았다. 정말 내가 이 사람을 보고 싶어 한 게 맞을까. 무럭무럭 의심이 피어올랐다.

"근데 벌써 돌아오셨어요? 제가 없는 건 어떻게⋯⋯ 아, 집에 전화해 보셨⋯⋯."

말을 채 끝내기도 전에 다시 벼락같은 욕설이 날아들었다. 불현듯 이대로 집에 돌아가는 게 현명한 선택일까, 하는 의문이 들었다.

— 당장 안 들어와?

"아, 저, 이제 막 와서 지금 가는 건 좀 그렇고⋯⋯ 저는 늦게 오실 줄 알았거든요. 저기, 늦더라도 일곱 시 전에 돌아갈게요."

매도 먼저 맞는 게 낫다고 하지만 지금은 분노에 찬 남자를 마주할 자신이 없었다.

— 뭐? 몇 시? 대체 혼자 거기서 뭘 하겠다는⋯⋯! 거기가 어딘지 똑바로 말해!

혹여 전화가 끊길까 충분히 동전을 넣어 둔 손이 원망스러워졌다. 어쩌자고 돈을 이렇게 많이 넣었을까. 뒤늦게 후회해 봐도 소용없는 일이었다.

✳

인기척 하나 없는 겨울 바다는 을씨년스러운 분위기를 풍겼다. 모래사장에 앉아 지평선 너머로 이어진 바다를 구경했다. 그저 가만히 밀려왔다 멀어지는 파도를 보고 있을 뿐인데 한결 마음이 평온해졌다.

"슬슬 돌아가야 하는데."

이곳에서 얻은 마음의 평화가 집으로 돌아가서도 남아 있을지는 의문이지만.

'한겨울에 바다는 뭔 놈의 얼어 죽을 바다!'

동전이 모두 바닥날 때까지 입 한번 제대로 뻥긋해 보지 못했다. 남자가 평소보다 일찍 집에 왔다는 건 알았지만 그 이유를 물을 기회조차 없었다. 폭풍 같은 잔소리를 떠올리자 다시 한숨이 나왔다.

"으, 얼굴을 어떻게 봐."

화가 났을 걸 생각하니 무섭고, 지난밤 일을 생각하니 부끄러워 견딜 수가 없었다. 아냐, 계속 이러고 있어 봐야 소용없잖아. 부러 영차, 소리 내어 무거운 엉덩이를 일으켰다. 아무리 겁이 나도 언제까지 이곳에 죽치고 앉아 있을 수만은 없었다. 한데 너무 오래 자리에 앉아 있던 탓일까. 채 걸음을 내딛기도 전에 뒤뚱, 몸이 기울었다.

허둥거리며 넘어지는 바람에 신발 안은 물론 무릎이며 허벅지까지 죄 모래투성이가 됐다. 서른이 코앞인데 애도 아니고. 민망함에 손바닥에 엉겨 붙은 모래를 서둘러 털어 내는데 어디선가 갈매기 울음소리가 들렸다.

올려다보니 수십 마리의 갈매기들이 흐린 하늘을 가득 메우고 있었다. 사이좋게 이리저리 방향을 바꾸며 날아다니는 갈매기 떼에 잠시 시선을 뺏겼다.

"사람 속은 뒤집어 놓고서 태평하게 흙장난이나 하고 있다 이거지."

불쑥 다가온 손이 팔을 움켜쥐었다.

"낫살은 어디로 처먹고…… 빨랑 일어나."

놀랄 새도 없이 강한 힘에 이끌려 순식간에 일으켜 세워졌다. 놀라 멀뚱히 서 있자, 남자가 허리를 숙여 다리에 붙은 모래를 대신 털어 냈다. 한두 살 먹은 애새끼도 아니고 대체……. 신경질적인 목소리를 듣고 나자 비로소 실감이 났다.

정말, 맞구나.

장소를 알려 주긴 했지만 직접 이곳까지 찾아올 줄은 꿈에도 몰랐다.

"기분 나쁘게 왜 사람을 귀신 보듯 봐?"

이상했다. 이걸 어떻게 잡아 족쳐야 할지 모르겠다는 듯 눈앞에서 이를 가는 상대가 있는데 두려움보단, 난처함보단, 무작정 반가움이 솟았다.

"너……."

남자의 얼굴에 당혹이 어렸다. 그도 그럴 것이, 남자의 눈에 비친 나는 어이없을 만큼 환하게 웃고 있었으니까.

무작정 집으로 가려는 남자의 팔을 붙잡아 모래사장 한가운데로 끌고 갔다. 구시렁대면서도 나를 따라온 남자가, 모래 위에 그려진 얼굴을 보고 표정을 굳혔다.

"이게 나라고?"

입에서 불을 뿜는 인간의 형상을 보고 남자는 놀랍게도 자신임을 알아맞혔다. 옆에 쪼그려 앉아 남자의 눈치를 살폈다. 한참 동안 그림을 노려보던 남자가 나직이 중얼거렸다.

"……니가 간이 배 밖으로 나왔지, 아주."

뭐 씹은 표정을 하긴 했지만 예상외로 부드러운 반응이었다.

"지랄 다 떨었으면 그만 집에 가."

"네."

"대답만 하지 말고 일어서."

망설이다 조심스럽게 손을 내밀었다. 이게 뭐냐는 식으로 눈매를 좁히던 남자가, 이내 포기했다는 듯 손을 붙잡았다. 일으켜 세워 주자마자 내팽개칠 줄 알았지만 모래사장을 걸어가는 내내 남자는 잡은 손을 놓지 않았다. 앞서가는 남자의 등을 바라보다 여전히 굳건히 잡힌 손을 확인했다.

살아야겠다.

불쑥, 그런 생각이 들었다.

하늘을 올려다봤다. 갈매기 떼는 어느새 하늘 속으로 사라져 있었다.

살아야겠다.

꼼지락꼼지락 손가락을 움직이자 얌전히 있으라는 듯 맞잡은 손의 힘이 강해졌다. 가슴이 먹먹해졌다. 그냥 손을 잡고 있는 것뿐이었다. 단지 그뿐인데, 더는 외롭지 않았다.

살아야겠다. 아니, 살아 보고 싶었다. 그래서 훗날 영우를 만났을 때 당당하게 말해 주고 싶었다. 사는 것, 그것, 별것 아니더라고. 아무리 힘들고 괴로운 시간도 지나고 나면 그뿐이더라고. 그러니 다음 생이 주어진다면, 너도 포기하지 말고 끝까지 살아 보라고.

"한 번만 더 말없이 쏘다니기만 해 봐. 알아들었어?"

"……."

"대답 안 해?"

"……네."

눈물이 쏙 빠지게 혼이 났다.

나이가 있는 터라 울지는 못했지만 절로 목이 메었다. 내가 유치원생도 아니고 혼자 외출 좀 했다고 왜 이렇게 혼이 나야 해. 억울했지만 이미 말대꾸를 했다 곱절로 잔소리를 들은 터였다.

"왜 입이 튀어나와 있어?"

"제가, 뭘요."

남자는 일을 간 것이 아니라 가게에 연탄을 들여놓고 왔다 했다. 남자의 입장에선 말없이 사라진 내가 걱정이 됐을 거라는 것도 이해했다. 트럭까지 빌려 찾아왔다는 사실에, 아주 많이 감동도 받았다. 그렇지만 혼자 바다에 온 것이 이렇듯 일방적으로 훈계를 들어야 하는 상황인 걸까.

"주둥이 그만 내밀고 먹기나 해."

"안 드세요?"

"내가 왜 쓸데없이 돈 처들여 가며 이딴 걸 먹어야 하는데."

온종일 아무것도 먹지 않았다는 말에 남자는 망설임 없이 휴게소로 방향을 틀었다. 화장실에 가려는 건가 싶었지만 남자는 건물 안으로 들어와 뭘 먹을 거냐고 물었다. 이런 데 돈을 쓸 사람이 아닌데, 싶었지만 이내 남자도 저녁을 못 먹어 배가 몹시 고픈가 보다 했다.

하지만 쟁반 위에 놓인 건 우동 한 그릇이 전부였다.

"같이 먹어요. 그럼."

"그딴 맛대가리 없는 거 너나 많이 먹어."

"그래도."

"집에 가서 라면 먹을 거니까 신경 꺼."

남자가 건성건성 밀어 준 쟁반 위엔 우동 한 그릇이 멀뚱히 놓여 있었다. 대체 이 기분을 뭐라고 해야 하는 건지. 말투는 심히 퉁명스럽지만 결국 본인은 먹을 생각이 없으면서, 나를 위해 이곳에 들어왔다는 말이 됐다.

무심한 것 같으면서도 자상하고, 자상한 것 같으면서도 무섭고.

"빨리 안 먹어?"

"잘 먹을게요."

통통하게 살이 오른 우동 면발은 적당히 쫄깃했고 따끈한 국물도 얼어붙은 속을 풀어 줬다. 중간에 국물을 권하긴 했지만 처먹기나 하라는 타박만 돌아왔다. 우동 한 그릇을 비우고 나니 기분 좋은 포만감이 일었다.

"잘 먹었습니다."

"수시로 사람 속을 뒤집어 놓고 저 혼자 속 편하지, 아주 그냥."

"제가 오늘 말고 언제 또 속을 뒤집었어요?"

말을 꺼내 놓고 아차, 싶었다. 지난밤의 기억을 떠올리는 순간 절로 고개가 움츠러들었다.

"다 먹었으면 일어나."

그릇을 반납하고 밖으로 나왔지만 남자가 보이질 않았다. 어디 갔지. 트럭을 세운 곳을 둘러봐도 텅 빈 운전석만 보였다. 아직 안에 있나. 다시 건물 안으로 들어가려 돌아서는 순간 남자가 나왔다.

"어디 가셨었어요?"

품 안으로 뭔가가 날아들었다. 눈이 나빠진 게 아니라면 분명 초코 우유였다. 중학생 때 중독이다 싶을 만큼 달고 살았던 간식이었다.

"시팔, 이딴 게 무슨 천백 원씩이나 하고 지랄이야."

성큼성큼 걸어가는 남자의 등이 순식간에 저만치 멀어졌다.

궁금해졌다. 이 남자와 나는 대체 무슨 사일까. 묻고 싶었다. 왜 이렇게 나한테 잘해 줘요? 나, 좋아해요? 아니면 내가 불쌍해요? 어젯밤엔 왜 키스했어요? 왜 여기까지 날 찾으러 왔어요?

대체 이 사람과 나의 관계는 뭘까.

입술에 닿았던 감촉이, 모래사장 위에서 맞잡았던 손의 온기가 아직도 선명한데 나를 두고 앞서가는 상대가 너무 멀게 느껴졌다.

이 사람과 나는 대체 어떤 사일까.

뚜렷한 뭔가를 쥐고 싶었다. 이 사람과 나의 관계를 정의할 수 있는 분명한 무언가를 갖고 싶었다. 그래, 어떤 식으로라도 좋으니 접점을 찾고 싶었다. 하지만 상대는 도무지 속마음을 드러내 보이는 법이 없고, 아무리 생각해도 과거, 남자와 나의 관계는 머나먼 타인에 지나지 않았……

"빨리 안 따라오고 뭐 해?"

아니, 아니었다. 생각해 보면 꼭 그 접점을, 연결 고리를 어디선가 찾아내야 할 필요는 없지 않을까. 아무것도 하지 않은 채 머릿속으로

291

만 이리 재고 저리 잴 것이 아니라 당장 지금부터라도 만들어 갈 수 있지 않을까.

"이게 정신을 어디다 놓고!"

성난 얼굴의 남자가 어느덧 되돌아와 내 앞에 섰다. 불현듯, 앞서 가는 이 사람에게 같이 가자고 말할 수 있는, 커다란 손을 당연하게 잡을 수 있는 사이가 되면 좋겠다는 생각이 들었다.

좀 더 가까워지고 싶어.

온종일 많은 사람들과 만나고 많은 이야기를 나누지만, 부족했다. 내가 누군가에게 특별한 사람이 되고, 상대방도 나를 특별하게 여겨 주었으면 싶었다. 욕심이 났다. 어리광 따윌 부려선 안 된다고 생각했지만 자꾸만 틈을 내어 주는 남자에게 매달리고 싶었다.

'너같이 덜떨어진 기지배한테 당한 새끼가 등신 같은 거지. 칼을 들고 덤비든, 뭘 들고 덤비든 백날을 설쳐 봐. 니까짓 기지배한테 내가 당하나. 시팔, 이게 진짜 사람을 뭘로 보고.'

이 사람이라면 가능하지 않을까. 이 사람이라면, 어쩌면 가능하지 않을까.

"대체 정신을 언다……."

이 사람이라면 괜찮지 않을까. 이성적으로 판단하기도 전에 불쑥, 입이 열렸다.

"좋아해도 돼요?"

"뭐?"

싫지 않았다. 이 사람이, 싫지 않았다. 곁에 있으면 심장이 터질 것처럼 두근대는 마음은 아니었다. 어쩌면 외롭기 때문에 기댈 상대를 찾는 건지도 몰랐다. 그렇지만 외롭다고 해서 누구나 괜찮은 것 또한 아니었다.

가능하다면 이 사람과 더 가까워지고 싶었다. 이 사람이 무슨 생각을 하는지, 어떤 삶을 살아왔는지, 무엇을 좋아하고 싫어하는지 알고 싶었다. 한 번도 보지 못한 웃는 얼굴도 보고 싶었고, 한 번 더 다정하게 입을 맞췄으면 싶었고, 거리낌 없이 품에 안겨 잠들어 보고도 싶었다. 그리고, 이 사람도 나와 같은 마음이라면 굉장히 행복한 기분이 들 것 같았다.

이런 감정이 좋아한다는, 것이라면.

"……제가, 좋아해도, 돼요?"

자격지심이라 해도 좋았다. 하지만 이 순간 당당하게 내 마음을 전할 자신이 없었다. 언제까지나 이런 모습이진 않을 테지만 적어도 지금의 나는 아무것도 가진 것 없고, 아무것도 이룬 것 없는, 사회의 평균치에서 한없이 미달된 사람이니까.

그러니 허락을 구하고 싶었다. 이런 내가 당신을 좋아해도 되는 건지. 물어보고 싶었다. 이런 내가 당신을 좋아해도, 당신은 싫어하지 않을 건지. 나는, 당신과 조금 더 특별한 관계가 되고 싶은데 당신은 어떻게 생각하는지.

'……제가, 좋아해도, 돼요?'

길어야 일 분이 넘지 않는 시간이 영겁처럼 느껴졌다. 입 안은 바짝바짝 마르고 손바닥엔 땀이 차올랐다. 이쪽을 바라보고 선 상대의 시선을 마주하고 있는 것만으로도 다리가 후들후들 떨렸다. 한참 동안 할 말을 잃은 것처럼 침묵하고 있던 남자의 입술이 벌어졌다.

"뭐라는 거야, 이게."

어느 정도 마음의 준비를 하고 있었지만 씁쓸했다. 역시, 안 되는 거구나. 그래, 그렇구나. 이 어색한 상황을 수습해야 한다는 걸 알았지만 바보처럼 손에 쥔 초코우유만 만지게 됐다.

"늦었으니까 얼른 타기나 해."

네.

대답하려 했지만 뜻대로 소리가 나와 주질 않았다. 남은 힘을 끌어모아 고개를 끄덕였지만 남자는 이미 냉정하게 돌아선 뒤였다.

✳

동네 앞에 차가 멈춰 섰다. 시동이 꺼지는 순간 속으로 한숨을 삼켰다. 살았다. 그래 봤자 같은 집으로 들어가겠지만 좁은 차 안에서 나란히 앞을 보며 앉아 있는 것보다는 나았다. 서둘러 내릴 준비를 하는데 낮은 목소리가 뒷덜미를 잡아챘다.

"너, 아까 한 말 다시 해 봐."

"……네?"

"휴게소에서 했던 말, 다시 해 보라고."

무슨 의도인가 싶어 돌아보았지만 음영이 드리운 얼굴에선 아무것도 읽어 낼 수 없었다.

"그게, 부담 가지시라고 한 말은 아니니까…… 전 정말 괜찮……."

"잡소리 집어치우고 묻는 말에나 답해."

당혹스러웠다. 이제 와 다시 고백을 하라니. 휴게소에서는 어떻게 용기를 냈다고 해도 새삼 다시 말을 꺼낼 자신은 없었다. 버텨 보려 했지만 시간을 끌수록 남자의 시선이 사나워졌다.

"좋아, 해도 되냐고…… 여쭤봤었는데."

"지랄하고 있네. 하면 하는 거고 아님 아닌 거지 해도 되냐고 묻는 건 또 뭐야. 그럼 뭐, 안 된다 말하면 그걸로 땡이라 이거야? 괜히 애매하게 빙빙 말 돌리지 말고 똑바로 말해."

"음…… 좋아, 하는 것, 같아요. 그게."

"좋아하면 하는 거지 같은 건 또 뭐야."

"그게, 실은 저도 잘 모르겠어서……."

"뭐?"

그냥 없던 일로 하면 안 될까요.

눈빛만으로 사람을 죽인다는 게 이런 거구나, 새삼 깨달았다. 거짓말을 할까 싶었지만 이내 포기했다. 기왕 죽을 만큼 부끄러운 것, 갈 데까지 가 보자는 생각이 들었다.

"지금까지 누굴 만나 본 적이 없어서요. 부끄럽지만 누굴 좋아해 본 적도 없고 해서…… 그래서 이게 좋아하는 건지 잘 모르겠어요. 그치만 어젯……밤엔 되게 좋았고…… 아니, 굳이 그런 게 아니더라도 조금 더 알아 가고 싶달까요. 근데 제가 지금 상황이 이러니까…… 저, 그러니까, 저도 지금 되게 횡설수설하는 거 아는데……."

"그래서 뭐. 내가 좋다고?"

"좋아, 하는 것 같긴 한데……."

"시팔, 하는 것 같긴 개뿔. 그래서 좋다는 거야, 싫다는 거야. 그것 만 말해."

나름대로 애처로운 시선을 보냈지만 남자의 눈빛은 단호했다. 좋다, 싫다. 꼭 두 가지 중 하나를 선택하라 한다면 결론은 하나였다.

"······좋아, 해요."

눈을 보고 말할 생각이었지만 또다시 고개가 땅으로 기울었다. 휴게소에서 처음 말을 꺼냈을 때보다 배로 심장이 뛰었다. 이러다 옆자리에 있는 상대방에게 심장 소리가 들릴까, 겁이 날 만큼.

그런데 이상했다. 좋다, 싫다, 그도 아님 개소리라든가, 어떤 식으로든 말이 나올 것 같은데 주변이 너무 고요했다. 고개를 든 순간 이쪽을 보고 있던 남자와 눈이 마주쳤다.

어.

금세 평소의 무표정한 얼굴로 돌아왔지만 입꼬리가 슬쩍 올라가 있던 것 같았다. 정말 웃은 건가? 처음으로 마주하는 남자의 웃음에 심장이 빠르게 달음박질쳤다. 다시 고백하라고 한 건 어쩌면, 어쩌면······. 기분 좋은 예감에 기대감을 품은 것도 잠시.

"저기, 그럼 대답은······."

"대답? 뭔 대답?"

"그게, 조금 전에 제가 말한······."

"글쎄."

시큰둥한 대답에 목덜미까지 확 열이 올랐다. 부끄럽고, 창피하고, 또 한편으론 거절을 할 거면서 몇 번씩이나 다시 고백하게 한 남자의 의도를 알 수 없어 혼란스러웠다.

"뭘 그까짓 걸 갖고 짜고 지랄이야."

"울지는······ 않았는데요."

"속일 사람을 속여. 토끼처럼 뻘건 눈을 해 놓고선, 뭘."

"정말 안 울었어요."

울고 싶긴 했지만 여기서 울면 정말 추해질 거란 걸 알고 있었다.

놀리려는 걸까. 겨우 용기 내서 말한 건데. 즐거운 기색을 띠는 목소리에 심장이 싸르르 아파 왔다.

"시팔, 운 거 맞잖아."

"속상하긴 한데…… 정말 안 울었어요."

"왜 안 우는데."

"울어야 해요?"

"이 상황에서 태연하면 결국 니 맘이 그것밖에 안 된다는 것 아냐."

남자가 화를 내는 이유를 알 수 없었다.

"무슨 말씀을 하시는지 잘 모르겠지만, 아니에요. 아닌데. 눈물은 안 나오지만 그래도 되게 아프고 속상하고 그래요. 이래 봬도 지금 굉장히 열심히 참고 있는 거니까, 그러니까, 그만 놀리셨음 좋겠어요. 싫다는 뜻 잘 알았으니까 이제 그만……."

"누가 싫대?"

갑작스레 높아진 언성에 흠칫, 놀랐다.

"싫다 하신 거 아니에요?"

"아프다며. 아프고, 속상하고 그렇다며. 못난 게 질질 짜 대는 거 꼴 보기 싫으니까, 까짓것, 원하는 대로 해 주면 될 것 아냐."

진짜 질질 짜지 않았는데. 왜 자꾸만 사람을 우는 쪽으로 몰고 가는 건지 알 수 없지만 이제 와 그런 건 아무래도 좋았다.

"그럼…… 저, 받아 주시는 거예요?"

"그래."

이상했다. 바라는 상황이 온 것 같긴 한데 마냥 기뻐하기에는 찜찜한 기분이 들었다. 아무리 그래도 불쌍해서 사귀어 준다는 건 싫었다.

"원하는 대로 해 준다는데 왜 그딴 표정을 짓고 지랄이야?"

"저, 기쁜데요. 기쁘지만 마음만 고맙게 받을게요. 저는 그렇다 쳐도, 아무리 그래도 좋아하지도 않는데 만난다는 건 좀……."

"사람이 기껏 생각해 줬더니 노력할 생각은 않고 지 존심부터 챙겨?"

"자존심 때문이 아니라요……."

"아니면 뭐. 지금 니가 그렇게 똥배 튕길 입장이야? 사람이 큰 결심 해 줬으면 기쁜 얼굴로 방긋방긋 웃고 있어도 모자랄 판에 뭐? 고맙지만 마음만 받아? 시팔. 니 맘이 진짜면 앞으로 부지런히 노력해서 맘에 들 수 있게 해야겠다, 마음먹는 게 정상 아냐? 그딴 식으로 노력도 안 하고 포기할 거였으면 왜 사람 심란하게 말을 꺼내? 니가 지금 사람을 갖고 놀았다는 거야, 뭐야?"

나는 그래도 서로가 좋아하는 마음을 갖고 사귀는 게 맞다고 생각했을 뿐인데. 사귀고 나서 노력하는 게 아니라 일단 사귀기 전에 상대방이 날 좋아하게…… 아니, 결국 그게 그건가?

곰곰이 생각해 보니 남자의 말이 틀린 건 아닌 것 같았다.

하긴 짝사랑을 하는 다른 사람들에 비해 나는 운이 좋은 걸지도 몰라. 여기서 거절당하면 더는 같이 못 지낸다는 거잖아. 만날 마음이 있다는 건 나에 대해 진지하게 생각해 본다는 거고, 또 그렇게 되면 당분간은 더 같이 있을 수 있으니까 나한텐 나쁠 게 없네.

"대답 안 해? 니가 지금 사람을 갖고 놀았……."

"노력, 할게요."

채 말을 끝맺지 못한 남자의 입술이 한일자로 다물렸다. 짐짓 불쾌

해 보이는 얼굴에, 혹여 마음을 바꿀세라 재빨리 말을 이었다.

"노력할게요. 좋아하실 수 있게 노력⋯⋯할 테니까, 그러니까⋯⋯."

두근대는 심장이 금방이라도 터져 버릴 것 같았다.

❄

"지금 제가 보고 있는 게 진짜예요?"

"진짜 맞아."

점심 메뉴를 고를 때 야끼우동, 야끼우동 노래를 불렀지만 설마 본인도 그걸 먹을 수 있다 생각하진 않은 모양이었다. 자신 앞에 놓인 야끼우동을 두고 흡사 귀신이라도 만난 듯한 표정을 짓던 재현이 손을 내밀었다.

"나 한번 꼬집어 줘 봐요."

의심스럽다는 듯 눈을 가늘게 뜬 모양새가 우스워 손등을 조금 잡아당겼다. 진짠가 보네. 중얼거린 재현이 다시 믿을 수 없다는 듯 도리질을 쳤다. 이건 뭔가 이상해. 뭔가 잘못됐어. 본인이 원하는 바를 얻게 되고도 현실을 부인하는 재현의 어깨를 가볍게 도닥였다.

"난 솔직히 해 주실 줄 알았는데."

"누난 알았다고요? 언제요? 아니, 어떻게요? 왜요? 어쩌다 그런 생각을 하게 됐어요?"

"그냥. 표현은 그렇게 해도 좋은 분이잖아."

말 끝나기 무섭게 재현의 표정이 썩어 들어갔다. 진지하게 턱을 괸 재현이 단호히 손가락을 내저었다.

"누나, 누나가 세상을 좋게 보려 노력하는 건 알겠는데 좋은 사람이란 말은 아무 데나 갖다 붙이는 게 아니에요."

"그치만 결국 오늘 야끼우동 해 주셨잖아. 내심 신경 쓰고 계셨던 게 아닐까."

"아니라니까요. 그리고 내가 여기서 일한 게 얼만데 신경을 써 주려면 진즉에 써 줬겠죠. 이건 분명 무슨 꿍꿍이가 있는 거라니까요?"

"처먹기 싫으면 처먹지 마."

뒤에서 들려오는 소리에 재현의 등이 움찔거렸다. 남자가 손을 뻗는 순간 재현이 잽싸게 접시를 품 안에 사수했다.

"치사하게 왜 줬다 뺏어요?"

"기껏 신경 써서 해 줬더니, 뭐? 좋은 사람이란 말은 아무 데나 갖다 붙이는 게 아니야?"

"솔직히 아저씨도 자기가 좋은 사람이라 생각해요?"

"진짜 나쁜 놈이 뭔지 보여 줘?"

주먹 쥔 남자의 손등 위로 퍼런 핏대가 솟아올랐다. 금방이라도 단단한 주먹이 머리통으로 날아들 것 같았던지 재현이 항복을 외쳤다. 잘 먹겠습니다아. 의심에 의심을 거듭하던 모습이 무색하게 야끼우동을 흡입하는 재현의 모습엔 아이 같은 천진함이 가득했다.

"아, 참. 아저씬 금방 돌아온대요? 애가 열이 펄펄 끓는다면서요, 괜찮은 거래요?"

"무권 씨? 약 먹고 주사 맞고 나니까 열이 떨어져서 지금은 괜찮대. 한 시간 내로 오실 거야. 힘들겠지만 조금만 더 힘내자."

"한 시간쯤이야 뭐. 그 아저씬 왜 운도 없게 하필이면 오늘 같은 날 애가 아프대요. 오늘 아니면 이거 다신 못 먹을지도 모르……."

"둘 다 그만 떠들고 먹기나 해. 면 불어 터지잖아."

남자의 서슬 퍼런 시선에 젓가락을 들었지만 금세 비어 가는 재현의 그릇이 눈에 들어왔다. 진짜 먹고 싶었나 봐. 안 그래도 재현을 볼 때마다 내심 마음이 불편하던 차였다. 누나도 야끼우동 한번 먹어 보고 싶지 않냐고, 우리끼리라도 의기투합해야 한다 말해 올 때마다 심장이 얼마나 뜨끔하던지.

"더 먹어. 난 아침 많이 먹어서 배가 별로 안 고파."

면을 덜어 주자 재현의 얼굴에 헤실헤실 웃음이 떠올랐다. 잘 먹을게요. 사양 않고 양 볼 가득 미어져라 면을 밀어 넣는 모습을 보자 안타까운 기분이 들었다. 저렇게 잘 먹는데 왜 키가 안 클까. 본인 말대로 딱 10센티만 더 크면 좋을 텐데. 아침저녁 마른반찬으로 멸치를 볶아 줄까, 고심하는데 옆에서 따가운 시선이 느껴졌다.

왜요?

입 모양으로 조용히 물어보자 남자의 얼굴이 구겨졌다. 딱히 잘못한 건 없으니 또 평가를 원하는 건가 싶었다. 면을 하나하나 꼭꼭 씹어 삼키고서 혀끝에 맴도는 알싸한 맛을 음미했다. 지난번에 먹었을 때처럼 과하지도 부족하지도 않은 매운맛이 일품이었다.

맛있어요.

혹시나 하고 엄지손가락을 치켜들었지만 돌아오는 반응은 없었다. 이게 아닌가. 더는 상대하고픈 마음이 없다는 듯 남자는 묵묵히 먹기만 할 뿐이었다.

대체 뭐지.

깨작깨작 젓가락질을 하다 다시 한번 남자와 시선이 부딪쳤다. 의식하지 않으려 했지만 며칠 전의 고백이 떠오르자 나도 모르게 **뺨**이 달아올랐다. 집시에 얼굴을 박다시피 하며 부지런히 입으로 음식을 날랐다. 붉어진 뺨이 매운 양념 탓이라 생각해 주길 바라면서.

"탕수육 소스 담게 그릇 좀 챙겨 놔."

"여기요."

"정신 안 차려? 작은 거 말고 큰 거."

하여간에 덜떨어져선. 중얼거린 남자가 접시를 받아 들기 무섭게 턱짓을 했다.

"뭐 해? 놀지 말고 그릇 떨어지기 전에 설거지나 해."

일주일이 지났는데도 아직까지 실감이 나질 않았다. 사귀게 됐다 곤 해도 이전과 별로 달라진 것이 없는 상황 탓도 있겠지만.

남자는 여전히 내 고용주이자 집주인이었고 사귀게 되었다 해서 성격이나 태도가 달라진 것도 아니었다. 그렇다고 데이트, 같은 연인 들이 하는 그런 일들을 하냐면 그것도 아니었다. 한집에 살고 같은 곳 에서 일을 하고 있으니 따로 밖에서 만날 필요가 없었다. 한 주만 더 기다리면 휴일이지만 그날이라고 함께 외출을 할 수 있을지도 확실치 않았다.

대체 사귀기 전과 달라진 게 뭐…… 아니, 하나 있구나.

'사람을 냉골로 내쫓고 너만 뜨듯하게 몸 지지고 자겠다 이거야? 어차피 손 하나 까딱할 생각 없으니까 빨리 안으로 들어가.'

최근 들어 남자와 나란히 한 이불에 눕고 있었다. 이건 빨라도 너 무 빠른 게 아닌가, 싶었지만 기우였다. 남자는 정말로 손가락 하나 까딱하지 않았다. 다음 날에도, 그다음 날에도, 그다음 다음 날에도 상황은 같았다. 처음 말했던 그대로 손끝 하나 건드리지 않고 곤히 잠든 남자를 보고 있노라면 뭐랄까. 안도를 넘어 상대를 의식하며 혼자 잠 못 드는 스스로에게 연민이 일 정도였다.

내가 그렇게 여자 같지 않나.

사귀는 사람과 한 이불을 덮고 잠들지만 실상은 하나도 로맨틱하지 않았다. 아니, 로맨틱 따위가 대체 뭐란 말인가. 오늘 밤도 도둑고양이처럼 상대의 얼굴을 훔쳐보다 시린 벽에 달라붙어 잠들 생각을 하니 절로 한숨이 나왔다.

"정신 똑바로 안 차려?"

남자의 말을 듣고서야 목장갑을 끼지 않았다는 걸 깨달았다. 뜨거운 물로 설거지를 할 때 데지 않으려면 고무장갑 안에 목장갑이 필수였다. 주섬주섬 고무장갑을 벗는데 등 뒤에서 쯧쯧, 혀를 차는 소리가 들려왔다.

……사귀는 게 맞긴 맞는 거겠지?

지난밤 전기장판이 있는 방 안으로 텔레비전을 옮겼다. 전기장판을 깔고 앉아 드라마를 보고 있는데 볼 언저리가 따끔거렸다.

"……왜요?"

못마땅한 듯 잔뜩 찌푸린 미간. 불쾌함을 담고 씰룩이는 입매. 불안감이 엄습했다. 나 또 뭘 잘못했지. 이제는 숫제 반사였다. 재빨리 머리를 굴려 보았지만 씻고 나와 텔레비전을 본 게 전부였다.

"너."

"네?"

"넌 할 마음이 있는 *거야*, 없는 거야."

"뭐가요?"

"웃기지도 않아서. 이제 와 입을 싹 씻겠다 이거지?"

"무슨 말씀을 하시는 건지 잘 모르겠어요."

"이 덜떨어진 기지배가, 진짜. 니가 뭐랬어. 노력한다며. 근데. 뚫린 입이 있으면 말해 봐. 니가 지금 내 맘에 들려고 무슨 노력을 하고 있는지."

말문이 막혔다. 안 그래도 노력을 해 보겠노라 말하긴 했지만 무슨 노력을 해야 할지 알 수 없어 막막하던 차였다.

"시팔. 니가 온종일 하는 거라곤 처자고, 처먹고, 티브이 보는 것밖에 더 있어."

일도 열심히 하는데…….

나를 저렇게 한심하게 보고 있었나 생각하니 우울해졌다. 잘 보여도 모자랄 판에 상대방에게 '처자고, 처먹고, 티브이 보는 것밖에 할 줄 모르는 무능력한 인간'으로 찍혀 버리다니. 그래도 정말 아무것도 안 한 건 아닌데. 밥 먹을 때도 게걸스럽게 보일까 봐 조심했고, 가게에서도 더 부지런히 움직이려 했고, 피부가 건조한 것 같아 로션도 더 듬뿍 바르…… 별로 한 게 없긴 하구나. 반성하자.

"그래서 뭐, 없던 걸로 하자는 거야, 뭐야."

"아, 아니에요. 그런 거."

"아니긴 뭐가 아니야? 니 태도를 보니 딱 그러자는 건데."

"아직 며칠밖에 안 됐으니까 좀만 더 기회를 주시면……."

"하는 꼬락서닐 보니 더 시간을 준다 해도 달라질 것도 없어 보이는구만. 대체 이딴 게 뭐가 이쁘다고 내가…… 눈이 있으면 저 기지배 보고 반이라도 닮으려고 노력해 봐."

남자의 손가락을 따라간 곳엔 해사하게 웃음 짓고 있는 드라마 속 여주인공이 있었다. 저 사람을 반만 닮으라고? 여주인공을 맡은 인물은 귀염성 있는 얼굴과 더불어 특유의 눈웃음으로 한창 인기몰이 중인 아이돌 가수였다.

아무리 노력해도 저런 얼굴은 될 수가 없는데.

노력의 가능성이 있는 다른 대상을 찾아 주길 바라며 남자를 바라보았다. 나름대로 간절한 시선이라 생각했지만 순간 남자의 얼굴이 파삭, 구겨졌다.

"누가 얼굴을 보래? 이 빙충이가."

"그럼 뭘 봐요?"

"하는 짓을 보라고, 하는 짓을!"

드라마 속에서는 한창 두 주인공의 데이트 장면이 나오고 있었다. 다소 어색한 듯 놀이공원을 걷고 있던 두 사람 중 여주인공이 먼저 팔을 내밀어 팔짱을 꼈다. 여주인공이 웃음 짓자 경직되어 있던 남자 주인공의 입가에도 부드러운 미소가 어렸다. 뭔가, 같은 여자가 봐도 참 웃음 하나하나에도 애교가 넘친다 싶은 모습이었다.

내가 남자라도 안 넘어가고 못 배길 것 같아.

막 중반을 향해 달려가는 드라마 속에서, 부유하지만 우울한 가족사로 힘들어하던 남자 주인공은 밝고 쾌활한 여주인공을 통해 조금씩 마음의 상처를 치유하고 있었다. 싱그러운 음악과 더불어 짧게 이어지는 데이트 신에선 온종일 함께 있는 두 사람의 모습이 보였다. 서로 아이스크림을 바꿔 먹고, 오락실에서 게임을 하고, 저녁 무렵엔 자연스럽게 손을 잡고 벤치에 앉아 이야기를 나누는데 누가 봐도 다정한 연인이구나, 생각할 법했다.

우리도 저렇게 될 수 있을까.

저들만큼은 아니라도, 아니, 그 반이라도 좋으니 조금이나마 연인다운 사이가 되면 좋을 것 같았다. 일단 더 좋아하는 건 나니까 역시 내 쪽에서 노력하는 게 맞겠지. 휴일에 데이트를 해 보자고 해야 하나? 평소랑 다른 장소에서 만나면 기분이 달라질지도 몰라. 근데 어디로 가자고 해야 하지. 돈이 많이 안 드는 곳으로 가야 하는데…… 날씨가 따뜻하면 도시락을 싸 갈 수도 있겠지만 이렇게 추운 날씨엔…….

"보고 좀 본받으랬더니 혼자 뭔 생각을 하는 거야. 이건 뭐, 맘에 드는 게 하나도 없어."

노골적으로 짜증이 밴 음색에 기가 죽었다.

"니가 얼굴이 이쁘기나 해, 몸매가 좋기나 해, 아님 돈이 있길 해. 꼭 쥐뿔도 없는 것들이 기지배라고 유세 떨면서 가만히 앉아 대접해 주길 바라지."

예전에도 비슷한 말을 몇 번인가 들은 적이 있긴 하지만 그때완 느낌이 달랐다. 예전처럼 남자의 말을 웃어넘길 수가 없었다. 말 한 마디, 한 마디가 비수처럼 가슴에 박혀 드는 것 같았다.

"뭐 불만 있어? 할 말 있음 해 봐."

"……."

"말 안 해? 시팔, 싫음 말든가. 왜, 아주 때려치우지, 그냥."

농담이라 여기기엔 남자의 표정이 너무 단호했다.

어째서 저렇게 쉽게 그만두자는 말이 나오는 걸까. 거리낌 없는 남자의 말에 상처 입고 나서야 비로소 깨달았다. 상대가 나와 사귀는 것이 아니라, 사귀어 주기로 했을 뿐이라는 걸.

"다 때려치워."

짜증스러운 표정으로 일어서려는 남자의 옷자락을 붙잡았다. 막상 잡고 나니 입이 떨어지지 않아, 필사적으로 옷자락을 거머쥐었다.

"노력할게요…… 할 테니까."

그만두잔 말은 하지 마요.

몇 시쯤 되었을까. 감각 없는 입술에서 꽤 많은 시간이 지났다는 것만 짐작할 수 있었다. 숨이 막혀 고개를 돌렸지만 금세 붙잡혔다. 남자의 손에 이끌려 다시 단단한 목에 팔을 감았다.

낯설었다.

어둠 속에 드러난 모습은 지난번 그 사람과 같은데 이번에는 잡아 먹히고 있는 듯한 기분이 들었다. 등에 맞닿은 벽을 타고 냉기가 파고 들었다. 남자의 가슴과 벽 사이에 갇힌 자세가 불편했지만 몸을 뒤틀 때마다 입술을 물어뜯겼다.

무서웠다. 이 사람이 내가 싫어하는 일을 억지로 할 리 없다 생각 하지만, 이 사람이 내게 해를 끼치지 않으리라 믿지만, 거친 숨결이 귓가에 닿을 때마다 몸이 저절로 움츠러들었다.

"시팔, 진짜."

작은 뇌까림과 함께 다시 입술이 부딪쳤다. 동시에 남자의 손이 불 쑥 옷 사이를 파고들어 왔다. 제지하고 말 새가 없었다. 순식간에 올 라온 손이 브래지어를 밀어 올리고 가슴을 움켜쥐었다. 한 번도 느껴 본 적 없는 낯선 감촉에 흠칫, 등줄기가 떨렸다. 거침없이 가슴을 쥐 어짜던 남자의 손이 브래지어 훅을 풀었다.

"잠깐, 만요."

숨을 몰아쉬느라 들썩이는 가슴이 밀착해 오는 남자의 몸에 닿았다. 느슨해진 브래지어 사이로 빠져나온 유두가 꾹 짓눌리자 온몸의 솜털이 곤두섰다. 어떻게든 남자의 몸을 밀어 내고 팔로 가슴을 가리려 했지만 역부족이었다. 떠밀리기는커녕 윗옷을 어깨까지 끌어 올린 손이 긴장으로 도드라진 돌기를 아프게 문질렀다.

"손 좀, 빼 주세요."

"……."

"제발 손 좀……."

손목을 붙잡아 떼어 내려 해도 소용없었다. 아니, 오히려 철옹성처럼 단단한 남자의 몸이 압박하듯 다가왔다. 마른 입술이 목덜미를 지분거리다 성이 차지 않는지 피부를 쭉쭉 빨아들였다. 붙잡힌 어깨는 부러질 것처럼 아프고 내키는 대로 잡아 비트는 유두는 불이 붙은 듯 화끈거렸다. 온 힘을 다해 몸을 뒤틀며 남자의 어깨를 밀어 냈다.

"시팔."

끝까지 놓아줄 생각이 없어 보이던 손이 떨어져 나감과 동시에 쿵, 하고 벽이 울렸다. 남자의 팔이 벽에 부딪쳐 생긴 진동이 등을 타고 전해졌다.

"왜 이제 와 빼고 지랄이야. 니가 스무 살 어린애도 아닌데 왜 아무것도 모르는 맹탕처럼 굴어?"

"……."

"너랑 내 나이가 몇인데 손만 잡고 잠을 자? 좋네 마네 떠들어 대기 전에 이 정돈 각오했어야지!"

"저는 그냥……."

"시끄러."

이상하다고 생각했다. 맞닿은 숨결은 이렇게나 뜨겁고, 얇은 옷 사이로 전해지는 체온은 이렇게나 따뜻한데, 어째서 나를 보는 눈빛은 이토록 시린 건지.

싫은 게 아닌데.

정말로, 싫은 게 아닌데.

밤마다 잠든 남자의 얼굴을 보며 생각했었다. 이 사람과 한 몸이 된다는 건 어떤 기분일까. 처음은 굉장히 아프다는 얘기를 들었지만, 그래서 무섭기도 했지만 다정했던 입맞춤을 떠올리면 기대되기도 했다.

"하, 노력? 노력은 개뿔."

말하고 싶었다. 싫어하는 게 아니라 나는 그저 겁이 난 것뿐이라고. 당신을 거부하는 게 아니라, 누군가와 이렇게 가깝게 닿아 있는 것이 처음이라서, 나는 조금 두려워하고 있을 뿐이라고. 그러니, 한마디라도 좋으니 괜찮다고 말해 주길 바란다고. 한 번이라도 좋으니 눈을 맞추고 다정하게 안아 주면, 나도, 용기를 낼 수 있을 것 같다고.

나는, 정말로, 다만.

"니까짓 게 뭐 그렇게 대단하다고 튕기고 난리야."

차가운 시선. 차가운 말투. 혀끝에서 맴돌던 말이 얼어붙어 나오질 않았다.

"싫음 관둬. 기지배가 너 하나만 있는 것도 아니고."

심장에 얼음물을 쏟아부은 것 같았다. 나는 이 사람이 아니면 안 되지만 이 사람은 내가 아닌 누구라도 상관이 없는 거였다.

두 눈을 질끈 감고 남자의 목에 팔을 둘렀다. 겁먹은 마음을 눈치채지 않길 바라며 너른 어깨에 얼굴을 묻었다. 우악스러운 손길이 바지를 끌어 내리는 순간 아파, 하고 심장이 우는 소리가 들렸다.

"시팔, 진짜. 이게 사람을 뭘로 보고. 아프면 아프다, 싫으면 싫다 말해야 할 것 아냐. 니가 허락해 놓고 왜 사람을 나쁜 놈으로 만들어. 내가 싫다는 기지밸 억지로 붙잡아 할 만큼 궁한 줄 알아?"

거칠게 숨을 몰아쉰 남자가 바닥에 흩어진 옷가지를 주워 들었다. 잠시 후 쾅, 요란하게 문이 닫히는 소리가 들렸다.

어둠 속에서 눈을 깜빡이다 베개 근처에 떨어진 티셔츠를 주워 입었다. 다리 사이에 시큰한 통증이 일긴 하지만 견디지 못할 정도는 아니었다. 내 몸은 참 튼튼하구나. 허망한 웃음을 삼키고 자리에서 일어나 화장실로 향했다.

추워.

목이며, 팔이며, 다리에 오스스 소름이 돋았다. 뒷마당을 향해 난 손바닥만 한 작은 창문을 닫고 물을 틀었다. 대야에서 튀어 오른 물방울이 발목에 닿았다. 나도 모르게 한 걸음 뒤로 물러섰다. 씻고 싶었지만 차마 이 얼음장 같은 물을 몸에 끼얹을 엄두가 나지 않았다.

보일러를 잠깐 틀면 안 될까.

닫힌 문 너머를 바라보았지만 이내 포기하고 찬장에서 수건을 꺼냈다. 몸을 숙인 채 수건에 물을 적시는 동안 다리가 부들부들 떨려왔다. 쪼그려 앉자 바닥에서 올라오는 한기에 다시 몸이 떨렸다.

아파.

누구에게도 말할 수 없는, 몸 안쪽 깊은 곳에서 통증을 호소했다. 남자의 것이 뻑뻑한 곳을 비집고 들어오던 순간을 생각하자 절로 눈시울이 뜨거워졌다. 닦아 낼 새도 없이 순식간에 굵은 눈물이 떨어졌다.

태어나 처음으로 누군가의 품에 안긴 날이었다. 하지만 고통스럽기만 한 삽입이 끝난 직후 상대는 화를 내며 자리를 뛰쳐나갔고, 홀로 남겨졌다. 누군가는 첫 경험이 죽을 만큼 아프다고 했지만 이렇게 아이처럼 울 만큼 몸이 견디기 힘든 건 아니었다. 몸이 아니라, 그저, 마음이 아파 견딜 수가 없었다.

바닥에 주저앉아 얼마쯤 눈물을 쏟아 냈을까. 옷을 벗은 후 물기를 짠 수건으로 목과 가슴, 다리 사이를 닦아 냈다. 수건이 닿을 때마다 쭈뼛쭈뼛 소름이 돋았지만 이를 악물고 참았다. 몸을 모두 닦고 일어선 순간 거울에 비친 내 모습이 보였다. 희끄무레한 불빛 아래 드러난 길게 늘어진 팔다리가, 보잘것없는 가슴이, 추위에 새카맣게 죽어 든 유두가 흉하고 볼품없어 보였다.

'못나 빠진 게.'

'별것도 아닌 게.'

입을 맞추고 가슴을 어루만지며 남자가 중얼거리던 목소리가 귓가에 맴돌았다. 손가락으로 남자의 입술이 닿았던 부분을 더듬어 보았다. 몸에 남은 얼룩덜룩한 흔적에 손끝이 닿는 순간, 견딜 수 없으매 손바닥으로 얼굴을 가렸다.

추적추적 비 내리는 날씨 탓인지 온종일 몸이 나른했다.

떨어지는 빗줄기에 며칠째 쌓여 있던 눈마저 녹아내렸다. 비 오는 날엔 주문 전화가 늘지만 질척거리는 도로 탓에 배달이 쉽지 않았다. 시도 때도 없이 걸려 오는 항의 전화와 더불어 친구와 다툰 재현은 오전부터 저기압이라 배달을 나녀올 때마다 짜증을 부렸다.

"아, 진짜, 또 내가 가요?"

"돌아오실 때가 됐는데 안 오시네."

"아씨, 번번이 이게 뭐예요. 똑같은 월급 받는데 내가 두 군데 갔다 오면 그 인간은 한 군데만 갔다 오고. 씨발, 누군 목숨이 안 아까워서 천천히 안 다니는 줄 아나."

어지간하면 재현을 시키고 싶지 않았지만 아파트 단지에 배달을 간 무권이 돌아오지 않아 어쩔 수가 없었다. 겨우겨우 재현을 설득해 보내자마자 전화벨이 울렸다. 또 항의 전화인가. 무거운 걸음을 떼어 전화를 받자마자 날 선 여자의 음성이 들렸다. 주문한 지 언젠데 아직 안 오는 거예요. 죄송합니다. 거의 다 되어 가니까 조금만 더 기다려 주세요. 빌다시피 애원하고 전화를 끊고 나니 다리에 힘이 풀렸다.

조금만 쉬었으면 좋겠다.

지친 건 몸일까, 아니면 마음일까. 운 나쁘게 우중충한 날씨와 우울한 감정 상태가 맞물렸을 뿐이겠지만 견디기 힘들었다. 삼십 분, 아니, 십 분이라도 편히 앉아 쉬고 싶었다.

"여기 양파랑 단무지 좀 더 주세요."

홀 안의 손님에게 양파와 단무지를 가져다주기 무섭게 전화기 두 대가 동시에 울려 대기 시작했다. 수화기를 드는 순간 열린 문틈으로 서늘한 바람이 불어왔다. 고개를 돌리자 낮인데도 자욱한 어둠이 깔린 거리가 보였다.

— 짜장면하고 짬뽕이랑 여보, 뭐 먹는다고? 아, 죄송합니다. 다시 주문할게요. 짜장면 하나, 볶음밥 하나, 탕수육 작은 거 하나요.

"지금 주문하시면 좀 기다리셔야 하는데 괜찮으세요?"

— 비가 와서 많이 바쁜가 보네요. 한 시간 안에만 가져다주시면
돼요.

최대한 빨리 가져다드릴게요. 전화를 끊자마자 다시 반대쪽 전화
를 향해 손을 뻗었다. 금방이라도 끊어질 듯 아슬아슬하게 울리던 전
화를 받자 수화기 너머로 어린아이의 음성이 들렸다.

— 여기 풍임 아파트인데요, 짬뽕 하나랑……

문 너머에서 들려오는 희미한 빗소리와 아이의 목소리가 엉켜들었
다. 힐끗, 고개를 들어 보니 시계는 이제 겨우 오후 세 시 반을 가리키
고 있을 뿐이었다. 수화기를 어깨로 받쳐 들고 장부에 적어 둔 내용을
전표에 옮겨 적었다.

조금만 더. 조금만 더.

더디 흘러가는 시간에 약해지는 마음을 다잡았다.

저녁 설거지를 끝내고 홀로 나왔는데도 술판은 끝날 기미가 없었
다. 아홉 시 삼십 분. 평소라면 양해를 구하고 가게 문을 닫겠지만
곧잘 단체 주문을 해 주는 단골들인 터라 어쩔 수가 없었다. 한 달에
서너 번씩은 있는 일이지만 오늘만큼은 시끄럽게 떠드는 목소리가 달
갑지 않았다.

테이블 근처의 의자를 난로 앞에 끌어다 앉았다. 자리에 주저앉는
순간 절로 낮은 한숨이 나왔다. 아, 살 것 같다. 감각이 없는 발바닥에
아릿한 아픔이 번졌다. 주전자에서 보리차를 따라 마시자 온종일 긴
장으로 경직되어 있던 몸이 노곤노곤 풀어졌다.

그러고 보니 하루 종일 아무것도 안 먹었네.

일이 바쁜 탓도 있었지만 솔직히 입맛이 없어 뭘 찾아 먹을 마음이

들지 않았다. 집에 가자마자 씻고 자야지. 다시 디운물을 홀짝이는데 흥에 취한 목소리가 나를 불렀다.

"미안한데 우리 맥주 두 병만 더 사다 주면 안 될까? 후딱, 진짜 그 것만 후딱 마시고 갈게."

"잠깐만 기다리세요."

주변을 둘러봤지만 우산이 보이질 않았다. 이 근처에 세워 뒀는데. 이쪽을 보는 손님들의 시선이 느껴졌다. 어차피 비도 거의 그쳤겠다, 슈퍼도 코앞이니 뛰어가면 될 일이라 생각하고 우산은 포기했다. 수 입 맥주 두 병을 품에 안아 들고 돌아왔을 때 막 주방에서 나오던 남 자와 마주쳤다.

"우산은."

"찾았는데 안 보여서요."

남자의 입매가 실룩였다. 서늘한 시선을 따라가 보니 정수기 옆에 놓인 우산이 보였다. 왜 조금 전엔 저걸 못 봤을까.

"비도 거의 그쳐서 괜찮아요."

잠시만요. 남자에게 양해를 구한 다음 손님들이 머물고 있는 테이 블로 다가갔다. 맥주 두 병을 내려놓고 우스갯소리를 받아 준 다음 돌 아와 장부에 맥줏값을 기록했다. 더는 주문을 하지 않을 것 같아 미리 음식값을 계산해 두려는데 머리에서 떨어진 물방울이 하얀 종이 위에 번졌다.

이런.

재빨리 다른 방향에다 머리카락과 얼굴에 묻은 물기를 털어 냈다. 어디 보자. 양장피랑, 탕수육이랑, 짬뽕이랑, 소주 세 병, 콜라 작은 거 하나, 그리고 맥주 네 병…… 계산기를 두드려 금액을 기록하는데 어느샌가 다가온 남자가 말했다.

"먹고 싶은 거 뭐, 말해."

"저녁 아까 먹었잖아요."

"넌 안 먹었잖아."

"별로 생각이 없어서요."

"하루 종일 아무것도 안 먹었잖아."

"이것저것 중간에 집어 먹어서 괜찮아요."

"니가 뭘, 대체 뭘 얼마나 집어 먹었는데."

그냥 생각이 없는 것뿐이었다. 나도 입맛이 없을 때가 있고 식욕이 당기지 않을 때가 있는데 왜 그걸 일일이 설명해야 하는 걸까. 평소라면 걱정해 주는 것이라 여겼을 무뚝뚝한 말이 지금은 그저 귀찮았다.

"그냥 입맛이 없어 그래요. 정말 신경 쓰지 마세요."

"……."

"뒷정리 다 하신 거죠. 잠깐 앉아 쉬세요. 따뜻한 물 한 잔 드실래요? 하루 종일 제대로 쉬지도 못하셨잖아요. 날이 추워서 그런지 더운 게 들어가니까 피로가 좀 풀리더라구요."

남자의 대답을 듣지 않고 자리에서 일어섰다.

"거기 의자에 앉아 좀 쉬세요."

답답한 가슴을 내리누르며 컵을 꺼내는 순간 완연한 어둠이 내린 거리가 보였다. 희미한 빗소리는 어느샌 멎어 있었다.

"먼저 씻어."

"네."

평소엔 불 앞에서 일해 땀을 많이 흘린 남자가 먼저 샤워를 하곤 했었다. 왜냐고 물어볼 수도 있었지만 더 말할 기운이 없어 그냥 고개를 끄덕였다. 무거운 솜처럼 늘어지는 몸을 이끌고 화장실로 들어갔다.

"다 씻었어요."

샤워를 마치고 나와 주위를 둘러보았지만 인기척은 느껴지지 않았다. 혹시나 싶어 부엌과 방에도 가 보았지만 마찬가지였다.

전기장판은 켜져 있는데.

이불 안에 손을 밀어 넣자 뜨끈뜨끈한 열기가 느껴졌다. 맘 같아선 당장 지친 몸을 눕히고 싶었지만 불안감이 엄습했다. 멍한 머릿속에, 한 가지 바라지 않는 가정이 스쳤다. 경혜 씨를 만나러 간 건 아니겠지.

'싫음 관둬. 기지배가 너 하나만 있는 것도 아니고.'

'내가 싫다는 기지밸 억지로 붙잡아 할 만큼 궁한 줄 알아?'

전기장판의 코드를 뽑았다. 벗어 두었던 패딩을 걸쳐 입고 문을 열자 어둠 속에서 추적추적 빗소리가 들렸다. 집에 돌아올 즈음엔 멎었던 빗줄기가 또다시 하나둘 떨어져 내리고 있었다. 맨발로 운동화를 신자 습하고 눅진한 감각이 발바닥을 감쌌다.

숨을 내쉴 때마다 가느다란 빗줄기 사이로 하얀 입김이 퍼져 나갔다. 채 마르지 않은 머리카락의 물기가 버석버석 얼어 가는 게 느껴졌지만 혼자 집에 남아 있을 자신이 없었다. 어디로 가야 하지. 그 사람 집에 가 봐야 하나? 찾아갔는데, 정말 거기 있으면 어떡하지. 날 보고 무슨 권리로 간섭하냐고 하면⋯⋯. 검은 먹구름으로 뒤덮인 하늘을 바라보다 걸음을 내디뎠다. 한 걸음, 한 걸음, 질척이는 마당을 가로

질러 가는데 쇳소리와 함께 대문이 열렸다.

"왜 나와 있어."

"……아."

"이 오밤중에 어딜 가려고."

"어디 갔다 오셨어요?"

"이 오밤중에 어딜 나가려는 거냐 묻잖아."

"그냥, 씻고 나왔는데 안 보이셔서요. 그래서……."

얼결에 진심이 나왔다. 지겹다고 생각하지 않을까. 발치를 내려다보다 고개를 들었다. 남자는 여전히 뜻 모를 얼굴로 가만히 이쪽을 보고 있었다. 조심스럽게 다가가 남자의 머리 위에 우산을 씌웠다.

"우산 안 들고 가셨어요?"

"……."

"많이 젖었네요. 빨리 안 씻으면 감기 걸릴 것 같은데……."

"왜 맨발이야."

"어쩌다 보니 그냥, 어, 우산 제가 들면 되는데."

"빨리 들어가기나 해. 지금이 몇 월인데 맨발로 설쳐, 설치긴."

우산을 빼앗아 든 남자가 어깨를 떠밀었다. 엉겁결에 신발을 벗고 집 안으로 들어서는 순간 고소한 냄새를 맡았다. 의아함에 뒤를 돌아보자 남자가 겉옷 속에서 검은 비닐봉지를 꺼내고 있었다.

"먹어."

단 한 마디가 끝이었다. 품 안에 비닐봉지를 떠안긴 남자가 무심히 화장실로 향했다.

전기장판의 열기로 이불 속이 훈훈해질 즈음 남자가 방으로 들어왔다. 멍하니 벽에 기대어 앉아 있다 굽이진 몸을 곧추세웠다. 젖은 머리를 수건으로 털어 내던 남자의 시선이 무릎 위에 올려놓은 검은 비닐봉지에 닿았다.

성큼 다가와 벌어진 봉지 안을 확인한 남자가 인상을 찡그렸다.

"안 먹고 뭐 했어."

"같이, 먹을까 하구요."

주섬주섬 이불을 걷어 내자 남자가 다가와 비닐을 빼앗아 들었다. 거기 가만 앉아 있어. 찬 바닥에 주저앉은 남자가 호일로 둘둘 감긴 둥근 물체를 꺼냈다.

"이거 사러 밖에 나가신 거예요?"

"……."

"아까 도로 옆에서 팔던 거네요."

"……."

"이거, 되게 어릴 때 한번 먹어 봤었는데."

호일을 열어젖히자 노릇노릇하게 구워진 통닭이 드러났다. 이불 위에 신문을 깐 남자가 그 위에 통닭이 놓인 호일을 올렸다.

"기름 묻잖아요. 흘릴 수도 있으니까 제가 내려갈게요."

"됐어. 쓸데없는 거 신경 쓰지 말고 먹기나 해."

"……같이 안 드세요?"

"너부터 먹어."

호일 귀퉁이에 소금을 뿌리고 나란히 무까지 놓은 남자가 재촉했다.

"먹어, 빨리."

여전히 입맛은 없었지만 비 오는 거리로 나가 음식을 사 온 사람의 성의를 무시할 수가 없었다. 망설이다 날개를 뜯었다. 남자가 품에 넣고 있던 탓인지 온기가 남은 통닭은 부드럽고, 또 고소했다.

"맛있어요."

같이 먹자는 뜻으로 웃어 보았지만 남자는 물끄러미 나를 보고 있을 뿐이었다. 시선이 부담스러워 고개를 숙이는데 눈앞에 살점이 그득한 닭 다리가 내밀어졌다. 얼결에 닭 다리를 받았다.

"같이, 먹어요."

어색한 공기 속에서 겨우겨우 닭 다리 한쪽을 다 먹어 갈 때쯤 남자가 남은 통닭을 하나하나 해체하기 시작했다. 호일 위에 살코기가 차곡차곡 쌓였다. 이렇게까지 해 주지 않아도 되는데. 괜찮다는 말이, 배가 부르단 말이 입술 언저리에서 맴돌았지만 기름기로 반들반들 젖은 손을 보자 말이 나오질 않았다.

"더 먹어."

"같이 먹……."

노르스름한 껍질이 달린 살점이 입가에 닿았다. 손가락에 입술이 닿지 않게 주의하며 고기를 먹었다.

"자요."

발라 놓은 살코기를 집어 내밀자 남자가 어쩔 수 없다는 듯 고기를 받아먹었다.

"됐어, 이제. 너 다 먹어."

……배부른데.

기어코 통닭 한 마리를 모두 내 입에 밀어 넣고야 말겠다는 의지가 엿보였다. 그럼 제가 직접 먹을게요. 말 끝나기 무섭게 남자의 손이 움찔했다. 한일자로 입을 다문 남자가 다시 발라 놓은 살점을 내밀었다. 그 고집스러운 표정이, 행동이, 꼭 상처받은 사람이 오기를 부리는 것처럼 보이는 건 왜인지.

문득 남자의 손이 눈에 들어왔다. 투박하고 거친 손이었다. 베이고, 화상을 입은 자국으로 어디 하나 성한 구석이 없는 손이었다. 손가락이며 손바닥이며 할 것 없이 굳은살이 박여 마주 잡았을 때 빈말로도 부드럽다 말할 수 없는 손이었다.

지난밤, 저 손이 주었던 아픔이 아직도 선명했다. 여전히 저 손이 닿았던 몸 구석구석이 쓰라리고 얼얼했다. 우악스레 움켜쥐었던 피부엔 검푸른 멍이 남았다.

하지만 정말 그게 전부였을까.

아니, 나를 상처 입혔던 저 손에 위로받았던 순간도 있었다. 바늘하나 들어가지 않을 것처럼 단단한 손에 한없이 보호받는 기분을 느꼈던 순간도 분명 있었다.

"맛, 없어?"

남자의 물음에 고개를 저었다. 지난밤의 일로 적어도 한 가지 사실을 알게 됐다. 이 사람의 손은 나를 든든하게 지켜 줄 수도 있지만 나를 상처 입힐 수도 있다는 것.

"근데 왜 안 먹어."

"목이 막혀서요. 무도 같이 먹었으면 좋겠어요."

말 끝나기 무섭게 남자가 무를 내밀었다. 무를 받아먹고 나자 당연하다는 듯 곱게 뜯어진 살코기 차례가 돌아왔다. 살코기만으론 퍽퍽하다 생각했는지 노릇하게 구워진 껍질이 덧붙여지기까지 했다.

"왜, 웃어."

"그냥요."

이불 속에 있어 보송보송한 내 손과 달리 기름으로 뒤범벅된 남자의 손을 바라보았다. 여전히 상대의 속을 모두 알 순 없었지만 그래도 한 가지 더 알게 된 사실이 있었다. 이 사람의 손이 나를 든든하게 지켜 줄 수도, 나를 상처 입힐 수도 있지만, 나로 하여금 웃음 짓게 할 수도 있다는 것.

"그냥 뭐."

"그냥, 좋아서요."

좋아서요, 정말로.

종
열

4

SALTY
SALTY
SALTY

샤워를 하고 나오니 컴컴했던 부엌에 불이 켜졌다.

"기다리는 동안 형광등 갈아 놨어요. 다 씻으신 거죠? 저도 씻고 올게요."

지안이 나간 후 홀로 환한 부엌 아래 선 종열의 턱이 단단하게 굳어졌다. 목에 걸고 있던 수건을 풀어내는 손길이 사뭇 신경질적이었다. 방으로 돌아와 얼마쯤 의미 없이 티브이 채널을 돌리고 있었을까.

"드라마 아직 시작 안 했죠. 앞부분 놓칠까 봐 진짜 정신없이 씻었……."

대답해 주지 않아도 혼자 종알종알 떠들어 대던 목소리가 멎었다. 갑작스레 끊어진 목소리에 고개를 돌리자 지안이 바닥 귀퉁이를 유심히 지켜보고 있었다. 신중하게 두루마리 휴지를 풀어 손에 감은 지안이 어느 순간 바닥을 향해 몸을 날렸다.

"잡았다."

"뭔데."

"거미요."

난감한 표정으로 휴지 뭉치를 꾹꾹 짓누른 지안이 밖으로 나갔다. 잠시 후 빈손으로 돌아온 지안이 부르르 몸을 떨었다.

"너무 징그러워요."

"실컷 잡아 죽여 놓고 징그럽긴 개뿔."

종열의 어이없단 표정에 지안이 고개를 저었다. 가만 내버려 둘 순 없으니까 잡긴 잡는데요, 그래도 벌레는 싫어요. 아까 잡았는데 휴지 속에서 꿈틀하는 거 있죠. 거미가 사라진 방구석을 확인한 지안이 감각이 떠오르는 듯 주먹을 쥐었다 펴기를 반복했다.

그렇게 싫으면 잡아 달라 하든가.

짜증이 치솟았다. 도와 달라 한마디만 하면 될 것을 왜 쓸데없이 먼저 나서는 건지. 조금 전만 해도 그랬다. 가만 내버려 두면 어련히 알아서 해 주련만 다리도 짧은 게 끙끙대며 형광등을 갈아 놓았다. 하기야 며칠 전엔 가게 선반의 못이 느슨하다며 손수 공구를 꺼내 와 못 질까지 했었다.

'시커먼 사내 녀석들 두고 그걸 왜 니가 해?'

'제가 할 수 있는데 굳이 남 시킬 거 뭐 있어요.'

종열은 진심으로 지안의 어머니란 작자의 정신머리가 궁금해졌다. 그 여자는 하나뿐인 딸내미를 사내놈으로 착각해 키운 게 아닐까. 대체 어떤 식으로 자식 교육을 시켰길래 기지배가 사내새끼마냥 씩씩하고 튼튼한 건지 알 수 없었다.

기지배는 기지배답게 키워야 할 거 아냐.

매일 이거 해 달라 저거 해 달라 앙탈 부리고 사소한 일에 눈물을 짜 대도 꼴 보기 싫겠지만 이건 또 이것대로 마음에 들지 않았다. 온실 속 화초처럼 유약할 줄 알았더니, 웬걸. 이건 그냥 잡초였다. 처음엔 좀 위태위태해 보이더니 요즘은 뭘 줘도 잘 먹고, 잘 자고, 욕을 바가지로 얻어먹고도 방실방실 처웃는 날이 늘어났다. 그뿐인가. 칼에 손이 베여도 피 한 방울 쭉 빨아 먹고 지나가는 무신경함에는 종열조차 기가 찰 정도였다.

"일주일 중에 수요일이랑 목요일이 제일 좋아요."

드라마가 시작되자 지안이 몰입하는 자세를 취했다. 본인이 좋아하니 함께 봐 주곤 있지만 사실 드라마 따윈 질색이었다.

저게 또 정신이 팔려서.

종알대던 입을 다물고 화면에 들어갈 듯 집중하는 모양새가 탐탁잖았다. 혼자 진지한 얼굴을 했다, 미간을 찌푸렸다, 헤실헤실 웃다……. 표정 한번 다채로웠다.

"저놈은 또 왜 저러는데."

"누구요?"

"저기 저 안경잡이."

"아, 남주인공 동생이자 비서요. 여주인공이 남주인공하고 사귀는 게 마음에 안 들어서 일을 꾸미는 거예요."

관심이 없으니 내용이 눈에 들어오지도 않았다. 솔직히 저 안경잡이가 뭔 짓을 하든 무슨 상관이랴만, 이렇게라도 묻지 않으면 오십 분 내내 잊힌 존재가 되기 십상이었다.

"저놈은 또 뭔데."

"여주인공 친군데요, 여주인공이랑 계속 한집에서 살았거든요. 부모님이 돌아가신 후에 여주인공 아버지가 키워 줬는데 자기도 모르게 여주인공을 좋아하게 된 거예요. 근데 알고 보니 자기 아버지가 여주인공의 아버지였고, 그래서……."

염병하고 자빠졌네.

저딴 지랄맞은 얘기가 뭐 그리 재밌다고 이야기를 줄줄 꿰는 것도 모자라 울었다 웃었다 지랄을 해 대는가 싶어 울컥했다.

"있죠, 저는 남주인공보다 저 사람이 더 신경 쓰이는 거 있죠. 되게 짠해요. 자기 동생인 줄 알았을 땐 이미 좋아하고 난 뒤네, 좋아하면서도 좋아한단 말도 못 하고……."

저까짓 게 뭐라고 신경 써, 신경 쓰길.

맘 같아선 확 채널을 돌려 버리고 싶었지만 참았다. 지금은 지은 죄가 있으니까.

그날 밤은 종열에게도 악몽 그 자체였다.

성급했었다. 그 사실을 종열도 모르진 않았다. 하지만, 하지만 이름조차 부를 수 없었던 상대가 손을 뻗으면 닿을 거리에 있었다. 그것도 다른 누구도 아닌 자신의 품 안에. 이성을 유지할 수 있을 리 없었다.

열여덟 사내애가 된 기분이었다. 태어나 처음 여자를 경험하는 풋내기처럼 어떻게든 안고 싶어 안달이 나 있었다. 부드럽게 몸을 쓸어 줄 여유도, 다정하게 입을 맞춰 줄 여유도, 괜찮다 한마디 말해 줄 여유도 없었다.

'시팔, 진짜. 이게 사람을 뭘로 보고. 아프면 아프다, 싫으면 싫다 말해야 할 것 아냐. 니가 허락해 놓고 왜 사람을 나쁜 놈으로 만들어. 내가 싫다는 기지밸 억지로 붙잡아 할 만큼 궁한 줄 알아?'

그런 말을 해선 안 된다는 걸 알았다. 알지만 화가 났다. 스스로의 미숙함에 화가 났고 목석처럼 굳어 아파하기만 하는 모습에 화가 났다. 같은 마음이라고, 좋아한다 말해 놓고 자신 혼자 미쳐 날뛰어야 하는 현실에 화가 났고, 처음부터 끝까지 짐승에게 겁간당하는 것처럼 하얗게 질린 얼굴에도 화가 났다.

끝이라고 생각했다. 더는 지안이 자신을 보지 않을 거라 생각했다.

'그냥, 씻고 나왔는데 안 보이어서요. 그래서…….'

그런 꼴을 당하고서도 자신이 보이지 않는다며 찾아 나선 미련퉁이였다. 자신이라면 분명 상처 준 인간을 두 번 다시 상종하지 않을 텐데.

'그냥요. 그냥, 좋아서요.'

그런 아픈 일을 당하고서도 조금 잘해 주었다고 웃어 주는 바보였다. 제대로 사과조차 하지 않았는데 좋긴 뭐가 좋다는 건지. 아프면서, 속이 썩어 문드러지는 것 같으면서.

"재미없어요? 딴거 보실래요?"

"됐어."

"기왕이면 같이 보고 재밌는 게 좋은데."

"재밌으니까 입 다물고 보기나 해."

찜찜한 표정으로 화면을 보던 지안이 다시 옆을 돌아봤다.

"정말 딴거 봐도 되는……."

"됐다니까!"

화를 낼 생각은 아니었다. 자꾸만 무리해서 자신에게 맞춰 주려는 게 싫었을 뿐이었다. 그냥 네가 좋아하는 걸 보라고 말하고 싶었다. 정말로, 그것뿐이었는데.

알겠다며 다시 화면을 응시하는 지안의 어깨가 딱딱하게 굳어 있었다. 착잡한 얼굴로 그 모습을 지켜보던 종열이 이내 고개를 돌렸다.

잠깐 숨을 고를 겸 홀로 나오던 종열의 걸음이 우뚝 멎었다. 재현과 지안은 나란히 테이블에 앉아 손님용으로 놓아둔 텔레비전에 집중하고 있었다. 커피와 바나나우유를 각자 앞에 두고 달라붙어 앉은 모양새가 오누이처럼 다정해 보였다.

일은 안 하고 뭐 하는 거야, 저것들이.

화면 속엔 손수건으로 눈물을 찍어 내는 50대 중반의 여자가 있었다. 잠시 후 화면이 바뀌더니 말쑥한 정장을 빼입은 남자가 나타났다.

[이 사건의 경우엔 이혼만이 답입니다. 수십 년간 이혼 전문 변호사로 일해 오면서 이런 케이스를 무수히 많이 접해 왔습니다. 남편이 술에 취해 아내와 자식을 두들겨 패고 집 안 기물을 부숴 놓고 다음 날 사과하면 아내들은 불안해하면서도 일단 용서를 해 줍니다. 설마 또 그러기야 하겠어, 이번에는 변하겠지, 행동은 이래도 심성은 고운 사람이야, 이렇게 스스로를 위안하면서요. 물론 크나큰 착각이죠. 사람은 쉽게 변하지 않습니다. 심성이 고운 사람은 자신의 아내와 자식을 패지도 않고요. 모두들 김숙자 씨 사연을 안타깝게만 여기는 것 같은데 제가 단호히 말씀드리죠. 일단 이 경우 가장 큰 문제는 남편에게 있는 게 맞습니다. 하지만 고쳐지지 않을 걸 알면서도 미련스럽게 참아 넘기며 십 년 동안 불행한 삶을 지속해 온 데는 김숙자 씨의 잘못도 있습니다. 지금이라도 이혼을 하실 경우 재산 분배는……]

진지하게 화면을 보고 있던 재현이 퍽퍽, 제 가슴을 내리쳤다.

"어이구, 내가 다 열불이 나네. 저 아줌마 완전 등신인가 봐요."

"음, 좀 답답하긴 하다."

"저런 놈을 어떻게 십 년 넘게 참고 살았대요? 하이고, 나 참. 저런 새끼들은 평생 가도 안 변해요, 안 변해. 대체 왜 미련스럽게 저러고 산대요?"

"그러게."

"솔직히 난 저런 사람 안 불쌍해요. 자기가 자기 무덤을 파고 있는 거잖아. 주변 사람들이 저러고 사는 거 모르겠어요? 남들이 골백번도 더 말렸을 텐데 자기가 참고, 참고 또 참고 살고 있는 거잖아요. 저놈 말 참 잘한 것 같아요. 물론 그 남편 놈이 나쁜 놈인 건 맞는데 결국 그 나쁜 놈을 끝까지 붙들고 있는 저 아줌마가 스스로 불행을 자초한 거 아니에요? 아씨, 또 보다 보니 열불 나네."

바나나우유를 숫제 술처럼 들이붓는 재현에게 지안이 머뭇머뭇 이야기를 꺼냈다.

"있지 이건 내 주변 사람 얘긴데. 화를 내다가 또 잘해 주고…… 그런 건 왜 그런 것 같아? 절대 때리고 그런 건 아니고…… 그냥 어떨 땐 되게 자상한데, 또 어떨 땐 무슨 생각을 하는지 잘 모르겠고…… 그렇대서."

"누나 애인 얘기 아니구요?"

"아니, 진짜 아니야. 그냥, 그냥 내 친구 얘기야."

"흠. 쭉 잘해 주거나 쭉 못해 주거나 하는 게 아니라 속상하게 했다 잘해 주고, 날 싫어하나 싶다가도 좋아하는 것처럼 굴고, 못되게 굴었다 어느 날은 되게 자상하게 굴고, 막 그런대요? 맞죠? 누나. 그런 놈은 말이죠, 여섯 가지로 압축할 수 있어요. 선수거나 나쁜 놈이거나 선수거나 나쁜 놈이거나 선수거나 나쁜 놈이거나. 하지만 선수도 결국 나쁜 놈이니까 결국 한마디로 말하면 나쁜, 아주 나아쁜 놈이에요. 당장 헤어지라 그래요."

"그, 그래? 근데 꽤 잘 아는 것 같네."

"제가 아는 형들 중에 그런 놈이 있어요. 얼굴 반반한 거 빼곤 봐 줄 게 없는 놈인데 여자 울리기를 아주 밥 먹듯이 해요. 웃긴 게 그놈이 세 번은 함부로 굴었다 한 번은 간이고 쓸개고 빼 줄 것처럼 굴거든요? 설마 그런 뻔한 수법에 넘어가나 싶었는데 여자애들이 거기 또 넘어가요. 제 친구 녀석도 그놈한테 걸려 가지고 얼마나 맘고생을 했는데요. 그놈 때문에 속상해서 못 살겠다 울길래 헤어지라니까 알겠다 해 놓고 다음 날엔 그놈이 자기한테 목걸이를 선물해 줬다면서 자랑질을 해 대는 거 있죠. 제가 답답해서 물었죠. 너도 그놈이 나쁜 놈인 거 알잖냐, 왜 알면서 그런 놈을 만나냐. 그러니까 걔가 그러는 거예요. 그래도 잘해 줄 땐 또 얼마나 잘해 주는지 몰라. 그 사람이 그러더라고. 나한테 너무 잘하고 싶은데 자기가 표현이 서툴러서 그런 거니 이해해 달라고. 자긴 그게 너무 짠해서 꼭 껴안아 주고 싶어진다는 거예요. 나 원, 어이가 없어서. 자신은 그 사람의 단점마저 껴안아 주고 싶네 어쩌네 그렇게 난리 블루스를 추더니 얼마 전에 양다리 걸친 거 알고 헤어졌잖아요."

"그렇구나……."

"누나 친구한테도 꼬옥, 꼭 말해 줘요. 그런 놈은 아예 떡잎부터 글렀으니까 거시기를 확! 차서 내쫓으라고. 그놈이 정말 표현을 못 한다고 쳐요. 근데 세상에 넘치는 게 사내놈들인데 왜 표현도 못 해서 사람 속을 긁는 머저리를 만나요?"

재현이 이해할 수 없다는 듯 한 번 더 자기 가슴을 탕탕, 요란하게 내리쳤다. 동의한다는 듯 고개를 끄덕이던 지안이 필요 이상으로 흥분한 재현이 의아한 듯 불쑥, 물었다.

"혹시 그 친구라는 애, 니가 좋아하는 거야?"

"뭔 소리를 하는 거예요! 이 누나 참, 사람을 뭘로 보고. 걔는 그냥 친구라구요. 불알친구 같은 거예요. 제가 미쳤다고 그런 앨 좋아해요? 제가 얼마나 눈이 높은데. 걔가 얼마나 못생긴 줄 알아요? 성격도 드럽고, 말도 험하고, 방귀도 아무 데서나 뿡뿡 잘 끼고 또, 에…… 으허, 놀랐네. 아저씬 왜 거기 귀신같이 서 있어요? 깜짝 놀랐잖아요."

재현의 짜증 섞인 외침에 종열의 입매가 사납게 비틀렸다.

"왜, 왜 그렇게 봐요?"

묵묵히 두 사람의 대화를 듣고 있던 종열은 이미 머리끝까지 화가 난 상태였다. 저 새끼가 듣자 듣자 하니 못 하는 말이 없어. 하, 뭐? 거시기를 걷어차 버려? 머저리? 저딴 놈 입에 야끼우동을 처넣어 줬단 생각을 하자 피가 거꾸로 솟았다. 사람이 기껏 신경 써 줬더니 저게 대체 뭐라고 씨불이는 거야.

"너, 니 친구라는 그 기지배, 달에 한 번꼴로 오는 개 맞지."

"그, 그런데요, 왜요."

"……못생기고, 성격도 드럽고, 말도 험하고, 방귀도 아무 데서나 뿡뿡 껴 대고. 그대로 전해 줄 테니 그런 줄 알아."

"하지 마요!"

자신의 말에 하얗게 질린 재현의 얼굴을 보고 종열이 흥, 코웃음을 쳤다. 그러지 말라며 칭얼칭얼 매달리는 재현을 뿌리치고 꼿꼿하게 물 한 잔을 비운 종열이 주방으로 향하던 걸음을 돌려세웠다. 껌뻑껌 뻑. 여전히 상황 파악을 못 한 듯 보이는 멍한 얼굴이 분노에 기름을 들이부었다.

"할 일 없으면 들어와서 양파나 까."

이를 갈며 종열은 다짐했다. 앞으론 절대로 저 둘을 같이 있게 두지 않겠노라고.

조리대 위에 흩어진 야채며 튀김 부스러기를 훔쳐 내던 손길이 우뚝 멎었다. 이상하다는 듯 뒤를 돌아본 종열의 시선이 한곳에 가 멈췄다. 양파를 까라고 했던 상대는 양파 망만 무릎에 올려 둔 채 멀뚱히 앉아 있을 뿐이었다.

"정신을 얻다 두고 있는 거야, 지금."

"죄송해요, 잠깐 생각 좀 하느라구요. 속도 낼게요."

"……뭔 생각을 했는데."

"그냥, 이것저것요."

"이것저것, 뭐."

지안의 눈가에 망설임이 스쳤다. 가까스로 삭이고 있던 화가 새삼 치솟았다.

억울했다. 술을 마신 적도, 손을 댄 적도, 물건을 때려 부순 적도 없건만 왜 그딴 쓰레기 같은 놈 얘기를 들으며 자신을 떠올린단 말인 가. 게다가 어디 조언을 구할 상대가 없어서 그런 대가리에 피도 안 마른 자식한테 진지하게 질문을…….

'결국 한마디로 말하면 나쁜, 아주 나쁜 놈이에요. 당장 헤어지

334

라 그래요.'

재현이 니놈은 한 달 내내 짜장면만 먹을 줄 알아.

"이번 휴일에도 일 가세요?"

갑자기 웬 휴일. 종열의 눈매가 가늘어졌다.

"가든 말든 니가 무슨 상관인데."

"……가세요?"

"가면 어쩔 건데."

"뭘 어쩐다기보단."

기죽은 목소리가 마음에 들지 않았다. 정말 이게 나를 좋아하는 건가 싶었다. 좋아한다는 건 말뿐이고 달라진 건 아무것도 없었다. 그뿐인가. 재현에겐 살갑게 굴면서 자신 앞에서만 벌벌 떨어 댔다. 자신이 대체 뭘 어쨌다고.

"가. 가야지. 놀면 돈이 나와 뭐가 나와?"

"……그렇구나. 그럼 늦게 돌아오세요? 아님 저녁 전엔 오세요?"

점점 의심스러워졌다. 왜 자꾸 이딴 걸 묻는 거야. 지난번에도 잠깐 자리를 비운 사이 바다로 튀어 버린 전적이 있으니 의심이 더 증폭됐다. 혹 일을 간 사이에 집을 나가려는 것은 아닐까.

그날만 생각하면 아직도 머리털이 쭈뼛 섰다. 휴대폰도 없고, 그렇다고 평소 가까이 지내던 지인이 있는 것도 아니었다. 당연히 집에 있으리라 생각했던 존재가 흔적도 없이 사라져 버렸다는 걸 알았을 땐, 그야말로 머릿속이 하얗게 비었었다.

"늦게 올 거야. 밤, 늦게."

여차하면 집 밖에서 감시라도 해야겠다 싶었다. 구질구질하다는 걸 알면서도, 별것도 아닌 기지배 하나 때문에 휘둘리는 스스로에게 짜증이 나면서도 어쩔 수가 없었다.

"그건 왜 자꾸 묻고 지랄이야?"

"그게, 지난번에 쉬셨잖아요. 그래서 이번에도 쉬시면 같이 나가 보는 것도 좋을 것 같아서…… 저녁 전에 오시면 그때라도 나가 볼까 했는데, 음, 늦게 오시면 안 되겠네요. 어쩔 수 없죠, 뭐."

그딴 건 진작 말해!

실망스러운 표정으로, 이내 괜찮다는 듯 웃음 짓는 얼굴을 보자 다시 속이 끓었다. 그냥 가자고 하면 될 걸 왜 사람 헷갈리게 말을 빙빙 돌려 대는 건지.

"뭐 드시고 싶으신 거라도 있으면……."

"그 시간이면 다 먹고 와. 필요 없어."

"아니면 뭐 달리 필요……."

"없대도! 쓸데없는 소리 그만하고 빨리 양파나 까."

"네."

힘없는 목소리를 듣고 나니 꽉 혈압이 올랐다. 시팔, 진짜. 분을 못 이기고 조리대를 걷어차는 순간 요란한 꿍음이 울렸다. 아차, 싶었지만 동그랗게 커진 눈동자가 두려움을 담고 이쪽을 보고 있었다.

"뭘 봐?"

위태롭게 흔들리는 눈동자에 또다시 심장이 덜커덩 흔들렸다.

등을 맞대고 누운 지 얼마 지나지 않아 부스럭대는 소리가 났다. 나직한 숨소리와 함께 지안이 몸을 일으키는 소리가 들렸다. 가만가만 이쪽을 바라보는 시선이 느껴졌다. 이불을 끌어 올려 덮어 준 상대가 나지막이 속삭였다. 안녕히 주무세요.

한참 후 뜬눈으로 누워 있던 종열이 고개를 돌렸다. 어둠에 익숙해진 시야에 벽에 꼭 달라붙어 잠든 인영이 보였다. 반쯤 몸을 일으켜 지안을 내려다보던 종열이 나지막이 중얼거렸다.

"좋아하긴 개뿔."

종열 자신이 보기에 지안이 자신을 좋아한다는 마음은 재현을 동생으로서 좋아하는 것보다 못하면 못했지 더하진 않았다. 결국 또 자신만 이 꼴이었다.

설마하니 어린 시절 제 속을 썩어 문드러지게 만들었던 기지배를 또 마음에 담게 될 줄이야. 억울했다. 이게 얼굴이라도 예쁘면 말을 안 했다. 다른 기지배들처럼 살갑게 애교라도 피우면 또 말을 안 했다. 대체 왜 번번이 이 키만 멀대같이 큰, 눈치라곤 약에 쓸래도 없는 선머슴 같은 기지배한테 넋을 빼 놓아야 하는 건지.

자리에서 일어나 앉은 종열이 지안을 향해 손을 뻗었다. 금방이라도 사납게 지안의 몸에 닿을 듯한 손은, 그러나 이내 허공에서 머뭇거렸다. 종열이 조심스럽게 뺨 위로 흘러내린 지안의 머리카락을 귀 뒤로 넘겼다. 보슬보슬한 뺨을 쓸어 보고 속눈썹과 입술을 톡톡 건드려 보길 몇 차례. 얼굴을 건드리는 손길이 귀찮았던지 지안이 도리질을 치며 종열을 향해 돌아누웠다.

이 기지배는 뭔 놈의 잠버릇이 이렇게 정신 사나워.

투덜대는 종열의 입꼬리가 슬쩍 올라갔다. 몸을 낮춘 종열이 조심조심 지안의 목뒤로 팔을 밀어 넣었다. 살짝 떨어지는 고개에 눈치를 살피다 이내 다른 팔로 등을 감싸 안았다. 몇 번인가 거듭 팔을 고쳐 부드러운 몸을 세대로 끌어안고 나자 안도감이 피졌다.

이마에 조용히 입술을 내리누르자 심장에 기분 좋은 떨림이 일었다. 숨을 들이쉴 때마다 로션 냄새가 뒤섞인 포근하고 따뜻한 냄새가 났다. 대체 이게 무슨 느낌일까. 배운 게 없는 무식한 놈인 탓인지 이 심정을, 이 느낌을 말로 표현하려 해도 도무지 설명할 수가 없었다.

"못난 기지배."

거짓말이었다.

못나긴 어디가 못났단 말인가. 예쁜데. 전부 예쁜데. 먹는 것도 예쁘고, 종알종알 떠들어 대는 것도 예쁘고, 자는 것도 예쁜데. 토라져도 예쁘고, 울어도 예쁘고, 웃어 버리면 더 예쁜데. 곱지 않은 자신의 말에 상처받는다는 걸 알았다. 하지만 어쩌란 말인가. 한평생을 이렇게 살아왔는데.

"못된 기지배."

'*좋아해도 돼요?*'

그딴 말로 사람을 홀려 놓았으면 책임을 져야 할 거 아니야. 사람이 잘못 한번 했다고 괴물 보듯 흠칫거리기나 하고. 못마땅한 얼굴로 지안을 응시하던 종열이 작게 중얼거렸다.

"……잘못했으니까 그만 겁먹으란 말이야."

지안을 끌어안은 손에 점차 힘이 들어갔다.

문 너머에서 연신 덜그럭대는 소리가 들렸다. 가만히 방에 앉아 텔레비전을 보고 있노라니 자꾸만 부엌 쪽으로 시선이 쏠렸다. 거실이라면 뭘 하는지 엿볼 수라도 있을 텐데 방 안에 있으니 속만 탔다.

'내일이 생일이셨어요? 어떻게 해요, 저 아무것도 준비 못 했는데.'

하여간에 병호가 문제였다. 인사라면 휴대폰으로 하면 될 것을 굳이 가게로 전화해서 지안의 귀에 생일 얘기가 들어가도록 했다.

[고마우면 다음에 한턱 쏴라.]

그 후 휴대폰으로 날아든 메시지는 즉각 삭제했다.

그깟 귀빠진 날이 뭐가 대수냐 말해도 사람 말을 듣지 않았다. 쓸데없이 돈지랄할 생각 집어치우라 말해도 소용없었다. 세상이 멸망하기라도 한 듯 저녁 설거지를 하는 내내 뭔가를 고심하더니 이내 아침상이라도 차려 주겠다며 눈을 빛냈다.

'내일 중학교에 단체 주문 있죠. 아침에 준비하면 시간 없으니까 오늘 밤에 미리 만들어 놔야겠어요.'

'그럼 내일 아침 준비하면서 미역국이나 끓여.'

'그거 갖곤 안 돼요. 선물도 준비 못 했는데.'

저게 이런 똥고집이 있는 줄 처음 알았다. 정육점과 슈퍼를 돌아다니며 주섬주섬 재료를 사 모은 지안은 집에 오자마자 부엌에 처박혔다. 혹시나 싶어 좋아하는 드라마를 켜 놔도 감감무소식이었다.

보는 둥 마는 둥 했던 드라마가 끝나기 무섭게 종열이 일어섰다. 거실로 나가 보니 주방에서 부지런히 뭔갈 자르고 다듬는 뒷모습이 보였다. 저러다 손 다치지, 저게. 칼을 발등에 꽂으려 했던 인물인지라 뭘 해도 불안했다. 부엌에 들어오지 말라는 말을 듣긴 했지만 무시하기로 했다. 자신이 나서면 삼십 분 할 일을 십 분 안에 끝낼 수 있는데 쓸데없이 기운 낭비를 할 필요는 없었다.

"이게 아닌데. 맛이 없는 건 아닌데 좀…… 소금을 더 넣어야 하나? 아님 간장?"

대체 뭘 만드는지 사람이 들어와도 알아챌 기미가 없었다.

"……짜. 물로 헹궈야 하나?"

놀고 자빠졌네.

"지랄하고 자빠졌네."

흠칫, 마른 어깨가 떨렸다.

"언제 들어오셨어요?"

"비켜. 내가 할 거니까."

신경질적으로 팔을 걷어붙이고 나선 종열의 앞을 이내 지안이 가로막았다.

"누가 생일상을 자기가 차려요. 가서 주무세요. 제가 할 수 있어요."

"생일상은 무슨. 먹고 골로나 안 가면 다행이게. 음식 갖고 장난치는 것도 아니고."

"골로 가다니 그게 무슨…… 오랜만이라 헷갈려서 그런 거예요…… 음식 갖고 장난치는 거 아녜요…… 진짠데."

본인도 민망한지 목소리가 점점 줄어들었다. 좀 너무했나 싶었다. 고개 숙인 지안의 정수리를 내려다보던 종열이 흠흠, 헛기침을 했다.

"그럼 그렇다 치고. 그래서, 이것만 하면 끝이야?"

"아뇨. 아직 멀었는데."

"여태 뭐 했는데?"

"너무 오랜만에 해서 감이 잘 안 오더라구요. 뭘 넣었지 고민하면서 만들다 보니까…… 먼저 들어가 주무세요. 할 거 다 하고 들어갈게요."

주인에게 버림받은 똥강아지 표정은 다 연기인 게 분명했다. 어느
샌가 예의 고집스러운 표정을 한 지안이 종열의 등을 떠밀었다.

"혼자 어느 세월에 다 끝내고 잘 건데!"

"그래도 잘 시간은 충분해요. 어서요. 걱정 마시고 빨리 가서 쉬세
요."

"시팔, 이게 진짜."

평소라면 욕 한마디에 폭삭 기가 죽었을 지안이 꿋꿋하게 등을 떠
밀었다. 이게 대체 왜 이래. 어어, 하는 사이 부엌 밖으로 떠밀린 종열
이 무어라 입을 여는 순간이었다.

"그럼 주무세요."

탁, 소리와 함께 문이 닫히는 순간 이번에야말로 종열의 얼굴이 일
그러졌다.

설거지를 하던 지안이 후아, 크게 하품을 토해 냈다.

잘 시간이 충분하긴 개뿔.

종열 자신이 기다리고 기다리다 지쳐 잠들었을 때 이미 새벽 한 시
가 넘어 있었다. 뭐 그리 대단한 걸 해 놓은 것도 아니면서 사람 속은
있는 대로 다 썩게 하고. 신경질적으로 면을 냄비에 집어 던진 종열이
지안을 노려봤다.

생일 같은 게 뭐 대수라고.

"커피 한 잔 드실래요?"

졸음을 참을 수 없는 듯 홀로 나간 지안이 커피 두 잔을 타 들고 왔
다. 종열에게 커피를 건넨 지안이 목이버섯이 담긴 바가지를 내려놓

고 앉은뱅이 의자에 앉았다. 비실대며 목이버섯을 다듬는 지안의 모습에 종열이 결국 한마디 했다.

"병든 병아리 새끼마냥 졸 거면서 왜 오밤중에 설치고 지랄이야."

"네, 뭐라구요?"

졸음이 덕지덕지 묻은 눈동자를 보니 절로 목소리에 날이 섰다.

"생일 그까짓 게 뭐 대수라고 유난을 떨어, 떨기를."

"맛, 별로였어요? 다른 사람들은 괜찮다고 하던데."

"맛이 뭔 상관이야. 그냥 평소처럼 아무거나 먹으면 되지, 쓸데없이 돈지랄은."

"하나뿐인 생일이잖아요."

"그게 뭐."

"……생일, 누가 챙겨 준 적 없어요?"

챙겨 준 적이 없긴 왜 없어. 요리하는 법을 알려 줬던 사장은 매해 생일마다 선물을 챙겨 주고 미역국을 끓여 줬었다. 하지만, 그게 끝이었다. 스스로 살길을 찾기 위해 가게를 나온 직후엔 생일 따윈 신경 쓰지 않고 살아왔다. 생일 같은 게 무슨 의미가 있냐는 말이 목까지 차올랐지만 입 밖으로 꺼낼 생각은 없었다. 생일을 챙기고 챙겨 주는 것이 지극히 당연한 일상이었을 지안은 분명 자신을 이해하지 못할 테니까.

말하고 싶지 않았다. 그저 하루하루를 사는 데 급급했던, 초라했던 과거를.

우스웠다. 아무것도 없는 지안에 비해 자신은 번듯한 집과 가게에, 모아 놓은 재산도 있는데 왜 번번이 자격지심을 느껴야 하는 건지 알 수 없었다.

지안에게 악의가 없다는 걸 알았다. 하지만 화가 났다. 니까짓 게 뭔데 자꾸 사람을 비참하게 만드는 거냐, 따져 묻고 싶었다. 니까짓 게 뭔데 매번 자신이 매달려 전전긍긍해야 하는 거냐, 소리치고 싶었다.

이따위 것이 사랑이라면 지긋지긋했다. 데려오는 게 아니었다. 새삼 후회가 일었다. 궁상맞게 비를 맞고 있든 말든 돌아섰어야 했다. 그랬다면 또다시 이런 구질구질한 감정에 휘말리지 않아도 됐을 텐데.

"있죠."

아무 말도 듣고 싶지 않았다. 여기서 지안이 가족에 대해 묻거나 위로를 하려 한다면 심한 말을 할 것이 분명했다. 지금은 동정도, 아니, 그 무엇도 받고 싶지 않았다.

아무것도 묻지 마. 아무것도 말하지 마.

"다음에는요, 오늘보다 더 맛있게 만들어 드릴게요. 진짜루요."

나직한 목소리가 가만가만 가슴속을 파고들었다. 뒷말이 있을까 싶어 돌아봤지만 멋대로 다음이라며 김칫국을 마신 인물은 조용한 손길로 버섯을 다듬고 있을 뿐이었다.

종열이 성의 없이 리모컨을 돌리고 있을 때 샤워를 마친 지안이 방으로 들어섰다. 흘끗 지안을 바라본 종열이 다시 화면으로 시선을 옮겼다.

"생일 선물이요. 휴일 날 사다 드릴게요. 뭐 갖고 싶으신 거 있어요?"

"저녁에 그 지랄을 떨어 놓고 또 뭐."

"케이크요? 그건 무권 씨랑 재현이가 돈 보태 산 거니까 전 따로 드려야죠. 아직도 재현이가 몰래 폭죽 터뜨린 것 때문에 화나셨어요?"

"담번에 또 그딴 짓거리 하면 아주 손모가지를 잘라 버릴 거라고 전해."

"그럼 생일 축하 노래는요? 재현이가 엄청 열심히 부르던데."

"똑같은 사내놈한테 사랑 타령 듣는 게 퍽이나 좋겠다."

시종일관 뚱한 종열의 대답에도 지안은 웃음을 지우지 않았다.

"선물, 정말로 갖고 싶으신 거 없어요?"

"……."

"그럼 제가 알아서 사 올……."

"있어."

물어 놓고도 대답이 돌아올 줄은 몰랐는지 지안이 믿기지 않는단 표정을 지었다.

"지금 있다고 하신 거 맞죠? 뭔데요? 뭐가 갖고 싶으신데요? 제가 사 드릴 수 있는 거면 사 드릴게요."

꾸물꾸물 이불 밖으로 빠져나온 지안이 종열의 옆자리에 주저앉았다.

"뭐가 갖고 싶으신데요?"

기대를 품고 반짝이는 눈이 종열을 향했다.

"선물, 뭐요?"

자신이 선물을 받는 것처럼 들뜬 기색도 잠시였다. 물끄러미 자신을 바라보는 표정의 의미를 눈치챈 듯 지안의 얼굴이 굳어졌다.

"어, 저기, 음."

"해 줄 수 있는 건 다 해 준다며."

"그게, 음, 그렇긴 한데."

망설이는 기색이 역력한 모습에 종열이 이를 악물었다.

"안…… 아프게, 하면 되잖아."

"……."

"아프다고 하면, 그만, 할 테니까."

혀를 깨물고 싶은 심정이었다. 사내새끼가 쪽팔리게 이딴 거나 구걸하는 꼴이라니. 차마 지안을 마주 볼 수 없어 시선을 피하던 종열이 슬쩍 눈치를 살폈다. 웃어 줬음 하는데, 알았노라 대답해 줬음 하는데 지안의 얼굴엔 여전히 어색함과 난처함이 가득했다.

"무섭게 안 할 테니까."

겁이 났다. 이대로 거절당하면 정말로 견디지 못할 것 같았다. 얼마쯤 초조한 마음으로 대답을 기다렸을까. 바스락거리는 소리와 함께 상대방이 옆으로 다가오는 기척이 느껴졌다. 고개를 돌리려는 순간 머뭇머뭇 뺨에 입술이 닿았다.

차마 어떻게 해야 할지 모르겠다는 듯 느리게 내리눌렀다 오므린 입술에서 작은 떨림이 전해졌다. 서툴고 어색하게, 힘겹고 안타깝게 머물러 있던 입술이 떨어지는 순간 또다시 덜커덩, 심장이 내려앉았다.

뭐가 이래.

뭐가, 이래.

어린아이 같은 입맞춤에 왜 이렇게 미칠 것 같은 기분이 드는지 알 수 없었다. 애간장이 녹는다는 게 이런 걸까. 손바닥으로 희미한 열기를 품은 볼을 감싸자 입 안이 바싹 말랐다. 이번만큼은 다치게 해선 안 된다고, 이번만큼은 울리지 말아야 한다고 생각하자 긴장으로 손이 뻣뻣하게 굳었다.

"……오늘은, 괜찮을 거니까."

잠깐의 침묵 끝에 조그마한 고갯짓이 돌아왔다. 단지 그뿐인데, 그것뿐인데, 불안하게 뛰고 있던 심장에 안도감이 퍼져 나갔다. 보드라운 입술을 삼키는 순간 천국에 온 것 같았다.

품 안에 있던 몸이 뭔가 할 말이 있다는 듯 연신 꼬물거렸다. 종열이 불만 어린 표정으로 자꾸만 품에서 빠져나가려는 지안을 끌어당겼다.

"가만있어."

"목이 말라서요."

"……근데."

"물 좀 마시고 올게요."

지안이 몸을 반쯤 일으켜 세우자 허전해진 가슴에 종열의 눈매가 사나운 빛을 띠었다. 어둠 속에서 바닥을 더듬던 지안이 티셔츠를 집었다. 내 옷이 아니네. 머뭇거리던 지안이 잠깐만 입을게요, 하고 제 것이 아닌 커다란 티셔츠를 주섬주섬 꿰어 입었다.

"물 드실래요?"

종열이 제 몫의 물을 챙겨 주겠다는 지안의 손목을 잡아당겼다. 어어, 하는 사이 끌려 들어온 지안이 순식간에 이불째로 끌어 안겼다. 버둥대는 지안을 붙잡은 종열이 뚝뚝하게 말했다.

"참아."

"……목, 마르는데."

종열을 돌아본 지안이 진심이냐는 듯 물어 왔다. 정말 참아야 해요? 한 팔로 지안의 허리를 단단히 감싸 안은 종열이 시큰둥하게 말했다.

"그럼 부탁해 봐."

"부탁이요?"

"목마르다며."

"그냥 제가 다녀오면 되는데요. 잠시면 되, 엇."

몸을 일으키려다 다시 붙들려 이불 위에 누운 지안이 고개를 갸우뚱거렸다. 그냥 자기가 떠다 마시면 되는데 왜 부탁을 해야 하는 건지 이해가 안 간다는 얼굴이었다.

"싫음 그냥 참고 자."

모른 척 머리를 괸 팔을 푼 종열이 지안을 끌어안고 눈을 감았다. 어서 자라는 듯 등을 두드리자 얼마 지나지 않아 모기처럼 작은 목소리가 들렸다. 저기, 음, 물 좀 떠다 주시면 안 돼요? 정말 이런 부탁을 해도 되는 건가, 눈치를 살피는 지안의 미간에 종열이 무심히 입술을 문질렀다.

"안, 될까요?"

다시 한번 덧붙이는 목소리에 종열이 나지막하게 중얼거렸다. 귀찮게.

"가만 누워 있어."

"귀찮으시면 제가 가면 되는데요."

어리둥절한 얼굴로 눈을 껌뻑이는 지안을 내버려 둔 채 종열이 몸을 일으켰다. 자신은 몹시 귀찮지만 네가 부탁하니 어쩔 수 없다는 듯한 뉘앙스를 팍팍 풍기며.

"음, 있죠."

있긴 뭐가 있어. 머뭇거리는 목소리에 종열이 코웃음 쳤다. 이건 빽하면 뭐가 있대.

"영화 좀…… 보고 싶은데."

"봐, 누가 보지 말래?"

"그럼 이 손 좀……."

종열이 눈가를 찌푸렸다. 모처럼의 휴일, 본인이 보고 싶어 하는 영화가 한다길래 특별히 채널권을 넘겨줬음 됐지 뭘 더 바라나 싶었다.

"집중을 못 하겠어요."

"다른 짓 할 생각 없으니까 티브이나 봐. 엉큼한 생각 말고."

꼬물대는 지안을 등 뒤에서 바짝 끌어당겨 안은 종열이 옷 안에 감춰진 뱃살을 주물럭거렸다. 다른 부분은 살이 별로 없는데 그나마 배 부분은 도톰하게 살집이 있어 만지는 재미가 있었다. 뱃살을 조물조물하던 손길이 어느샌가 슬금슬금 올라가 가슴께에 닿았다. 브래지어를 입지 못하게 한 터라 금세 볼록하게 솟은 살덩이가 손바닥에 감겼다.

"저기."

"만진다고 닳는 것도 아니잖아."

"······화장실 좀 다녀올게요."

지안이 기어코 화장실로 가 버리자 종열의 얼굴이 부루퉁해졌다. 못된 기지배 같으니. 이미 볼 것 다 보여 줘 놓고 빼고 난리야. 홀로 방에 앉아 구시렁구시렁 불만을 토해 내던 종열이 문가를 흘낏거렸다.

이건 화장실에서 뭘 하느라 안 와.

미적미적 자리에서 일어나 거실로 나온 종열이 부엌에 있는 지안을 발견했다. 화장실에 간다더니. 신경질적인 걸음으로 다가가자 막 커피 물을 올리고 있던 지안이 기척을 눈치채고 돌아섰다.

"커피 타 가려고 했었는데. 왜 나오셨어요?"

"내 집에서 내 맘대로 다니겠다는데 뭐."

"커피, 드실 거 맞죠?"

지안이 화제를 돌리자 종열이 모르는 척 다가갔다. 대체 하루에 커피를 몇 잔이나 마시는 거야. 몸에 안 좋은 거 아는데 하루에 꼭 두 잔씩은 마시게 되는 거 있죠. 물 팔팔 끓여, 미적지근하면 맛없어. 시답지 않은 대화를 이어 가던 종열이 은근슬쩍 몸을 기울여 지안의 목에 팔을 둘렀다.

가만히 물이 끓기를 기다리던 지안이 가스 불을 껐다. 잠깐만 떨어져 계시면 금방 할 것 같은데요. 아무것도 못 들은 척 옆구리를 만지작대자 체념한 지안이 한숨을 쉬었다. 충동적으로 드러난 목덜미에 입술을 묻었다. 물을 붓던 지안이 놀란 듯 몸을 움찔거렸다.

이런.

컵 주변에 물이 흥건했다. 난데없는 물난리에 지안이 눈을 흘겼지만 종열은 뻔뻔한 태도를 고수했다. 내가 뭘 어쨌다고. 더 실랑이를 벌여 봐야 소용이 없다고 판단한 듯 지안은 묵묵히 커피를 탔다.

"……있죠, 우리 이러고 방에 들어가야 해요?"

"이러고가 뭔데."

"아뇨, 아무것도 아니에요."

커피 두 잔을 든 지안이 조심조심 걸음을 옮겼다. 당연하다는 듯 제 몸을 더듬어 대는 덩치 큰 남자를 등 뒤에 매달고서.

지안의 제안으로 저녁을 먹고 산책을 다녀왔다. 그래 봤자 삼십 분 정도 동네 어귀를 돌았을 뿐이지만 출퇴근길 외에 서로 어깨를 나란히 하고 외출을 한 건 처음이었다.

"뭐 해."

손발을 씻고 나온 종열이 방으로 들어왔을 때 지안은 엎드린 채 공책에 뭔가를 깨작깨작 적고 있었다.

"가계부요."

"그거 말고 뒤에 뭘 또 적고 있었잖아."

분명 내가 들어오기 전까지 뭘 적고 있었단 말이지. 이불 속에 들어온 종열이 떨떠름한 얼굴로 묻자 지안이 머뭇거리다 뒷장엔 일기를 쓰고 있노라 덧붙였다. 흐음. 뒷장을 펼쳐 보라는 무언의 압박을 전했지만 이번만큼은 지안이 시선을 회피했다.

"싫음 말고."

종열이 시큰둥한 표정으로 돌아누웠다. 누가 봐도 나 삐쳤다, 시위하는 것과 다름없었다. 등 뒤에서 부스럭거리는 소리가 들리더니 잠시 후 지안이 종열의 어깨를 흔들었다.

"저 좀 봐요."

"……."

"보여 줄 게 있어서 그래요. 이것 좀 봐 주세요."

지안이 거듭 애원하자 종열이 마지못한 듯 돌아누웠다. 뭘 보라는 거야. 관심 없는 척하며 지안이 건넨 공책을 받아 든 종열의 표정이 오묘해졌다. 하얀 백지 위에 눈을 동그랗게 뜬 토끼 한 마리가 커다란 하트를 내밀고 있었다.

"뭐야, 이게."

뚱한 목소리와 달리 종열의 시선은 속눈썹 세 개가 쫑쫑 박힌 토끼와 하트에 고정되어 있었다. 종열의 눈치를 살피던 지안이 쥐고 있던 볼펜을 내밀었다.

"저도 아무거나 하나 그려 주세요."

"유치하게."

"유치하지만 재밌잖아요."

실랑이 끝에 설득에 넘어간 종열이 베개를 끼고 엎드려 누웠다. 바닥에 공책을 펼치고선 어색하니 볼펜을 쥐고 있던 종열의 미간에 주름이 졌다.

"아무거나 그려 보세요. 절대 안 놀릴게요."

"비웃기만 해 봐."

중간고사를 치르는 중학생처럼 고심에 고심을 거듭하던 종열이 마침내 뭔가를 그리기 시작했다. 대충 선이나 휘갈기고선 됐다며 공책을 던질 줄 알았지만 진지하게 뭔갈 그려 주려는 모습이 나름 감동이었다.

"자."

자신이 그린 토끼 앞에 테이블로 보이는 사각형이 하나. 그 위에 짜장면으로 보이는 음식과 젓가락으로 보이는 길쭉한 나무 막대기가 두 개. 꾹꾹 힘을 주어 그린, 애를 쓴 흔적이 가득한 그림에 지안의 얼굴로 환한 웃음이 번졌다.

"진짜 잘 그리셨네요."

"입에 침이나 바르고 거짓말을 해."

"빈말 아닌데. 여기, 짜장 위에 가느다랗게 놓인 거 오이 채 썬 거죠. 이렇게까지 꼼꼼하게 그리실 줄 몰랐어요. 아마 누가 봐도 짜장면이라고 생각할걸요."

"……흥."

"아, 근데 단무지가 빠져서 아쉬워요. 제가 그려 넣어도 돼요?"

다시 바닥에 공책을 내려놓은 지안이 짜장면 옆에 단무지 그릇을 그려 넣었다. 순식간에 동그란 원을 삼등분해 단무지와 양파, 춘장을 그려 넣은 지안이 뿌듯하게 웃었다. 어때요? 이제 완벽하죠? 그림을 바라보던 종열이 테이블 위 허전한 공간을 툭툭 가리켰다.

"물이 없어. 물도 그려."

"아, 그게 빠졌네요."

"고춧가루도. 저놈이 고춧가루 넣어 먹는 걸 좋아할 수도 있잖아."

"맞아요. 그럴 수도 있겠네요. 그리는 김에 콜라도 서비스로 그려 넣을까요?"

"기껏해야 짜장면 하나 시킨 놈한테 콜라는 뭔 놈의 콜라. 물이나 처마시라 그래."

지안이 지시에 따라 테이블 위를 꼼꼼하게 채우고 나자 종열이 종이 여백을 툭툭 두드렸다.

"딴것도 그려 봐."

"딴거 뭘요?"

"아무거나."

의아한 듯 고개를 기울이면서도 간만에 그림을 그리는 데 재미를 들였는지 지안이 볼펜으로 공책을 메워 나갔다. 고요하게 가라앉은 시선으로 자신을 지켜보는 누군가를 알아채지 못한 채.

이른 새벽.

평소보다 일찍 눈을 뜬 종열이 베개 밑에 넣어 두었던 종이 한 장을 꺼냈다. 지안의 어깨까지 이불을 끌어 올려 준 후 거실 서랍장 안에서 공책을 꺼내 들고 부엌으로 향했다.

부엌문을 꼼꼼히 닫고 스위치를 누르자 희뿌연 형광등 불빛이 쏟아졌다.

싱크대에 기대어 선 종열이 공책을 펼치자 지폐 다발과 고지서 봉투가 나타났다. 지폐와 메모가 적힌 고지서 봉투를 싱크대 위에 올려놓은 종열이 공책 앞면을 다시 확인했다.

[효월 중학교 2학년 7반 정지안]

첫 장을 펼치자마자 검정, 빨강, 파랑 등 색색의 글자들이 눈을 어지럽혔다. 인쇄해 놓은 것처럼 반듯한 글자들과 중요한 부분마다 똑 부러지게 그어진 밑줄이 공책 주인의 성격을 짐작하게 했다.

시험 기간이라며 가게에 책을 바리바리 싸 들고 온 지윤은 교과서는 펼칠 생각도 않고 주야장천 무슨 공책을 베꼈다. 시험을 코앞에 두고 저러고 있는 걸 보니 이번에도 좋은 점수를 받긴 글러 먹었지 싶었다.

테이블을 돌아다니며 수저통을 정리하다 베끼고 있던 공책 주인의 이름을 보았다. 마침 지윤은 자리를 비운 참이었다. 빈가운 마음에 정지안, 이름 세 글자를 손끝으로 썼다. 또박또박 적힌 글씨마저 본인을 닮은 듯해 웃음이 났다.

그때였다. 아빠! 화장실에 휴지 없어! 멀리서 지윤의 목소리가 들리는 순간 머릿속이 하얘졌다. 정신을 차렸을 땐 이미 공책을 숨겨 뒷문으로 나와 버린 뒤였다.

사장을 붙잡고 종일 엉엉 우는 지윤보다 시험을 며칠 앞두고 공책을 잃어버린 지안이 더 걱정됐다. 시험 전날까지 어떻게든 공책을 돌려주려 아파트 단지를 서성였지만 끝내 돌려줄 수는 없었다.

익숙한 손길로 공책을 넘겨 보던 종열이 베개 밑에서 꺼내 온 종이를 펼쳤다.

'이걸 달라구요? 왜요?'

'그냥 줘. 어차피 필요 없잖아.'

지안에게서 거의 반강제로 뜯어낸 종이엔 하트를 들고 있는 토끼 주위로 곰이며, 거북이며, 여우 같은 것들이 어지럽게 그려져 있었다. 가운데에 그려진, 속눈썹 세 개가 쫑쫑 박힌 토끼 한 마리를 물끄러미 바라보던 종열이 공책의 마지막 장을 펼쳤다. 리본 하나가 추가됐을 뿐 속눈썹 세 개가 쫑쫑 박힌 토끼 한 마리가 '과학 시험 100점! 아자!'를 외치고 있었다.

흠.

꼼꼼하게 두 토끼를 비교하던 종열의 입꼬리가 슬쩍 올라갔다. 흡족한 얼굴로 웃음 짓던 종열이 이내 토끼가 상하지 않게 조심조심 종이를 접었다. 다시 지폐와 고지서 봉투, 그리고 종이를 공책 사이에 끼워 둔 종열이 느릿느릿 부엌을 나섰다. 서랍 깊숙한 곳에 공책을 밀어 둔 종열이 다시 방으로 들어갔을 때 지안은 여전히 누가 업어 가도 모를 정도로 곤히 잠에 빠져 있었다.

"못난 게."

말랑말랑한 입술을 두어 번 쭐쭐 잡아당기던 종열이 이내 이불 속을 파고들었다. 멀찌감치 떨어져 잠든 지안을 자신의 팔 안에 끌어당기는 것도 잊지 않고서.

❄

월말이라 그런지 가게는 평소보다 한가했다. 점심 장사를 끝내고 어질러진 조리대를 정리한 종열이 홀 쪽을 흘끔거렸다. 저녁 장사 준비는 커피를 마시고 시작해도 늦지 않을 것 같았다. 핑곗거리를 만든 종열이 홀로 나오려던 찰나 익숙한 목소리가 들렸다.

"신기하네요. 사진이 바뀌었어요."

종종 가게에 들러 밥을 먹는 택배원들의 테이블 근처에 선 지안이 보였다. 아니, 그냥 서 있는 게 아니라 가장 젊은 축에 속하는 놈에게 딱 달라붙어 감탄사를 토해 내고 있었다.

"요즘 휴대폰은 되게 신기하네요."

"스마트폰도 잘 모르고, 휴대폰도 없고. 요즘 사람 맞아요?"

"많이 이상해요?"

"그럼 이상하죠. 요즘 스마트폰 없이 사는 사람이 어딨어요? 저가 형도 많이 나와서 예전만큼 안 비싸요. 하나 사요. 휴대폰 하나로 인터넷도 하고, 음악도 듣고, 만화도 보고, 얼마나 편한데요."

"있으면 편하긴 하겠지만 아직은 괜찮아요. 인터넷은 할 일이 없고 휴대폰 없어도 생활하는 데 불편한 건 없거든요."

"에이, 안 써 봐서 그렇다니까요. 이리 와서 이거 봐요. 아니, 아니, 그렇게 하는 게 아니라 이렇게 하면……."

숨결이 맞닿을 만큼 가까운 거리에서, 시커먼 사내놈이 뭔가를 가르쳐 준답시고 손을 잡았는데도 지안은 뿌리칠 기미가 없었다. 한참 동안 그 모습을 말없이 응시하던 종열이 돌아섰다. 시퍼런 핏줄이 돋아나도록 주먹을 움켜쥔 채.

"이것 보세요. 공짜로 받았어요."

주방으로 들어온 지안이 보란 듯 양말 두 켤레를 흔들었다. 재현이 종종 신고 다니는 캐릭터가 그려진 양말과 발목이 긴 남자용 양말이었다.

"트럭에서 양말 파는 아저씨 있잖아요. 가끔 가게에 오시는. 손님도 없고 한가하길래 저쪽에 장사하시는 데 가서 커피 한 잔 드렸더니 주신 거 있죠. 이건 제 거구요, 이건…… 음, 맘에 드세요? 무난하게 검은색으로 가져왔는데."

종열도 지안이 싹싹한 태도로 손님들에게 예쁨을 받고 있다는 사실을 모르진 않았다. 이런 일이 한두 번도 아니건만 새삼 다른 놈이 준 물건을 들고 와 희희낙락 떠들고 있는 걸 보자 심사가 뒤틀렸다.

"누가 니 멋대로 돈 내고 밥도 안 먹은 놈한테 커피 타다 바치래."

"그치만 저희 가게에 자주 오시는 손님이기도 하고……."

"여기가 다방이야? 그 커피는 어디서 공짜로 얻어 와? 누가 니 멋대로 이놈 저놈 가릴 것 없이 죄다 한 잔씩 타다 돌리래. 난 뭐, 밑지고 장사해?"

"그렇기야 하지만 요즘은 서비스가 중요하잖아요. 별것 아닌 거지만 손님들도 되게 좋아하시고 결국 다음에 또 찾아와 주시……."

"그딴 수작질 안 해도 처먹을 놈들은 다 처먹어! 쓸데없는 짓 하지 말고 시키는 일이나 잘해. 누가 너보고 커피나 타라고 월급 주는 줄 알아?"

"기분 상하는 일 있었어요?"

"말 돌리지 말고 대답해!"

"……알았어요. 일단은, 말 들을 테니까 화 푸세요."

지안이 다가와 종열의 팔을 잡았다. 진정해요. 순간적으로 누그러들었던 종열의 표정이 지안이 든 양말을 보고 다시 사납게 구겨졌다.

"이건 뭐, 거지새끼도 아니고. 사양도 모르고 주는 대로 덥석덥석 받아 물고."

"무슨 말을 그렇게 하세요. 그냥 이건……."

"내 말이 틀렸어?"

기분을 풀어 주려는 듯 살갑게 웃음 짓던 지안의 얼굴이 흐려졌다. 무어라 반박하고 싶은 듯 입술을 달싹였지만 이내 체념한 듯 고개를 떨어뜨렸다.

"돌려주고 올게요, 그럼."

"조금 전에 그 새낀 뭐야. 둘이서 희희낙락 아주 좋아 죽으려 들드만."

"누구요? 아, 혹시. 그런 거 아닌데. 어제 휴대폰을 새로 샀다고 했거든요. 그냥, 자랑하고 싶어 하는 것 같아서, 그래서 그냥 들어 준 것뿐이에요."

"이야기 듣는데 손은 왜 잡아?"

"손요? 제가 자꾸 엉뚱한 델 눌러서 가르쳐 준다고 잠깐 잡긴 했지만…… 어, 근데 아주 잠깐이었어요. 저도 좀 그렇긴 했는데 별다른 뜻은 없는 것 같아서, 괜히 말 꺼냈다 기분 상하게 할까 봐 그랬어요. 단골손님이기도 하고……."

그딴 걸 어디서 변명이라고 지껄이나 싶었다. 그놈이 기분 나빠하든 말든 뿌리치는 게 당연하지.

"성인군자 나셨네. 왜 니가 그놈 기분까지 신경 써?"

"아까부터 왜 자꾸 화를 내세요……."

"시팔. 그럼 너 같음 화 안 나겠어? 좋아하니 뭐니 하면서 알짱대던 기지배가 이놈 저놈 가릴 것 없이 눈웃음을 치고 돌아다니는데?"

"제가 언제 눈웃음을 치고 다녔다고……."

"뭐, 내 말이 틀렸어? 여시처럼 이놈 저놈한테 들러붙어서 아주 그냥 실실."

잠자코 종열의 말을 듣고만 있던 지안이 고개를 들었다.

"그만, 하셨음 좋겠어요."

"뭐?"

"아닌 거 알면서 왜 자꾸 그렇게 아프게 얘길 하세요. 저도, 상처받아요. 상처 안 받는 거 아니니까 그러지 마세요. 화가 나신 건 알겠는데, 그렇다고 아무 말이나 막 하시는 거 아니에요."

"아무 말이나 막 하기는 누가? 니가 뭐라고 건방지게 이래라저래라야?"

"……사귀는, 사이잖아요. 사귀는 사이니까, 남이 아니니까, 이 정도 말은 해도 되는 거잖아요. 그게 왜 건방진 거예요."

사과하고 조심하겠다 말하면 그만 넘어가 줄 생각이었다. 하지만 자신의 말에 수긍하기는커녕 똑바로 마주 본 채 하고 싶은 말을 차분하게 이어 나가는 지안의 모습에 심사가 더 뒤틀렸다.

"꼬박꼬박 말대꾸하지 마."

"말대꾸하는 게 아니잖아요. 말이란 게 얼마나 중요한 건데요. 속마음은 안 그러신 거 알아요. 아는데, 자꾸 그렇게 말씀하시면 알면서도 상처받아요. 다른 사람들한테 오해 살 수도 있구요. 한 번에 고칠 순 없겠지만 조금씩이라도 바꿔······."

"시팔, 입 다물라 했지. 기지배들처럼 떽떽거리지 마. 사람이 말을 했으면 알아들어야 할 것 아냐. 잘못했다고, 앞으로는 조심하겠다고 싹싹 빌어도 모자랄 판에 어디서 눈 치켜뜨고 훈계야, 훈계는. 건방지게."

지안의 얼굴엔 표정이 없었다. 질려 버린 듯한 표정이 성나게 타오르는 불길에 기름을 부었다. 종열이 무어라 다시 입을 여는 순간, 지안이 정말로 궁금하다는 듯 물었다.

"저, 좋아하세요?"

뜬금없는 물음이었다. 대체 이 상황에서 그게 무슨 상관이란 말인가. 하지만 종열의 마음과는 반대로 지안의 표정은 절실하기 짝이 없었다. 종열이 침묵하자 지안이 다시 입을 열었다.

"저한테 조금이라도 마음 있으신 거 맞죠? 저도 이 상황에서 물을 만한 게 아니란 거 아는데, 그래도 궁금해서 그래요. 저만큼은 아니더라도, 그래도, 조금이라도 절 좋아······."

"시팔, 누가 기지배 아니랄까 봐 그놈의 사랑 타령은."

"그런 게 아니라, 저는, 그냥······."

"자꾸 쓸데없는 소리 하면서 사람 심기 긁을 거면 때려치워. 안 말

359

릴 테니까."

지안의 눈동자에서 파삭, 하고 뭔가가 부서지는 소리가 들렸다.

"전화해, 빨랑. 면 다 불어 가는데 이 새끼들은 왜 코빼기도 안 보여!"

종열의 고함 소리에 지안이 다시 전화기를 들었다. 번갈아 전화를 걸었지만 신호음만 갈 뿐 무권도, 재현도 전화를 받지 않았다. 지안이 시계를 흘끗거리며 한숨을 내쉬었을 때 멀리서 오토바이 소리가 들렸다.

"뭘 하다 이제 와!"

"누군 늦고 싶어서 늦었어요? 길이 미끄러워서 넘어졌단 말예요."

재현이 절뚝거리며 가게 안으로 들어섰다.

"다른 놈은!"

"왜 자꾸 신경질이에요? 그 아저씨 원래 몸 사리는 거 알면서 왜 그래요. 씨. 안 그래도 아파 죽겠는데. 누나, 이거 가져가면 되는 거죠?"

"괜찮아? 갈 수 있겠어?"

걱정스러운 얼굴로 재현에게 다가가는 지안의 모습에 종열의 얼굴이 구겨졌다. 자신은 내내 없는 사람 취급이더니 재현은 아주 금이야 옥이야 난리도 아니었다. 그래, 뭐, 나 따위야 아무래도 좋다 이거지. 재현에게만 온통 정신을 쏟고 있는 지안을 노려본 종열이 다음 배달 용으로 챙겨 둔 통을 챙겨 들었다.

"어? 아저씨가 가려구요?"

다친 니놈 새끼 보냈다 무슨 욕을 얻어먹으려고.

"그 꼬라지로 퍽이나 빨리 가겠다. 니놈 가는 동안 음식 죄 불어 터지면 책임질 거야?"

지안과 눈이 마주쳤다. 감정 없는 무감각한 시선에 종열이 이를 악 물었다.

'자꾸 쓸데없는 소리 하면서 사람 심기 긁을 거면 때려치워. 안 말릴 테니까.'

'진심이세요, 그 말?'

'내가 허튼소리나 하는 새끼로 보여?'

'……그래요, 그럼.'

'뭐?'

'때려치워요, 까짓거.'

한 번도 들어 본 적 없던 냉랭한 음성이었다. 믿을 수 없는 기분에 지안의 얼굴을 확인했지만 그 전까지 어떻게든 화를 풀어 주기 위해 전전긍긍하던 표정은 씻은 듯 지워진 채였다.

'말 쉽게 하는 거 아니라고 했죠. 때려치우란 말이, 그렇게 쉬워요? 그게 그렇게 쉽게 나와요? 뻑하면 때려치워라, 때려치워라 하는데 그게 무슨 의민지 알면서도 그렇게 쉽게 쉽게 내뱉으시는 거면, 그래요. 때려치워요.'

처음엔 기가 막혔고, 어이가 없었고, 지금은 그저 화가 났다. 나쁜 기지배. 못된 기지배. 모르긴 뭘 몰라. 지가 먼저 잘못해 놓고 어디다 대고 큰소리야. 지가 뭘 잘했다고 되레 나한테……. 오토바이를 출발시키기 직전 가게 안을 엿보았지만 지안의 관심은 온통 재현의 깨진 무릎에 쏠려 있었다.

거칠게 오토바이를 출발시켰다. 스스로도 감당할 수 없는 화가 속

에서 들끓었다. 때려치워? 때려치우긴 뭘 때려치워? 잘못했다 싹싹
빌어도 모자랄 판에 뭐? 때려치워? 생각하면 할수록 열이 받아 견딜
수가 없었다. 속도를 높이며 골목길을 빠져나갈 무렵 불현듯 누군가
의 외침이 들렸다.

"거기, 조심!"

골목길에서 막 어린아이 하나가 튀어나오고 있었다. 서둘러 방향
을 틀었지만 길가에 남아 있던 빙판길에 오토바이가 죽 미끄러졌다.
눈앞에 검붉은 담벼락이 보임과 동시에 쾅, 요란한 굉음이 귓가를 찢
었다.

✳

병원에 들렀다 가게를 접고 집으로 돌아온 지금까지 지안은 내내
말이 없었다. 표정 없는 얼굴로 '부기가 빠지도록 자주 찜질을 해 주
라'는 의사의 지시에 따라 연신 다리에 얼음주머니를 내리누르고 있
을 뿐이었다.

시팔, 진짜.

속으로 욕설을 짓씹었다. 망신도 이런 망신이 없었다. 동네 주민들
이 몰려오고 가게에 있던 지안과 재현이 쫓아 달려오고……. 사고 직
후 일어난 네 시간은 두 번 다시 떠올리고 싶지 않은 악몽이었다. 하
지만 쪽팔림이나 중간에 가게를 접느라 입은 손해보다도 더 종열의
심기를 어지럽히고 있는 건 시종일관 입을 다물고 있는 지안이었다.

'때려치워요, 까짓거.'

속에서 뜨거운 것이 울컥 치솟았다. 처음엔 당황스러워 말을 못 했

지만 생각할수록 분하고 억울했다. 기지배가 져 줄 줄도 모르고 화가 나서 한 말에 대고 냉큼 때려치우라 받아치다니. 이게 처음부터 그럴 기회만 노리고 있었던 게 아닌가, 하는 의심이 일 정도였다.

"됐으니까 그만해."

말 잘 듣는 아이처럼 지안이 순순히 얼음주머니를 치우는 순간 종열의 손등에 푸른 힘줄이 돋았다. 평소대로라면 조금만 더 해 주겠다고집을 부리거나 아파서 그러냐는 걱정스러운 물음이 돌아와야 맞았다. 하지만 자신의 말이 끝나기 무섭게 몸을 일으킨 지안은 아무렇지 않게 방을 나서고 있었다.

지안이 방을 나간 직후 혼자 방에 남은 종열이 바득바득 이를 갈았다. 분을 못 이겨 소리 나게 벽을 쳐 보아도 주위는 고요했다. 가볍게 발목만 삐끗했을 뿐이지만 까딱하면 크게 다칠 뻔한 위험한 상황이었다. 한데 사람이 죽을 뻔하다 살아 돌아왔는데 다행이다 가슴을 쓸어내리기는커녕 저따위 무심한 얼굴이라니.

'그래도 걱정되니까요, 가 보셨음 좋겠어요. 나중에 많이 아프면 어떡해요…….'

나쁜 기지배.

예전에도 그랬다. 그렇게 걱정되는 얼굴로 사람의 마음을 들었다놨다 해 놓고선, 자기는 언제 그랬냐는 듯 새까맣게 잊어버렸다. 언제나 말뿐이지, 넌. 착하고 다정한 겉꺼풀을 벗겨 내면 그 속은 얼음보다 더 차갑기 짝이 없었다.

시팔. 낮게 욕설을 뇌까린 종열이 자리에서 일어났다. 발목이 시큰거렸지만 그딴 건 아무래도 좋았다. 저 인정머리 없는 기지배를 눈앞에 앉혀 놓고 어떻게든 사과를 듣지 않으면 이 분이 풀리지 않을 것 같았다.

절뚝거리며 거실로 나온 종열의 시선이 부엌 안쪽을 향했다. 싱크대 앞에 선 마른 뒷모습을 보자 절로 욕이 나왔다. 사람이 다쳤으면 온종일 옆에 붙어 앉아 간호를 해도 모자랄 판에 저기서 뭘 하는 거야. 사람이 다쳤는데 걱정도 안 해? 재현의 무릎에 피가 났을 때 애간장을 끓이던 모습과는 천지 차이였다. 인기척을 느꼈을 텐데도 지안은 돌아보려는 시도조차 하지 않았다.

이게 사람을 아주 개무시한다 이거지.

"니까짓 게 뭔데 사람을 무시하는 거야?"

으르렁거리며 지안의 어깨를 붙잡아 돌려세운 순간, 종열은 말을 잃었다.

뭐야.

억지로 돌려세운 지안의 얼굴이 백지장처럼 하얗게 질려 있었다. 그뿐인가. 비라도 맞은 것처럼 온 얼굴이 흥건히 젖어 있다 못해 고인 눈물방울이 턱 아래서 뚝뚝 떨어지고 있었다. 눈조차 제대로 뜨지 못하고 그저 눈물만 흘려 대는 지안의 모습에 할 말을 잃은 것도 잠시. 종열의 시선이, 발작을 하듯 떨리고 있는 지안의 손에 닿았다.

"……너, 왜 이래."

예상치 못한 상황에 종열이 입술만 달싹였다. 지안의 눈에서 굵은 눈물 한 방울이 툭, 떨어졌다. 요란스럽게 떨리고 있는 지안의 손이 종열의 뺨에 닿았다.

"다신……"

금방이라도 허공으로 흩어져 버릴 듯 불안하고도 위태로운 목소리였다. 곧 죽을 것처럼 연신 눈물만 뚝뚝 흘려 대던 지안이 남은 한 손을 종열을 향해 뻗었다.

"다신…… 못…… 보는 줄…… 알았어요."

"……."

"잃어, 버리는 줄…… 알았어요."

지안의 손바닥이 종열의 뺨을 감싸 쥐었다. 서글플 만큼 부자연스러운 떨림이 종열의 피부를 타고 고스란히 전해졌다. 웃는 것처럼, 혹은 우는 것처럼, 아슬아슬하게 흐려지던 지안의 두 눈에서 다시 눈물이 방울방울 떨어졌다.

"또…… 잃어버리는 줄…… 알았어요."

"드세요."

말 잘 듣는 아이처럼 얌전히 상 앞에 앉아 있던 종열이 지안의 눈치를 살폈다. 실핏줄이 터져 토끼처럼 빨간 눈에, 붉게 부풀어 오른 눈가하며, 겨우 죽을 고비를 넘긴 사람처럼 해쓱한 얼굴까지. 다친 자신보다 오히려 더 아파 보이는 얼굴로 지안이 보글보글 끓고 있는 찌개를 밀었다.

"먹기 싫어요?"

낮게 잠긴 목소리에 종열의 어깨가 흠칫거렸다.

"너도 먹어."

종열이 할 수 있는 말이라곤 고작 그게 다였다. 여전히 멍한 표정을 짓고 있던 지안이 고개를 끄덕이며 수저를 들었다. 먹는 둥 마는 둥 끊임없이 불안해 보이는 상대의 눈치를 살피던 종열과 지안의 시선이 부딪쳤다. 지안의 붉은 눈을 차마 똑바로 마주하지 못한 종열이 맨밥을 퍼먹었다. 죄수처럼 고개를 숙인 채 숟가락 가득 밥을 퍼 올린 순간 윤기 나는 쌀 위로 보얀 생선 살이 올라왔다.

"드세요."

머뭇거리던 종열이 숟가락을 입으로 가져갔다. 모래를 씹는 기분
으로 꾸역꾸역 음식을 삼키는데 또다시 토실토실한 살이 올라왔다.
너나 많이 먹으라고, 난 됐다고 말하려 했지만 가만가만 이쪽을 바라
보는 시선 앞에선 아무 말도 나오질 않았다.

'다신…… 못…… 보는 줄…… 알았어요.'

'또…… 잃어버리는 줄…… 알았어요.'

그렇게 울 줄은 몰랐다. 그렇게, 그렇게 서럽게, 아프게 울 줄은 몰
랐다. 그만 울라 등을 다독여도 보고 젖은 뺨을 닦아도 봤지만 눈물은
멈출 기미가 없어서, 온몸의 수분을 빼낼 듯이 울고 또 울기만 해서,
이러다 꼭 무슨 일이 생기는 줄 알았다.

초상이라도 난 것처럼 서럽게 울어 젖히던 모습을 떠올리자 목 안
쪽이 깔깔해졌다. 자기가 다친 것도 아니면서 다 큰 어른이 돼 가지고
뭘 그렇게 울어 대는 건지. 야멸차게 때려치우라 맞받아치고 사람을
투명 인간 보듯 할 땐 언제고…….

"맛없어요?"

나지막이 들려오는 목소리에 종열이 고개를 들었다. 발갛게 익은
지안의 눈가를 바라보던 종열이 이내 커다랗게 밥 한 술을 떴다. 지안
이 올려 준 반찬과 함께 꾸역꾸역 밥을 씹어 넘긴 종열의 고개가 툭,
아래로 떨어졌다.

바보 같은 기지배.

"잠이 안 오세요?"

나지막한 목소리에 잠들지 못하고 뒤척이던 종열의 등이 움칫거렸다. 등을 돌린 채 누워 있던 종열이 뚝뚝하게 물었다.

"넌 왜 안 자."

"잠이 안 와서요."

"왜."

"……글쎄요."

"그래도 누워 있어. 돌아다닐 생각 말고."

네, 그럴게요. 힘없는 대답에 종열의 속이 다시 까맣게 타들어 갔다.

'이건…… 음, 맘에 드세요? 무난하게 검은색으로 가져왔는데.'

왜 그랬을까 싶었다. 그깟 양말 좀 받아 온 게 뭐 대수라고. 두 켤레 중에 한 켤레는 자신 몫으로 가져왔노라고, 그렇게 웃던 상대에게 왜 그리 모질게 퍼부었나 싶었다. 그냥 나 외에 다른 놈한테 물건 따위 받지 말라, 손을 내주지 말라, 말하면 될 일이었는데.

"빨리 자."

이런 말밖에 할 수 없는 스스로가 싫었다. 하지만 이제 와 뭐라 말을 해야 한단 말인가. 미안해? 내가 잘못했어? 쪽팔렸다. 아무리 미안하다 해도 그 말을 입 밖으로 꺼내고 싶진 않았다. 지난번에도 거의 구걸하다시피 잠자리를 했는데 또 먼저 굽히고 들어가기엔 자존심이 상했다.

"있죠."

"있긴 뭐가 있어."

"……팔베개해 드릴까요?"

"뭐?"

난데없이 무슨 소리를 하나 싶은 찰나 거리를 좁혀 다가온 지안의 팔이 종열의 머리 아래로 쑥 파고들어 왔다. 뭔 짓이냐 따져 물을 새도 없었다. 정신을 차리고 보니 이미 지안의 가슴과 목덜미가 코앞에 다가와 있었다.

사내자식이 쪽팔린 줄도 모르고 기지배 품에 안긴 꼴이라니. 아무리 생각해도 자존심이 용납하질 않았다. 지안을 밀어 내려 했지만 머리와 어깨를 끌어안은 팔에 더 힘이 들어갔다.

"오 분만 이렇게 있어요. 딱 오 분만."

규칙적으로 등을 다독이는 손길에 절로 온몸의 근육이 긴장됐다. 대체 이 기지배가 뭘 하자는 거야. 숨 막히니 집어치우라는 말이 목까지 차올랐지만 차마 할 수가 없었다. 스스로도 지안에게 큰소리를 칠 입장이 아니란 건 알고 있었으니까.

"있죠."

있긴 뭐가 있냐니까.

"되게 따뜻하네요."

"……안 죽었다니까. 멀쩡한 사람 자꾸 죽은 놈 만들지 마."

낮게 투덜거리자 머리 위에서 희미한 떨림이 일었다. 설마 또 우는가 싶어 고개를 드는데 이내 꼼짝하지 못하게 다시 끌어안겼다.

"다치지 마세요."

"……."

"아프지도 마시구요."

짧게 돋아난 머리카락 위에, 이마 위에, 눈가에, 입술이 닿았다. 낯 간지러울 정도로 다정한 입맞춤이었다. 뺨을 어루만지는 손끝 하나하나에도 애정이 묻어 있다는 게 느껴질 만큼.

이게 뭐 하는 짓거리야.

꼴사나웠다. 사내놈이 기지배 품에 안겨 어린애처럼 입맞춤을 받고 있는 모양새라니. 이 기지배가 사람을 뭘로 보고. 구시렁거리면서도 종열은 자신을 소중하게 보듬고 있는 지안을 밀쳐 내지 않았다. 머뭇머뭇, 허공에 떠 있던 손이 지안의 등허리에 닿았다. 얼마쯤 지안의 입술과 손가락이 종열의 얼굴에 머물렀다 떨어지길 반복했을까. 말 잘 듣는 아이처럼 가만히 품에 안겨 있던 종열이 투덜거렸다.

"때려치운다며. 근데 내가 다치든 아프든 너랑 무슨 상관이야."

"……때려치운다고 해서 좋아하는 마음이 갑자기 없어지진 않잖아요."

머리 위에서 들려오는 나지막한 목소리에 종열이 홱 고개를 들었다.

"그냥 해 본 말이잖아. 사람이 그냥 한 말을 갖고 뭐가 어쩌고 저째?"

"그런 말은, 그냥 하는 거 아니에요."

"그냥 하는 게 아니면 언제 하는데?"

"……헤어지고 싶을 때요. 다시는, 보고 싶지 않다고 말할 때요. 다시는, 만나고 싶지 않다고 말할 때요."

그럴 때만 하는 말이에요, 그 말은. 가만가만 들려오는 말에 종열이 이를 악물었다.

"너는 그걸 알면서도 때려치우겠다고?"

"그래서 고민 중이에요."

"뭘, 뭘, 어떻게 고민하는데."

지안의 팔을 뿌리치고 일어난 종열이 사납게 눈을 부라렸다. 세상

369

에 뭐 이딴 기지배가 다 있나 싶었다. 사람을 위로하는 척해 놓고 또 뒤통수를 쳐? 믿고 있던 상대에게 배신을 당한 기분이었다. 시팔, 조금 전까지 다치지 말라고, 아프지 말라고 애원하던 게 뭐? 때려치울까 말까 고민 중이야?

"저희 어머니가 그러셨거든요. 남자는 여자 하기 나름이라고."

이건 또 뭔 헛소리야.

"제가 기억하는 아버지는 엄하면서도 자상한 사람이거든요. 근데 저희 어머니가 젊었을 때 아버지는 전혀 그렇지 않았다고 하시더라구요. 성격이 불같아서 화나면 아무 물건이나 뻥뻥 걷어차고, 주위 사람들하고 시비가 붙어서 경찰서에도 다녀오고, 직장도 몇 번이나 때려치우고…… 솔직히 믿기진 않는데 아버지도 딱히 반박은 안 하시더라구요. 어머니가 그 얘기 하면 맨날 헛기침하면서 방에 들어가고."

"그래서 니가 말하고 싶은 게 뭐야. 내가 젊은 날 니 아버지랑 똑같다고?"

"좀 닮은 것 같지 않아요?"

"시팔, 내 성격 드러운 데 니가 보태 준 거 있어?"

버럭 소리친 것도 잠시. 물끄러미 자신을 바라보는 시선에 종열이 움찔거렸다.

"성격이 나쁘다곤 생각 안 해요. 그냥 표현을 못할 뿐인 거지."

"니가 내 속을 들여다봤어? 얻다 대고 아는 척이야?"

"……계속 지켜봤으니까, 어느 정도는요. 근데 아는 거랑 달리 상처는 받아요. 어떨 땐 무섭기도 하고. 남자는 여자 하기 나름이라지만 그건 어머니 얘기구요. 저희 어머닌 저랑 달리 되게 씩씩하고 낙천적인 분이거든요. ……어쨌든 제가 하는 고민은, 남자고 여자를 떠나서

370

제가 사장님을 감당할 수 있는 사람일까 하는 거예요. 사장님은 저한 텐 좀 과한 상대인 것 같아서…….”

“니가 감당을 못 하긴 왜 못 해! 나도 못 가 본 빵에도 다녀온 기지 배……가.”

순식간에 굳어 버린 지안의 표정에 종열의 목소리가 줄어들었다. 천금처럼 무거운 침묵이 이어졌다. 낮게 한숨을 내쉰 지안이 돌아누우려 하자 종열이 다급히 팔을 붙잡았다.

“팔베개해 준다며? 기분 나쁘게 왜 하다 말아?”

“미워서 해 주기 싫어요. 저 바보 아니거든요. 맨날 미운 말만 골라서 하는데 뭐가 이쁘다고 팔베개를 해 주겠어요.”

냉정한 말투에 어떻게든 변명의 말을 떠올리던 종열이 멈칫했다. 생각해 보니 평소엔 말 한마디 제대로 못 하던 지안이 따박따박 제 할 말을 다 해 대고 있었다. 의아하단 시선을 눈치챈 건지 베갯잇을 끌어당겨 누운 지안이 중얼거렸다.

“막 나가는 거죠, 뭐. 헤어지잔 말도 들었는데 뭐가 더 무섭겠어요.”

“그냥 해 본 말이랬잖아!”

“저는 좋아하니까 헤어지는 게 싫은 건데 저 안 좋아한다고 하시면서 왜 화를 내세요?”

단숨에 합죽이가 되어 버린 종열을 지켜보던 지안이 힘없이 웃었다. 손을 뻗어 다시 종열을 끌어안은 지안이 동그란 머리꼭지에 제 턱을 얹었다.

“더 귀찮게 안 물을 테니까 그만 주무세요. 저 이제 졸려요.”

“때려치운다는 건 어쩔 건데.”

"묻는 말엔 대답 안 하면서 자기 할 말만 하는 건 좀 고치셨음 좋겠어요. 진짜 얄미워서 때려 주고 싶거든요. ……있죠, 말 나온 김에 꿀밤 한 대만 때려도 돼요?"

"간이 배 밖으로 나왔지 아주. 어디 감당할 수 있음 해 봐."

낮은 으르렁거림에 지안이 키득키득 숨죽여 웃었다. 심장이 간질간질해질 정도로 기분 좋은 웃음이었다.

"내일 일은 내일 생각할래요."

"누가 기다려 준대? 지금 당장 대답……."

"있죠."

"시팔, 있긴 뭐가 자꾸 있……."

종열이 분을 못 참고 소리친 순간이었다. 이마에 지안의 입술이 내려앉았다. 종열이 멈칫한 순간을 틈타 지안이 속삭였다.

"고마워요. 많이 다치지 않아 줘서."

5

SALTY
SALTY
SALTY

"그래서."

"그래서 뭐요?"

"내일 일은 내일 생각한다며. 때려치운다는 건 어쩔 건데."

이걸 물어보려고 커피까지 타다 준 건가. 집요한 시선 앞에 지안이 설핏 웃음을 참았다. 아침에 눈을 뜬 직후부터 지금까지 이 질문만 몇 번째 듣고 있는 건지.

"좀 천천히 생각하면 안 돼요?"

"내가 그렇게 할 일이 없어 보여? 결정할 거면 빨리 결정해. 그래야 나도 딴 기지배를 찾든가 할 거 아냐."

……진짜 한 대만 때려 주고 싶어.

지안이 속으로 한숨을 삼켰다. 온종일 주변을 맴돌며 눈치를 살폈으면서도 왜 정작 자신의 앞에선 미운 말만 골라 하는 건지. 자신도 내성적이라 할 말을 다 하고 사는 편은 아니지만 이건 좀 아니지 않나 싶었다.

"빨리 결정하라니까."

지안의 시선이 슬쩍 아래로 기울었다. 시큰둥한 얼굴 표정과 달리 종열의 손가락은 초조하게 테이블을 두드리고 있는 채였다. 이 남자도 인생 참 피곤하게 사는구나. 말과 행동이 전혀 일치되지 않는 상대를 앞에 두고 고민하던 지안이 흘끗 바깥을 내다보았다. 재현은 추워 발을 동동 구르면서도 연신 싱글싱글 웃으며 통화를 하기에 바빴다.

좋아 보이네.

'어제 걔한테 고백했거든요. ……오늘부터 일 일째예요.'

'계속 망설였었는데, 말하길 잘한 것 같아요.'

쑥스러운 듯 수줍게 뺨을 긁적이며 웃던 재현의 모습과 성난 얼굴로 자신을 노려보는 남자의 모습을 비교하니 한숨이 나왔다. 아무리 생각해도 이건 좀 아닌 것 같아. 제대로 된 연애를 해 본 적은 없지만 지안도 지금의 상황이 이상하다는 건 알았다.

"빨리 말 안 해?"

이 사람이 솔직하게 말하길 기다리느니 내가 나서는 게 낫겠지. 지난밤 일로 깨달았지만 꼭 참는 것만이 능사는 아니었다.

"저 좋아하세요?"

"……그게 지금 무슨 상관인데."

이게 상관이 없으면 대체 뭐가 상관이 있는데요.

"쓸데없는 소리 말고 대답이나 해. 때려치울 거야, 말 거야."

콱, 때려치운다고 말할까 보다. 때려치운다고 말하기만 하면 버럭버럭 고함을 칠 거면서 짐짓 아무렇지 않은 척하고 있는 모습이 얄밉기 짝이 없었다. 자기는 아무 말도 안 해 주면서. 지난밤에도 좋아한다 말했건만 결국 대답을 듣지 못했다. 맘 같아선 이참에 확실히 대답을 듣고 싶었지만 눈앞의 상대방을 보건대 당장은 무릴 것 같았다.

또 기지배라 사랑 타령을 하네 마네 하며 투덜대겠지.

남자도 집안일을 해야 하고 여자도 제 스스로 밥벌이를 해야 한다 가르치던 부모님 아래에서 자란 지안에게 종열의 예스러운 사고방식은 확실히 이해할 수 없는 성질의 것이긴 했다. 살아온 환경이 다르니 생각하는 방식이 같진 않겠지만 근심이 되긴 했다.

'꼬박꼬박 말대꾸하지 마.'

'기지배들처럼 떽떽거리지 마. 사람이 말을 했으면 알아들어야 할 것 아냐. 잘못했다고, 앞으로는 조심하겠다고 싹싹 빌어도 모자랄 판에 어디서 눈 치켜뜨고 훈계야 훈계는. 건방지게……'

아니, 그뿐인가. 빽하면 소리 지르고, 윽박지르고, 욕하고……. 솔직히 가시밭길이 눈에 보였다. 조금씩 고쳐진다면 다행이겠지만 그렇다 하더라도 앞으로 꽤 오랜 시간 상대의 말과 행동으로 상처받을 터였다. 사람의 사고방식은 그렇게 쉽게 변하는 게 아니니까.

"먹기 싫으면 먹지 마."

"어, 왜 줬다 뺏어요?"

"사람 갖고 노는 기지배한테 줄 커피 따윈 없어."

대체 누가 갖고 놀았다고. 좋아한다는 마음과는 별개로 컵 두 개를 자신의 품에 끌어당겨 협박하는 상대의 모습은 좀 유치했다. 아니, 많이 유치했다.

"왜 그따위로 봐. 시팔, 그러니까 빨리 대답하면 되잖아."

"맨날 욕만 하는데 뭐가 이쁘다고 빨리 대답을 해요."

"니가 아주 간이 배 밖으로 나왔다 이거지."

"어제 그렇게 못되게 말해 놓고 사과도 안 해 놓고선."

"니가 용서해 준다며?"

"제가 언제요?"

"언젠 크게 안 다친 것만으로 됐다며!"

이럴 줄 알았어. 지안이 떨떠름한 얼굴로 그새를 못 참고 버럭 고함친 종열을 바라봤다. 뒤늦게 상황 파악이 됐는지 종열이 슬쩍 딴청을 피웠다. 절레절레 고개를 내저은 지안이 신문지 사이에서 전단지 한 장을 꺼냈다. 앞치마 주머니에 넣어 둔 볼펜을 꺼낸 지안이 전단지 뒷면의 하얀 여백에 그림을 그렸다.

"자요."

"이건 또 왜."

"거기 하트 있죠."

지안이 볼펜 끝으로 토끼가 들고 있는 조그마한 하트를 가리켰다.

"제가 좋으면 거기다 색칠하고, 싫으면 가위표 하세요."

"뭐?"

"좋아한다고 말했으면 답을 해 주는 게 맞잖아요. 주문 들어오기 전에 어서 하세요."

못마땅한 얼굴로 종이를 노려보고 있는 종열에게 지안이 볼펜을 내밀었다. 어서요. 커다란 손에 볼펜을 쥐여 주다시피 한 지안이 덧붙였다.

"당장 말해 달라고 재촉하진 않을게요. 사람마다 다 어려운 게 있으니까. 하나씩 해 나가요, 하나씩. 저도 말해 주면 고칠 수 있는 부분은 조금씩 고쳐 나갈 테니까."

"별 쓸데없는 짓을 다……"

"때려치워요?"

"야!"

서슬 퍼렇게 지안을 쏘아보던 종열이 이내 볼펜을 움켜쥐었다.

"너, 분명 너도 고친다고 했어. 시팔, 앞으로 그딴 말 다시 내 앞에서 하기만 해 봐. 아주 그냥 눈물이 쏙 빠지게 혼을 내 줄 테니까."

짐짓 으름장을 놓은 종열이 신경질적으로 검은 선 안의 공간을 채워 가기 시작했다. 저렇게 씩씩댈 정도로 기분이 틀어졌다면 대충 선 몇 개를 찍찍 휘갈기고 다 칠했다 말하면 되련만, 종열은 선 하나 튀어나오지 않게 아주 조심히, 까맣게, 아주 까맣게, 빈틈 하나 없이 하트를 채워 나가고 있었다.

"자! 이제 또 때려치우네 마네 허튼소리 하기만…… 왜 웃어?"

"좋아서요."

지안이 까맣게 칠해진 하트를 가리키며 웃었다.

"처음으로 대답을 들었어요."

"……"

"잘해 주시는 거 알아요. 신경 써 주시는 것도 알구요. 그치만, 그래도 듣고 싶었어요. 가끔 불안했거든요. 저 혼자 착각하고 있는 게 아닌가 싶을 때가 있어서…… 이것도 억지로 뜯어낸 거나 다름없지만 그래도 이걸 보면 헷갈리진 않을 것 같아요."

"……야."

"네?"

"……아니야. 억지로 한 거."

그 말이 끝이었다. 얼떨떨해 있는 지안의 앞으로 커피를 밀어 낸 종열이 자리에서 일어섰다. 무뚝뚝한 뒷모습이 주방 안쪽으로 사라진 순간 지안의 입가에 미소가 번졌다.

에필로그

SALTY
SALTY
SALTY

SALTY
SALTY
SALTY

"갈 거야, 말 거야!"

"잠깐만요, 거의 다 됐어요."

저 소리만 대체 몇 번째야. 이미 신발까지 신고 마당을 서성이던 종열이 수돗가에 돋아난 풀을 사납게 쥐어뜯었다. 모처럼의 휴일. 평소라면 늦게까지 단잠을 자고 있을 시간이었다.

꽃구경은 뭔 놈의 꽃구경.

지안의 간청에 가겠노라 약속은 했지만 꽃구경 따위 내키지 않았다. 봄이면 지천에 넘쳐 나는 게 꽃인데 왜 굳이 그걸 돈과 시간, 몸을 축내 가며 보러 가야 한단 말인가. 차라리 집에서 밥이나 해 먹고 잠이나 자는 게 낫지.

"많이 기다리셨죠. 죄송해요."

마당으로 나온 지안의 얼굴이 뽀얗게 빛났다. 나들이를 간답시고 분칠이라도 한 모양이었다. 하여간에 기지배들이란. 아닌 척해도 이쪽을 올려다보는 눈빛에서 기대감을 읽었다.

"대체 뭘 한다고 사람을 기다리게 한 거야?"

죄송해요. 풀 죽은 목소리에 양심이 찔렸다. 지안이 무얼 바라는지 모르지 않았지만 들어주고 싶지 않았다. 온종일 무거운 냄비를 휘두르며 일한 사람을 쉬게 해 주진 못할망정 저 좋자고 끌고 나가는 상대가 예뻐 보일 리 없었다.

"언제까지 여기서 꾸물댈 거야? 가기 싫음 지금이라도 집에 있든가."

"어, 아뇨, 가요, 가요."

냉큼 고개를 내젓는 지안을 향한 종열의 눈초리가 한층 더 사나워졌다.

"기차 얼마 만에 타 보세요?"

"몰라."

"전 되게 오랜만이에요. 고등학생 때 마지막으로 타 본 것 같은데. 기차 타는 거 좋아하세요?"

"좋아할 턱이 있나."

"그래요? 오늘 가는 데는 버스 편이 없어서 기차로 한 건데. 다음엔 버스 타고 갈 수 있는 곳으로 정해야겠네요. 버스는 괜찮으시죠?"

"……."

"간식 싸 왔는데 좀 드릴까요? 과자는 싫어하실 것 같아서 일부러 제가……."

"생각 없어."

"에이, 그래도……."

"생각 없대도."

"그럼 이따 출출해지면 말씀하세요."

"됐고, 니 맘대로 해. 잘 거니까 도착하면 깨워."

더는 듣기 싫다는 듯 종열이 팔짱을 낀 자세 그대로 눈을 감았다. 물끄러미 이쪽을 바라보는 시선이 느껴졌지만 무시했다. 재잘거리는 소리가 사라지니 졸음이 몰려들었다. 얼마나 정신없이 잤는지 깨어났을 땐 이미 목적지에 도착해 있었다.

바람이 불 때마다 벚꽃 잎이 비처럼 흩날렸다. 종열의 입장에선 나뭇가지에 매달렸던 꽃이 떨어지는 것뿐이지만 지안은 아닌 모양이었다. 바람을 타고 내려온 연분홍 꽃잎이 뺨을 간지럽히자 지안의 눈가에 한가득 웃음이 고였다.

"조금만 늦었으면 다 떨어졌을 텐데 잘 맞춰 온 것 같아요."

"이깟 꽃 좀 안 보면 어때서."

"아직도 기분이 별로예요?"

"좋을 이유가 어딨는데."

"날씨도 좋고, 꽃도 예쁘고, 모처럼 쉬는 날이기도 하고……."

"매일 책상 앞에 앉아 일하는 놈이면 또 몰라. 온종일 서서 일하는 사람이 간만에 집에서 쉬겠다는데 멋대로 끌고 와 놓곤 좋긴 뭐가 좋아. 이놈의 꽃이 대체 뭐가 어쨌다고. 바닥 봐 봐. 이놈이고 저놈이고 죄 밟고 다녀서 더럽기만 하구만."

"여태까진 계속 집에서 쉬었잖아요. 그러니까 한 번쯤은 이런 경험도……."

"누가 이딴 경험 하고 싶대? 시팔, 대체 언제까지 걸어야 하는데?"

거친 음성에 몇몇 사람들이 곱지 않은 시선을 보내며 지나갔다. 지안이 길 한가운데에 서서 신경질을 부리는 종열의 팔을 잡아끌었다. 벚나무 길에 좀처럼 흥미를 보이지 못하는 종열을 위해 일찌감치 도시락을 풀었다.

"밥부터 먹어요, 우리. 여기 온다고 아침도 제대로 못 먹었잖아요."

"생각 없어."

"그러지 말고 조금만 드셔 보세요. 새벽부터 이거 싸느라 얼마나 고생했는데."

"그러게 누가 이런 헛짓거릴 하래?"

부지런히 점심 먹을 준비를 하던 지안의 손길이 우뚝 멎었다. 어지간히 하지, 정말. 모처럼의 외출인데도 협조의 기미가 없는 상대 덕에 지안 역시 지친 상태였다.

"아주 이놈이고 저놈이고 돈이 썩어 나지. 목마르면 물이나 마실 것이지 뭣 하러 저딴 걸 돈 주고 사 먹고 지랄이야."

"자식 교육 하는 거 봐 봐. 뭐 도움 된다고 저런 쓰잘머리 없는 장난감을 사는 데 돈을 써 대는 거야."

"이런 데 싸돌아다닐 시간에 공부를 하든 일을 하든 할 것이지. 젊은 놈들이 아주 팔자가 늘어졌어. 늙어서 돈 없어 고생을 해 봐야 정신을 차리지."

돈, 돈, 돈. 쉼 없이 쏟아지는 돈타령에 지안의 표정이 흐려졌다. 함께 산 지 어언 반년이 넘었다. 평소 본인의 이야기를 잘하지 않는 상대인지라 자세한 얘기는 듣지 못했지만 돈에 집착하는 이유가 없이 살아 고생했던 경험에서 비롯됐다는 건 알았다.

지안은, 종열과 여러 추억을 만들고 싶었다. 고달팠던 유년 시절은 돌이킬 수 없지만 행복한 추억은 지금부터라도 만들어 갈 수 있는 거니까. 이런 생각을 안다면 그딴 헛짓거리 할 시간에 돈 모을 궁리나 하라고 하겠지만.

살아가면서 돈이 중요하단 걸 모르지 않았다. 하지만 살기 위한 수단에 불과한 돈에 얽매여 사는 것 또한 돈이 없는 것만큼 불행할 터였다. 스스로도 돈에 대해 자유로울 수 없는 상황이긴 하지만, 여전히 빈곤하기 짝이 없는 통장 잔고를 보며 한숨을 내쉬지만, 세상을 살아가는 데 돈이 전부가 될 수는 없었다. 그래서 지안은 종열에게 돈으로도 살 수 없는 시간을 추억으로 만들어 선물하고 싶었다.

쉽지 않다는 건 알았다. 가게가 쉬는 날 온종일 집에 머물며 별다른 지출을 하지 않았음에도 이전에 벌던 수입이 사라졌다는 이유로 손해를 봤다 생각하는 사람이었다. 이야기를 꺼낼 때부터 오늘의 외출을 탐탁잖아 했지만 그래도 노력했다. 기차표는 지출할 수밖에 없는 부분이니 그렇다 쳐도 점심이며 부식값은 어떻게든 아끼려 애썼다. 경비를 줄이는 것만이 상대의 마음을 조금이나마 가볍게 하는 일일 테니.

오늘 하루 지안은 많이 인내했다. 여행에 관한 건 모조리 자신에게 떠맡기고 빈 몸으로 왔으면서도 내내 툴툴대기만 하는 상대를 이해하려 했다. 전날 밤 보내오던 은근한 손길을, 새벽에 도시락을 싸야 한다는 부담감 때문에 밀어 냈다는 미안함도 있었으니까.

그래도 지치는 건 어쩔 수가 없었다. 집을 나올 때부터 말 한마디 곱게 받아 주는 법 없이 내내 불평불만만 가득했다. 적당히 좀 하면 안 되냐는 말이 목까지 차오르지만……

안 되지, 안 돼. 조금만 더 참아 보자.

오늘의 외출은 추억 만들기에 있어 겨우 시작점에 불과했다. 간신히 나온 첫 나들이를 다툼으로 망쳐 버린다면 절대 다음을 기약할 수 없었다. 안 돼. 그것만은 안 돼. 종열을 위해서, 그리고 자신의 행복한 삶을 위해서라도 그것만큼은 피해야 했다. 휴일에도 집 안에 눌러앉아 티브이만 보게 되는 건 정말이지 원치 않았다.

흔들리는 인내심의 끈을 부여잡은 지안이 살갑게 김밥 하나를 건넸다. 이거 드셔 보세요. 참치김밥인데 파는 거랑 달리 재료도 진짜 알차게 넣었어요.

"됐어."

지안이 내민 김밥은 본척만척하며 종열이 통 안에 든 다른 김밥을 집어 먹었다. 이 고집쟁이. 맛있다, 고생했다 한마디 말없이 우적우적 김밥을 씹어 삼키는 종열에게 지안이 물었다.

"어때요? 파는 것보다 훨씬 맛있죠."

"든 게 왜 다 달라. 이건 또 뭐고."

"그건 소고기 김밥이요. 어느 게 더 맛있어요? 뭘 좋아하실지 몰라서 일부러 여러 종류로 싸 봤어요. 말해 주시면 다음엔 좋아하는 걸로 싸 드릴게요."

"참치, 이건 별로야. 느끼해."

빈말로도 돌려 말해 주지 않는 냉정한 평가였다.

"소고기는 어때요?"

"이건 너무 짜."

"……그럼 그냥 보통 김밥이 괜찮아요?"

"김밥이 다 거기서 거기지."

이 남자가 지금 내 인내심을 시험하는 건가. 조금이라도 좋아해 줬으면 하는 마음에 밤잠을 설치며 만든 김밥이 가여울 따름이었다.

"대충 남은 밥이나 싸 오면 될 걸 쓸데없이 돈지랄은."

긴 하루가 될 듯한 예감에 지안이 소리 없이 한숨을 내쉬었다.

"필요한 건 얼추 다 산 것 같죠."

주문한 칼국수 두 그릇을 기다리며 지안이 오늘의 지출 목록을 확인했다. 보자, 단무지 그릇 스무 개 새로 샀고, 탕수육 그릇도 샀고, 볼도 샀고, 냄비도 샀고…….

"짐이 얼마 안 될 줄 알았는데 은근히 많네요. 이따 버스 탈 때 앉아서 가면 좋을 텐데…… 와, 칼국수 나왔네요. 맛있겠다."

"이딴 걸 대체 왜 쓰잘머리 없이 돈을 주고……."

"배고프시죠? 김치랑 같이 드세요. 그러고 보니 물을 잊었네요. 가져올게요."

자신의 말을 냉큼 잘라먹은 지안을 탐탁잖은 눈길로 쏘아보던 종열도 이내 포기하고 젓가락을 들었다. 종알대는 지안의 목소리를 반찬 삼아 먹으니 칼국수 한 그릇이 뚝딱 사라졌다. 볼일도 다 봤겠다, 배도 채웠겠다 슬슬 집으로 돌아가려는 종열과 달리 지안의 시선은 또 다른 곳에 사로잡혔다.

"저 호떡 가게 봐요. 이 더운 날씨에도 사람들이 엄청 사 먹네요. 우리도 하나 먹을까요?"

"배 속에 거지새끼가 든 것도 아니고."

"그리지 말고 하나 사서 반씩, 어때요?"

아주 신났구만. 근 한 달 만의 외출에 지안은 들뜬 기색이 역력했다. 지난번 휴일엔 둘이서 가게 대청소를 한 터라 제대로 쉬질 못했었다.

언제나 그렇듯 첫 번째 시식 타자는 종열이었다. 너나 먹으라 손짓해도 입가에 내밀어진 호떡은 물러날 기미가 없었다. 마뜩잖게 호떡을 한입 베어 물자 진득한 단물이 흘러내렸다. 종열이 입술을 훔치기전에 지안의 손이 다가와 냉큼 입가를 닦아 냈다. 아무렇지 않게 단물이 묻은 손가락을 빨아 먹는 모습에 종열이 눈을 가늘게 떴다.

이 기지밴 내가 애새낀 줄 아나.

툴툴대면서도 못 이기는 척 한 번 더 호떡을 베어 물며 걸어가던 종열의 시선이 한곳에 머물렀다. 지안 또래의 여자가 높은 구두를 또각거리며 옷 가게가 밀집한 상가 안으로 들어가고 있었다. 종열이 흘낏 지안의 차림새를 훑었다. 가게에서 일할 때 늘 보는 회색 면티에 청바지, 그리고 운동화 차림이었다. 꽃구경을 갈 땐 나름 화장도 하고 구두도 신더니 요즘엔 아예 자포자기한 모양새였다.

'이뻐 보이고 싶어서, 그랬어요.'

앙금처럼 남은 그날의 목소리가 다시금 종열을 괴롭혔다. 그렇게 말을 했으면 오죽 좋은가. 나들이 간다는 사실에 들떠 꾸민 줄 알았지, 나한테 예뻐 보이려 그랬는지 어쨌는지 내가 어떻게 알아.

온종일 빈정이 상해 있던 종열은 집에 오는 길에도 지안의 말에 대꾸하지 않았다. 쉬고픈 마음에 지안이 따라오든 말든 아랑곳 않고 앞서 걸었다. 그래서 집 앞에 거의 도착해서야 계단을 올라오는 지안의 걸음이 힘겨워 보인다는 사실을 깨달았다.

'다리가 왜 그래.'

'신발이 익숙하지 않아서…….'

그제야 알았다. 지안이 운동화가 아닌 굽이 있는 구두를 신고 있었다는 걸. 짜증이 났다. 온종일 그걸 신고 있었냐고, 운동화는 얻다 두고 그딴 발 아픈 신발을 신었냐 따져 묻자 지안의 얼굴에 처음으로 서운한 기색이 어렸다. 설핏 원망이 어리기까지 한 눈빛에 절로 언성이 높아졌다.

'왜 걷기도 힘든데 그딴 신발에 돈을…….'

'이뻐 보이고 싶어서, 그랬어요.'

'뭐?'

가만히 발끝만 내려다보던 지안이 고개를 들었다.

'이뻐 보이려고 그랬어요. 사귀고서, 처음 나온 거니까.'

첫 데이트잖아요. 힘없는 중얼거림이었다.

그게 전부였다. 피곤한 얼굴로 초저녁부터 지쳐 잠든 지안은 다음 날 일어나선 아무 일도 없던 것처럼 굴었다. 다른 기지배들처럼 앙앙대며 쏘아붙일 만도 하건만 평소와 다름이 없었다.

입 밖으로 꺼내진 않았지만 그날의 나들이는 종열에게 죄스러운 기억으로 남아 있었다. 오가는 내내 짐 한번 들어 주지 않았고, 걸음 한번 맞춰 주지도, 말 한마디 다정하게 건네주지도 않았다.

괜히 사람을 나쁜 놈으로 만들고…….

주머니에 남은 현금을 만지작거리던 종열이 앞서가는 지안을 불러 세웠다. 교통비를 제외하고 남은 돈을 손에 쥐여 주니 의아함이 담긴 시선이 날아들었다.

"기다릴 테니까 가서 이걸로 필요한 거 사 와."

"필요한 거요?"

"손님 맞는 기지배가 맨날 옷이 그게 뭐야. 여기 있을 테니 그 우중충한 티 쪼가리 말고 다른 것 좀 사 와 봐."

어.

상황 파악이 안 된 지안의 짐을 빼앗아 든 종열이 턱짓을 했다. 빨리 안 가? 뭔가 할 말이 있다는 듯 지안이 입술을 달싹거렸지만 종열의 표정은 단호했다. 거듭거듭 뒤를 돌아보던 지안이 마지못한 걸음으로 상가 문을 열고 들어섰다.

내가 뭔 짓을 한 거야.

허공에 날린 돈을 생각하자 속이 쓰렸다. 오늘 산 물건값만으로도 벌써 기십만 원을 쓴 터였다. 시팔. 욕을 읊조린 종열이 지안이 들어간 상가를 흘끗 쳐다봤다. 못마땅한 얼굴을 하고 있으면서도 종열의 발은 그 자리에 붙박여 있었다.

더럽게 덥네.

차양 아래 섰음에도 공기가 지글지글 끓었다. 상가 안은 시원할 테지만 사내놈이 옷 사는 기지배 뒤를 졸졸 따라다니는 짓거린 하고 싶지 않았다. 목덜미에 흐르는 땀을 훔치는데 상가 밖을 빠져나오는 익숙한 인영이 보였다.

"뭐야. 벌써 샀어?"

"그게, 둘러봤는데 별로 필요한 게 없어서요."

황당한 대답이었다.

"필요한 게 없긴 왜 없어."

"저번에 티 두 벌 사서…… 여름이라 볕도 좋잖아요. 매일 빨아 입으면 돼요."

농담을 하는 건가 싶었지만 지안의 얼굴은 진지했다.

"됐으니까 가서 티든 뭐든 사 와."

"정말 괜찮은데."

"……사라고."

"진짜 괜찮아요. 어차피 가게에서 일할 땐 티랑 청바지가 제일 편하니까 다른 옷은 필요 없어요."

기가 차 말이 안 나왔다. 우중충한 티 쪼가리 하나 걸치고선, 가진 옷이라곤 죄 그런 것들뿐이면서 옷을 살 필요가 없단다.

"그럼 딴 기지배들은 왜 허구한 날 옷 없다 지랄을 해 대는데?"

"그 사람들은 그 사람들이고 저는 저잖아요."

"……싫음 말아. 돈, 도로 내놔."

손을 내밀자 지안이 아무렇지 않게 주머니에 있던 돈을 올려놨다. 줬다 도로 뺏는데도 치사하다거나 아깝다는 기색을 풍기기는커녕 처치 곤란한 물건을 돌려줄 수 있어 아주 기쁘다는 표정이었다.

이게 기껏 인심을 썼더니만…….

"오만 원 굳었네요."

태평한 한마디에 종열의 얼굴이 파삭, 구겨졌다.

"왜 그래요?"

"내가 뭘."

"왜 기분 나쁘게 내 여자 친굴 뚫어지게 보냐구요."

말 끝나기 무섭게 종열의 손바닥이 재현의 뒤통수로 날아들었다.

"이 새끼가 뭐라고 지껄이는 거야. 누가 저딴 핏덩이한테 관심이 있다고."

"아씨, 아퍼. 왜 자꾸 남의 머리를 때려요?"

"야, 저 기지배 말야."

"자꾸 기분 나쁘게 기지배, 기지배 하지…… 우씨, 폭력 금지!"

토를 달다 한 대 더 머리를 얻어맞은 재현이 샐쭉하니 종열을 노려봤다. 그러나 재현이 무얼 하든 종열의 시선은 제 친구와 함께 볶음밥을 먹고 있는 곱상한 여자아이를 향해 있을 뿐이었다.

"쟨 공부 안 해? 커서 뭐가 되려고 허구한 날 손톱에 뻘건 물을 들이고 난리야."

"쟤 꿈이 네일 아티스트거든요. 노는 게 아니고 저게 일이에요, 일."

"네일스트…… 뭐? 그게 뭐 하는 건데."

"매니큐어는 알죠? 그걸 전문적으로 발라 주는 거예요."

"누가 그걸 돈 주고 해?"

"왜요, 아저씨가 몰라 그렇지 사람들 꽤 많이 해요."

"하면 얼마씩 받는데. 천 원?"

"미쳤어요, 그걸 천 원 받고 해 주게. 가 보니까 회원가 해서 제일 싼 게 만 오천 원이더만."

미친 것들. 종열의 입에서 절로 상소리가 튀어나왔다.

"뭘 그거 갖고 그래요. 요즘엔 기본적으로 자길 꾸밀 줄 알아야 한다구요."

"……시팔, 그래, 그게 맞지. 기지배라면 당연히 꾸미려고 애를 써야지."

"자기만의 세상이 있는 건 알겠는데 기왕이면 대화를 해요, 우리."

뒤를 돌아본 종열이 장부 정리를 하고 있는 지안을 보며 바득 이를 갈았다.

며칠 전 미용실에 다녀온 지안의 머리는 처음 만났을 때와 다름없이 짧게 잘린 채였다. 기르려고 했는데 너무 덥더라구요. 자르고 나니까 엄청 시원한 거 있죠. 변명하듯 덧붙인 지안이 멋쩍게 웃었다.

소갈머리 없이 웃는 낯짝에 속에서 천불이 일었다. 어릴 땐 제법 기지배답게 기르고 다녔으면서 왜 자꾸 선머슴 같은 머리를 하는지 알 수 없었다. 게다가 저 먹물을 물들인 것처럼 시커먼 티는 뭔지.

내가 사내놈이랑 붙어먹는지 기지배랑 붙어먹는지 분간이 안 가잖아.

"시팔."

"왜 가만히 있는데 욕질이에요?"

"맘에 안 들어."

"……저기요, 아저씨. 나 보여요? 내 손가락이 몇 개로 보여…… 악, 왜 때려요!"

제 눈앞에 손을 흔들어 대는 재현의 머리통을 후려갈긴 종열이 씩씩 거친 숨을 몰아쉬며 주방으로 향했다.

누워 있으니 솔솔 잠이 쏟아졌다. 끔뻑끔뻑 꿈나라로 향하던 지안이 놀라 눈을 떴다. 웬 불청객이 티셔츠 안을 불쑥 헤치고 들어온 탓이었다.

"오늘은 그만 자는 게 나을 것 같아요. 내일 피곤할 텐데."

음식 장사란 게 다 그렇듯 주말은 정말이지 눈코 뜰 새 없이 바빴다. 게다가 오늘은 밀린 설거지까지 하고 돌아온 터라 취침 시간이 훌쩍 넘어 있었다.

"싫으면 싫다고 말해. 괜한 핑곗거리 만들지 말고."

냉큼 손을 치운 종열이 등을 보인 채 드러누웠다. 뻔히 상황을 알
면서도 토라진 시늉을 하는 상대를 보며 지안이 미소 지었다. 설설 팔
을 흔들어 보아도 돌아누운 등은 움직일 기미가 없었다. 봐 달라는 듯
종열의 등 뒤에 찰싹 달라붙어 있던 지안이 이내 터져 나오는 하품을
삼켰다.

"화났어요?"

돌아오는 대꾸는 없었다. 기분을 풀어 줘야 하는데, 생각하면서도
잠이 쏟아졌다. 반쯤 잠에 취해 허리를 끌어안았다. 너른 등에 얼굴을
묻자 종열 특유의 체취가 느껴졌다. 처음 이곳에 왔을 땐 서러움에 눈
물을 쏟아 내게 했던 체취에 안도하는 스스로가 신기했다.

"저 졸려요."

어리광을 부리듯 등에 얼굴을 비볐다. 허리를 꼬옥 끌어안자 상대
가 몸을 돌리는 기척이 느껴졌다. 지안이 두 눈을 감은 채 팔을 벌렸
다.

"이딴 게 뭐가 이쁘다고."

툴툴대면서도 종열이 손을 뻗어 지안을 끌어안았다. 지안의 이마
에 꾹꾹 입술을 내리누른 종열이 마른 등을 토닥거렸다. 여시 같은 기
지배. 못된 기지배. 불퉁한 목소리로 중얼거리며.

"아저씬 결혼 안 해요?"

재현의 물음에 종열이 왈칵 미간을 구겼다. 이건 또 왜 아침부터 헛소리를 하고 난리야.

"누나랑 사귄다면서요. 근데 결혼은 안 하는 거예요?"

"그걸 니가 알아서 뭣 하게."

"아니, 뭐, 아저씨도 슬슬 장가갈 나이가 됐으니까 궁금해서 그런 거죠."

"가서 단무지 싸는 거나 도와. 먼젓번처럼 대충대충 담았다간 혼쭐 날 줄 알아."

미련이 남는 듯 기웃대는 재현을 내쫓은 종열이 전날 사용한 야채를 숭덩숭덩 썰어 넣어 김치찌개를 끓였다. 찌개와 감자볶음, 계란프라이로 가게 식구들이 늦은 아침밥을 먹고 있을 때 누군가가 가게 안으로 들어왔다.

"실례합니다."

네 쌍의 시선이 문이 열린 곳으로 향하자 서글서글하게 생긴 청년이 옆머리를 긁적였다.

"근처에 새로 개업을 하게 돼서 인사차 떡을 좀 돌리려고 왔습니다. 식사 중이셨네요."

남자가 은박지 위에 담긴 떡과 함께 전단지를 건넸다. 새빨간 종이 위엔 '총각네 치킨' 이라는 문구가 선명하게 찍혀 있었다. 저, 앞으로 잘 부탁드립니다. 이미 흥미를 잃은 듯 식사에 몰두하는 종열과 무권을 대신해 지안과 재현이 살갑게 인사를 건넸다. 남자가 돌아간 후 재현이 전단지에 적힌 상호를 가리키며 실실 웃었다.

"총각네 치킨이 뭐야. 촌스럽게. 안 그래요, 누나?"

"왜 나름 괜찮은데. 닭 그림도 귀엽지 않아?"

"누난 너무 긍정적인 게 흠이라니까요. 근데 저 아저씨 진짜 총각인가. 얼굴은 꽤 괜찮지 않아요?"

"인상은 좋아 보이더라."

"누가 장사를 얼굴로 해."

땀이 맺힌 이마를 손바닥으로 훔친 종열이 거침없이 물 한 잔을 비웠다. 음식은 자고로 손맛이야, 손맛. 언제나 그렇듯 가장 먼저 식사를 마치고 미련 없이 자리에서 일어난 종열이 재현과 지안에게 눈을 부라렸다.

"빨리 먹고 일들 해. 떠들 시간 있으면."

악덕 업주가 따로 없다 구시렁대면서도 재현도 이내 식사를 마치고 자리에서 일어섰다. 어제 찾지 못한 그릇을 찾으러 재현과 무권이 가게를 빠져나간 후 지안도 가게 식구들이 앉았던 테이블을 정리했다. 주방에서 들려오는 규칙적인 칼질 소리를 배경 삼아 이렇게 또 하루가 시작되고 있었다.

"한번 드셔 보세요."

"뭘 이런 걸⋯⋯."

"공짜는 아니구요. 맛있으면 다음에 시켜 드시라고 드리는 거예요."

먹어 보고 맛없으면 안 시켜도 되는 거예요? 지안의 말에 허를 찔린 듯 상대의 얼굴에 낭패감이 어렸다. 그러면 안 되는데. 뒤늦게 웃음 띤 지안의 얼굴을 마주한 상대의 양 볼에 깊이 볼우물이 팼다.

"저거 저거, 좀 위험하지 않아요."

가게 앞에서 주거니 받거니 이야기를 나누고 있는 두 사람을 지켜보는 두 쌍의 눈동자가 있었으니. 주방 옆으로 난 쪽문으로 사태를 관망하고 있던 종열과 재현이었다.

"아저씨도 그렇게 생각하죠? 분위기가 뭔가 심상찮잖아."

"니놈 새낀 왜 또 여기 있어. 쓸데없는 소리 할 시간에 일이나 해."

"아씨, 아저씨, 위기감을 좀 느껴 봐요. 지금 저 총각이 누나를 노리고 있다니까요."

"노리긴 누가."

"저 훈훈한 총각이, 누나를요. 눈이 있음 좀 보라구요. 어후, 저거 저거 웃는 거 봐. 보조개 봐요, 보조개. 누나가 무슨 말 하니까 아주 좋아 죽네, 죽어."

좋아 죽긴 얼어 죽을. 퉁명스레 대꾸했지만 종열 또한 두 사람에게서 눈을 떼지 못했다. 저놈 새끼는 왜 하릴없이 맨날 남의 가게에 와서 죽치고 있느냔 말이야. 지안이 무슨 말을 했는지 밀가루처럼 허여 멀건 얼굴에 다시 볼우물이 팼다.

저 기지배가.

아드득, 이 가는 소리에 재현이 질린 표정을 하고 있다는 걸 아는지 모르는지. 종열의 시선은 오로지 두 사람을 향해 붙박여 있었다.

부엌에서 물을 마시고 나오니 지안은 거실에 앉아 빨래를 개고 있었다. 활짝 열린 문 너머로 어둠이 내려앉은 마당이 보였다.

"벌레 들어오면 어쩌려고 문은 열어 놨어."

"밤공기가 좋아서요. 그래도 방충망은 닫아 뒀어요."

밤공기는 무슨 얼어 죽을. 주저앉은 종열이 무심히 수건 하나를 집어 든 순간 지안의 입가에 웃음이 고였다.

"왜 웃어?"

"좀 의외라서요."

"뭐가."

"평소 말씀하시는 거 보면 집안일 같은 건 안 하실 것 같은데 늘 같이 하시잖아요."

니 기지배한테 일을 맡기면 온종일 붙들고 있으니 그러지. 무심한 어조에 지안이 소리 없이 웃었다. 지안에겐 우스운 농담처럼 들렸겠지만 종열은 진심이었다.

처음엔 종열도 은근슬쩍 집안일을 지안에게 미루었다. 사귀는 사이라 해도 어차피 지안이 얹혀사는 처지니 일을 시키는 데 부담도 없었고 집에 여자가 있는 이상 집안일은 여자가 하는 게 보기 좋다고 여겼으니까.

한데 지안은 꼼꼼한 대신 손이 느렸다. 휴일을 제외하면 집에서 같이 있을 시간은 하루에 두어 시간도 채 되지 않았다. 그 시간을 아끼고 아껴도 모자랄 판인데 지안이 한번 집안일을 시작하면 그날은 잠들기 전까지 얼굴 한번 맞대기 힘들었다. 더군다나 다음 날은 피로가 쌓여 먼저 코를 골며 잠들기 일쑤니 종열이 백기를 들 수밖에.

"그런데 너."

뭔가 생각났다는 듯 수건을 접던 손이 우뚝 멎었다.

"아까 그놈은 왜 가게에 왔다 간 거야?"

"누구요?"

"그놈. 총각네 치킨인가 뭔가 하는 놈."

"아, 기훈 씨요?"

기훈 씨? 지안의 말에 종열의 입매가 틀어졌다. 대체 언제 봤다고 기훈 씨래.

"이번에 어머니 생신인데 뭘 드리면 좋을 것 같냐고 물어서요."

"지 엄마 선물을 왜 너한테 물어봐."

"같은 여자니까요. 아무래도."

"또 딴건."

"딴거요? 그저께 영화를 봤는데 재밌었다고, 시간 되면 보라고 하던데요."

티셔츠를 무릎 위에 올려놓던 지안이 어느 순간 눈을 동그랗게 떴다. 지금 질투하시는 거예요? 지안의 물음에 종열이 왈칵 얼굴을 구겼다. 질투는 무슨 얼어 죽을. 장사하는 남의 가게에 자꾸 얼쩡거리니까 그렇지. 사나운 말투에 지안이 그럼 그렇지, 하는 얼굴로 고개를 끄덕였다.

다시 빨래를 개기 시작하는 지안을 보며 종열이 아득 이를 갈았다. 둔한 상대는 눈치채지 못한 듯했지만 하루가 멀다 하고 가게에 오는 모양새가 수상하기 짝이 없었다. 아니, 그놈도 문제지만 바쁘다고 내쫓으면 될 걸 일일이 받아 주는 이 기지배도 문제였다. 못마땅한 표정을 짓고 있던 종열의 시야에 지안의 무릎 위에서 착착 개어지고 있는 자신의 팬티가 들어왔다.

결혼 따윌 대체 왜 해야 하는 건데.

지안과 함께 있는 건 좋았다. 여전히 쓸데없이 돈이 나가는 건 싫지만 지안의 입에 들어가는 거라면 몇만 원쯤 써도 아깝지 않을 정도였다. 하지만 그것과는 별개로 결혼 따윈 정말이지 귀찮았다.

물론, 아직 누구에게도 말하지 않았지만 종열도 어느 정도 각오는 했다. 나이가 어리길 하나, 특출하게 예쁜 구석이 있나, 가진 게 많기라도 하나. 어차피 자신과 헤어지면 끈 떨어진 연 신세가 될 지안이었다. 솔직히 좀 귀찮지만, 아니, 많이 귀찮지만 몇 년 후에도 이 상태라면 살 비비며 산 정을 생각해서라도 지안을 거두고 사는 게 맞을 터였다.

　대신 결혼이라는 두 글자에 필요한 불필요한 절차들은 모두 생략할 생각이었다. 양쪽 모두 부모라도 있으면 모를까, 종열 자신은 말할 것도 없고 지안 역시 부모를 잃은 후 연락하고 지내는 사람이라곤 일본에 산다는 지 이모 하나뿐이었다. 결혼식이니 뭐니 쓸데없는 짓은 관두고 혼인 신고서나 제출하면 될 일이었다. 정히 드레슨지 뭔질 입고 싶다 하면 새 옷이나 한 벌 사 주면 그만일 테고. 드레스 한번 못 입는다며 속상해할지도 모르지만 어차피 자신 아니면 시집도 못 갈 기지배니 데려가 주는 것만으로도 감지덕지해야 할 터였다.

　기훈인가 하는 그놈도 쓸데없이 헛물켜는 거지. 이 기지배가 어떤 짓을 했는지 알면 아주 줄행랑을 쳐 버릴걸. 나니까 받아 주는 거지, 누가 이딴 걸 받아 줘.

　"왜 그렇게 보세요?"

　"이리 와 봐."

　두 눈에 의문을 담은 채 지안이 무릎걸음으로 다가왔다. 제 다리 사이에 지안을 들어앉힌 종열이 어리둥절한 얼굴을 끌어당겼다. 수십, 수백 번도 더 삼켜 본 입술을 쭉쭉 빨아 당기며 헐렁한 고무줄 바지 속으로 손을 밀어 넣었다. 화들짝 놀란 지안이 엉덩이를 뒤로 빼려 했지만 소용없었다.

"문, 문 열려 있…… 빨래도 아직 덜……."

문, 문, 소리를 해 대는 게 듣기 싫어 문을 닫자 그제야 바르작거리는 움직임이 멈췄다. 납작한 엉덩이를 움켜쥐었다. 도망가지 마. 자꾸만 몸을 뒤로 물리는 지안을 나무라며 냉큼 바지와 팬티를 벗겼다. 몸을 밀착하자 금세 더운 숨이 얽혔다.

지안의 눈꼬리는 어느새 붉게 젖어 있었다. 흐트러진 상의 사이로 비죽이 튀어나온 가슴이 보였다. 젖무덤에 얼굴을 파묻자 뜨뜻한 살 냄새가 코를 자극했다. 짐승 새끼가 어미젖을 물듯 거뭇한 젖을 덥석 입에 물어 빨았다. 아무것도 나오지 않는다는 걸 알면서도 말랑한 살덩이가 좋아 입 안이 홀쭉해지도록 쭉쭉 빨았다.

"그, 그만, 그만 좀."

"……싫어?"

종열이 고개를 들었다. 그사이 가쁜 숨을 몰아쉰 지안이 고개를 내저었다. 싫은 건 아닌데요, 저, 무슨 일 있어요? 나지막한 물음에 뜨끔해졌다. 일은 무슨 일. 못마땅한 얼굴로 지안을 보던 종열이 순식간에 자세를 낮췄다. 지안이 몸을 튕기며 어깨를 밀어 냈지만 단단한 가슴팍은 아랑곳 않았다.

곱슬거리는 수풀 사이를 입술로, 혀로 문지르며 예민하게 부풀어 오른 젖꼭지를 실실 굴려 주자 지안이 숫제 울 것 같은 목소리를 냈다. 마른 목을 축이려는 듯 한참이나 츕츕, 소리를 내며 시큼한 물을 들이켠 종열이 고개를 들었다. 지안은 손바닥으로 얼굴을 가린 채였다.

손가락으로 젖은 입술을 훔친 종열이 혀를 차며 지안의 손목을 붙잡았다. 치워 봐. 차마 낯 뜨거워 얼굴을 보지 못하는 지안의 손목을

403

끌어당겨 아래로 내리자 붉어질 대로 붉어진 얼굴이 보였다. 이미 힘이 들어갈 대로 들어간 아랫도리가 시큰해졌다.

종열과 달리 지안은 누구에게나 상냥했다. 험한 말을 하는 법도 없었고 상대가 아무리 바보 같은 말을 해도 웃어 주었다. 지안의 웃음은 남녀노소를 가리는 법이 없었지만 이런 얼굴과 표정은 오로지 자신의 것이었다.

"누가 보면 괴롭히는 줄 알 거 아니야."

퉁명스러운 말투와 달리 종열이 조심스러운 손길로 지안을 바닥에 눕혔다. 주변에 개어 놓은 수건을 끌어다 목뒤를 받쳐 주는 것도 잊지 않았다. 종열이 끄떡대는 제 성기를 지안의 다리 사이에 가져다 댔다. 젖을 대로 젖은 속살에 성기 끄트머리를 문지르자 지안이 놀라 몸을 일으켰다.

"그냥 하려구요?"

허를 찔린 듯 종열이 입을 다물었다. 콘돔 상자는 방 안에 있었다. 방문을 흘깃 본 종열이 이내 뭔 상관이냐며 몸을 밀착시켰다. 그냥 삽입하려 하는 종열의 행동에 지안이 다급히 다리를 모았다.

"빨리 다리 풀어."

"평소엔 꼭 썼잖아요. 혹시라도 임신할 수 있으니까……."

"수술했잖아. 수술했으니까 임신 안 돼. 빨리 다리 벌려."

"아니, 그래도 평소엔……."

종열의 눈매가 사나워졌다. 난처한 듯 방문을 살피던 지안이 마지 못한 듯 천천히 다리를 벌리려다, 재빨리 오므렸다. 그래도 이건 아닌 것 같아요. 지안의 말에 결국 종열이 초조한 듯 소리를 높였다.

"임신해도 내가 책임질 거니까 빨랑!"

반박하려던 말이, 입술에 삼켜졌다. 종열이 지안의 팔을 끌어당겨 제 목에 감게 했다. 밀어 내려는 기색이 느껴졌지만 모른 척 지안의 엉덩이를 제 하체로 바짝 끌어당겼다. 금방이라도 삽입하려는 듯 밀어붙이던 종열이 이내 욕을 짓씹었다.

핵, 몸을 일으킨 종열이 꺼떡거리는 성기를 고스란히 드러낸 채 방으로 향했다. 걸음을 내디딜 때마다 쿵쿵 울리는 바닥 소리가 시위라도 하듯 요란했다.

"됐지!"

형광등 불빛 아래 선 종열이 콘돔을 끼운 성기를 가리키며 외쳤다. 낯사스럽기 짝이 없는 모습이었지만 부끄러움은 지안의 몫일 뿐이었다. 한껏 심통이 난 얼굴로 쿵쿵 걸어온 종열이 으르렁거렸다. 까다로운 기지배 같으니.

이상한 일이었다. 어딜 봐도 귀여운 구석 하나 없는 남자인데 어째서 귀엽다고 느껴지는 건지. 종열의 볼을 감싸 안은 지안이 가볍게 입을 맞추었다. 쪽쪽, 입술이 맞닿았다 떨어질 때마다 부루퉁한 눈빛이 잦아들었다.

"있죠."

"있긴 뭐가 있는데."

"좋아해요."

남의 옷을 입은 것처럼 어색하고 껄끄러운 느낌이 들었지만 그래도 말하고 나니 후회는 없다. 쑥스러움을 감추고자 지안이 종열의 너른 등을 끌어안았다.

"정말, 좋아해요."

좋아한다는 말을 듣지 못해도 괜찮았다. 으스러질 듯 자신을 마주

안아 주는 것만으로, 상대의 대답은 들은 것이나 다름없었으니까.

"따분해. 뭐 재밌는 일 없나. 아저씨, 아저씬 심심하지 않아요?"

"별로."

재현의 물음에 무권이 고개를 저었다.

"아저씬 벌써 십 년 넘었잖아요. 이제 그만 딴 일 안 하고 싶어요?"

"글쎄."

"에효, 왜 이 가게엔 멀쩡한 사람이 없는 거야."

덤덤한 무권의 반응에 재현이 과장된 한숨을 내쉬었다.

"대화가 통하는 건 누나밖에 없는데…… 누나는 저 꼬맹이한테 아주 그냥 푹 빠져 있네."

김씨 아주머니가 잠시 동이를 부탁하고 간 뒤로 지안은 아이의 옆에 앉아 음식 수발을 드느라 정신이 없었다.

"천천히 먹어, 체해."

포크를 쥔 통통한 손가락이 짧게 잘린 짜장면을 담뿍담뿍 입에 퍼 담았다. 양 볼이며 입술 가득 짜장을 묻히고 먹는 동이의 입가를 지안은 귀찮은 기색 없이 닦아 냈다.

"애들은 귀엽긴 한데 솔직히 좀 귀찮지 않아요?"

"그렇지."

"아저씬 애가 둘이나 있잖아요. 자기 애들도 싫어요, 그럼?"

"그건 아니지."

"뭐예요, 그게."

"너도 낳아 봐, 그럼 알 거다."

애를 내가 낳아요. 내 마누라가 낳겠지. 그리고 난 아직 애 낳으려면 멀었다구요. 투덜거리던 재현이 어느샌가 옆에 다가와 있던 종열을 보고 뒤로 물러섰다. 아, 이 아저씬 왜 자꾸 귀신같이 다가와서 사람을 놀라게 하고 난리야.

"애새끼 따윈 질색이야."

"애들도 아저씨 질색해할걸요."

"내가 어때서."

"그렇게 맨날 인상 찡그리고 있는데 어떤 애들이 안 울고 배겨요."

"똑똑히 봐. 저놈이 우나 안 우나."

종열이 테이블 사이를 헤치고 나아갔다. 숫제 짜장면을 퍼먹고 있던 동이가 갑작스레 머리 위로 드리워진 그늘에 고개를 들었다. 겁먹은 기색으로 몸을 떠는 동이에게 종열이 손을 내밀었다.

"이리 와."

머뭇머뭇 망설이며 지안을 돌아보던 동이가 종열의 품에 안겨 들었다. 어딘가 영 불편한 몸짓에 애타는 눈으로 지안을 바라보고 있긴 했지만 예상외로 울음보를 터뜨리진 않았다.

"헤에, 난 완전 엉엉 울 줄 알았는데."

"당연하지. 나 아니었음 이놈이 여기 있을 수 있었을 것 같애."

"뭔 소리예요."

"그런 게 있어."

지안이 오기 전 경혜의 시어머니가 찾아와 억지로 동이를 데려가려 한 적이 있었다. 그때 낯선 중년 여자에게 끌려가는 동이를 낚아채

미용실로 데려간 사람이 바로 종열, 본인이었다. 예전의 동이는 종열을 보기만 해도 울음보를 터뜨렸지만 이젠 자신을 구해 준 사람이란 자각이 있는지 겁을 먹긴 해도 피하려 하진 않았다.

종열이 의기양양하게 동이를 안아 들고 있을 때였다. 가만히 품에 안겨 있던 동이의 입에서 뭔가가 와룩, 쏟아져 나왔다.

"으하하하, 꼴좋다."

긴장한 동이가 뱉어 낸 면발이 종열의 팔뚝 위로 흘러내렸다. 서둘러 종열의 팔 위에 묻은 음식물을 닦아 낸 지안이 오들오들 떨고 있는 동이를 안아 들었다.

"괜찮아, 화 안 내실 거야. 그쵸, 화 안 낼 거죠."

화를 안 내긴 누가. 어디 어린 애새끼가 겁도 없이…….

아득아득 이를 간 것도 잠시. 놀란 동이를 어르며 자신의 옆에 선 지안의 모습에 종열의 표정이 묘해졌다. 동아, 이리 고개 들어 봐. 휴지로 동이의 입을 닦는 지안을 지켜보던 종열의 입매가 실룩였다.

"죄송하다 사과드려야지, 동아."

"미안…… 미안해."

"한 번만 더 그랬다간 봐. 아주 그냥 콱……."

겁먹은 동이의 눈길에 종열이 입을 다물었다. 애새끼는 정말 질색이었다. 자신이 무슨 말을 했다고 또 저리 겁을 먹는단 말인가.

저딴 걸 대체 뭣 하러 낳아 고생을 하는지.

저런 어린놈이 스스로 제 밥벌이를 할 때까지 키우려면 얼마나 많은 돈이 들지 생각만 해도 아찔했다. 분유며 기저귀부터 시작해 혹여 공부라도 제대로 시킬라치면……. 종열은 수도 없이 보았다. 없이 사는 사람들이 제 자식 하나만큼은 고생시키지 않겠노라며 뼈 빠지게 일한 돈을 자식들 입에 아귀아귀 처넣어 주는 걸.

부질없는 짓이었다. 자식 따위가 다 뭔가. 그따위 귀찮은 걸 왜 키워서 사서 고생을 하는 건지. 한데 이상했다. 지금 이 순간 지안의 품에 안긴 동이가 자신과 지안 사이에서 낳은 작은 딸내미면 어떨까, 하는 생각이 들었다. 빽빽 울기만 하고 아귀아귀 돈만 처먹는 애새끼 따위 질색이지만 어쩐지 그건 좀 봐 줄 만할 것 같았다.

미쳤지.

종열이 고개를 내저었다. 아무리 생각해도 그건 아니었다. 결혼까진 어떻게 한다 해도 애는 아니었다. 진저리 난다는 듯 주방으로 향하던 종열의 걸음이 우뚝 멎었다.

'정말, 좋아해요.'

어딘가 미련과 혼란이 뒤섞인 눈빛이 지안과 동이에게 머물렀다 멀어졌다.

❄

종열도 최근 자신이 이상하다는 건 느끼고 있었다.

섹스만 해도 그랬다. 예전엔 콘돔을 끼고도 혹시 제 정액 한 방울이라도 상대의 몸에 남았을까 노심초사했다. 만일의 사고를 방지하고자 몇 년 전 정관 수술까지 했지만 불안감은 가시지 않았다. 그런데 요즘 들어선 될 대로 되라는 생각만 들었다.

까짓것 애가 생기면 키우면 될 것 아닌가.

실제로 그런 일이 생긴다면 꽤나 골이 아플 것 같긴 했다. 그렇다면야 늘 하던 대로 콘돔을 끼고 하면 될 일이지만 한번 하지 않고 해 버리자 그대로는 영 흥이 안 났다.

콘돔 없이 하려 할 때마다 싫다며 도리질을 쳐 대는 지안을 겨우겨우 협박하고 설득해서 얻은 한 번이었다. 종열의 협박, 애원, 설득에 마지못해 넘어간 지안이었지만 가임 기간을 피해 한 그 한 번이 정말이지 처음이자 마지막이었다.

처음엔 저도 기지배니 겁이 나는 거겠지 싶어 어르고 달랬지만 자꾸 우는소리를 하자 화가 났다. 아니, 애가 생기면 낳아 키우면 될 일이지 왜 이렇게 야단이란 말인가. 자신이 애를 뱄다고 지우라 윽박지를 것도 아니고 야멸차게 돌아설 것도 아닌데.

봐, 저도 좋으면서. 추삽질이 격해지자 본능적으로 허리를 뒤로 빼는 지안을 끌어당겨 안았다. 으, 숫제 울 것처럼 일그러진 눈가에 입술을 가져다 대는 순간 마침내 절정이 찾아왔다. 한참 동안 여운을 느끼며 지안을 끌어안고 있던 종열이 눈을 떴다.

지안의 표정을 읽은 종열의 눈매가 불쾌하게 일그러졌다. 콘돔을 꼈다지만 사정한 상태로 몸 안에 오래 머무는 것을 지안은 그다지 좋아하지 않았다. 평소엔 기지배가 참 까다롭다 생각하며 뒤처리를 하곤 했지만 오늘만은 달랐다.

버티듯 자신의 몸에서 내려올 생각을 않는 종열을 보던 지안이 조심스럽게 물었다.

"혹시, 아이 갖고 싶어요?"

"뭐?"

이번에야말로 종열이 펄쩍 뛰었다.

"아니, 그렇지 않으면 굳이 안에다…… 하시려는 이유가 없을 것 같아서요. 예전엔 안 그러셨잖아요. 지금도…… 안 나오시고."

"콘돔 것도 돈이야. 어차피 수술했는데 그걸 굳이 왜 써?"

그럼 지금까진 왜 썼는데요. 지안의 눈에 담긴 억울함을 아는지 모르는지 종열이 딱 잡아뗐다. 종열을 보며 잠시 침묵하던 지안이 몸을 바로 일으켜 세웠다. 그 바람에 지안의 몸에서 자동으로 빠져나오게 된 종열이 신경질적으로 콘돔을 벗겨 휴지통에 던져 넣었다. 복잡한 얼굴로 지안이 다시금 입을 열었다.

"제가 계속 고민했는데요. 만일의 가능성이라는 게 있으니까…… 그냥 예전처럼 했으면 좋겠어요."

"생길 일 없다니까."

"그래도 모르니까 지금까지 사용하신 거잖아요. 티브이에서 보니까 수술을 해도 임신이 되는 경우가 있대요. 드물긴 하지만, 중요한 건 일 퍼센트라도 가능성이 있다는 거죠."

"만에 하나 애가 들어선다 해도 내가 책임지면 되잖아."

"……억지 부려서 될 일이 아니잖아요."

지안의 한숨에 종열도 울컥했다. 억지는 누가 부리고 있는데.

"하나만 물을게요. 결혼 생각 있어요? 아니, 결혼에 대해 어떻게 생각하세요?"

"결혼? 시팔, 당연히 싫지 그럼."

"싫어요?"

"솔직히 그딴 거 없어도 지금처럼만 지내면 되잖아. 굳이 번거롭게 결혼식이니 혼인 신고니 할 필요 뭐 있어."

단호한 음성에 지안이 고개를 끄덕였다. 그러실 거라 생각했어요.

"저도 그래요. 만남의 끝이 꼭 결혼이 되리란 법은 없잖아요. 그리고 우리 만난 지 얼마 되지도 않았구요. 벌써 그런 이야기를 하는 건 너무 이르다는 생각이 들어요. 요즘엔 결혼만큼 이혼도 쉽게 하더라구요. 서두르지 말고 좀 더 시간을 갖고 만나면서 앞으로 어떻게 할지 생각하는 게 맞는 것 같아요."

이혼? 지안의 말에 종열이 미간을 구겼다. 그러거나 말거나 지안은 오늘만큼은 짚고 넘어가야 한다는 듯 조근조근 말을 이었다.

"그런데 이런 상황에서, 정말로 천분의 일 확률로라도 아이가 생기면 어떻게 해요. 전 지금 준비가 안 됐고…… 제 성격상 아이가 생기면 지우기 힘들 텐데…… 그렇다고 아이 때문에 결혼하는 건 정말로 싫어요. 지금 상태로 아이를 키운다는 건 더 말도 안 되구요."

그러니까 제 말은, 조금 번거롭더라도 예전처럼 하는 게 맞다는 거예요. 나름 논리적으로 차근차근 설명했다 생각한 지안이었지만 종열의 표정은 심상찮았다.

"이혼은 뭐, 애들 장난이야? 한번 결혼했으면 하는 거지, 이혼은 무슨 얼어 죽을."

아니, 여기서 화제가 왜 그리로 튀는 건데요.

"결혼했으면 죽이 됐든 밥이 됐든 함께 살 생각을 해야지. 요즘 것들은 다 약해 빠졌어. 어? 이혼이 애들 장난도 아니고 어디서 쉽게 이혼, 이혼 하는 거야? 너도 그래?"

"아뇨…… 저도 가능한 한 노력은 해야 한다는 주의인데, 그래도 살다 보면 정말 안 맞는 경우가 생길 수……."

말을 잇던 지안이 입을 다물었다. 종열의 눈이 서슬 퍼렇게 빛났다.

"살다 보면 정말 안 맞는 경우? 놀고 있네. 그딴 건 다 핑계야. 살다 보면 이런 일도 있고 저런 일도 있는 게 당연하지. 근데 그것 좀 안 맞는다고 이혼?"

"저기 지금 중요한 건 그게 아니라……."

"이게 왜 중요한 게 아니야?"

"어차피 결혼 생각 없으시면서 왜 그런……."

"당연히 결혼 따윈 질색이지. 근데 뭐, 나중에 나랑 헤어지면 니가 뭐, 딴 데 갈 데라도 있어? 니 나이가 적은 것도 아니고 나 없으면 영영 시집 못 간 노처녀로 늙어 죽을 판인데 나중엔 나라도 데려가야지, 그럼."

"……."

"애는 뭐, 그래, 질색이지만 니가 그렇게 원하면 하나 정도는 생각해 보면 될 거 아니야. 애 가지고 배불러서 가게 나오라는 말 안 할 테니까 생활비 아껴 쓰면서 집에서 얌전히 살림이나 하면 되겠네."

지안이 조용히 입술을 사리물었지만 흥분한 종열의 눈엔 보이지 않았다.

"당장 그 썩어 빠진 생각 안 뜯어고치면 결혼 같은 건 꿈도 못 꿀 줄 알아. 이혼? 이호온? 어디서 기지배가 겁도 없이 이혼, 이혼거리고 지랄이야. 그게 뭐, 물건 고르는 것처럼 간단한 건 줄 알아? 그리고 결혼 따윈 생각 없네 괜히 튕기지 말고 때 돼서 내가 하자고 하면 군말 없이 따라…… 왜 그따위로 쳐다보고 난리야."

빈정이 상할 대로 단단히 상한 듯 입매를 단단히 굳힌 지안이 종열을 응시했다. 자신도 모르게 움찔한 종열을 보며 지안이 한 자 한 자 끊어 말했다.

"결혼, 안 해요."

"뭐?"

"저, 거지 아니에요."

"이게 지금 대체 뭐라고 지껄이는 기야."

"제 상황이 이래도, 그렇게 구질구질하게 매달려서 결혼할 생각 따윈 없으니까 걱정하지 마세요."

"니가 지금 뭐라고……."

"그런 결혼, 저도 안 해요."

짧지만 단호한 한마디였다. 씻고 올게요. 낮게 한숨을 내쉰 지안이 방을 나섰다. 평소라면 버럭, 고함을 내질렀을 종열도 그저 조용히 침묵할 뿐이었다. 어딘가, 예상치 못한 곳에서 망치로 머리를 두들겨 맞은 것처럼, 얼빠진 표정으로.

그 뒤로 지안이 변했다. 종열을 대하는 태도가 냉랭해졌다거나 하는 건 아니었다. 여전히 종열을 대하는 태도엔 변함이 없었지만 그 외의 생활에 변화가 생겼다.

"안 오고 뭐 해? 다 끝나 가잖아."

"괜찮아요, 보고 계세요."

괜찮긴 뭐가 괜찮아. 벌써 삼십 분째였다. 참다못한 종열이 신경질적으로 화면을 껐다. 거실로 나오자 지안이 밥상을 펴 놓은 채 책을 보고 있었다. 그저께부터 조리 기능산지 뭔지를 딴다고 이 난리였다. 부러 요란한 발소리를 내며 다가온 종열이 지안의 옆에 섰다.

"다 보셨어요?"

"그래."

"아직 끝날 시간 아닐 텐데."

거실에 걸린 시계를 확인한 지안이 의아한 표정을 지었지만 돌아오는 대꾸는 없었다. 그저 마음에 들지 않는다는 듯 못마땅한 시선만

이 날아들 뿐이었다.

"언제 잘 건데."

"아직요. 열한 시 안 됐잖아요. 조금만 더 보다 들어갈게요. 저 신경 쓰지 마시고 가서 티브이 보세요."

"삼십 분 넘게 했잖아. 그만 들어와서 쉬어."

"저도 원래는 삼십 분만 보려고 했는데…… 택도 없을 것 같아요."

"그럼 몇 시간을 붙들고 있겠다는 거야, 대체."

"몇 시간은 아니고 삼십 분만 더 할게요."

하도 안 써서 머리가 굳었나 봐요. 잘 안 돌아가는 거 있죠. 지안이 웃었지만 종열의 굳은 표정은 풀릴 줄 몰랐다. 삼십 분 같은 소리 하네. 종열의 손이 냉큼 지안이 읽고 있던 책을 덮었다. 얼떨떨해 있는 지안을 두고서 종열이 재빨리 상을 부엌으로 옮겨 놨다.

"너 혼자 있는데 이 넓은 곳에 쓸데없이 불을 왜 켜? 이게 전기 요금 아까운 줄도 모르고. 됐어. 하루에 삼십 분만 공부해."

"에, 그래도……."

냉큼 손목을 낚아챈 종열이 지안을 일으켜 세웠다. 어, 어. 죄수를 끌고 가듯 지안을 앞세우고 방으로 들어간 종열이, 이내 요란하게 문을 닫았다.

독한 기지배 같으니.

지안은 거실 대신 좁아터진 부엌 바닥에 상을 깔고 공부하는 중이었다. 티브이 소리를 키웠다. 공부하는 지안의 귀에 충분히 거슬릴 정도였지만 밖에선 아무 말이 없었다. 다시 소리를 낮춘 종열이 신경질적으로 채널을 넘겼다. 드라마를 좋아하는 당사자가 없는데 굳이 재미없는 걸 보고 있을 이유는 없었다.

지멋대로 하라지.

할 일 없는 기지배라고, 저 나이가 돼서 공부 따위를 왜 하나, 저 혼자 피곤하게 살고 싶은가 본데 내버려 두자 마음먹어도 열불이 치미는 건 어쩔 수가 없었다. 힘들게 일하고 돌아왔으면 티브이도 보면서 좀 쉬고 그래야 할 것 아닌가.

'하루에 딱 한 시간씩만 할게요.'

지안은 약속한 대로 한 시간을 넘기지 않았다. 오늘도 분명 열한 시가 되면 재깍 방으로 들어올 터였다. 며칠간은 혼자 있을 시간이 생겨 차라리 잘됐다며 큰소리쳤다. 그랬는데, 허전했다. 제 옆자리를 꼭차고 앉아 종알종알 하루 일을 떠드는 상대가 없으니 자꾸 뭐가 빠진 것 같은 기분이 들었다.

서로 십 년 넘게 같이 산 부부면 또 몰랐다. 살 맞대고 지낸 지도 얼마 되지 않았는데 사람을 팽개치고 저게 뭐 하는 짓거린지. 아무리 생각해도 이해가 안 됐다. 저 나이에 무슨 공부란 말인가. 그냥 해 오던 대로 자기 밑에서 계속 일하면 될 걸 가지고.

'갑자기 뭔 놈의 자격증.'

'그냥요. 전 아무 기술도 없고 하니까…… 뭐라도 공부해 두는 편이 나을 것 같아서요.'

'그러니까 그게 지금 왜 필요하냐고. 그냥 내 밑에서 일하면 되잖아.'

'나이도 있고 하니까 뭔가 하나쯤 잘하는 게 있었으면 좋겠어요. 사장님은 가게도 있고 기술도 있잖아요. 별다른 이유가 있는 게 아니라, 그래서 그래요. 지금 아무것도 해 놓은 게 없으니까 불안해서.'

꼴에 자존심이 상했다, 이거였다.

배배 꼬인 꽈배기를 먹은 게 분명했다. 그러니 결혼 따위 하기 싫지만 너니까 결혼하겠다는 말을 그따위로 꼬아 들은 거였다. 성질을 못 이겨 리모컨을 내팽개쳤지만 돌아온 건 죽은 듯한 침묵뿐이었다.

❄

언제부터 기지배 따위의 비위를 맞추기 위해 애를 썼다고. 스스로도 기가 막혔지만 어쩔 수 없었다. 지금으로선 어떻게든 토라진 지안의 마음을 돌리는 게 우선이었다.

그렇게 결심은 했는데, 문제는 한평생 남의 비위를 맞추며 산 적이 없다는 점이었다. 종열이 배달을 마치고 돌아온 무권을 슬쩍 주방으로 불렀다.

"니 마누라가 삐치면 어떻게 하는데."

"애교를 부리죠."

덤덤한 대꾸에 종열이 팍 인상을 썼다. 이게 미쳤나.

"그도 아니면 선물을 사 주거나."

차라리 후자가 나았다. 애교라니. 저 시커먼 얼굴과 덩치로 무슨 애교를 부린다는 건지 상상조차 하고 싶지 않았다. 의아한 얼굴이긴 했으나 본디 말이 없는 무권은 재현처럼 캐묻지 않고 다시 자리로 돌아갔다. 주문을 해치우고 조금 한가해질 무렵 종열이 장부를 보고 있는 지안에게 슬그머니 다가갔다.

"배 안 고파?"

"아뇨, 괜찮아요. 왜요? 배고프세요?"

"가게도 한가하니까 먹고 싶은 거 있으면 말해."

"진짜요? 음, 근데 오늘 점심을 너무 많이 먹어서 지금은 배불러요."

"아님 뭐 하나 사서 먹어 보든가."

지안이 눈을 흡떴다. 이 사람이 뭘 잘못 먹었나, 하는 눈빛이었다. 망설이던 지안이 생각난 것이 있다는 듯 입을 열었다.

"그럼 이따 맞은편 치킨집에서 치킨 시켜도 돼요? 저쪽에선 여러 번 여기서 시켜 먹었는데 저희도 한 번쯤 시켜 먹는 게 예일 것 같아서요. 재현이랑 무권 씨도 좋아할 것 같은데."

"그거 말고 딴거."

"딴거요? 제가 보기엔 그게 제일 괜찮……."

"됐어, 먹기 싫음 말아!"

잔뜩 빈정 상한 종열이 돌아서자 지안이 어안이 벙벙한 얼굴을 했다. 자기가 먹고 싶은 것 말하라 해 놓고서……. 바람 소리가 나도록 쌩하니 주방으로 돌아온 종열이 씩씩 숨을 몰아쉬었다. 하고많은 것 중에 왜 하필 그놈 집에 시켜 먹자는 거야. 이 기지배가 사람 갖고 장난하나.

왜 화를 내는 거지.

난데없는 날벼락을 맞은 지안으로선 어리둥절할 뿐이었다. 쫓아가 왜 화가 난 건지 캐물어도 상대는 묵묵부답이었다. 이유 없이 화를 내는 종열의 눈치를 보며 저녁 설거지를 끝낼 즈음 병호가 찾아왔다.

"일은 할 만해요?"

"여름이라 땀을 많이 흘리는 것 빼곤 괜찮아요."

병호가 은근슬쩍 참외를 깎고 있는 지안을 위아래로 훑었다. 정말

희한했다. 종열은 대체 이 아가씨의 어디에 그렇게 홀딱 빠진 걸까. 젊은 거 한때라고, 몸 좀 사려 가며 일하라 해도 기어코 휴일마다 나와 이삿짐을 나르던 종열이 지안을 집에 들여다 앉힌 후론 코빼기도 모습을 비치지 않았다.

'그 기지배가 몸 상한다고 애걸복걸하는데 그럼 어쩌라고.'

처음 그 말을 들었을 땐 웃기지도 않는다고 생각했다. 그간 자신이 그렇게 입 아프도록 말했을 땐 귓등으로도 듣지 않더니 지안의 말은 듣는다 이거였다. 게다가 아닌 척하면서도 그 우쭐한 목소리라니.

'나 없을 때 쓸데없이 캐묻고 다니지 마.'

종열은 지안이 재수 없는 일에 휘말려 부모며 동생이며 모두 잃고 혼자 남았다고 했다. 솔직히 묻고 싶은 것은 많았지만 괜히 들켜 돼지 먹따는 소릴 들을 바엔 그냥 궁금하고 마는 편을 택할 생각이었다.

뭐, 기회가 오늘만 있는 것도 아니고 말야.

서너 번 얼굴을 마주했을 뿐이지만 지안의 인상은 순하고 좋았다. 저래서 종열의 지랄맞은 성격을 감당할 수 있을까 우려스러웠지만 맞는 부분이 있으니 이렇듯 몇 개월간이나 지내고 있을 터였다.

"제수씨, 우리 이번 여름에 같이 계곡 한번 가죠."

제수씨란 호칭에 지안이 멋쩍게 웃었다. 넉살 좋은 병호는 종열과 지안의 관계를 알게 된 후 지안을 제수씨라 불렀다. 자신이 종열보다 한 살 많으니 제수씨라 불러야 한다는 걸 끊임없이 강조하면서.

"계곡이요?"

"어차피 배달부들 때문에 가게는 며칠 쉬어야 할 테니까 이참에 같이 가요. 애들도 따라가지만 지들끼리 놀기 바쁠 거고, 텐트는 우리 쪽에 하나 더 있으니 그냥 몸만 오면 돼요."

"저야 좋지만……."

지안이 맞은편에 앉은 종열을 바라보았다.

"저놈이요? 허락했죠. 제수씨 가면 간답니다."

뭔가 의심이 풀리지 않은 지안의 표정을 본 병호가 주먹으로 제 가슴을 내리쳤다.

"안 믿기죠? 나도 그래요. 이놈의 자식, 내가 같이 가잘 땐 귓등으로도 안 듣더만 제수씨 콧바람 좀 쐬게 해 줘야 하지 않겠냐고 하니 가겠다고……."

"내가 언제?"

모르쇠로 일관하는 종열의 모습에 병호의 입이 떡 벌어졌다. 입에 침이라도 바르고 거짓말을 해라. 뻔뻔하기 짝이 없는 낯짝을 응시하던 병호가 이내 고개를 내저었다. 역시 인생은 오래 살고 볼 일이었다.

"아주 신났네, 신났어."

은숙이 쯧쯧 혀를 찼다. 은숙의 시선을 따라가니 몇 시간째 계곡에서 나올 생각을 않는 종열과 병호가 보였다. 두 남자는 장대 하나를 들고 온 계곡을 제집처럼 누비고 있었다.

"저렇게 즐거워하는 거 처음 봐요."

"그러게요. 저도 저놈이 돈 버는 일 외에 저렇게 용쓰는 건 처음 보네요."

병호의 아내 은숙은 병호보다 일곱 살 연상이었다. 병호가 첫눈에 반해 쫓아다녀 결혼까지 하게 됐다는 은숙은 지안이 대하기 어려워하는 두 남자를 흡사 철없는 막냇동생 대하듯 했다.

"시끄러워서 고기가 다 도망 안 가나 몰라."

은숙의 말에 지안이 웃음을 참았다. 저기, 저기, 저기라니깐! 막아, 빨리! 병호와 옥신각신하며 돌을 나르고, 수풀을 헤치고, 고기가 잡혔는지 그물망을 확인하는 종열이 낯설었다.

"보기 좋네요."

"맨날 돈돈 소리해 대는 것보단 낫긴 하죠. 남자들은 다 애예요, 애. 장대 하나만 던져 주면 세 시간이고 네 시간이고 정신이 팔려 있는걸. 나 같으면 쓸데없이 체력 낭비 안 하고 돈 주고 사 먹을 텐데. 안 그래요?"

"그렇긴 하죠."

지안의 대답에 은숙이 피식, 웃음을 흘렸다. 나무 그늘 아래 앉아 우아하게 부채질을 하던 은숙이 어딘가를 향해 소리쳤다.

"싸우지 말고 놀아! 싸우지 말고!"

거침없는 고함 소리에 음료수를 먹던 지안이 입을 틀어막았다. 위, 위험했다. 멀리서 우아앙, 하는 막내의 서러운 외침이 터져 나왔다. 내 저럴 줄 알았지, 저럴 줄 알았어. 저것들은 왜 놀러 와서도 싸움질이야. 좀 사이좋게 놀면 어디 덧나? 내 슬리퍼 또 어디 갔어? 은숙의 중얼거림을 들은 지안이 벌떡 자리에서 일어났다.

"제가 대신 가 볼게요."

은숙이 무어라 말할 새도 없이 서둘러 바위를 내려간 지안이 아이들 사이에 섰다.

"무슨 일이야?"

"형아가, 내 거 빼앗았어."

다슬기를 잡을 때 쓰는 수경을 형이 가져간 모양이었다.

"서로 오 분씩 나눠 쓰기로 했잖아!"

"아니에요, 쟤가 거짓말하는 거예요. 번갈아 가면서 쓰기로 했는데 쟤가 안 주잖아요!"

아이들은 셋인데 수경은 두 개였다. 아무래도 막내가 잘못한 듯싶지만 어린아이들 특유의 고집대로 막내는 시종일관 서러운 울음을 터뜨렸다.

"서로 약속을 했으면 지켜야지."

"싫어어어!"

"그런다고 내가 줄 줄 알고!"

"내 거! 내 거 내놔아!"

"싫다고! 억지 부리지 마! 형이라고 왜 맨날 나만 양보해야 해!"

결국 실랑이는 두 아이의 울음보가 터지는 것으로 종료가 됐다. 다소 어른스러운 둘째가 우는 첫째를 달래고, 지안이 우는 막내를 맡았다. 여섯 살짜리 막내가 지안의 품에 안겨 히끅히끅 서러운 울음을 토해 냈다.

"형아 싫어. 형아 미워."

"나도 너 싫어!"

애들은 어려워.

지안이 여전히 울음을 그치지 않는 막내를 안고 은숙에게로 향했다.

"엄마, 엄마, 형아 미워."

"니가 잘못해 놓고 밉긴 뭐가 미워."

"엄마 미워!"

"사내새끼가 뻑하면 질질 짜. 뚝 안 그쳐?"

엉엉, 울음소리가 더 커지는데도 은숙은 눈 하나 깜짝하지 않았다.

저렇게 하면 더 반발심이 생기지 않을까. 지안이 초조하게 그 모습을 지켜봤지만 울다 지친 막내는 금세 은숙의 품에 안겨 잠들었다.

"신경 쓸 것 없어요. 하루에 열두 번도 더 싸우는걸. 사내놈만 셋을 낳았더니 지겨워 죽겠어."

"그래도 나중엔 든든하시겠어요."

"이놈들이 철들기 전에 내가 화병으로 안 죽으면 다행이죠. 남편이라고 하나 있는 건 허구한 날 밖으로 싸돌아다니느라 집구석엔 신경도 안 쓰지, 낳기만 하면 자기가 책임지겠다고 큰소리만 뻥뻥 치고선 버는 돈은 맨날 거기서 거기지. 애들 먹는 것도 장난 아닌데 이러다 다섯 식구 죄다 입에 풀칠하게 생겼어요."

딱히 맞장구를 치기도 병호의 편을 들어 주기도 뭐해 지안이 멋쩍게 웃었다. 도롱도롱 잠에 빠진 막내를 돗자리에 눕힌 은숙이 불쑥, 지안에게 물었다.

"그래서, 결혼은 안 해요?"

"……아, 그게."

"같이 산다면서요. 결혼 전제로 만나는 거 아녜요?"

직설적인 질문에 지안이 난감한 듯 입술을 물었다.

"시집도 안 간 처녀가 남자랑 동거한다고 나무라는 건 아녜요. 애 아빠가 하도 지안 씨 의중을 물어보라고 난리를 쳐 대서. 굳이 대답하기 싫으면 안 해도 되는데…… 정말 결혼할 생각은 없어요?"

"아직, 은요."

"왜, 종열이 저놈이 싫대요? 아님 지안 씨가 싫은 거?"

"그런 건 아니지만…… 그긴, 너무 서두르지 않으려구요."

다소 어색한 시간이 흐르고 있을 때 병호가 다가왔다.

"마누라, 이것 뵈 봐. 다 내가 잡았어."

"어, 그래."

"무심한 여편네 같으니라고. 좀 보고 나서 말해라."

보는 시늉도 않고 대답하는 은숙을 향해 병호가 눈을 부라렸다. 결국 은숙을 포기한 병호가 냉큼 물고기가 담긴 코펠을 지안에게 내밀었다. 제수씨, 봐요. 이거 다 내가 잡았어요. 지안이 눈을 동그랗게 뜨며 많이 잡았노라 감탄하자, 신이 난 병호가 돗자리에 주저앉아 자랑을 늘어놓았다. 요놈은 쉽게 잡히는 게 아닌데 내가 집채만 한 돌을 들어 올렸더니…….

집채만 한 돌은 무슨 얼어 죽을.

함께 잡아 놓고 홀로 갖은 생색이란 생색은 다 내는 병호였다. 못마땅한 얼굴을 하고 서 있던 종열의 시야에 뭔가가 잡혔다. 같이 있을 땐 몰랐지만 위에서 내려다보니 지안의 헐렁한 티셔츠 사이로 가슴골이 보일락 말락 했다. 골이라고 하기엔 무색할 정도지만 그걸 밖으로 드러내고 다니는 건 별개의 문제였다. 대뜸 병호의 앞을 가로막은 종열이 지안을 불렀다.

"너, 이리 따라와."

"왜요?"

"잔말 말고 따라오라면 따라와."

"야, 살살 해라 살살 해. 제수씨 겁먹게 뭐 하는 짓이냐. 니가 깡패야."

"빨리 따라오라니까."

세 사람 사이에 난처하게 앉아 있던 지안이 잠시만요, 양해를 구하고서 종열을 따라갔다. 그새를 못 참고 지안의 손목을 잡아당긴 종열이 텐트 앞에 섰다.

"옷 갈아입고 나와."

"옷요?"

"앞인지 등인지 구분도 안 되는 가슴 자랑할 거 아니면 빨리 갈아입고 와. 어디서 기지배가 부끄러운 줄도 모르고 옷을 그따위로 헤벨레하게 입고 다녀, 다니길."

종열의 짜증 어린 얼굴에 지안이 마지못해 텐트 안으로 들어갔다. 여분으로 챙겨 온 티셔츠를 갈아입은 지안이 밖으로 나오자 종열이 위아래로 몸을 훑었다.

"바지는 더 긴 거 없어?"

"……이거 별로 안 짧은데."

"안 짧긴 뭐가. 허벅지가 훤히 다 보이는구만."

무릎 위로 조금밖에 안 올라왔는데요. 할 말은 많았지만 지안은 잠자코 입을 다물었다. 여기서 말대꾸를 했다간 더 귀찮아질 것이 분명했다.

여전히 못마땅한 심기를 감추지 못한 종열이 다시 지안을 데리고 자리로 돌아왔다. 둘이서 속닥속닥 얘기를 나누던 은숙과 병호가 달라진 지안의 티셔츠를 빤히 바라봤다. 저거 갈아입히러 다녀온 거야, 지금. 사태 파악을 끝낸 은숙은 코웃음 쳤고 둔감한 병호는 제수씨 옷에 뭐가 묻은 거냐며 고개를 기우뚱거렸다.

"엄마 밥 언제 먹어?"

"엄마 나 배고파!"

"……놀러 와서도 난 어째 밥순이를 벗어나질 못하니."

은숙의 탄식에 병호의 어깨가 움찔거렸다.

"오늘은 좀 쉬어. 짐심은 여자들이 챙겼으니까 저녁 준비는 우리가 한다. 종열아, 거기 삼겹살 있지? 그거 굽고, 오늘 고기 잡은 거 매운탕 끓여서 같이 먹자."

병호가 종열의 팔을 잡아끌었다. 제수씨도 거기서 쉬고 있어요. 우리가 다 알아서 할 테니까.

"저도 가서 좀 도울게요."

"괜찮으니까 앉아 있어요. 저 인간, 지난달 카드값 때문에 지레 찔려서 저러는 거니까. 친구 만나러 가서 밥값이랑 술값을 지가 다 계산했거든요."

그래서 내내 눈치를 보셨던 거구나. 물고기의 내장을 제거하고 있는 병호와 얼떨결에 병호에게 붙잡혀 일을 하게 된 종열, 마지막으로 시큰둥한 표정으로 두 남자를 관망하는 은숙을 바라본 지안의 입가에 어설픈 미소가 어렸다.

"제수씨 많이 먹어요."

병호가 구워진 삼겹살을 지안의 밥그릇 위에 올려놓았다. 제수씨란 호칭이 어색하지 않다면 거짓말이지만 병호가 주는 호의는 그저 고마울 따름이었다.

"자자, 우리 마눌님도 드시고. 다음으로 우리 똑똑한 새끼들도, 응?"

온종일 물에서 노느라 배가 고팠던지 세 아이들 모두 밥그릇에 고개를 박고 먹기에 정신이 없었다. 종열이 고기를 굽고 지안이 틈틈이 부족한 밥을 퍼 나르는 사이 먼저 식사를 끝낸 아이들이 와르르 텐트로 들어갔다.

"저놈의 휴대폰을 부숴 버리든가 해야지. 놀러 와서도 게임질이야, 하여간에."

"냅둬. 애들이 다 그렇지, 뭐."

"맨날 악역은 나한테 맡기고 자기는 늘 좋은 아빠 역할만 맡지."

"아, 또 왜 그래. 제수씨도 있는데. 2절은 집에서 해, 집에서."

병호가 은숙에게 짐짓 부리부리한 눈빛을 보냈다. 둘만 있을 때 구박을 하면 모를까, 지안의 앞에서 자신에게 꼭 통박을 줘야 하나 싶었다. 쪽팔리게. 어색한 상황을 무마하기 위해 병호가 택한 인물은 자신의 말에 가장 적극적인 반응을 보여 주는 지안이었다.

"우리 제수씨는 참 잘 먹어서 보기 좋아요. 안 그러냐, 종열아? 요즘 아가씨들 보면 죄다 깨작깨작 꼴 보기가 싫은데 우리 제수씨는 얼마나 복스럽게 드시냐."

"좋긴 개뿔. 저 기지배 때문에 식비가 배로 드는구만."

"……"

"……"

정적이 흘렀다. 틱틱대던 은숙도 시종일관 사람 좋은 미소를 띠던 병호도 할 말을 잃었다. 하지만 누구보다 이 상황에서 민망한 건 대놓고 통박을 받은 지안이었다.

지안이 밥을 씹는 속도가 서서히 느려졌다.

저놈은 왜 잘 먹는 사람한테 시비야, 시비는. 병호가 종열을 향해 눈을 부라렸지만 먹히지 않았다. 분위기에 찬물을 끼얹은 당사자는 아랑곳 않고 남은 고기를 불판에 구울 뿐이었다.

"저놈이 한 말은 신경 쓰시 말고 많이 먹어요, 많이. 일부러 고기 넉넉하게 사 왔으니까. 이거, 매운탕도 떠먹고."

"네."

웃으며 대답했지만 볼에 스민 무안한 기색은 감출 수가 없었다. 은숙이 이러지도 저러지도 못한 채 낭패감에 빠진 병호의 팔을 툭 쳤다. 그만 떠들고 먹기나 해. 은숙으로부터 무언의 눈치를 받은 병호가 꾸역꾸역 고기를 집어삼켰다.

"나머지는 제가 구울 테니까 좀 드세요."

먹는 둥 마는 둥 하며 고기만 굽고 있는 종열을 향해 지안이 손을 뻗었다. 손이 닿기 전 재빨리 집게를 사수한 종열이 턱짓으로 명령했다.

"신경 끄고 마저 먹기나 해."

"다 먹었어요."

지안이 빈 밥그릇을 보여 주며 다시 손을 내밀었지만 소용없었다.

"니가 뭐 그걸로 돼. 더 먹어."

"괜찮아요. 점심때도 많이 먹었고, 중간에 과자도 먹어서 배불러요."

"과자가 밥이야? 밤에 배고프다고 징징대지 말고 있을 때 먹어."

……왜 이래요, 진짜.

지안은 정말이지 죽을 맛이었다. 이 상황에서 밥은 무슨 밥. 종열이 사람들 있는 곳을 가려 가며 말을 하는 사람이 아닌 건 알지만 지금 이 순간만큼은 원망스럽기 짝이 없었다.

"됐으니까 이리 줘요."

집게를 건네기는커녕 냉큼 지안의 그릇을 낚아챈 종열이 밥을 더 퍼 담았다. 한가득 눌러 담은 밥이 지안의 앞에 놓였다.

"더 먹을 거야, 뭐야."

남은 고기가 든 비닐을 집어 든 종열이 은숙과 병호를 향해 물었다. 아니, 난 이제 배부른데. 나도 됐어. 은숙과 병호의 대답을 들은 종열이 고개를 끄덕이며 남은 고기를 모조리 불판에 올렸다.

"이제 먹을 사람 없으니까 나머진 니가 다 먹어."

"……."

"……."

"일단 익기 전에 남은 거나 먹고 있어."

종열이 고기 접시를 지안의 근처로 끌어왔다. 아직 사람들 먹고 있는데 왜 그래요. 지안의 이마에 식은땀이 흘렀다. 고기 고문인가. 은숙과 병호가 체념한 듯 매운탕과 함께 남은 밥을 해치우자 지안의 안색이 점점 더 흙빛이 되어 갔다.

"빨랑 먹어. 고기 식어."

기름기가 자글대는 고기가 차곡차곡 접시 위에 쌓였다. 차마 고기를 넘기지 못하는 지안을 본 종열은 목이 막히면 물을 마시라며 손수 물을 따라 주기까지 했다.

"언젠 나보고 마누라한테 잡혀 산다 고추를 떼야 하네 마네 지랄을 해 놓고선."

은숙과 병호가 뭐 씹은 표정을 하든 말든 종열의 시선은 미적미적 밥을 먹고 있는 지안에게서 떨어질 줄 몰랐다.

늦바람이 무섭다더니. 은숙이 절레절레 고개를 내저었다.

"뭐 해? 안 들어오고."

"아…… 네."

텐트 앞에 선 지안이 머뭇거렸다. 아무리 병호와 은숙이 동거 사실을 알고 있다 해도 종열과 태연하게 한 텐트 안에 들어가 잠을 청한다는 사실이 조금 민망했다.

"꾸물대지 말고 빨리 들어와. 벌레 들어오니까."

똑같이 텐트에 들어갈 준비를 하던 병호와 눈이 마주친 순간 지안이 멋쩍게 고개를 숙였다. 제수씨, 푹 자고 내일 봅시다. 병호의 인사를 들은 지안이 후다닥 텐트 안으로 들어왔다.

"왜 그래?"

"그냥요, 조금, 그래서."

"뭐가."

전혀 이해할 수 없다는 듯한 종열의 얼굴에 지안이 고개를 내저었다. 어차피 눈앞의 남자는 설명을 한다 해도 이해하지 못하리라. 머뭇거리는 지안을 두고 종열이 못마땅한 얼굴로 제 옆자리를 두드렸다.

"왜 그렇게 멀리 떨어져?"

왜 이렇게 민망하고 또 어색한지. 지안이 미적미적 종열의 옆자리에 누웠다.

"계곡 소리 들리네요."

어색함을 무마할 겸 지안이 먼저 말을 꺼냈다. 조용히 귀를 기울이자 멀리서 계곡물 흐르는 소리가 들렸다. 무엇이 그리 즐거운지 옆 텐트에서 아이들이 까르륵, 까르륵, 숨이 넘어가도록 웃는 소리도 들렸다. 가만히 웃음 짓던 지안의 몸이 일순 요란하게 튀어 올랐다.

"내가 뭘 어쨌다고 놀라, 놀라길."

"……오늘은, 그냥 자요."

"내가 뭔 짓을 한대?"

지안의 시선이 제 아랫배를 주물럭대는 커다란 손에 닿았다. 평소에도 맨살을 만지며 잠드는 종열의 버릇을 알지만 지금은 좀 그랬다. 부모님이 거실에 있는데 방 안에서 못된 짓을 하고 있는 느낌이랄까.

"우리만 있는 게 아니니까, 그게."

"쓸데없는 데 신경 쓰지 말고 눕기나 해."

지안을 끌어당겨 눕힌 종열이 당연한 듯 옷 사이로 손을 밀어 넣었다. 지안의 배며 가슴 주위를 지분대던 종열이 불평했다.

"브래지어 벗어."

"그냥 주무세요."

"만지기 불편해."

……정말이지. 종열의 고집을 모르는 바가 아니라 걱정스러웠다. 자칫 실랑이를 벌이다 고함을 치면 내일 아침 두 사람을 마주하지 못할지도 몰랐다. 한숨을 내쉰 지안이 슬쩍 건너편 텐트 쪽을 바라보았다. 육안으로 보이진 않지만 아이들 웃음소리가 멎은 걸 보니 모두 잠이 든 것 같았다.

그럼 불 끄고 벗을게요. 랜턴의 전원을 끈 지안이 엉거주춤한 자세로 티를 벗었다. 브래지어를 벗고 다시 티를 입으려는데 단단한 손이 허리를 끌어당겼다.

"싫어요."

"보긴 누가 본다고. 그냥 끌어안고만 있는다니까."

"그래도, 싫어요."

고집스럽게 지안을 끌어안고 있던 종열이 이내 손을 놓았다. 시팔, 니 맘대로 해. 돌아누운 종열의 너른 등짝을 바라보던 지안이 주섬주섬 티를 찾아 입었다.

……난감하네.

속으로 한숨을 삼킨 지안이 종열의 어깨를 흔들었다. 졸려요? 분명 잠들진 않았을 테지만 반응이 없었다. 난처한 표정을 짓던 지안이 자리에서 일어났다.

"수박을 너무 많이 먹었나 봐요. 화장실 좀 다녀올게요."

"……."

"금방 올게요."

지안이 텐트를 빠져나가자 종열이 벌떡 자리에서 일어났다. 아니, 저랑 나랑 한두 번 잔 것도 아니고 왜 이제 와 빼고 난리야. 내가 여기까지 와서 뭔 짓을 한대? 그냥 만지고만 잔다는데 뭐가 어쨌다고.

뭐 그리 비싼 몸이라고 튕겨, 튕기길.

모로 누운 종열이 억지로 눈을 감았다. 오냐오냐 예뻐하니까 기어오르지 저게. 누가 기다릴 줄 알고? 숫제 오기로 눈을 감았지만 아무리 기다려도 지안은 돌아올 기미가 없었다.

오줌 누다 계곡물에 휩쓸려 간 거 아니야.

간이 화장실이 없으니 볼일을 보려면 알아서 적당한 곳을 찾을 수밖에 없었다. 기우란 걸 알면서도 거기까지 생각이 미치자 불안해졌다. 기분 탓인지 모르지만 조금 전보다 계곡물이 흘러가는 소리가 요란해진 것 같았다.

종열이 손전등을 챙겨 들고 밖으로 나왔다. 병호의 코 고는 소리가 들려오는 텐트를 피해 주변을 비추자 멀리 떨어지지 않은 곳에 서 있는 인영이 보였다. 종열이 슬리퍼를 끌며 지안에게 다가갔다.

"뭐 하는 거야, 여기서."

"왜 나오셨어요?"

"오줌 싸러 간 기지배가 감감무소식이라 나왔다, 왜."

"아."

"아, 같은 소리 하고 자빠졌네. 여기서 뭣 하는 거야? 뭐 볼 게 있다고."

이리저리 손전등을 비춰 봤지만 무엇도 제대로 보이지 않았다. 그저 검게 내려앉은 밤 풍경 속에서 세차게 흘러 내려가는 물소리만이 들려올 뿐.

"이상해요."

"뭐가."

"낮엔 되게 평화롭고 아름다워 보였는데 밤이 되니까 왜 이렇게 무서운지 모르겠어요."

"뭐야, 그게."

"조금이라도 헛디디면 휩쓸려 갈 것 같아요."

쓸데없는 소리라 핀잔하려던 종열이 말을 삼켰다. 또, 그 눈이었다. 한 치 앞도 보이지 않는 어둑한 숲과 계곡을 바라보는 지안의 두 눈이 어둡게 침잠해 있었다. 매번 쓸데없이 웃음을 흘린다며 구박을 하지만 이런 얼굴은, 이런 표정은, 정말이지 싫었다.

"하여간에 겁은 많아서."

종열이 지안의 손을 잡았다.

"누가 쓸려 가게 냅둔대?"

"……."

"아니, 것보다 쓸려 가는 게 겁나면 혼자 밤중에 싸돌아다니질 말아야지. 볼일 다 봤으면 재깍재깍 기어들어 와야 할 것 아냐."

지안의 눈에 어린 감동이 그럼 그렇지, 하는 식으로 변해 갔지만 종열은 아랑곳 않았다.

"그러니까 옆에 붙어 있어. 쓸데없이 나돌아 다니지 말고. 내 옆에 있으면 쓸려 내려갈 일 따윈 없으니까."

"……네."

"그만 들어가."

지안의 손을 끌어당긴 종열이 성큼, 걸음을 옮겼다.

"정해, 니가."

"뭘요?"

장사를 마치고 장부 정리를 하고 있을 때였다. 흡사 야차처럼 지안의 옆에 버티고 선 종열이 이를 갈듯 말했다.

"그러니까 정하라고. 결혼할 건지 말 건지."

느닷없이 또 웬 결혼 이야기란 말인가. 지안의 눈동자에 당혹스러운 빛이 어렸다.

"갑자기 왜……."

"이번이 마지막이야. 니가 정해. 결혼, 할 건지 말 건지."

"……이거, 혹시 프러포즈예요?"

잠시 멈칫한 종열이 팩, 코웃음을 쳤다.

"프러포즈는 무슨. 내가 먼젓번에 말했지. 니가 지금 튕기고 말고 할 입장이 아니라고. 나 아니면 누가 널 데려가는데? 괜히 쓸데없이 공부한다 뭐 한다 힘 빼지 말고 얌전히 집 안에 들어앉아 있어. 내가 일 안 하고 쉴 수 있게 해 준다는데 빼긴 뭘 빼?"

가만가만 종열의 말을 듣고 있던 지안이 물었다.

"그럼 사장님은요?"

"뭐? 내가 뭘."

"사장님은 저랑 결혼하고 싶으신 거예요?"

허를 찌른 질문이었는지 의기양양하게 목소리를 높이던 종열이 입을 다물었다.

"저는 상황이 이래서 사장님밖에 받아 줄 사람이 없다고 해도 사장님은 다르잖아요. 결혼 같은 거 싫어하시면서 왜 결혼하려 하시는 건데요?"

"내가 말했잖아. 나 아니면 누가 널 거둬 갈……."

"책임감 때문에요?"

"그래, 그거 말고 무슨 이유가 더……."

"그러지 마요."

제발, 그러지 마요. 그것이 다였다. 화를 내는 것도 짜증을 내는 것도 아닌 지극히 담담한 목소리로 말하는 지안의 표정이 꼭 울 것처럼 슬퍼 보여서, 종열은 자신도 모르게 입을 다물었다.

— 기지배가 속이 배배 꼬여서는! 그 상황에서 왜 그따위 대답이 나오냔 말이야!

수화기 너머로 들려오는 씩씩대는 음성에 은숙의 표정이 썩어 들었다. 그게 결혼하자는 말이냐, 이놈 새끼야. 왜, 아주 그냥 헤어지자고 하지. 세상에 어떤 골 빈 기지배가 그딴 말을 듣고 결혼하겠다 말을 하겠냔 말이다.

— 그 기지배 머릿속엔 대체 뭐가 든 거야?

"미친놈."

— 내가 뭘 어쨌다고? 시팔, 결혼하면 집에 있게 해 준다고 했잖아! 내가 먹여 살려 준다고, 애 따윈 질색인데, 저가 워낙 외로움도 많이 타고 애 갖고 싶어 하는 거 아니까 애도 낳으라 했잖아! 괜히 쓸데없이 공부한답시고 고생하지 말고 편안히 집에서 살림이나 하고 애나 키우라고 하는데 대체 뭐가 문제야!

하긴, 지 나름대로는 제법 양보는 많이 했지.

은숙이 속으로 한숨을 삼켰다. 기지배 따윈 돈 까먹는 기계라는 말을 입에 달고 살던 종열이었다. 뭣 하러 쓸데없이 결혼 따윌 하냐고, 왜 내가 피땀 흘려 모은 돈으로 기지배 따윌 먹여 살려야 하는 거냐, 자식새끼는 대체 왜 키우느냐 입버릇처럼 투덜대던 종열이었다. 그런 놈이 결혼할 생각을 하고 애도 낳아 키우려고 했다는 것만으로도 괄목한 변화가 이루어진 셈이긴 했다.

물론 순전히 제 입장에서만.

"지안 씨가 일 그만하고 집에 들어앉아 살림하고 싶다든?"

— 그게 왜 싫어? 밖에서 쌔빠지게 일할 바에야 생활비 받아서 집에 있는 게 낫지!

"애 낳고 싶대?"

— 가게 오는 애새끼들 볼 때마다 물고 빨고 못해 지랄인데 당연히 낳고 싶어 하겠지!

……대체 이 나이만 처먹은 애새끼를 어찌해야 하나.

— 지가 스무 살 파릇파릇한 기지배도 아니고 저도 이제 나이가 있는데 언제든지 낳고 싶다고 애새낄 낳을 수 있는 줄 알아? 시팔, 나이

먹을수록 애도 산모도 잘못될 가능성이 높다잖아! 앨 낳고 싶음 한시라도 빨리 낳아야지, 그럼!

지가 언제부터 애를 낳고 싶었다고. 은숙이 보기에 애를 못 낳을 것 같아 초조해하고 있는 건 종열, 본인이었다. 자신이 애를 가질 때마다 왜 쓰잘머리 없이 애새낄 배냐는 둥 통박을 주던 놈이……. 세상 참 오래 살고 볼 일이다 싶었다.

"그래서, 아들이 갖고 싶어?"

— 징그럽게 고추 달린 사내새끼는 무슨. 그 기지배 닮은 딸 하나면…….

속사포처럼 쏟아지던 목소리가 어느 순간 뚝 멎었다. 솔직한 반응에 은숙이 웃음을 삼켰다.

— 작작 처웃어.

"말 좀 곱게 해. 처웃어가 뭐냐, 처웃어가. 애 아빠가 되고 싶다는 놈이. 여튼 니가 어떻게든 결혼하고 싶어 안달하는 건 알겠는데 방법이 틀려먹었어, 방법이. 결혼하려고 안달 난 건 자기면서 어디 지안 씨한테 미뤄, 미루길. 너 같음 하는 수 없이 내가 데려가 주겠다고 말하는 놈한테 넙죽 네, 그러겠어요, 하겠어? 아무리 착해 빠져도 뱃도 없어? 그리고 무드라곤 눈곱만큼도 없게 그따위 걸 프러포즈라고 해? 하다못해 장미꽃 한 송이도 안 들고?"

— 장미꽃은 무슨 놈의 얼어 죽을…….

"내가 지안 씨 엄마였으면 이 결혼은 결사반대다."

— 내가 어디가 어때서. 집도 있고, 가게도 있고, 모아 놓은 돈도 있고, 그 기지배가 일 안 해도 먹여 살릴 수 있을 만큼 능력도 있구만.

"누가 돈 얘길 하재? 허구한 날 욕질에, 수틀리면 고함쳐, 사람들 있는 데서 통박 줘서 무안하게 하지. 또 돈 있으면 뭐 해? 맨날 돈 한 푼에 발발 떠는 놈이. 어차피 쓰지도 않을 돈 많아 봤자 뭐에 쓸 건데?"

그때였다. 잠자코 말을 듣는다 싶던 종열이 버럭, 고함쳤다.

— 내가 돈을 안 쓰긴 뭘 안 써! 쓰라고 줘도 그 기지배가 필요 없다잖아!

이건 또 뭔 소리냐. 은숙이 묻기도 전에 종열이 앙금처럼 가슴에 담아 두었던 말을 죄 쏟아 냈다. 내가 먼젓번에 티를 사라고 돈을 줬더니 이 기지배가 필요 없다고 도로 줬다. 뭐 먹고 싶은 게 있냐고 물어도 됐다고 하고…….

그리 좋은가.

종열은 열이 받아 씩씩대는데 은숙은 그저 어이가 없다 못해 헛웃음이 났다. 하긴. 지난번 계곡에 갔을 때도 옷이 좀 파였다고 냉큼 옷을 갈아입히질 않나, 많이 먹는다 구박하면서도 어떻게든 조금이라도 더 먹이려 애를 쓰지 않았던가.

하소연할 데가 필요했는지 지안이 저를 서운하게 한 일을 미주알고주알 늘어놓는 모양새를 보니 코미디가 따로 없었다. 그도 그럴 것이 은숙이 아는 종열은 상대와 틀어지면 쌩하니 돌아서지 그걸 또 마음에 담아 두며 참아 내는 성격이 아니었다.

— 그 기지배가 얼마나 독한지 알아? 사람이 말이야, 적당히 하고 방에 들어오라 하면 냉큼 들어와야 할 것 아냐. 다른 기지배들은 옆에 붙어 떨어지질 않아 귀찮다는데…….

아주 홀딱 빠졌네, 빠졌어.

어이가 없어서, 한편으론 신기해서 잠자코 귀를 기울이던 은숙의 표정이 시간이 갈수록 썩어 들어갔다.

"알았으니까, 적당히 하고 가서 말해. 너 좋으니까 결혼하자고."

— 뭐?

"그냥 가서, 난 너 없이 안 되니까 결혼하자고 말하라고. 사내새끼가 뭘 그걸 다 속에 꼭꼭 담아 두고 있어. 나한테 하소연하지 말고 그냥 딴 기지배처럼 애교도 피워 봐라, 한마디만 해."

— ⋯⋯싫어.

"싫긴 왜 싫어. 결혼하고 싶다며? 내가 보기에 돈으로 꼬시는 건 소용없어. 말 한마디면 된다니까? 아니, 것보다 돈 쓰는 거 죽기보다 싫어하잖아. 쓸데없이 반지다, 장미다 돈 쓸 거 없이 말 한마디면 넘어온다는데 뭐가 싫어? 그냥 눈 딱 감고 한 번만 말해."

— 시팔, 싫다니까.

이노무 새끼가, 그럼 결혼하질 말든가. 은숙이 도돌이표 같은 대화에 지쳐 갈 무렵이었다.

"결혼하고 싶으면 바짓가랑이라도 붙들고 늘어져야지! 사내놈이 뭐 그리 패기가 없어!"

— 시팔, 자기 일 아니라고 쉽게 말하지!

"그럼 그냥 지금처럼 살든가!"

수화기 너머에서 침묵이 이어졌다. 화장실에 다녀왔다 가게로 들어온 병호가 무슨 일이냐 물었지만 은숙은 짜증스럽게 고개를 내저었다. 이제 할 만큼은 했다 싶어 전화기를 내려놓으려는 순간이었다.

— 싫음 말라고 해! 아쉬운 게 저지, 난 줄 알아?

이 등신이. 은숙이 입을 열기도 전 전화가 뚝, 끊어졌다.

＊

함께 출근하고 퇴근하지만 두 사람의 분위기는 여지없이 냉랭했다. 평소 관계가 틀어지려 할 때 회복을 위해 노력하는 쪽은 지안이건만 이번엔 묵묵히 제 할 일만 할 뿐이었다.

"괘씸한 기지배 같으니."

종열의 중얼거림에 수거해 온 그릇을 챙겨 들어오던 재현이 물었다.

"혹시 누나랑 싸웠어요?"

"싸워? 하, 누가?"

"싸웠구나. 그러게 좀 잘하지 그랬어요."

"니가 뭘 안다고?"

종열의 윽박지름에 재현이 한숨을 내쉬었다.

"당연한 거 아니에요. 저 순둥이 누나가 저만큼 화가 날 정도면 아저씨가 큰, 아주 큰 잘못을 했다는 거죠. 사람이 왜 그래요, 정말."

피가 거꾸로 솟을 지경이었다.

"내가 뭘 어쨌다고."

"가슴에 손을 얹고 생각해 봐요, 좀. 아저씨 그 지랄맞은 성격 받아줄 사람이 누나 말고 또 있는 줄 알아요?"

"세상에 널린 게 기지밴데 뭘! 내가 뭐, 그 기지배 없으면 못 살줄 알고? 가게 있어, 집 있어, 인물도 이만하면 됐고, 나만 한 놈이 어디 또 있는지 알아?"

뭐래는 거야, 이 아저씨가. 종열의 말을 듣던 재현의 표정이 일그러졌다.

"집 있고 가게 있으면 뭐 해요. 365일 싸구려 티 쪼가리만 입고 다니고, 신발은 밑창이 닳아 빠져도 본드로 붙이고 다니고, 돈 아까워 외식도 한번 안 하는데. 거기다 말만 하면 성질이지…… 누나 정도면 감지덕지라니까요. 괜히 좋으면서 성질부리지 말고 가서 넙죽 빌어요. 자꾸 튕기다간 치킨 파는 총각이 누나 낚아채 간다니까?"

"웃기지 말라 그래. 너나 그놈이나 그 기지배가 무슨 짓을 했는지 모르니까 그렇게 쉽게 쉽게 말하는 거지. 그 기지배가 그 멀건 얼굴로 뭔 짓을 하고 다녔는지 알면 놀라 자빠질걸. 나니까 그냥 받아 주고 사는 거지 다른 놈이면……."

의기양양하게 이어지던 말이 멈춘 건 그때였다. 인기척에 고개를 돌리자 주방에서 나와 이쪽을 보고 선 지안이 보였다. 마주친 눈동자가 심하게 흔들렸다. 종열이 무어라 입을 뗄 새도 없이 고개 숙인 지안이 돌아섰다.

지안은 온종일 넋이 나가 있었다. 평소엔 하지 않을 실수도 잦았고 말도 거의 없었다. 집으로 돌아가는 길, 평소라면 함께 가자며 손을 잡아 왔을 지안이 오늘은 느릿느릿 뒤만 따라왔다. 샤워를 하고 나온 종열의 눈에 책을 펴 놓고 멍하니 앉은 지안이 들어왔다.

쓸데없이 전기 낭비 하지 말고 안으로 들어와.

그 말을 하려는 순간 펜을 잡은 지안의 손에 힘이 들어갔다. 뭔가를 참으려는 듯 한일자로 굳게 다물린 입술이 경련했다. 양손이 얼굴을 덮었다. 우는 게 아닌데, 꼭 우는 것처럼 보였다.

뭐라 말을 하고 싶은데, 입이 떨어지질 않았다.

답답했다. 그런 말을 하려던 건 아니었다. 결코 이런 상황을 만들려던 게 아니었다. 그저 그날 밤 겁에 질린 아이처럼 물가에 서 있던 지안을 보고 계속 옆에 두어야겠다 마음먹었을 뿐이었다.

좋아할 거라, 생각했단 말이다.

결혼하자고 하면 당연히 좋아할 줄 알았다. 근데, 싫단다. 그러지 말란다. 뭘 어쩌라는 거야, 나보고. 한참 동안 우두커니 서서 지안을 바라보던 종열이 몸을 돌려 방으로 들어갔다.

"아주 들어오기만 해 봐."

종열의 얼굴에 노기가 어렸다. 모처럼 내일이 휴일이니 동네 아줌마들과 한 잔만 하고 돌아오겠다던 지안이 돌아오질 않고 있었다. 애써 화를 억누르며 쥐여 보낸 자신의 휴대폰에 전화를 하자 지안이 전화를 받았다.

— 다 와 가요.

지안의 위치를 확인한 종열이 웃옷을 걸쳐 입었다. 어디 기지배가 겁도 없이 밤늦게 싸돌아다녀 싸돌아다니길. 억세기 짝이 없는 여편네들의 말발에 밀리지만 않았더라면, 아니 요 며칠 지안이 우울한 낮빛을 하지 않았더라면 밤 외출 따윈 허락하지 않았을 터였다.

골목길을 내려가자 어슬렁어슬렁 걸어오는 지안이 보였다. 종열이 거친 숨을 몰아쉬며 다가가니 마중 나온 거냐는 물음이 돌아왔다. 평소와 같은 평온한 말투에 치솟던 화가 조금은 가라앉았다.

"씻고 나올게요."

집에 도착하자마자 지안이 옷가지를 챙겨 들고 화장실로 들어갔다. 혹여 화장실에서 자빠지진 않을까 신경을 곤두세웠지만 기우였다.

"얼마나 마셨어?"

"많이는 안 마셨어요."

확실히 많이 취한 것 같진 않았다. 그저 양 볼이 아른아른 익어 있었을 뿐. 피곤한 기색이 역력한 지안의 얼굴을 보던 종열이 잠이나 처자라며 퉁명스레 말을 던지고선 티브이 화면으로 시선을 던졌다.

"저 좀 누워도 돼요?"

눕든지 말든지.

아랑곳 않고 화면만 노려보던 종열의 몸이 움칫거렸다. 이불 위에 눕는다 말한 줄 알았던 지안이 종열의 허벅다리를 베고 누웠다.

"이불 깔아 놓은 거 안 보여."

"잠깐만요. 잠시만 이렇게 있어요."

"거치적거리니까 저리 가."

"잠시만요. 잠시만."

허벅다리를 베고 누운 지안을 종열이 귀찮다는 듯 내려다보다 이내 고개를 돌렸다. 티브이에 나온 코미디언들이 깔깔대는 소리만이 방 안에 울려 퍼졌다. 잠시 후 지안이 종열의 손을 끌어당겨 제 볼에 가져다 댔다.

"뭔 짓거리야."

"그냥, 좋아서요. 손이 되게 커서 좋아요. 따뜻해."

지안의 말에 속에서 뭔가가 치밀어 올랐다. 좋긴 개뿔. 종열이 신경질적으로 손을 빼내려 하자 지안이 어리광 부리듯 매달려 팔을 다시 끌어당겼다. 조금만 더요.

"나, 많이 후회했었어요."

"뭘."

"영우 괴롭힌 녀석, 그렇게 만든 거."

종열의 시선이 눈을 감은 지안에게 닿았다.

"교도소에 있을 땐 많이 괴로웠어요. 누가 알아주는 것도 아닌데 왜 그런 짓을 했나 싶고, 그런 짓을 저지른 내가 무섭기도 하고…… 많이, 많이, 힘들었어요. 실은, 영우도 많이 원망했어요. 좀 더 버티지, 왜 그런 짓을 했냐고."

"……."

"영우 그렇게 되고 그 녀석들 제대로 처벌 안 받은 거 억울했지만…… 알아요, 그래도 내가 그런 짓을 해선 안 됐다는 거. 하지만 그 땐 아무것도 눈에 안 보였어요. 영우를 안줏거리 삼아 시시덕대는 소리를 들으니까, 아무것도 안 보였어. 내 동생은 그렇게 아프게 떠났는데 미안한 마음은 느끼지 못할망정, 내 동생을 그렇게 욕보이는 놈들을 보니까 화가 났어요. 아니, 실은, 그놈들이 아니라…… 나한테 화가 났어요."

영우가요, 죽기 전에 저한테 왔었어요. 저한테 와서, 아침이 안 왔으면 좋겠다고, 안아 주고 있었는데 좀만 더 안아 달라고 그랬어요. 그게 살려 달라고 말한 건데, 힘들다고 도와 달라고 말한 건데, 전 그걸 피곤하다고 못 들은 척했어요. 그 애가, 영우가, 참다 참다 참을 수가 없어서 저한테 왔는데, 저는, 이상하다고 생각하면서도 자고 싶어서……. 목소리가 불안하게 떨렸다.

"실은, 그렇게 해서라도 용서를 받고 싶었는지도 몰라요. 영우한테, 나는 널 위해서 이런 짓까지 했다고 말하고 싶었던 거죠. 그치만 무서웠어요. 내 인생이 송두리째 망가져 버렸으니까. 모르겠어요. 저도, 그냥 왜 이렇게 됐는지 모르겠어요."

그 일이 있고 나서, 적어도 만 번도 더 후회했을 거예요.

"……근데, 어제, 정말 죽고 싶을 만큼 후회했어요. 나, 그러지 말걸, 하고."

볼에 닿은 손바닥에 따뜻한 액체가 고였다. 나, 그러지 않았으면 좀 더 당당할 수 있었을 텐데요. 대학 졸업하고, 선생님 돼서, 그래서 우리 만났으면 그런 말, 안 들어도 됐을 텐데. 남들 하는 것처럼만 그렇게 좋아하니까 프러포즈하고, 결혼하고, 그럴 수 있었을 텐데.

숨죽여 흐느낌을 참는 지안을 내려다보는 종열의 눈빛이 쓰디썼다. 가만가만 지안의 옆머리를 쓰다듬으며 종열이 소리 없이 중얼거렸다.

바보 같은 기지배. 니가 멀쩡히 선생 됐으면 나 같은 놈을 만나기나 했겠어.

눈을 뜨자 머리가 지끈거렸다.

내가 왜 여기 있지. 아주머니들이 주는 대로 받아 마신 것까진 생각나는데 그 이후의 기억이 없었다. 이게 말로만 듣던 필름이 끊긴다는 건가. 서둘러 거실로 나온 지안의 얼굴에 경악이 어렸다.

"벌써 두 시잖아. 내가 미쳤나 봐."

눈치를 살피며 집 안의 인기척을 살피던 지안의 발치에 무엇인가 걸렸다. 쇼핑백이었다. 안을 열어 보니 원피스 정장과 구두가 들어 있었다. 지안이 얼떨떨한 얼굴로 옷을 꺼냈다. 아이보리색 원피스를 이리저리 살펴보던 지안의 표정이 옷에 붙은 가격표를 발견하고 어두워졌다. 근 이십만 원 가까이 되는 옷이었다.

이게 대체 뭐지.

심지어 구두도 새것이었다. 때마침 종열이 집 안으로 들어왔다.

"어디 갔다 왔어요?"

지안의 손에 들린 옷을 보고도 종열은 무심했다.

"이거, 혹시 제 거예요? 저 주려고 사 오신 거예요?"

"……."

"마음은 고마운데…… 저, 이런 옷, 필요 없어요."

정장 원피스에 구두. 아무리 생각해도 이 옷을 입고 외출할 일은 없었다. 하물며 종열이 이걸 사 줄 이유는, 더더욱 없었다.

"그냥 입어."

"제가 정장 입을 일이 뭐 있어요."

"시팔, 입든가 버리든가 니 맘대로 해."

종열이 방으로 향하자 지안도 옷을 들고 뒤따랐다. 종열은 어느새 이부자리 위에 누워 잘 태세를 하고 있었다. 대화하고 싶지 않다는 듯 돌아누운 너른 등이 보였다.

어젯밤에 내가 무슨 실수를 한 건가?

지안의 낯이 창백해졌다. 혹시 정장을 사 달라 떼를 쓴 건 아니겠지.

"저 어제 무슨 실수 했어요?"

"……."

"……얘기 좀 해요. 제가 무슨 말 했어요?"

종열은 끝내 묵묵부답이었다. 옷과 종열을 번갈아 보던 지안의 얼굴이 낭패감으로 굳어졌다. 일어나자마자 이게 무슨 일인지. 한참을 안절부절못하고 종열 근처를 배회하던 지안이 거실로 나섰다. 일단 원피스와 구두를 원래대로 쇼핑백에 넣어 둔 지안이 팔을 걷어붙였다.

거실이며 부엌, 화장실까지 구석구석 쓸고 닦다 보니 온몸이 땀으로 흠뻑 젖었다. 찬물로 샤워를 하고 나오자 어느덧 오후 네 시 반이었다. 정말로 잠든 건가. 종열은 두 시간 넘도록 일어날 생각을 않았다. 방문 너머를 바라보던 지안의 시선이 거실 한구석에 덩그마니 놓인 쇼핑백에 닿았다.

머뭇머뭇 망설이다 쇼핑백을 집어 든 지안이 잠시 후 거실의 거울 앞에 섰다. 종열이 며칠 진 주워 온, 귀퉁이가 깨진 거울에 징장 원피스를 입고 선 자신이 보였다. 청바지와 티셔츠가 아닌, 정식으로 정장을 입은 모습이 어쩐지 낯설었다. 보통은 이 나이에 정장이 어색하진 않겠지. 타이트하게 몸을 죄는 옷은 불편하고 한편으론 어색했지만 지안은 옷을 벗는 대신 종열이 잠든 방문을 바라보았다.

빗질을 한 후 얼마 안 되는 화장품을 꼼꼼하게 발랐다. 한결 생기 있어진 얼굴을 보다 내친김에 구두를 꺼냈다. 굽이 낮은 단화는 발에 꼭 맞았다. 뚜벅뚜벅 거실에서 구두를 신고 돌아다니던 지안이 문득 밖을 내다봤다. 마당 아래 햇살이 쏟아지고 있었다. 걸으면 환불 못할 텐데. 망설였지만 어느샌가 홀린 듯 마당 한가운데에 서 있었다.

새파란 하늘 아래 지안이 구두를 신고 마당 안을 거닐었다. 조심조심 발을 옮기며 걷는 사이 해가 기울어지며 무더웠던 공기가 점차 가벼워졌다. 인기척을 느낀 지안이 돌아봤다.

문 앞에, 종열이 서 있었다.

언제부터 서 있던 건지 알 수 없었다. 지안이 알 수 없는 표정을 하

고 있는 종열에게 다가갔다. 문턱에 발을 딛고 선 종열이 말없이 지안
을 내려다봤다. 쑥스러운 듯 흘러내리는 머리카락을 쓸어 올린 지안
이 물었다.

"괜찮아요, 저?"

"······그래."

"이상하진 않구요?"

주변은 바람 한 점 없이 고요했다. 어색함에 지안의 시선이 마당
어딘가를 헤매고 있을 때 침묵을 고수하고 있던 종열의 입술이 벌어
졌다.

"이뻐."

놀라 대답하지 못한 지안을 향해 종열이 다시 한번 말했다.

"세상에서 니가 젤 이뻐."

꾸미든, 안 꾸미든.

예쁘다는 낯간지러운 소리를 한 사람이라곤 믿을 수 없을 만치 무
심한, 아니 무심하다 못해 뚝뚝한 표정이었다. 눈이 마주치자 종열이
슬쩍 눈길을 피했다. 얼떨떨해 있던 지안의 얼굴에 천천히 미소가 번
져 갔다.

종열이 손을 뻗었다. 붉은 노을빛이 지안의 양 볼에 물들어 있었
다. 가만가만 지안의 뺨을 어루만지던 종열이 고개를 숙여 입술을 겹
쳤다.

함께 밤을 보낸 지가 얼만데 새삼 키스만으로 상대의 눈을 마주하
기 어려웠다. 그만 옷 갈아입을게요. 좀 더 있다 갈아입어. 종열의 목
소리가 방으로 들어가려는 지안의 발목을 붙잡았다. 어정쩡하게 거실

에 서 있던 지안이 그럼 커피를 타 오겠다 말하자 종열이 손을 내저었다.

"됐어. 방에 있어. 내가 탈 테니까."

종열이 툭, 지안을 방에 밀어 넣고 부엌으로 향했다. 얼떨결에 방으로 들어온 지안이 망설이다 자리에 앉았다. 편히 앉고 싶어도 치마를 입고 있는 터라 어색하기 짝이 없는 자세가 됐다.

얼마쯤 시간이 흘렀을까. 선풍기 돌아가는 소리만이 희미하게 들려오는 가운데 서로 말없이 커피를 홀짝였다.

어, 어색해.

커피숍에서 맞선을 보는 것처럼 어색한 분위기가 흘렀다. 이 옷, 환불은 못 하겠지. 치마 끝을 만지작거리던 지안이 시선을 느끼고 고개를 들었다. 눈이 마주쳤다.

"커피 맛있네요."

그래. 뚝뚝한 대답에 대화의 흐름이 끊겨졌다. 어색한 웃음을 짓던 지안의 시야에 종열의 어깨에 묻은 보푸라기가 들어왔다. 지안이 손을 뻗자 종열이 흠칫 놀라며 엉덩이를 뒤로 뺐다.

"뭐야."

제가 묻고 싶은 말인데요, 그건.

지안이 다시 손을 내밀자 종열이 움칠거리며 뒤로 물러나 앉았다. 저기, 왜 그러세요? 뚫어져라 커피 잔만 노려보던 종열이 시선이 마주친 순간 홱 고개를 돌렸다.

노골적인 회피에 멍해진 건 잠깐이었다. 어쩐지, 종열이 자신을 싫어한다기보다 쑥스러워하고 있다는 느낌이 들었다. 지안이 자리에서 일어나자 그제야 종열이 고개를 들었다.

어디 가.

눈으로 그렇게 묻는 것 같았다. 지안이 잔을 쥔 채 종열의 다리 사이에 주저앉았다. 필요 이상으로 당황하는 종열의 가슴팍에 머리를 기댄 채 지안이 커피를 홀짝였다. 머뭇대던 손길이 이내 조심스럽게 허리를 감싸 안았다. 종열의 가슴에 가만히 머리를 기대고 있던 지안이 숨죽여 웃었다.

"웃지 마."

알았노라 답하며 웃음을 삼키던 지안이 고개를 들었다.

"저, 정말로 이뻐요?"

"……."

"아깐 이쁘다고 했잖아요."

"기지배가 부끄러운 줄도 모르고."

"에이, 그러지 말구요."

"못생겼어. 세상에서 젤로."

이 남자 좀 보게나. 종열이 낮게 헛기침을 하며 고개를 돌렸다. 고집스러운 옆모습을 지켜보던 지안이 커피를 한 모금 머금었다. 평소와 다를 바 없는 커핀데도 유난히 달게 느껴졌다.

시간은 속절없이 흘러 찬 바람이 스미는 가을이 다시 돌아왔다.

"교육 잘 듣고 오세요."

오늘은 식당을 하는 사람이라면 의무적으로 들어야 하는 위생 교육 날이었다.

"맨날 그 소리가 그 소린데 무슨. 넌, 언제 들어올 건데."

"저녁 전에는 들어올게요."

"쓸데없는 거 사 들고 들어오지 마."

"점심 거르지 말고 제대로 챙겨 드세요."

"딴소리 말고. 쓸데없는 데 헛돈 쓰지 마."

앗, 벌써 시간이. 시계도 없는 손목을 들여다보는 시늉을 한 지안이 재빨리 손을 흔들었다. 저 먼저 가 볼게요. 조심해서 다녀오세요. 능구렁이처럼 대답을 회피하고 사라진 지안의 뒷모습을 보며 종열이 짐짓 인상을 구겼다. 저게, 요즘 아주 기어오르지.

천성이 앉아서 뭔갈 하는 것과는 맞지 않는지라 교육을 받는 내내 꾸벅꾸벅 졸기만 했다. 시간은 또 어찌나 느리게 가는지 집에 돌아오니 그제야 숨통이 트였다.

간만에 조용하네.

오랜만에 이렇게 혼자만의 자유를 만끽하는 것도 나쁘지 않았다. 시답지 않은 코미디를 보다 뉴스를 틀고 나니 슬며시 잠이 밀려왔다. 휴일에도 쉬지 않고 일을 하던 때가 있었는데 그새 게을러진 건지 잠깐 나갔다 온 것만으로 피곤했다.

이래서 집구석에 늘어져 있으면 안 된다니까. 투덜댔지만 딱히 할 일이 없으니 잠이나 자는 수밖에. 요란하게 코 고는 소리가 금세 방 안을 채웠다.

눈을 떠 보니 이미 날은 어둑하게 저물어 있었다. 불을 켜고 일어난 종열이 주변을 둘러보았다. 뭔가 빠진 것 같은 기분이 드는데 무엇을 잊은 건지 알 수 없었다. 그러고 보니 오늘이 휴일이었던가. 늘어지게 자고 났지만 개운함보단 찝찝함이 더 컸다. 이렇게 하릴없이 시간을 죽일 동안 일이라도 했으면 좀 좋아. 시계를 보니 새벽 네 시였다. 물도 한 잔 마셔 보았지만 여전히 찝찝한 기분이 들었다.

뭘 잊은 것 같은데.

알 수 없는 기분에 방이며 거실을 둘러봐도 빠진 건 없었다. 가게 문을 열 시간이 될 때까지 눈이나 붙여 볼 요량으로 누웠지만 잠이 오질 않았다. 심장이 이상하게 두근거렸다. 뒤척이다 다섯 시가 되었을 때 참지 못하고 일어났다. 양치질만 하고 이른 시간에 집을 나섰다. 집에서 빈둥대느니 미리 가서 야채라도 다듬고 가게나 닦아 놓는 편이 나았다.

가게는 평소와 다름없었다. 재현은 빨리 일할 사람을 구하라 투덜대면서도 시키는 대로 고분고분 따랐고 무권도 마찬가지였다. 재현과 무권을 돌려보낸 다음엔 홀로 장부를 정리하고 오토바이를 가게 안으로 들여놓았다.

허전하다는 말로는 설명할 수 없는 헛헛함이 밀려들었다. 대체 뭐가 문제야. 집에 와 몸을 씻고 자리에 누웠는데도 기분이 이상했다. 혹시나 하는 마음에 장롱 서랍을 열어 통장을 확인해 봤지만 빠진 건 없었다.

한 해 한 해 차곡차곡 벌어 모은 통장 속 액수를 눈으로 읽었다. 한때는 이 통장의 숫자만 봐도 배가 불렀다. 한데 어째서인지 만족스러움보단 막막함이 밀려들었다. 오늘도, 내일도, 모레도, 자신은 오늘처럼 일을 하고 모은 돈을 통장에 쌓을 터였다. 이대로만 간다면 나이가 들어 일을 할 수 없게 되어도 누군가에게 구걸하지 않고 살아갈 수 있을 만큼의 돈을 모을 수 있었다.

덜컥, 겁이 밀려들었다.

오늘도, 내일도, 모레도 달라질 것 없이 흘러갈 하루가 겁이 났다. 멈추지 않고 쳇바퀴를 도는 쥐 새끼가 된 기분이었다. 처음으로 자신이 세운 목표에 회의감이 일었다. 이렇게 돈을 아득바득 모아 놓고 늙어 버리면 대체 무엇이 남을까. 또 그때도 집 안에 앉아 티브이를 보며 시간을 죽이게 되는 걸까.

남은 세월에 자신이 없어졌다. 대체 그런 삶에 무슨 의미가 있는 걸까. 안전한 철창 속에 홀로 갇혀 있는 그 삶에, 대체 무슨 의미가. 깊이를 알 수 없는 우물 속에서 허우적대는 기분이었다. 난생처음 비명을 지르고 싶어지는 순간, 번쩍, 눈이 떠졌다.

어둑해진 천장을 보는 순간 심장이 철렁 내려앉았다. 벌떡 자리에서 일어나 불을 켰다. 장롱 문을 열어젖히자 자신의 것 외에도 지안의 옷이 보였다. 안도와 동시에 긴장이 풀리자 절로 자리에 주저앉게 됐다.

꿈이었다.

젖은 이마를 쓸어 올리다 휴대폰으로 시간을 확인했다. 여섯 시 오십 분. 대체 몇 시간을 잔 거야. 미간을 찌푸리던 종열이 자리에서 벌떡 일어났다. 저녁 전에 온다더니 이 기지배가 정신이 있어, 없어. 종열이 문을 열어젖히며 거실로 나오는 순간 막 거실에 상을 차리던 지안이 눈을 동그랗게 떴다.

"깼어요?"

"······언제 왔어."

"한 시간 전에요."

"왔으면 깨워야 할 거 아니야."

"너무 곤히 주무셔서요. 왜 이렇게 식은땀을 흘려요?"

다가온 지안이 종열의 이마에 고인 땀을 닦아 냈다. 악몽 꾸셨어요? 지안의 물음에도 힘이 빠져 대답을 할 기운이 없었다. 지쳐 보이는 종열을 의아하게 바라보던 지안이 뭔가 생각났다는 듯 부엌으로 달려갔다.

"저녁 준비될 동안 이거 드세요."

"뭔데, 그게."

"만두요."

지안이 상에 올려놓은 건 투명한 플라스틱 통에 담긴 만두였다. 이게 되게 유명한 맛집에서 파는 만두예요. 경혜 씨가 추천해서 같이 가서 먹었는데 진짜 맛있더라구요. 생각나서 일 인분만 싸 왔어요. 식기 전에 어서 드세요.

"뭐? 누구? 그 기지밸 만나고 왔단 말이야?"

"따로 약속을 잡은 건 아니고 우연히 길에서 만났어요. 밥 사 주겠다고 해서 밥만 같이 먹었어요. 어서요, 하나만 드셔 보세요."

지안이 억지로 권하는 탓에 만두 하나를 입에 물었지만 맛을 느낄 수 있을 리 없었다. 우적우적 만두를 씹던 종열이 지안을 향해 퉁명스레 물었다.

"넌 밸도 없어? 그 기지배랑 내가 어땠는지 알면서도 밥이 목구멍으로 넘어가든?"

"그렇긴 한데…… 음, 성격이 시원시원해서 좋더라구요."

놀고 있네. 만두 하나를 더 욱여넣던 종열이 벽에 비스듬히 놓인 종이 가방을 발견했다. 저건 뭐야. 종열의 날카로운 시선에 지안이 슬쩍 눈치를 살폈다.

"날씨가 추워지잖아요…… 그래서 세일하길래 하나 샀어요."

남성용 잠바였다. 두툼한 안감이 있는 잠바를 꺼낸 종열이 인상을 찡그렸다. 점점 험상궂게 일그러지는 얼굴에 지안이 지레 손사래를 쳤다. 진짜 안 비싼 거예요. 진짜, 진짜 싸게 샀어요!

"맘에 안 들면 환불할 테니까 한 번만 입어 보세요."

"됐으니까 가서 환불해!"

"에이, 그러지 말구요. 네?"

맘에 안 드시면 환불한다니까요. 한참 실랑이를 벌이던 종열이 마뜩잖은 표정으로 앉은 자세 그대로 잠바에 팔을 꿰었다. 종업원처럼 옷 입는 걸 도와준 지안이 종열을 일으켜 세웠다. 똥 씹은 표정으로 선 종열을 대신해 앞뒤로 옷매무새를 살핀 지안이 짝짝 박수를 쳤다.

"딱 맞네요. 진짜 잘 어울려요."

"잘 어울리긴 뭐가?"

"사이즈를 정확히 몰라서 고민 많이 했거든요. 한 치수 더 큰 걸 샀으면 큰일 날 뻔했어요. 어때요, 따뜻하죠? 색깔도 무난하고."

"추워지면 입는 잠바 따로 있어."

"그건 많이 낡았잖아요. 안에 솜도 막 튀어나오고. 이게 훨씬 더 따뜻할걸요?"

흥. 종열의 코웃음에도 지안은 아랑곳 않았다. 봐요, 주머니도 예쁘게 달려 있고 몸에도 꼭 맞잖아요. 색깔도 진짜 딱 맞고. 진짜 멋있는데. 정말 맘에 안 들어요? 네? 시끄럽다는 듯 귓구멍을 후비기만 하던 종열이 흘끗, 거울 속 자신의 모습을 확인했다.

확실히 전에 입던 옷보다 사람이 멀끔하게 보이긴 했다. 팔을 뻗어 보고 뒤돌아 등도 확인했다. 그때마다 지안은 옷 가게 점원처럼 멋있

다는 둥, 잘 어울린다는 둥, 원빈이 울고 가겠다는 둥 추임새를 넣는
걸 잊지 않았다. 소매를 어루만지던 종열의 시선이 어떻게든 자신의
마음을 돌리기 위해 애쓰는 지안에게 닿았다.

"정말 마음에 안 들어요? 환불할까요?"

눈치를 보는 모양새가 우스웠다. 지 옷을 산 것도 아닌데 왜 눈치
를 본담.

새 옷을 쓸어 보는 종열의 눈매가 가만가만해졌다. 생각해 보면 누
가 자신의 옷을 사 준 기억이 까마득했다. 상에 놓인 만두도 그랬다.
쓸데없는 걸 사 오면 혼을 낸다 했는데도 지안은 꼭 자신의 몫으로 뭔
가를 사 들고 돌아왔다.

"배고프시죠. 저녁 드세요. 찌개만 새로 끓인 거긴 하지만……."

서둘러 부엌으로 들어간 지안이 데운 찌개를 상에 내려놓았다. 옷
은 벗어 두고 이리 오세요. 종열이 미적미적 상 앞에 앉자 지안이
수저를 건네며 속삭였다. 옷은 그냥 입으시는 거죠?

이상했다. 그저, 지안이 있을 뿐이었다. 그리고 꿈속엔 조잘대는
지안이 없었을 뿐이었다. 불과 일 년 전까지만 해도 지안이 없는 일상
을 그대로 살아왔는데 꿈속의 자신은 겁에 질려 있었다. 그 쓸쓸함을,
막막함을, 대체 뭐라 설명할 수 있을까.

"찌개 드셔 보세요. 저 음식 솜씨 꽤 늘었어요. 맛있을걸요."

찌개를 한술 떠 입에 넣은 종열이 숟가락을 내려놓았다. 왜요, 맛
없어요? 가만히 지안을 바라보던 종열이 입을 열었다.

"환불 안 해도 돼."

"정말요? 맘에 드셨어요?"

"만두 따위에 돈 쓴 것도 뭐라 안 해."

그러니까, 결혼해, 나랑. 난데없이 종열의 입에서 튀어나온 단어에 지안이 눈을 휘둥그레 떴다. 흘끗 지안의 반응을 확인한 종열이 무뚝뚝한 어조로 덧붙였다.

"너 좋을 대로 하게 해 줄 테니까 결혼하자고, 나랑."

"갑자기, 왜……."

"그러니까, 옷도 그냥 입을 테니까……."

침묵이 흘렀다. 의중을 알고 싶다는 듯 종열을 바라보던 지안이 중얼거렸다. 옷은 맘에 안 드시면 환불해도 되는데요. 뭐 씹은 얼굴을 한 종열을 보며 지안이 슬며시 터지는 웃음을 참았다.

"왜 결혼하고 싶으신 건데요?"

원래 그런 거 싫다고 그랬잖아요.

"니 기지배 도망 못 가게 감시하려 그런다, 왜."

"……결혼해도 이혼할 수 있는데."

"시팔, 내가 말했지. 이혼은 뭔 놈의 이혼. 내 사전에 이혼 같은 건 없으니까 그딴 건 꿈도 꾸지 마. 혹여라도 다른 놈이 좋아졌네 뭐니 지랄을 하면 그놈 새끼 다리몽둥이를 죄 분질러 버릴 테니까."

명백한 협박조였다. 눈앞에서 으르렁대는 종열을 보며 지안은 갈등했다. 이 사람하고 결혼을 하는 게 과연 좋은 일일까. 진지하게 고민하고 있는데 종열이 속사포처럼 말을 늘어놨다.

"내가 뭐가 부족해서? 시팔, 결혼하면 일 안 하고 살게 해 준댔잖아. 애 낳고 살림이나 하면 된다고 했잖아. 말 잘 들으면 옷도 사 주고 좋아하는 것도 사 줄 건데 뭐가 문제야. 대체."

"……."

"돈 많이 써도 뭐라 안 할 거고, 물론 그렇다고 막 써 대는 건 안 되고! 무튼, 또 먹고 싶은 것도 먹게 해 줄 거고, 또 나랑 살면 니 기지배한테 득 되는 게 얼마나 많은데."

지안의 대답이 없자 점점 초조해졌다.

"너도 나 좋다며. 좋다면서 왜 자꾸……."

꼭 야단맞은 아이처럼 눈치를 보던 종열의 말이 뚝 멈추었다. 언제부턴지 모르지만 입을 가린 채 웃음을 참고 있는 지안이 보였다. 종열이 낮게 중얼거렸다.

"여시 같은 기지배."

결혼식은 하지 않았다. 대신 은숙의 조언대로 웨딩 촬영을 해 사진은 남겼다. 태어나 처음으로 양복을 차려입은 종열은 경직된 표정으로 촬영 내내 고전했다. 병호네 식구와 재현, 무권네 부부와 함께 밥을 먹고 삼 일간의 휴가를 내어 신혼여행을 다녀왔다.

처음에는 여행사를 알아볼까도 했으나 그냥 자유롭게 떠났다. 숙소는 식육점 아주머니가 지난번 식구들과 다녀왔는데 너무 좋았다던 강원도의 펜션으로 정했다.

사람은 그리 쉽게 변하지 않는다고 해야 하나. 첫날, 여행지의 비싼 물가에 투덜대는 종열 때문에 지안이 섭섭함을 내비쳤다. 지안의 기분을 풀어 주려 전전긍긍하던 종열이 이내 성질을 못 참고 화를 내기도 했지만 부부 싸움은 칼로 물 베기라던가. 무엇을 위한 것인지 넓고 쾌적한 펜션의 욕조 덕분에 냉랭했던 분위기는 금세 풀어졌다.

나름대로 즐거운 여행이었다. 화려한 결혼식도, 근사한 해외로의 여행도 아니었지만, 처음으로 둘만의 시간을 온전히 즐길 수 있었다.

그리고 다시 일상으로 돌아왔다. 결혼을 했다지만 이전과 달라진 건 별로 없었다. 티브이 위에 웨딩 사진이 담긴 액자가 놓였다는 것. 재현을 비롯한 주변 사람들이 두 사람이 부부가 되었다는 걸 알게 되었다는 것, 또……

"정말, 아이 갖고 싶어요?"

지안의 물음에 바지를 벗던 종열이 퉁하니 물었다.

"넌 싫어?"

"싫진, 않지만…… 아, 아니, 좋지만요."

아이 따윈 질색해 하던 사람이라곤 믿어지지 않을 만큼 결혼 이후 종열은 아이를 갖고 싶어 했다. 신혼여행을 다녀오자마자 복원 수술을 위해 비뇨기과를 찾았던 종열이었다. 온종일 일을 하고 돌아와 피곤하기도 하련만 종열은 마치 신중한 의식을 치르듯 잠자리를 잊지 않았다.

오늘은 그냥 자면 좋겠어.

은숙은 이 말을 듣고 그것도 다 한창때니 할 수 있을 때 즐기라 말했지만 피곤한 건 피곤한 거였다.

"딴생각하지 마."

종열의 으르렁거림에 지안이 재빨리 너른 등을 끌어안았다.

그래도 확실히 신기하긴 했다. 아이를 낳은 후의 일이 근심되지 않는 건 아니었지만 하나쯤은 낳고 싶은 게 솔직한 마음이었다. 하지만 이 사람은 애초에 자신과 다르지 않았던가. 갑자기 외로움을 느꼈다든가, 아니면…….

종열이 안으로 밀고 들어온 순간 지안이 설핏 인상을 찡그렸다. 잠사리를 하는 건 좋지만 언제나 처음 순간은 겁이 났다. 눈을 감은 지안의 얼굴 위에 자잘한 입맞춤이 떨어졌다. 그 입맞춤이 꼭 겁먹지 말라고 말하는 듯해서, 부드럽게 해 주겠다 말해 주는 듯해서 지안은 이내 웃어 버렸다.

이 사람이 너무 무리하는 건 아닌가.

종열은 지나치게 초조해하고 있었다. 지안의 나이도 나이지만 정관 수술을 한 지 오 년이 넘어 임신 확률이 눈에 띄게 줄어든 탓이었다.

예전에는 거들떠보지 않던 어린애들을 물끄러미 바라보는 종열을 볼 때면 지안의 마음도 짠해졌다. 아이를 갖고 싶긴 했지만 더 불안해하고 안달이 난 상대가 있으니 오히려 이쪽에서 더 차분해졌다.

아이가 없으면 없는 대로 살 수 있을 것 같은데.

슬그머니 그런 생각이 든 지안과 달리 종열은 시간이 갈수록 아이가 더 간절해지는 모양이었다. 덕분에 가게 휴일 전날부터 밤새도록 시달렸다. 사랑을 나누는 건지, 아이를 낳기 위해 고군분투하는 건지 알 수 없을 정도였다. 누군가 넌지시 시험관 수술 이야기를 꺼냈지만 종열은 그딴 기계로 애를 만들 생각은 없다며 노발대발해 시도조차 하지 못했다.

아침에 눈떠서 하고 점심 먹고 또 하고. 아무리 체력이 좋다 해도 한계가 오지 않을 리 없었다. 낮잠을 자는 법이 없던 사람이 꾸벅꾸벅 졸고 있는 모습을 보며 지안이 얕게 한숨을 내쉬었다.

정말이지.

종열에게 무릎을 빌려준 채 지안이 펼쳐 둔 책을 읽었다. 이제 필기시험이 얼마 남지 않았으니 부지런히 공부해야 했다. 민망스럽게도 첫 번째 시험은 떨어졌다. 집요한 방해가 있어 제대로 공부할 수 없기도 했지만 간만에 책을 보는지라 요령도 부족했다.

결혼을 했는데도 불구 종열은 어째서 일을 하고 공부를 하는지 이해할 수 없어 했다. 하지만 지안의 생각은 달랐다. 결혼 전 확실히 못 박아 두었지만 생활비를 받으며 집에서 살림만 하게 되는 건 사양이었다. 종열을 좋아하는 것과는 별개로 여자와 남자의 역할 구분이 명확한 그 예스러운 사고방식까지 따르고 싶진 않았다.

물론 일은 그렇다 치고 스스로도 이 자격증을 딴다고 달라지는 것이 있을까 싶긴 했다. 아침부터 밤까지 쉬지 않고 일하는데 집에서라도 쉬고픈 마음도 없잖아 있었다. 하지만 상대와 대등한 입장이 되려면 계속 그 품에 안주해선 곤란했다. 보호받고 보살핌을 받는 지금도 행복하지만 기왕이면 의지하고 힘이 될 수 있는 사람이 되고 싶었다. 알량한 자존심이라 해도 좋지만 그래야만 훗날 태어날 아기에게, 영우에게, 스스로에게 부끄럽지 않을 것 같았다.

할 수 있는 데까지는 해 봐야지.

커피를 홀짝이며 배운 내용을 정리하던 지안이 잠에서 깨어나 자신을 보고 있는 종열을 발견했다. 일어났어요? 물었지만 종열은 고개를 돌려 아랫배에 얼굴을 묻을 뿐이었다.

그 시무룩하고 기운 없는 모습에 왜 자신이 도리어 미안해지는 건지.

어제도 임신 테스트기를 사용해 봤지만 결론은 아니다였다. 지안이 조심스럽게 종열의 머리를 쓰다듬었다. 사실 어디를 봐도 종열은 약하지 않았다. 여전히 가게에선 쉴 새 없이 무거운 냄비를 흔들었고 화가 나면 걸쭉하게 욕을 쏟아 냈다. 무권이 개인 사정으로 가게를 나간 이후 종열의 험한 말투 때문에 벌써 두 명이나 배달부가 바뀌었다.

'저렇게 지랄을 해 대는데 누가 버텨요, 버텨.'

쯧쯧, 혀를 차던 재현의 말대로였다. 원래 이쪽 일에선 배달부를 구하는 일이 가장 어렵다 하지만 다른 가게에 비해 사람이 바뀌는 속도가 빠른 건 사실이었다.

겉으론 드러내지 않아도 종열이 배달부 문제로 속을 끓고 있다는 걸 지안은 알고 있었다. 그런 와중에 아이마저 뜻대로 되지 않으니……. 가만가만 종열의 머리를 쓰다듬던 지안이 궁금하다는 듯 물었다. 그러고 보니 당연한 걸 지금까지 묻지 못했다.

"아이를 가지면 딸이 좋아요 아들이 좋아요?"

"넌."

"저는 아들이든 딸이든 상관없을 것 같은데. 음, 아들도 좋을 것 같고……."

"시커멓고 징그러운 사내새끼 싫어."

……자기 자식이 될 수도 있을 텐데 그건 좀 아니지 않나. 노골적인 혐오감에 지안이 당혹스러운 얼굴을 했다.

"그래도 아들이 있으면 든든……."

"싫다고 했잖아."

어떤 집은 아들을 못 낳아 시댁에서 구박을 받는다는데 아들을 낳았다간 미역국도 못 얻어먹을 판이었다.

"딸 낳아."

아저씨, 이건 억지 부린다고 될 게 아닌데요.

"딸 낳으면…… 아들도 낳게 해 줄게."

이 아저씨 보게나. 한 명이면 족하다 생각할 줄 알았더니 아닌 모양이었다. 근데 낳게 해 준다니, 낳는 사람은 난데. 지안이 입술을 삐쭉이며 물었다.

"어떤 딸이었으면 좋겠어요?"

"……딸."

너 닮은 딸. 작은 중얼거림이었다. 속으로 투덜대던 지안의 눈가에 애틋함이 묻어났다. 평소에 살가운 말을 하는 사람이 아닌지라 이렇듯 가끔씩 내보이는 애정에 가슴이 뭉클했다.

"그거면 돼."

작게 중얼거린 종열이 다시 눈을 감았다.

"이걸 대체 왜 해야 하는데?"

지안이 사 온 씨앗 봉투를 보며 종열이 미간을 찌푸렸다.

"기왕이면 있는 마당을 잘 활용하면 좋잖아요."

지난 휴일엔 반나절 동안 거의 방치되다시피 했던 마당을 정리했다. 이전 주인이 텃밭으로 사용했을 작은 공간은 부러진 나뭇가지며, 돌이며, 누군가가 버린 담배꽁초와 잡초로 엉망이었다. 텃밭을 정리한 뒤에는 역시나 수돗가 주변에 무섭도록 자라 있는 잡초를 뽑고 갈라지고 찢어진 고무호스를 새것으로 갈아 끼웠다. 쪼그리고 앉아 일을 하다 보니 다음 날 끙끙 앓긴 했지만 보람이 없진 않았다.

어디 보자.

상추 씨앗이 든 봉투 뒷면을 살피던 지안이 입을 열었다. 텃밭에 바로 씨를 뿌릴 경우 상추는 20센티 간격으로 줄뿌림을 하는 게 좋네요. 알겠다는 듯 고개를 주억거리던 지안이 사뭇 진지한 표정으로 종열을 돌아봤다.

"근데 줄뿌림이 뭐예요?"

"니가 모르는 걸 내가 어떻게 알아?"

"줄지어 뿌리는 게 줄뿌림 아닐까요?"

종열의 불신 어린 눈빛에 지안이 어깨를 으쓱였다. 일단 한번 심어 봐요. 내키지 않아 하는 종열을 어르고 달래 겨우 씨앗 심기에 착수했지만 아나나 다를까였다. 대체 이걸 왜 심는 거냐, 이걸 심어서 뭘 어쩌겠다는 거냐, 이렇게 얼렁뚱땅 심어서 뭐가 나긴 나겠냐……. 흙을 파고 씨앗을 심는 내내 종열의 구시렁댐은 멈출 기미가 없었다.

"지금은 힘들어도 나중에 직접 수확해서 먹으면 진짜 기분 좋을 거예요."

"안 먹으면 되잖아."

"에이, 그러지 마시구요. 힘드시면 옆에서 구경하세요, 이젠 제가 할게요."

지안이 웃는 낯으로 모종삽을 받아 들었다. 어디 보자……. 못마땅한 얼굴로 지안이 하는 요량을 지켜보던 종열이 이내 모종삽을 빼앗아 들었다. 이리 내. 그래 가지고 어느 세월에 다 끝내려고. 대체 이딴 걸 왜 해야 하는 거야. 연신 구시렁대면서도 종열은 안 하겠다 손을 놓진 않았다. 꽃 가게에서 사 온 몇 가지 씨앗들을 모두 심고 뒷정리를 하려던 찰나 지안이 생각났다는 듯 주섬주섬 무언가를 꺼냈다.

"하나 깜빡했어요. 우리 이것도 심어요."

"그건 또 뭔데?"

"이건 꽃이에요."

"뭔 꽃."

"그건, 저도 기억 안 나요."

지안의 대꾸에 종열이 기가 찬다는 표정을 지었다. 꽃 가게 아저씨가 서비스로 주신 건데 이름은 기억 안 나요. 그래도 기왕 받은 거 심어 봐요. 지안이 텃밭 한구석을 가리켰다. 저기 심어 볼까요?

"시팔, 뭔지도 모르고 왜 심어? 뭐가 날 줄 알고?"

"음…… 뭐가 나든 괜찮지 않을까요? 오히려 더 설레지 않아요? 앞으로 뭐가 날지 모르니까요."

"퍽이나."

종열의 비웃음에도 지안은 꿋꿋했다. 이건 제가 심을게요. 모종삽을 이용해 재빨리 정체불명의 씨앗을 심은 지안의 입가에 웃음이 고였다. 고생하셨어요. 마지막으로 토닥토닥 흙을 보듬은 지안이 역할을 분담하자는 제안을 건넸다.

"역할 분담?"

"한 사람이 들어가서 매콤한 비빔국수 만들고 남은 사람은 뒷정리하기요."

"매콤한 비빔국수 같은 소리 하고 있네."

"좋아요. 인심 썼어요. 비빔국수 해 주시면 서비스로 안마 오 분."

"오 분을 누구 코에 붙이라고. 것보다 내가 왜 비빔국수를 해야 하는데."

"제가 뒷정리 다 하고 안마도 십 분 할게요. 네? 제가 만들 수도 있지만 사장님이 해 주신 비빔국수가 더 맛있……."

"내가 왜 아직도 니 사장이야."

아직도 호칭 정리 못 하지. 종열이 못마땅한 얼굴로 지안의 입술을 잡고 쭐쭐 흔들었다. 우부부부. 잘못했어요. 정체불명의 언어로 사과를 듣고 난 후에야 손을 놓아준 종열이 투덜댔다. 또 사장 타령 하기만 해 봐, 비빔국수고 뭐고 없는 줄 알아. 입술을 붙잡고 울상을 지은 지안이 고개를 주억거리다 이내 눈을 동그랗게 떴다.

"비빔국수 해 주시는 거예요?"

"같이 정리하고 들어가. 그거 십 분 늦게 먹는다고 안 죽어."

말 끝나기 무섭게 지안이 종열의 등을 힘주어 끌어안았다. 제 등 뒤에 달라붙은 지안을 흘낏 돌아본 종열이 무겁다며 투덜댔지만 그뿐이었다.

공항으로 이모를 마중 나가기 전 납골당에 들렀다.

"잘 있었어. 이 사람이 누나 남편이야."

지안이 어색한 듯 멀찌감치 선 종열에게 말했다.

"영우가요, 아빠처럼 매형도 누나한테 잡혀 살 거라고, 매형 생기면 잘해 주겠다고 그렇게 말했었어요."

"……"

"매형, 잘생겼지."

지안의 말에 종열의 시선이 영우의 사진에 머물렀다. 지안은 모르겠지만 종열은 눈매며 웃는 입 모양이 지안과 똑 닮아 있는 어린 소년을 몇 번 본 적이 있었다.

학교, 학원, 아파트 단지, 어디든 좋으니 지안을 볼 수 있는 장소를 들러 배달을 다니던 시절이었다. 함께 손을 잡고 길을 걸어 다니는 남매의 모습을 볼 때마다 종열은 질투에 가까운 감정을 느꼈다.

바보같이 죽긴 왜 죽어.

지안 앞에서 내색하진 않았지만 종열은 영우가 싫었다. 어쩌면 영우로 인해 지안을 다시 만나게 된 것일지도 모르지만, 그래도 싫은 건 싫은 거였다. 자길 위해 복수까지 해 준 누나도 있는데 죽긴 왜 죽는단 말인가. 아파트에서 뛰어내릴 각오로 그놈들을 죽기 살기로 물어뜯었어야지.

종열이 자리를 비켜 준 후 홀로 남은 지안이 입을 열었다.

누나, 잘 살고 있어.

출소 직후에도 이렇듯 영우의 사진 앞에 섰었다. 그날이 엊그제 같은데 많은 것들이 변해 있었다. 투명한 유리창에 비친 자신의 모습이 낯설었다. 그새 자라 어깨에서 치렁거리는 머리카락이, 정장 원피스가, 옅게 한 화장이 출소 때의 모습과는 분명히 달랐다.

일자리를 구하지 못하고 홀로 여관방과 찜질방을 전전하고 있을 땐 미래가 보이지 않았다. 살아가는 게 겁이 났다. 자신이 없었다. 이렇게 살 바에야 차라리 죽어 버리는 게 나을 것 같았다.

만약 그때 죽어 버렸다면, 과연 지금의 행복을 손에 쥘 수 있었을까.

지금도 근심거리가 없는 건 아니었다. 사랑하는 사람을 만났고 결혼도 했지만 고된 일상에 몸과 마음이 지칠 때도, 무신경한 상대의 말과 행동에 눈물을 삼킬 때도 있었다. 몇 개월째 노력했지만 아이는 갖지 못했고 낳는다 해도 훗날 아이가 자신의 전과 사실을 알게 되면 어떻게 해야 하나 고민스러웠다. 여전히 위태롭고 불안했다.

하지만, 지안은 살아 보고 싶었나.

언젠가 영우에게 약속했듯 살아서, 끝까지 살아서, 그래서, 나중에 말해 주고 싶었다. 사는 것, 그거 정말 별거 아니더라고.

"담엔 조카도 데리고 올 수 있었음 좋겠다."

그리고 보니 오늘은 국화꽃이 없네.

석 달 전 왔을 때도 놓여 있던 국화꽃이 오늘은 보이지 않았다. 대체 누굴까, 영우야. 아무리 세월이 흘러도 변하지 않을 동생의 얼굴을 물끄러미 바라보던 지안이 이내 걸음을 돌렸다.

그때였다. 한 아이의 손을 잡은 남자가 곁을 스쳐 지나갔다. 지안의 발걸음이 멎었다. 남자의 손엔 하얀 국화꽃 한 송이가 있었다.

낯이 익은데.

멍하니 생각하던 지안이 뒤를 돌아봤다. 남자의 걸음이 멈춰 선 곳은 영우의 사진 앞이었다.

"이 사람이 아빠 친구야?"

예닐곱 살쯤으로 보이는 아이가 고개를 갸우뚱 기울였다.

"……그래."

"근데 너무 어린데. 동생 아니야?"

"……일찍 가 버려서 자라지 못한 거야."

"친했어? 할아버지 보고 나면 맨날, 맨날 여기 들르잖아."

"친했다기보다는, 많이 미안한 사람이야."

"뭐가?"

"아빠가, 철이 없어서, 큰 잘못을 저질렀거든."

"사과했어?"

"사과할 기회가 없었어."

조용하게 웃은 남자가 무릎을 굽혀 손가락을 내밀었다. 아빠랑 하나만 약속해.

"완이는 어떤 이유로든지 친구 괴롭히지 않기."

"난 그런 거 안 해."

"그래, 우리 아들은 착하니까 그럴 거야."

다정한 부자의 모습에 불쑥 스치는 것이 있었다. 손바닥으로 입을 틀어막은 지안이 황급히 기둥 뒤에 몸을 숨겼다.

'김진태 옆에 있던 이형신이 영우한테서 돈을 빼앗았어요. 영우가 어머니 생일 선물을 살 돈이라고 애원했지만 발로 배를 걷어차고, 자기 다리 사이로 기어가라며 협박했어요. 영우가 거부하자 바닥에 침을 뱉고 그 침을 핥아 먹으라고 했어요. 저는 말리고 싶었지만 영우를 도와주면 저도 당할 것 같아 말을 할 수가 없었어요. 죄송합니다.'

김진태와 몰려다니며 영우를 괴롭혔던 녀석 중의 하나였다. 김진태가 아버지의 손에 이끌려 사과를 하러 집으로 찾아왔을 때 녀석도 분명 함께였다. 녀석이 했던 말이 어렴풋이 기억났다. 자신은 그러고 싶지 않았지만 그렇게 하지 않으면 무리에서 따돌림받기 때문에 어쩔 수 없었다던가. 그 말을 하던 녀석의 표정이 어땠는지는 기억나지 않았다. 그 순간, 고개를 조아리는 척하며 비웃음을 머금고 있던 김진태의 모습만이 선명했을 뿐.

두런두런 이어지던 말소리가 끊어지고 두 사람 몫의 발걸음이 멀어졌다. 몸을 숨기고 있던 지안이 천천히 영우의 사진 앞으로 다가갔다. 활짝 웃고 있는 영우의 사진 옆에 전에 없던 새하얀 국화가 놓여 있었다. 고개 숙인 지안의 눈에서 툭, 눈물이 떨어졌다. 한 방울, 두

빙울, 떨어지던 눈물이 조금씩 바닥으로 추락했다.

그저, 눈물만이 났다.

새삼스레 미움이 솟은 것도, 무슨 낯짝으로 여길 찾아오느냐는 말을 하고 싶은 것도, 이런다고 니가 저지른 잘못이 용서될 것 같냐 따지고 싶은 것도 아니었다. 그저, 그저, 눈물만이 났다. 아파서, 아릴 듯이 가슴이 아파서, 그저, 눈물만이 났다.

빙글빙글 같은 곳을 부산스럽게 맴돌던 종열이 흘낏 문 안을 살폈다. 조금 전에 남자와 아이가 들어갔다 나왔음에도 지안은 나올 기미가 없었다. 죽은 사람이랑 무슨 할 얘기가 그리 많다고. 다시 빙글빙글 제자리를 맴돌던 종열이 건물 유리창에 비친 자신의 얼굴을 확인했다.

괜찮은가.

양복은 어색했다. 웨딩 촬영을 할 때도 이놈의 양복 탓에 얼마나 고생을 했던가. 지안이 매어 준 넥타이도 제대로 된 것인지 영 의심스러웠다. 다시 한번 머리를 매만지고 얼굴에 묻은 것이 없나 확인한 종열이 빙글, 제자리에서 한 바퀴 돌았다.

지안의 이모는 종열에게 있어 장모나 다름없었다. 크게 심호흡을 했다. 이미 혼인 신고도 하고 같이 살고 있으니 이제 와 뭘 어쩌겠냐마는 밉보이고 싶진 않았다.

종열이 킁킁대며 소맷부리에 코를 박았다. 서너 번도 더 비누로 몸을 문질렀으니 냄새가 날 리 없겠지만 혹여 짜장 냄새가 날까 근심스러웠다. 이미 두어 번 통화를 한 적이 있긴 하지만 막상 만나면 중국집에서 냄비나 들고 일한다며 못마땅해하진 않을까 걱정됐다.

다시 한번 옷매무새를 점검한 종열이 납골당 입구를 노려봤다. 이 기지배는 여기서 살 거야. 비행기 시간도 얼마 안 남았구만 대체 뭘 이렇게 꾸물대는지. 지안을 데리고 나오기 위해 걸음을 내딛는 찰나였다.

"대체 넌 뭘 하다 이제……."

납골당에서 나오는 지안에게 다가간 종열이 표정을 굳혔다. 지안의 두 눈이 시뻘겋게 물들어 있었다. 진탕 눈물을 쏟아 낸 모양이었다.

"울었어?"

어딘가 귀신에 홀린 것처럼 지안이 멍하니 고개를 끄덕였다.

속에서 울분이 치솟았다. 아니, 지 동생이 죽은 지 언젠데 이제 와 또 눈물 콧물을 죄다 쏟아 낸단 말인가. 지안이 동생을 아끼는 건 알지만 이건 좀 아니지 않나 싶었다. 아니, 것보다…….

"눈탱이가 이게 뭐야."

"괜찮아요."

시팔, 내가 안 괜찮아!

"화장 죄 지워졌잖아."

"……아."

눈이 아주 가관이었다. 이 퉁퉁 부어 붉어진 눈은 대체 어떻게 해야 한단 말인가.

"괜찮아요. 화장은 가면서 고칠 테니까 그냥 가요."

"……시팔."

"걱정하지 마요. 나 다 울었으니……."

"시팔, 그게 문제가 아니잖아!"

난데없는 종열의 외침에 지안이 동그랗게 눈을 떴다.

"그럼 뭐가 문제예요?"

"너, 그 얼굴 어쩔 거야."

"얼굴이요? 화장은 고치면 그만……."

"그 눈 어쩔 거냐고, 그 눈."

네? 자신이 울어서 안절부절못한 게 아닌가. 그제야 이상하리만큼 흥분한 종열의 상태를 알아챈 지안이 의아한 표정을 지었다.

"눈이 좀 붓긴 했겠지만 그게 왜요."

"운 게 티 나잖아."

"그냥 영우한테 들렀다가 울었다고 하면……."

"내가 울린 줄 알면 어떡할 건데."

지안의 얼굴에 순간 황당함이 어렸다. 이 남자가 지금 뭐래는 거야.

"지금 그것 때문에 이러는 거예요?"

"당연하지."

"……너무해요."

"너무하긴 뭐가 너무해. 밉보이면 니가 책임질 거야? 시팔, 내가 맨날 너 울리고 산다고 생각하면 어쩔 거야."

"정말 이러기예요."

"너나 생각이 있어, 없어. 울려면 집에 가서 울 것이지."

……한 대만 때려 주고 싶어.

"빨리 가서 화장 제대로 고치고 와. 안 그럼 이모 만나러 안 갈 줄 알아."

억지로 떠밀리듯 화장실로 들어간 지안이 거울 앞에 섰다. 눈이 심하게 부어 있긴 했다. 조금 전까진 가슴이 무너지는 것처럼 아파서 하염없이 눈물이 나왔었는데. 종열의 말을 떠올리자 어이가 없어 피식, 웃음이 샜다.

화장을 고치고 돌아왔지만 종열의 굳은 표정은 풀리지 않았다. 병호에게 빌린 트럭에 올라탄 종열이 지안의 눈을 보며 낮게 욕을 뇌까렸다.

"괜찮다니까요."

화가 난 듯 거칠게 시동을 걸던 종열이 중얼거렸다. 딴 데서 그냥 돈 주고 차를 빌려 올 걸 그랬나. 종열의 혼잣말에 지안이 헛웃음을 흘렸다.

"왜 돈 아깝게 따로 렌트를 해요. 그 돈이 얼만데."

"돈독 오른 기지배 같으니라고. 지금 이 상황에 돈이 문제야?"

어이없음에 말을 잃은 지안을 대신해 종열이 협박하듯 으르렁댔다.

"하여간에 너 때문에 내가 밉보이기만 해 봐."

"안 밉보이거든요."

흥. 종열이 콧방귀를 뀌며 차를 출발시켰다. 심술궂은 말과 달리 단단하게 굳어 긴장한 기색이 역력한 종열을 바라보는 지안의 입가에 미소가 번졌다. 눈물이 스며든 입술에선 짜디짠 소금 맛이 났다.

—The end

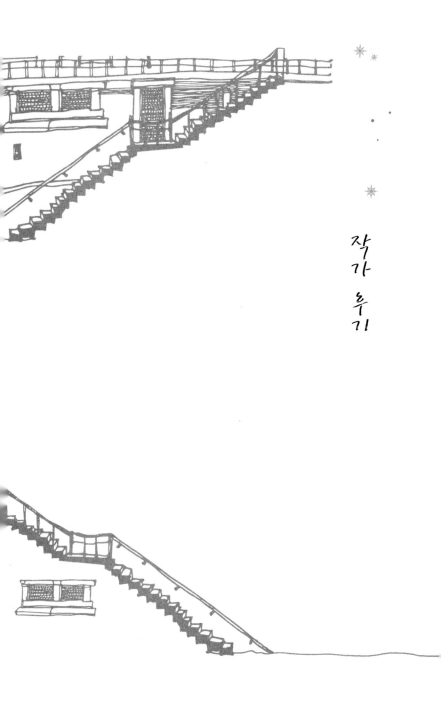

작가 후기

SALTY
SALTY
SALTY

안녕하세요, 하얀어둠입니다.

'솔티 솔티 솔티'는 사 년 전 모 온라인 사이트에 연재했던 글입니다. 금방 두 사람의 이야기를 마무리 지어 돌아오겠다 말씀을 드렸었는데 약속을 지키기까지 너무 오랜 시간이 걸렸습니다. 그동안 기약 없이 기다려 주신 분들께 죄송하고 또 감사할 따름입니다.

본문 중에서 종열이 해 주는 야끼우동을 먹으며 지안이 독백하는 부분이 있습니다.

'어느 소설 속 누군가가 말했었다. 삶을 버티게 해 주는 건, 운동장에서 신나게 땀을 흘린 후 수돗가에서 마신 물맛과 같은 사소한 기억들이라고.'

이 소설은 일본 작가 다이라 아스코가 쓴 〈멋진 하루〉입니다. 〈멋진 하루〉에 수록된 단편 중 '맛있는 물이 숨겨져 있는 곳'에 나오는 주인공은 말합니다. 살면서 마셨던 가장 맛있는 물은, 체육 시간이 끝난 후 수돗가에서 마시던 물이었다구요. 수돗물이 정말 맛있었다기보다는 물을 마시던 그 시절의 행복한 기억을, 추억을 그렇게 표현한 것이라 생각합니다.

곰곰이 떠올려 보면 행복한 기억은 거창하지 않은, 소소한 일상 속에서 만들어지는 듯합니다. 작가가 묘사한 '여름날 학교 운동장의 수돗물, 개와 함께 본 강가의 석양, 목욕탕에 다녀오다 아버지가 포장마차에서 사 준 어묵' 처럼요.

세상에 태어난 누구나 살아가면서 견뎌야 하는 삶의 무게가 있기마련입니다. 저뿐만 아니라 이 글을 읽어 주시는 분들께도 누구와도 공유할 수 없고 나눌 수 없는 아픔이 있을 겁니다. 다만 일상에서 건져 올린 사소한 행복들이 우리가 지닌 무게를 견딜 만하도록 달콤한 위로를 건네는 것이겠지요.

이 글이 열심히 삶의 무게를 견디는 분들께 잠시나마 달콤한 위로가 되었길 바랍니다.

2017. 01. 09.

하얀어둠

2판 1쇄 찍음 2023년 4월 17일
2판 1쇄 펴냄 2023년 4월 21일

지은이 | 하얀어둠
펴낸이 | 정 필
펴낸곳 | **(주)뿔미디어**

기획 · 편집 | 성다영

출판등록 | 2002년 9월 11일 (제1081-1-132호)
주소 | 경기도 부천시 원미구 소향로 17, 303호(두성프라자)
전화 | 032)651-6513 / 팩스 032)651-6094
E-mail | scarlets2012@hanmail.net
블로그 | http://blog.naver.com/dahyangs
비북스 | http://b-books.co.kr

값 10,000원

ISBN 979-11-315-7664-9 03810

※파본은 구입하신 서점에서 교환하여 드립니다.

**※이 책은 (주)뿔미디어를 통해 독점 계약되었습니다.
저작권법에 의해 보호를 받는 저작물이므로 무단 전재와 무단 복제를 엄금합니다.**

세상의 모든 장르소설

B북스

장르소설 전용 앱 'B북스' 오픈!

남자들을 위한 **판타지 & 무협,**
여자들을 위한 **로맨스 & BL**까지!

구글 플레이에서 **B북스**를 다운 받으시고, 메일 주소로 간편하게 회원 가입하세요.
아이폰 유저는 **B북스 모바일 웹**에서 앱 화면과 똑같이 이용하실 수 있습니다.

http://www.b-books.co.kr

이제 스마트폰에서 B북스로 장르소설을 편리하게 즐기세요.